rororo

Christiane Lind, Jahrgang 1964, wuchs im niedersächsischen Zonenrandgebiet auf. Heute lebt sie abwechselnd mit einem Ehemann in Duisburg und fünf Katern in Kassel. Sie liebt Bibliotheken und Kunstmuseen, kann auf Zigaretten und Fleisch verzichten, nicht aber auf Latte macchiato und ihren iPod. Die promovierte Sozialwissenschaftlerin arbeitete in unterschiedlichen Berufen, bis sie sich als Unternehmensberaterin und Sozialforscherin selbständig machte. Neben Sachbüchern und Artikeln in Fachzeitschriften hat Christiane Lind bereits zahlreiche Kurzgeschichten veröffentlicht. «Die Geliebte des Sarazenen» ist ihr erster Roman.

Mehr Informationen zur Autorin auf
www.christianelind.de

Christiane Lind

Die Geliebte des Sarazenen

Historischer Roman

Rowohlt Taschenbuch Verlag

Originalausgabe
Veröffentlicht im Rowohlt Taschenbuch Verlag,
Reinbek bei Hamburg, Juni 2010

Karten Peter Palm, Berlin
Die Karte auf Seite 376/377 wurde erstellt nach einer Vorlage
von: Stadtarchiv Braunschweig, Sign. H XI 1:3 (Braunschweig
mit nächster Umgebung zu Ende des 12. Jahrhunderts).
Die Karte auf Seite 378/379 wurde erstellt nach einer Vorlage
von: Gustav Droysen, Allgemeiner historischer Handatlas
in 96 Karten mit erläuterndem Text. Bielefeld (u. a.):
Velhagen & Klasing 1886 (Jerusalem zur Zeit der Kreuzzüge).
Umschlaggestaltung any.way, Barbara Hanke/Cordula Schmidt
(Abbildung: neuebildanstalt/Muequin; The Gallery Collection/Corbis)
Satz Garamond BE PostScript, InDesign,
bei Pinkuin Satz und Datentechnik, Berlin
Druck und Bindung CPI – Clausen & Bosse, Leck
Printed in Germany
ISBN 978 3 499 25459 8

In Erinnerung an
meine Mutter und meinen Vater

Für Matthias

Dramatis Personae

Kloster St. Marien bei Bad Gandersheim

Leonore von Calven	Novizin
Schwester Methildis	Büchermeisterin
Schwester Flordelis	Gärtnerin
Schwester Walpurga	Nonne
Schwester Margaret	Nonne
Schwester Chunegundis	Pförtnerin
Mutter Hildegard	Äbtissin

Braunschweig und Reise nach Venedig

Humbert	Wagenlenker
Konstanze	Leonores Stiefmutter
Bernardus	Leonores Vater
Elke	Leonores Mutter
Fulk von Calven	Fernhändler und Leonores Gatte
Herburgis von Calven	Fulks Mutter
Blanche	Leonores und Fulks Tochter
Aleidis	Magd
Guda	Magd
Detmud	Köchin
Konradin	Fulks Bruder
Wenzel Krämer	Gildenvorsteher
Magister Jordanes	Pfarrer von Sankt Jacobus
Bruder Anselmus	Pfarrer von Sankt Michaelis
Gottfried Kahle	Ritter, ehemals Templer
Adelheid	Jerusalempilgerin
Ida Moller	Jerusalempilgerin

Orlando Bandinelli*	Papst Alexander III.
Barbarossa*	Stauferkaiser

Heiliges Land / Jerusalem**

Nadim	Karawanenführer
	(arabisch: Gefährte, Freund)
Wadjid	Sarazene
	(arabisch: Prinz)
Najmah	Nadims verstorbene Frau
	(arabisch: Stern)
Gérard de Ridefort*	Ritter
Renaud de Châtillon*	Ritter
Balduin*	König von Jerusalem
Salomon	Goldschmied und Händler
Ruth	Salomons Nichte
	(hebräisch: Freundschaft)
Djabal	Diener Salomons
	(arabisch: Berg)
Khalid	Diener Salomons
	(arabisch: beständig, ewig)
Sibylla*	Prinzessin von Jerusalem
Mabruka	Sarazenin
	(arabisch: Gesegnete)
Haidar	Mabrukas Sohn
	(arabisch: Löwe)

---

* Historisch verbürgte Personen

** In Mohammeds Lehren wird Namen eine große Bedeutung zugeschrieben, sodass bei der Namensgebung neben dem schönen Klang auch auf eine positive Bedeutung geachtet wird.

Saladin*	Sultan von Ägypten und Syrien
Ghazi	Mabrukas Bruder *(arabisch: Krieger)*

Tiere

Adler	Hengst des Fulk von Calven
Fahkir	Hengst des Nadim *(arabisch: prächtig, herrlich)*
Razouna	Leonores Kamelstute *(arabisch: Sanftmütige)*
Bint al Hawa	Leonores Schimmelstute *(arabisch: Tochter des Windes)*
Martin	Blanches Pferdchen

Teil 1

Die Entführung

Braunschweig

I

St. Marien bei Bad Gandersheim, 1170

Die schwarze Gestalt beugte sich über sie wie ein riesiger Rabe. Leonore schreckte hoch und hob abwehrend die Arme. «Leonore, Kind, wach auf!», sagte der Unglücksvogel mit harscher Stimme. Endlich erwachte sie aus dem Dämmerschlaf – und atmete auf. Das dunkle Wesen, das ihr solche Angst eingejagt hatte, war nur Schwester Methildis. Leonore versuchte sich im Licht des frühen Morgens zurechtzufinden. Hatte sie etwa die Laudes verschlafen?

«Du musst aufstehen. Und zieh dir etwas Ordentliches an!» Ungewöhnlich drängend klang die Stimme der Benediktinerin, die sonst so ruhig und unerschütterlich wirkte. «Der Wagen deines Vaters wartet.»

Leonore fuhr sich schläfrig durch die kurzen, dunklen Locken und versuchte, den Nachhall des Traumes abzuschütteln. Was hatte Schwester Methildis eben gesagt? «Mein Vater – ist er etwa hier? Was wünscht er?»

«Frag nicht, Kind.» Methildis' Stimme klang etwas sanfter. «Trage heute dein bestes Kleid. Ein neues Leben wartet auf dich. Dein Vater holt dich zu sich nach Braunschweig.»

«Aber …» Leonore setzte sich auf und fröstelte in der Kälte der Klosterzelle. Nun erst wurde sie sich der Bedeutung der Worte bewusst, mit denen die Nonne sie aus dem Schlaf gerissen hatte. Leonore spürte, wie die Angst in ihr hochkroch. «Ich dachte … ich habe gehofft, dass ich mein Leben hier mit Euch verbringen werde.»

Die Benediktinerin beugte sich zu ihr hinab und strich ihr übers Haar. «Das haben wir alle erwartet. Doch dein Vater hat etwas anderes mit dir vor.»

Leonore biss sich heftig auf die Unterlippe, eine alte Gewohnheit, die stets hervorbrach, wenn sie sich ängstigte. «Ich kenne ihn doch gar nicht.»

«Hadere nicht, Kind. Eine Tochter muss dem Familienoberhaupt gehorchen. Pack nun deine Sachen und komm.» Mit diesen Worten ging Methildis und schloss die Tür des kargen Raums hinter sich.

Leonore setzte sich auf und schüttelte benommen den Kopf. Ihr Vater. Warum ängstigten sie diese Worte? Müsste sie sich als gute Tochter nicht freuen, dass sie in den Schoß ihrer Familie zurückkehren durfte? Aber es war eine Familie, die sie nicht kannte. An die sie sich kaum noch erinnerte. Ihre Mutter war im Kindbett gestorben, und der Vater hatte seine Tochter in die Obhut der Benediktinerinnen gegeben, sobald sie das sechste Jahr erreicht hatte, und sich dann nicht weiter um sie gekümmert. Zehn Jahre lebte sie nun schon bei den Nonnen und betrachtete die Schwestern als ihre Familie. In Sankt Marien fühlte sie sich heimisch. Leonore fröstelte und rieb sich die Arme. Vorsichtig setzte sie ihre bloßen Füße auf den kalten Steinboden und eilte auf Zehenspitzen zu der Holztruhe, in der sie ihre wenigen Habseligkeiten aufbewahrte. Hastig zerrte sie die Kleidungsstücke heraus. Ein Lächeln zog über ihr Gesicht, als sie über die weiche Seide strich. Doch bald setzte sich wieder eine Kummerfalte auf ihre Stirn. Schwester Methildis hatte gut reden. Das beste Kleid anziehen. Die Wahl fiel leicht, wenn man nur zwei Kleider besaß. Beide hatte Leonore im letzten Jahr von ihrem Vater zugesandt bekommen und selbst umgearbeitet, damit sie ihrer zierlichen Gestalt passten. Eine noch größere Überraschung als das wertvolle Geschenk war die Nachricht gewesen, dass ihr Vater noch lebte. Gar nicht weit entfernt in Braunschweig lebte – und offenbar nicht schlecht, wenn er ihr so prachtvolle Kleider schicken konnte. Zehn Jahre lang hatte sie geglaubt, ein Waisenkind zu sein, und plötzlich tauchte ihr Vater auf und mischte sich in ihr Leben ein. Sein Brief an die Äbtissin und die Anweisung, dass Leonore den Schleier nicht nehmen sollte, hatten das Mädchen tief erschüttert. Ihr Lebensweg, der so klar vorgezeichnet schien, hatte sich von einem Tag auf den anderen geändert.

Schwester Methildis hatte versucht, sie zu beruhigen. «Dein Vater wollte sich alle Möglichkeiten offenhalten», meinte die Büchermeisterin und gab Leonore Handschriften zum Kopieren, um sie von ihren Sorgen abzulenken. «Vielleicht entscheidet er im nächsten Jahr, dass du für immer hier im Kloster bleiben kannst.»

Doch Leonore hatte damals schon geahnt, dass es anders kommen würde. Niemand schickte einer Benediktinerin grundlos farbenfrohe Kleider. Viele Tage wartete sie, gekleidet in blaue oder türkisfarbene Seide. Wartete auf den Vater, der nicht kam. Viele Tage fürchtete sie, dass der fremde Vater sie zu sich nach Braunschweig rufen lassen würde und ihr ein Leben drohte, dem sie sich nicht gewachsen fühlte. Eine Welt, die sie schon vor langer Zeit gegen den Frieden des Klosters eingetauscht hatte. Doch die Wochen vergingen, und nichts geschah. Es schien, als hätte der Vater sie einfach wieder vergessen. Da legte Leonore die Kleider sorgfältig zusammen, verstaute sie in der Truhe und kleidete sich wieder in die Farben der Benediktinerinnen. Alle Gedanken an ihren Vater hatte sie mit den Kleidern verborgen.

Heute nun kehrten die Ängste zurück. Draußen wartete ein Wagen, der sie aus Sankt Marien entführen würde. Zu einem Fremden, den sie Vater nennen sollte. Der türkisfarbene Stoff raschelte, als sie sich das Kleid überzog. Leonore schluckte, Tränen traten ihr in die Augen, und sie fühlte sich mit einem Mal, als ob sie an einem tiefen Abgrund stünde, kurz davor, hinuntergestoßen zu werden. Dabei wollte sie sich nur noch verkriechen. Sie warf sich aufs Bett, vergrub das Gesicht im Kissen und weinte über das Geschick, das ihr Leben getroffen hatte.

In ihrer Verzweiflung hatte sie nicht bemerkt, dass Schwester Methildis zurückgekehrt war. «Komm, Kind, es wird Zeit.» Die Nonne reichte ihr die Hand und zog sie hoch. Leonore wischte sich die Augen und versuchte Fassung zu gewinnen. Ihr kamen leicht die Tränen, aber Weinen würde jetzt nicht helfen. Nein, sie wollte stark und tapfer sein und ihrem Vater gefasst gegenübertreten. Eilig kleidete sie sich an, faltete das blaue Kleid zusammen und legte es sorgfältig in einen Beutel. Die wenigen anderen Kleidungsstücke, die ihr gehörten, folgten. Obenauf legte sie ihren größten Schatz, ein Pergament mit Bibelworten, das ihr die Büchermeisterin geschenkt hatte. Sie nickte Schwester Methildis zu und warf einen letzten Blick in die Kammer, in der sie einen Großteil ihres bisherigen Lebens verbracht hatte.

Stumm schlich Leonore hinter der alten Nonne her, versuchte, die Gänge, durch die sie so häufig gelaufen war, mit den Augen in sich aufzunehmen, um sich später an sie erinnern zu können. Im Hintergrund hörte sie die vertrauten Geräusche des Tagesbeginns im Kloster. Die Schwestern strebten in die kleine Kapelle zu den Laudes. Nie hätte Leonore geglaubt, dass sie mit Sehnsucht an das Morgengebet denken würde. Heute würde sie das Kloster verlassen, ohne noch einmal dem Offizium nachkommen zu können. Wehmütig erinnerte sie sich an die vielen, vielen Morgen, an denen sie, knapp an Zeit, die Gänge entlanggeeilt war, um noch rechtzeitig zu den Morgengebeten in der Kapelle zu sein. Wie oft hatte sie sich gewünscht, noch etwas schlafen zu können, sich in die Decke zu schmiegen, und hatte die eiserne Disziplin der Benediktinerinnen gefürchtet.

Als Kind hatte sie ihre Mühe mit den Ritualen und Regeln

der Schwestern gehabt, hatte oft mit sich und dem Leben gehadert, weil es sie an diesen Ort geführt hatte. Im Laufe der Jahre aber lernte Leonore die Sicherheit und Beständigkeit zu schätzen, die das Klosterleben ihr bot. Bald konnte sie sich ein Leben außerhalb des Klosters kaum mehr vorstellen. Sie genoss es, jeden Tag ihren Aufgaben im Kräutergarten oder in der Bibliothek nachzugehen. Sie lächelte, als sie an die geliebten Arbeiten dachte. Wie gern hegte und pflegte sie die Kräuter und Pflanzen im Klostergarten. Stunde um Stunde hatte sie unter der Anleitung von Schwester Flordelis vor den Beeten gekniet, die warme Erde gerochen und sich den Setzlingen gewidmet. Jede einzelne Pflanze liebten die Nonnen, Schnecken und andere Schädlinge verfolgten sie dagegen mit aller Härte. Für Leonore blieb der Garten ein freundlicher Ort, wo sie ihren Gedanken nachhängen und einer Tätigkeit nachgehen konnte, die sie beherrschte. Jedes Jahr wieder bewunderte sie die Schöpfung, wenn aus den Samen und Setzlingen Kräuter und Blumen erwuchsen.

Neben dem Kräutergarten galt ihre Liebe der Arbeit in der Klosterbibliothek. Die Stunden, in denen sie Bücher abschrieb und mit größter Sorgfalt Buchstaben auf Pergamente malte, zählten für Leonore zu den schönsten Augenblicken ihres Lebens. Zwischen den Schriftrollen, unter der Anleitung von Schwester Methildis, hatte das unglückliche Kind eine Welt entdeckt, in der es nicht ungeschickt und fehl am Platze wirkte, sondern für die es alle Fähigkeiten und Fertigkeiten mitbrachte. Nach kurzer Zeit beherrschte sie die Kunst des Schreibens und der Büchermalerei so gut wie ihre Lehrmeisterin. Wer nur würde jetzt ihren Platz einnehmen und die Pergamente kopieren? Etwa Walpurga mit den dicken Händen und ungeschickten Fingern, die stets Tinte über die Schriftrollen verschüttete? Oder, schlimmer noch, Margaret, die Quirlige, die nie stillsitzen konnte und sich ständig verschrieb? Leonore seufzte. Warum musste sie alles aufgeben, um nach Braunschweig zu reisen? In eine fremde Stadt, zu einem Unbekannten, der sich ihr Vater nannte? Warum hatte er sie in all den Jahren nicht ein einziges Mal besucht, sondern schickte jetzt nach ihr wie nach Gesinde? Schwester Methildis drehte sich zu ihr um, als hätte sie ihre Gedanken gelesen.

«Komm, Kind.» Die Nonne lächelte ihr zu. «Wir Frauen müssen uns in unser Schicksal fügen. So will es unsere Bestimmung.»

«Aber nein!», brach es aus Leonore heraus. «Das ist nicht wahr. Es ist doch nicht das Schicksal, das über mein Leben entscheidet. Sondern ein Fremder, der nach so vielen Jahren kommt und sich mein Vater nennt.» Eine Welle von Angst überkam sie plötzlich, und sie fiel vor der alten Nonne auf die Knie. «Bitte, Schwester Methildis, bitte. Liefert mich nicht der Welt und ihren Schrecken aus. Alles will ich tun, jeden Dienst, den Ihr mir auftragt. Ich werde auch jede Handarbeit und Stickerei ohne Murren verrichten, die Ihr mir gebt. Aber bitte schickt mich nicht fort.»

Die Nonne schüttelte nur stumm den Kopf. Mit sanfter, aber kräftiger Hand zog sie das Mädchen empor. «Es ist nicht an uns, über dein Leben zu bestimmen, mein Kind. Füge dich in dein Schicksal und vertraue dem Herrn. Vergiss nie, der Mensch denkt, doch Gott lenkt.»

Leonore sank in sich zusammen, als sie erkannte, dass von Methildis keine Hilfe zu erwarten war. Wenn nicht einmal die Büchermeisterin ihr zur Seite stand, von wem konnte sie dann noch Unterstützung erhoffen? Sollte sie vielleicht fliehen? Sich verstecken, sich dem Willen des Mannes entziehen, der über sie bestimmen wollte wie über eine Handelsware? Einfach loslaufen, bis zum Tor, hinausstürmen und ihr Glück allein versuchen, schoss es ihr durch den Kopf. Doch sofort wurde ihr bewusst, wie töricht dieser Plan war. Wohin konnte ein Mädchen schon fliehen, wenn es ein ehrbares Leben behalten wollte? Wovon sollte sie leben? Manchmal flüsterten die Novizinnen einander Geschichten über gefallene Jungfrauen zu und schüttelten mit einem Schauder der Entrüstung die Köpfe. Nein, das Leben einer geflohenen Nonne war nichts, was sie vernünftigerweise in Erwägung ziehen konnte. Ihr blieb nichts anderes übrig, als ihr Schicksal wie alle Frauen anzunehmen und sich dem Willen ihres Vaters zu beugen. Leonore schickte ein Stoßgebet zur Muttergottes und bat um Beistand und Hilfe für die kommende Zeit. Mit hängenden Schultern folgte sie Methildis auf den Hof und schlich zum Tor. Das neue Kleid kratzte. Der edle Stoff und die leuchtenden Farben wirkten plötzlich schal, schien es ihr doch, als hätte sie dafür ihr Leben verkauft.

Chunegundis, die Pförtnerin, blickte ihnen neugierig entgegen. Neben ihr wartete Mutter Hildegard, die Äbtissin. Wie stets strahlte sie Ruhe und Zufriedenheit aus. Leonore hatte sich oft gewünscht, so gelassen und furchtlos durchs Leben gehen zu können wie die Klostervorsteherin.

Mutter Hildegard umarmte Leonore und flüsterte einen Segen. Dann zog sie ein silbernes Kreuz aus dem Ärmel ihres Habits hervor und überreichte es Leonore. «Bitte, meine Tochter. An dem Tag, an dem der Herr dich in unsere Obhut befahl, gab dir deine Amme dieses Schmuckstück als Erinnerung an deine Mutter mit.» Die Äbtissin zuckte die Achseln. «Da du dich dem Herrn Jesu Christi anvermählen wolltest, hielt ich es nicht für klug, dich an dein altes Leben zu erinnern. Doch nun …» Die Äbtissin umarmte Leonore, hängte ihr schnell das Kreuz um, das an einer zarten Kette hing, und eilte davon, ohne sich noch einmal umzudrehen. Mit ihr schwand Leonores letzte Hoffnung. Nur Mutter

Hildegard hätte sie vor dem Ansinnen ihres Vaters retten können.

«Sei vorsichtig in der Welt.» Chunegundis blickte Leonore mit tiefem Ernst in die Augen. «Und halte dich an die Gebote. Möge der Herr dich schützen.»

Leonore schluckte. Zum ersten Mal, seitdem sich vor Jahren die Pforte des Klosters hinter ihr geschlossen hatte, öffnete sich das Tor nun wieder für sie. Sie holte tief Luft und spähte hinaus. Methildis folgte ihr und zeigte auf einen Wagen. Zwei Pferde waren davorgespannt und stampften mit den Hufen, als ob sie es nicht erwarten könnten, sich auf den Weg nach Braunschweig zu machen. Neben ihnen stand ein Mann und schaute Leonore entgegen. Sie musterte ihn verstohlen und erschrak.

Verwegen sah er aus, mit dunklen Augen und erdfarbenen Haaren. Sollte sie etwa allein mit ihm reisen? Allein mit einem Mann? Leonores Kehle zog sich zusammen, und sie spürte, wie ihre Hände zu zittern begannen.

«Bitte, ich weiß doch nichts von der Welt.» Mit letzter Verzweiflung schaute sie sich zu Schwester Methildis um. «Ich will auch gar nichts von ihr wissen. Bitte, kann ich nicht doch einfach bei Euch bleiben?»

Doch die Nonne schüttelte den Kopf und hob die Hände in einer hilflosen Geste. Hastig umarmte sie Leonore und segnete sie mit einem Kreuzzeichen. Mit einem letzten Nicken drehte Methildis sich um und ging zur Pforte. Die Tür schloss sich mit einem dumpfen Schlag hinter ihr.

2

Leonore stand allein im Halbdunkel und musterte den Wagen und die Pferde, weil sie sich nicht traute, den Mann offen anzusehen. Sie spürte den Blick des Kerls auf sich ruhen, der immer noch schweigend neben dem Fuchs und dem Rappen stand. Leonore trat von einem Fuß auf den anderen und kratzte sich verlegen am Arm. Sollte sie auf den Mann zugehen, oder musste eine Frau warten, bis er sie zum Kommen aufforderte? Wie sollte sie einen Knecht ansprechen? Oder gehörte er nicht zum Gesinde? Nicht einmal die einfachsten Regeln des Lebens außerhalb der Klostermauern kannte sie, das wurde ihr jetzt bewusst. Sie spürte, wie die Röte ihr den Hals und die Wangen hinaufkroch. Einen flüchtigen Gedanken lang ärgerte sie sich über ihre Schwäche, dann nahm sie sich schließlich zusammen und näherte sich zögernd dem Gefährt. Helle Leinenplanen bedeckten die Seiten des Leiterwagens, der Leonore an die Wagen erinnerte, mit denen die Bauern Waren ins Kloster brachten oder Gemüse und Obst für den Markt abholten. Sollte es möglich sein, in einem derartig einfachen Gefährt die Strecke bis nach Braunschweig zu überwinden? Sie schluckte. Der Weg würde sicher zwei Tagesreisen in Anspruch nehmen. Zwei Tage und zwei Nächte allein mit diesem Mann! Was mutete ihr Vater ihr nur zu?

Der Wagenlenker grinste ihr unverhohlen entgegen, als hätte er ihre Gedanken gelesen. Leonore sandte einen stummen Hilferuf an den heiligen Eustachius und bat um Beistand in dieser schlimmen Stunde.

Da schob sich eine Hand aus dem Wageninnern und schlug die Plane zur Seite. Eine Frau, nur wenige Jahre älter als Leonore, schaute heraus und rief ihr zu: «Nun komm schon, Mädchen. Der Weg nach Braunschweig dauert seine Zeit. Und dein Vater wartet nicht gern.» Ihre helle Stimme klang ungeduldig.

Wer immer diese Frau auch war, Leonore erschien sie wie ein Geschenk des Himmels. Wenigstens musste sie die Fahrt nach Braunschweig nicht allein mit dem Mann verbringen. Sie holte tief Luft und drängte die Tränen zurück. Vorsichtig kletterte sie in das Wageninnere und nahm auf einer Holzbank Platz. Die Frau, die sie zur Eile gedrängt hatte, stand mit dem Rücken zu ihr und beugte sich über eine Truhe. Leonore räusperte sich. Die andere schaute kurz auf, nickte ihr zu und beugte sich noch etwas tiefer. Endlich tauchte sie auf und setzte sich Leonore gegenüber.

«Hier, nimm die Cappe.» Sie reichte Leonore einen dunkelgrauen Stoff.

Als sie Leonores fragenden Blick sah, schüttelte die Frau den Kopf. «Das ist ein Reisemantel. Los, zieh ihn über. Oder willst du dein Gewand mit dem Schmutz der Straße ruinieren? Außerdem hält er warm, die Nächte können noch frisch sein.»

Leonore nickte zum Dank. «Wer seid Ihr?», flüsterte sie und räusperte sich erneut, um Gewalt über ihre Stimme zu bekommen. «Warum begleitet Ihr mich?»

Ein leises Lachen war die Antwort, gefolgt von einem spöttischen Blick, unter dem Leonore sich plump und dumm fühlte. «Ich bin Konstanze, die Frau deines Vaters.»

Leonore schwieg. Diese Neuigkeit musste sie erst einmal verdauen. Vor einem Jahr hatte sie erfahren, dass sie einen Vater hatte. Heute nun reiste sie mit einer Stiefmutter, von der sie noch nie gehört hatte, nach Braunschweig.

«Habe ich …?», begann sie, dann setzte ihre Stimme aus. Nach einer Pause, die ihr wie eine Ewigkeit erschien, wagte sie nach ihrer neuen Familie zu fragen. «Habe ich Geschwister?»

Ein trauriges Lächeln huschte über Konstanzes Gesicht. «Nein, ich habe beide Kinder vor der Zeit verloren.»

«Das tut mir leid.» Leonore biss sich auf die Unterlippe und wünschte, sie hätte ihre Neugier gezügelt.

Konstanze nickte, und eine unangenehme Stille breitete sich zwischen ihnen aus. Der Wagen rumpelte dahin und schüttelte die Frauen durch. Endlich fasste Leonore den Mut, ihrer Stiefmutter noch eine Frage zu stellen.

«Hätte meine Rückkehr nicht bis nach dem Morgengebet warten können? Wieso mussten wir so früh aufbrechen?»

«Wir wollten den Tag nutzen. Die Reise dauerte länger, als wir erwartet hatten.» Konstanze stieß ein Schnauben aus, das Leonore an das Fauchen des Klosterkaters erinnerte. «Die Straßen sind in einem erbärmlichen Zustand, und ich musste zweimal in schmutzigen Herbergen übernachten.» Konstanze schüttelte sich und kratzte sich im Gesicht und an der Schulter. «Bestimmt habe ich mir Flöhe eingefangen.»

«Warum habt Ihr die Mühen auf Euch genommen?»

«Ich musste mich auf die Reise begeben, weil dein Vater sein unschuldiges Töchterlein nicht mit dem Knecht allein reisen lassen wollte.» Konstanzes Stimme klang anklagend. «Mich mit Humbert, diesem einfältigen Kerl, allein zu lassen, das störte ihn wohl nicht.» Ihre Stiefmutter zog die Mundwinkel nach unten.

Leonore knabberte an ihrer Unterlippe und suchte nach einer unverfänglichen Frage. «Ist Braunschweig eine große Stadt?»

«Braunschweig wächst und gedeiht. Besonders uns Kaufleuten geht es gut durch den Löwen.» Konstanze lächelte Leonore vielsagend an.

«Den Löwen?» Was war Braunschweig nur für eine Stadt, in der ein Raubtier für Wohlstand sorgte?

«Unser Herzog Heinrich, du Dummerchen.» Über so viel Unwissenheit schüttelte Konstanze den Kopf. «Haben sie dich im Kloster denn gar nichts gelehrt? Weißt du überhaupt nichts von der Welt?»

«Nur wenig.» Leonore senkte den Kopf. «Ich habe die Tage mit Beten und Schreiben –»

«Schon gut.» Leonores Stiefmutter lehnte sich zurück. «Der Herzog baut Braunschweig zu seiner Residenz aus und fördert uns Kaufleute. Sogar Handwerker aus dem Ausland holt er in die Stadt. Ständig lässt er Bauten errichten, die der Nachwelt seinen Ruhm zeigen sollen.»

«Ist er ein frommer Mann?»

Konstanze lachte. «Er lässt einen gewaltigen Dom bauen und pilgerte ins Heilige Land. Reicht dir das?» Dann gähnte Konstanze und streckte sich. «Geschlafen habe ich wenig. Bist du nicht auch müde?»

«Ich bin es gewöhnt, mit dem ersten Licht aufzustehen.» Leonore betrachtete ihr Gegenüber. Warum hatte ihr Vater eine so junge Frau geheiratet? Ähnelte Konstanze vielleicht Leonores Mutter, die bei ihrer Geburt gestorben war? War ihre Mutter auch so ein zartes Geschöpf gewesen? Konstanze wirkte wie eine Prinzessin in ihrer schimmernden Cotte, deren Farbe Leonore an Glockenblumen erinnerte. Das Blau des Stoffs betonte die Blässe von Konstanzes Haut und die Farbe ihrer Augen.

Das weiße Leinenband, das die Stiefmutter als verheiratete Frau auswies, umrahmte ein herzförmiges Gesicht mit einer Stupsnase. So eine hatte Leonore sich immer gewünscht. Unwillkürlich fasste sie sich ins Gesicht und fuhr mit dem Finger die eigene Nase entlang, die ihr stets zu breit und undamenhaft lang erschienen war. Wenn Konstanzes Äußeres zeigte, welche Art Frauen ihr Vater schätzte, so wäre er von ihr sicher enttäuscht. Zu mager, zu hager und zu eckig.

«Was glotzt du mich so an?» Konstanze runzelte die Stirn.

«Entschuldigt.» Leonore senkte den Blick. «Ich habe nur die Feinheit Eures Gewandes bewundert. Es kleidet Euch ausnehmend gut.»

«Ich musste deinen Vater lange bitten, bis er mir diese schönen Stoffe schenkte.» Leonores Kompliment schien ihre Stiefmutter versöhnt zu haben. Sie rückte etwas näher und schlug den Surkot um. «Hier, fühl einmal. Seide aus dem Orient.»

Liebevoll strich Konstanze über den safrangelben Stoff, der sich leuchtend vor dem Braun der Wolle abhob. Leonore folgte der Aufforderung und streichelte über das feine Tuch. Bisher hatte sie ihre neuen Gewänder, die der Vater ihr ins Kloster geschickt hatte, für edel gehalten, doch gegen Konstanzes Surkot wirkten sie wie die Kleider einer Bäuerin.

«Wunderschön», flüsterte Leonore. «Mein Vater muss ein reicher Mann sein.»

Konstanzes Lachen überraschte Leonore, die sich nicht bewusst war, etwas Lustiges oder Dummes gesagt zu haben. «In der Tat, dein Vater ist einer der bedeutendsten Fernhändler Braunschweigs.» Konstanze nickte eifrig. «Sein Wort hat großes Gewicht in der Stadt. Du weißt gar nicht, was für ein Glück du hast.»

Aber etwas in den Augen ihrer Stiefmutter ließ Leonore zweifeln, ob sie wirklich einem besseren Leben entgegenfuhr. Bevor sie weitere Fragen nach ihrem Vater stellen konnte, begann Konstanze, über Stoffe und Waren, die Händler aus fernen Ländern nach Braunschweig brachten, zu schwatzen. Ihr Geplauder hatte eine beruhigende, beinahe schon einschläfernde Wirkung.

Zu Mittag hielt der Knecht am Straßenrand und tränkte die Pferde. Die Fahrt hatte Leonore durchgeschüttelt, und sie war froh über die Unterbrechung. Gemeinsam mit Konstanze kletterte sie vom Wagen und streckte die müden Glieder. Die Frauen nutzten die Gelegenheit, um sich ein wenig die Beine zu vertreten. Zurück im Wagen, öffnete Konstanze die Truhe und holte Brot und Käse heraus, dazu einen Schlauch Apfelmost.

«Wie lange werden wir reisen?», fragte Leonore.

Konstanze zuckte die Schultern und schnitt sich eine weitere Scheibe vom Käse ab. «Wenn der Knecht sich beeilt, sollten wir mit einer Rast auskommen.»

«Werden wir in einem Kloster übernachten?» Bei den Benediktinerinnen baten Reisende oft um eine Schlafgelegenheit und ein Mahl und erhielten beides.

«Fehlt dir das Kloster etwa schon?» Konstanze schaute sie belustigt an. «Nein, wir sind nicht auf Mildtätigkeit und wässrigen Haferbrei angewiesen. Ich will lieber in einem Gasthaus nächtigen. Möglichst in einem ordentlichen.»

Leonore nickte. Wieder etwas, was sie nicht gewusst hatte. Gern hätte sie ihre Stiefmutter gefragt, wie es in Gasthäusern zuging und woran man ein ordentliches erkannte, aber Konstanze drehte ihr den Rücken zu und begann bald, leise zu schnarchen. Leonore war ebenfalls müde, doch ihre Gedanken ließen sie nicht zur Ruhe kommen.

Auch später in der Herberge – einem recht dreckigen Haus, über das Konstanze enttäuscht die Nase gerümpft hatte – vermochte Leonore lange nicht in den Schlaf zu finden. Zu laut dröhnten das Grölen der betrunkenen Männer, das Poltern ankommender Wagen und das Rollen von Fässern, die abgeladen wurden. Nun erst erkannte sie, was für ein ruhiger Ort Sankt Marien war. Wieder und wieder wälzte sie sich von einer Seite zur anderen, bemüht, Konstanze nicht zu wecken, die neben ihr lag. Erst lange nach Mitternacht schlief sie ein.

Am Morgen wurde sie vom Krähen eines übereifrigen Hahns geweckt und sprang aus dem Bett, in Sorge, verschlafen zu haben. Nicht dass sie erneut zu spät zu den Laudes käme, schoss es ihr durch den Kopf. Doch als sie die schlummernde Konstanze erblickte, wurde ihr mit einem Schlag klar, wo sie sich befand. Leonore sackte zurück auf das Bett.

«Bernardus, was soll das?», murmelte Konstanze schläfrig und drehte sich um.

Ein lautes Hämmern an der Tür riss Leonores Stiefmutter aus dem Schlaf. «Eilt Euch! Wir haben einen langen Weg vor uns», dröhnte die Stimme des Wagenlenkers.

Konstanze setzte sich auf, reckte sich ausgiebig, gähnte und blickte Leonore mit müden Augen an. «Nun los, du hast gehört, was er gesagt hat.»

Leonore nickte und kleidete sich stumm an. Aus einem Krug schöpfte sie brackig riechendes Wasser in eine Schüssel und wusch sich notdürftig Gesicht und Hände.

«Frühstücken will ich in dieser Drecksbude nicht. Du etwa?» Konstanze, auf deren Gesicht sich noch die Falten der Decke abzeichneten, stand bereits angekleidet an der Tür.

Stumm schüttelte Leonore den Kopf und folgte ihrer Stiefmutter auf die schmale Stiege, die in den Gastraum führte. Der Geruch nach altem Rauch, Wein und Männerschweiß quoll ihnen entgegen und raubte Leonore Atem und Appetit. Konstanze rümpfte erneut die Nase und eilte aus der Herberge. Vor der Tür warteten mehrere Wagen, meist Ochsengespanne, mit denen Bauern und Händler ihre Waren beförderten. Leonore blickte voller Staunen auf das Gewimmel. Die kräftigen Rinder muhten und schüttelten die Köpfe. Ein brauner Ochse schaute sie geradewegs an und zuckte mit den Ohren. Leonore lächelte über diesen unerwarteten Morgengruß.

«Weg da!», brüllte einer der Knechte und rollte ein Weinfass über den Hof ins Wirtshaus.

Weitere Fuhrleute verstauten ihre Waren auf Karren oder Ochsenwagen und kamen einander dabei in die Quere. Flüche und Schimpfwörter flogen durch die Luft, ab und zu untermalt von einem muhenden Ochsen. Leonore war erleichtert, als sie in der Sicherheit des Reisewagens saß und dem Getümmel entgehen konnte.

«Dein Vater hätte klüger sein und dich in einem Kloster unterbringen sollen, das näher an Braunschweig liegt.» Konstanze verzog das Gesicht. «Ich habe so schlecht geschlafen, dass ich sicher alt auf dich junges Ding wirke.»

«Nein, nein», beeilte sich Leonore zu sagen und versicherte ihrer Stiefmutter, dass sie überaus frisch aussehe. Verwunderlich, wie viel Gedanken Konstanze an ihr Äußeres verschwendete. Im Kloster hätte man sie der Sünde der Eitelkeit bezichtigt.

Zufrieden reckte Konstanze sich, lehnte sich an die Wand des Wagens und schlief prompt ein. Ihre schmalen Hände lagen dabei damenhaft übereinander in ihrem Schoß. Leonore blickte auf ihre eigenen Hände. Tintenflecke zierten den Mittelfinger, und unter den kurzen Fingernägeln hatte sich trotz kräftigen Schrubbens Erde aus dem Garten abgesetzt. Noch nie zuvor hatte sie das Gefühl gehabt, die Hände einer Magd zu haben. Während sie die zarten weißen Finger ihrer Stiefmutter anschaute, entdeckte Leonore mehr und mehr Fehler an sich. Was würde ihr Vater nur von ihr halten? Sie sank in sich zusammen und wünschte sich einmal mehr ins Kloster zurück. Neben ihr schnarchte Konstanze, von draußen drangen das Rattern der Wagenräder und der Hufschlag der Pferde an ihr Ohr. Hin und wieder hörte sie

Humbert fluchen. Der Wagenlenker hatte noch kein Wort mit Leonore gewechselt, sondern sie nur angestarrt. Fragen richtete er stets an ihre Stiefmutter, mit einem unterwürfigen Grinsen. Leonore lief ein Schauder über den Nacken, und sie dankte den heiligen Nothelfern, dass der unheimliche Kerl vorn saß und keine Gelegenheit mehr hatte, sie mit seinen Blicken zu durchdringen. Das Schaukeln des Gefährts wirkte einschläfernd, und immer wieder fielen ihr die Augen zu. Aber in ihrem Inneren war sie zu unruhig, um schlafen zu können. Ständig kreisten ihre Gedanken um die Frage, was sie in Braunschweig erwarten würde. Sie hätte gern mit Konstanze gesprochen, doch die schlief noch immer, und Leonore wollte sie nicht wecken.

Endlich schlug ihre Stiefmutter die Augen auf, reckte sich, gähnte und suchte nach etwas unter dem Sitz. Sie holte einen Weinschlauch hervor, öffnete ihn und trank einen Schluck.

«Möchtest du?» Konstanze reichte Leonore den Schlauch. «Ein wohlschmeckender Gewürzwein. Aus dem gutgefüllten Keller deines Vaters. Mit Weinen kennt er sich aus.» Etwas in Konstanzes Stimme ließ Leonore aufhorchen. Mehr wollte ihre Stiefmutter anscheinend nicht sagen.

Leonore schüttelte den Kopf und räusperte sich. «Sagt, warum musste ich so plötzlich abreisen?» Sie nahm allen Mut zusammen und stellte die Frage, die ihr auf der Seele brannte. «Warum konnte mein Vater mich nicht einfach im Kloster leben lassen?» Leonore fürchtete sich ein wenig vor Konstanzes Antwort. War sie zu frech und die Stiefmutter würde sie strafen?

«Man fragt besser nicht nach den Beweggründen deines Vaters, sondern bemüht sich, seine Wünsche zu erfüllen.» Konstanze lachte, doch Leonore spürte einen bitteren Unterton in ihren Worten. «Das wirst du bald lernen.»

Lag da ein mitleidiger Ausdruck in den Augen ihrer Stiefmutter? Leonore schauderte. Ihr Vater schien ein Mensch zu sein, der es gewohnt war, seinen Willen durchzusetzen. Hatte er sie nicht auch aus dem Kloster gezerrt, ohne sich darum zu scheren, wie sie selbst ihr Leben verbringen wollte? Wieder spürte sie die Angst, die ihr die Kehle zuschnürte. Wohin würde ihr Schicksal sie führen? «Unser Herr gibt uns nie mehr Lasten auf, als wir tragen können», hatte Methildis stets gepredigt, wenn Leonore sich über die Widrigkeiten des Klosterlebens beklagt hatte. Sie schluckte und versuchte, auf die Weisheit der Nonnen zu vertrauen.

Immerhin musste sie diesen Weg nicht ganz allein gehen. Ihre Stiefmutter war vielleicht kein Ausbund an Freundlichkeit, aber sie schien bereit, Leonore den Weg in das Braunschweiger Leben zu weisen. Vielleicht würden sie sogar noch Freundinnen werden. Sie lächelte Konstanze an. Ihre Stiefmutter nahm das als Aufforderung, Leonore mehr über Braunschweig und die weitverzweigte Gesellschaft der Fernhändler zu erzählen. Aber sosehr sie sich auch bemühte, vermochte Leonore den Geschichten nicht zu folgen, die sich um fremde Familien und deren Stellung in der Braunschweiger Kaufmannschaft drehten. Höflich unterdrückte sie ein Gähnen und nickte ab und zu an den hoffentlich passenden Stellen von Konstanzes verwickelter Erzählung. Das Rütteln des Wagens und Konstanzes Stimme, die wieder und wieder die gleiche Geschichte, nur mit wechselnden Namen, zu erzählen schien, beruhigten Leonore ein wenig, und sie sah dem Treffen mit ihrem Vater gefasster entgegen.

In der Abenddämmerung erreichten sie ihr Ziel. Als sie sich den Stadttoren näherten, hörte Leonore den Wagenlenker schimpfen und mit lauter Stimme gegen den Lärm anschreien, der sich um sie herum erhob. Hunde bellten, Schweine grunzten, Säuglinge schrien. Aber nicht nur den Ohren, auch der Nase wurde einiges zugemutet, nun, da sie sich der Stadt näherten. Über allem lagerte ein beißender Gestank von Tiermist und Menschenschweiß. Leonore schlug die Plane zur Seite und spähte hinaus. In der Ferne entdeckte sie eine Stadtmauer, über die Kirchtürme ragten. Braunschweig. Ihr Herz pochte vor Aufregung und Erwartung. Um sie herum strömten Menschen aus Richtung der Stadt. Bauern mit Ochsenwagen oder kleinen Karren, die sie schoben, Mägde, die Gänse und Enten vor sich hertrieben, ganze Familien von Kleinbauern, die Kiepen auf dem Rücken trugen, machten dem Pferdewagen die Straße streitig.

«Glotz nicht wie eine Dienstmagd!», wies Konstanze sie mit scharfer Stimme zurecht. «Du bist die Tochter eines der größten Fernhändler der Stadt. Also benimm dich auch deinem Stande entsprechend.»

Sofort ließ Leonore die Plane fallen und sank zurück auf die Bank. Sie senkte den Kopf und blickte auf ihre Hände. Wie von selbst hatten Daumen und Zeigefinger der rechten Hand begonnen, die zarte Haut des linken Daumens abzureißen. Der Schmerz lenkte Leonore von der Angst ab, die sich auf sie legte wie eine dunkle Wolke. Woher sollte sie wissen, wie sich die Tochter eines Kaufmanns zu verhalten hatte? Ihr Leben hatte sich um Kräuter und Gemüse, um Bücher und Gebete gedreht, nicht um gesellschaftliche Umgangsformen und Standesunterschiede. «Bitte entschuldigt.» Sie zupfte weiter an der Nagelhaut. «Könnt Ihr mir helfen, eine gute Tochter zu werden?»

Ein grimmiges Schnauben begleitete Konstanzes Antwort. «Für deine Erziehung werde ich wohl kaum Zeit finden. Wir werden nicht lange zusammenleben.»

Was meinte sie damit nun wieder? Doch bevor Leonore sie fragen konnte, rief der Knecht ihnen zu: «Frau Konstanze, wir sind gleich zu Hause.»

Leonores Stiefmutter begann unruhig an Kleid und Mantel herumzuzupfen. Mit zwei Fingern strich sie sich über die Stirn. «Wie sehe ich aus? Wirke ich sehr erschöpft?»

Leonore suchte nach einer Schmeichelei. «Nein, Ihr seht frisch aus wie der Morgen.» Warum sorgte sich ihre Stiefmutter nur so sehr um ihr Äußeres?

Ein erneuter Ruf des Knechts lenkte Leonore von dem Gedanken ab, und sie atmete tief durch. Dann prüfte sie noch schnell die Sauberkeit ihrer Fingernägel, doch da war nichts zu retten, die Gartenarbeit sah man ihren Händen weiterhin an.

Der Wagen kam mit einem Ruck zum Halten. Schritte polterten, und der Knecht schlug die Plane zurück. Hinter ihm erspähte Leonore einen Hof, sicher so groß wie das Kloster. Ihr Vater musste ein vermögender Mann sein. Mit schmerzenden Gliedern kletterte Leonore aus dem Wagen. Humbert bot ihr eine Hand an, doch die übersah sie geflissentlich, weil sie den Mann nicht anfassen mochte. Sie streckte ihren von der Reise müden Körper und blickte sich neugierig um. Rund um den Hof, in dem etliche Ochsenkarren und andere Wagen standen und wohl auf Fuhren warteten, lagen verschiedene Gebäude. Ein Speicher, in dem ihr Vater seine Waren unterbrachte, wie Leonore vermutete, ging in die Wohnkemenate über.

«Man nennt die Bauweise Fachwerk. Hier in Braunschweig gibt es einiges davon», sagte Konstanze, die Leonores erstaunten Blick richtig deutete. Stolz erklärte sie Leonore die Häuser. «Im Speicher und im Torhaus lagern die Waren. Bei gutem Wetter läuft der Verkauf hier im Hof. Bei schlechtem, was wir hier des Öfteren zu beklagen haben, nutzt dein Vater die Diele des Hallenhauses.» Konstanze deutete auf ein zweistöckiges Gebäude, dessen Balkenzeichnung Leonore so verwundert hatte. «Doch nun komm. Wir wollen Bernardus nicht warten lassen.»

Hinter ihrer Stiefmutter betrat Leonore das Haupthaus und spähte ins Innere. Eine Mischung aus Neugierde auf den Fremden, den sie Vater nennen würde, und Angst vor seinen Erwartungen an sie brachte ihre Hände zum Flattern. Sei stark, versuchte sie sich Mut zuzuflüstern, doch die Sorge wuchs in ihr und wollte sich nicht wegreden lassen. Nur nicht anfangen zu weinen und mich dem Vater als Schwächling zeigen! Dieser Gedanke kreiste in ihrem Kopf und verdrängte alles andere.

In der Diele waren zwei Männer in ein Gespräch vertieft, beides stattliche Herren, die sich ihrer Stellung gewiss zu sein schienen und bestimmt nicht so einfach zu verunsichern waren wie sie. Der Jüngere, hoch gewachsen und sehr gerade in seiner Haltung, redete auf den Älteren ein. Sein kräftiger Körper schien unter Spannung zu stehen, und Leonore ahnte das Drängen in seiner Stimme, als er sich nach vorn beugte, um seinen Worten Nachdruck zu verleihen. Der Ältere, wohl Bernardus, ihr Vater, ließ sich durch die Gesten nicht beeindrucken. Er stand aufrecht wie ein Baum, und Leonore bemerkte, wie er eine Augenbraue spöttisch nach oben zog. Sie musterte sein Gesicht, suchte nach Anzeichen von Gemeinsamkeiten zwischen sich und diesem Mann, vielleicht ein Grübchen, das sie teilten, oder der Schwung der Nase. Aber sie konnte nichts in dem harten Gesicht erkennen, das ihr ähnelte. Der Mann wandte den Kopf in ihre Richtung, als ob er ihren Blick auf sich gespürt hätte. Nicht einmal die graublauen Augen hatte sie mit ihm gemeinsam. Die ihres Vaters waren braun und wirkten kühl.

«Ah, da seid ihr ja endlich!», rief er aus und eilte mit großen Schritten auf sie zu. «Meine geliebte Frau und meine sehnsüchtig erwartete Tochter.»

Ihr Vater streckte die Hände aus, und Leonore, verwirrt durch seinen Überschwang, stolperte und fiel ihm buchstäblich an die Brust. Bernardus verzog unwillig das Gesicht, worauf Leonore erschreckt zurücksprang.

«Mein Kind.» Ihr Vater lächelte nun wieder freundlich und hielt ihr die Hände entgegen. «Ich möchte dir Fulk von Calven vorstellen, einen guten Geschäftspartner. Schon sein Vater und ich haben gemeinsam Waren aus dem Heiligen Land nach Braunschweig geholt.»

Der Jüngere wandte sich ihr zu und nickte knapp zur Begrüßung. Sein Blick wanderte über ihr Gesicht und ihren Körper, und Leonore fühlte sich unwillkürlich wie eine Ware, die ein Kaufmann vor Geschäftsabschluss schätzte und deren Wert er erst nach gründlicher Prüfung festsetzen wollte. Doch sie verdrängte diesen dunklen Gedanken und lächelte dem Mann freundlich zu. Damit hoffte sie den Wünschen ihres Vaters Genüge zu tun.

«Ihr müsst erschöpft sein nach der langen Reise.» Bernardus wandte sich Konstanze zu. «Zeige meiner Tochter ihre Kammer. Wir reden später.»

Konstanze nickte stumm und winkte Leonore, ihr zu folgen. Die knickste und eilte Konstanze nach, die noch kein Wort mit ihrem Gemahl gewechselt hatte. Hinter sich hörte sie die Stimme des Kaufmanns, der ihr als Fulk von Calven vorgestellt worden war: «Ein wenig mager ist sie ja. Glaubst du, dass sie Söhne gebären kann?»

3

BRAUNSCHWEIG, FRÜHLING 1177

Warum wollte ihr nie etwas gelingen? Selbst das weiche Licht der Kerze konnte nicht darüber hinwegtäuschen, dass sie wieder einmal gescheitert war. Leonore blickte auf das Stückchen Brokat, aus dem sie eine Kappe für Fulk hatte nähen wollen. Krumm und schief war sie, die Ecken fransten aus, und das ganze Tuch schien ihr vorwurfsvoll entgegenzurufen: «Stümperin!»

Gut, dass Herburgis schon schlief und Leonore nicht mit einer weiteren Predigt über die haushaltlichen Tugenden und Pflichten einer Ehefrau drangsalieren konnte. Leonore musste den Stoff verstecken, bevor Fulk nach Hause käme und ihn entdeckte. Sonst würde er ihr wieder wochenlang vorwerfen, dass sie den teuren Brokat für ihre kläglichen Nähversuche verschwendet hatte. Leonore seufzte und vergrub die verpfuschte Kappe in einer alten Truhe, in der sie viele ihrer Missgeschicke verbarg.

Mit schlechtem Gewissen begab sie sich in Blanches Zimmer. Wenn ihr etwas missglückt war und sie an sich zweifelte, suchte sie gern Trost bei ihrer Tochter. Wenigstens eines war ihr in ihrem Leben gelungen. Vorsichtig öffnete sie die Tür, um die Kleine nicht zu wecken. Sie schlich auf Zehenspitzen an das Bett und schaute hinein. Ein Lächeln legte sich auf ihr Gesicht und verbannte alle dunklen Gedanken.

Blanche lag auf der Seite, die Hand zur Faust geballt und vor den Mund gehoben, als ob sie gleich hineinbeißen wollte. Sanft strich Leonore dem schlafenden Kind über den Kopf, hauchte ihm einen Kuss auf die Stirn und setzte sich auf die Truhe neben dem Bett. Im Licht des Mondes konnte sie die feinen Gesichtszüge ihrer Tochter deutlich erkennen. Wie hatte sie nur etwas so Wundervolles zuwege bringen können? Alles an Blanche war vollkommen. Von den zarten Fingern bis hin zu den honigfarbenen Locken. Die Kleine war ihr Ein und Alles, ein wunderbares Kind, das mit einem wachen Kopf und einem freundlichen Herzen durch die Welt ging. Leonore seufzte. Wenn nur Fulk bereit wäre, seine Tochter so zu lieben wie sie. Aber ihr Gemahl sah in Blanche lediglich einen Fehlschlag, einen weiteren Beweis dafür, dass er die falsche Frau geheiratet hatte. Nur ein Mädchen, hatte er nach der Geburt gesagt und seine Tochter seitdem kaum eines Blickes gewürdigt.

Leonore hatte ihm den ersehnten Stammhalter bisher nicht schenken können. Nach Blanches Geburt vor sechs Jahren, die Leonore fast das Leben gekostet hätte, war sie nicht wieder schwanger geworden. Fulk machte ihr deshalb Vorwürfe. Ein Mann brauchte schließlich einen Sohn, dem er das Geschäft, das Haus und seinen Namen vererben konnte. Wie zur Bestrafung hatte sich ihr Gatte mehr und mehr von ihr zurückgezogen. Leonore vermutete, dass er sich der Gesellschaft anderer Frauen hingab, zog es jedoch vor, nicht darüber nachzugrübeln, wo Fulk seine Abende verbrachte. Herburgis hatte Andeutungen gemacht, die Leonore verletzen sollten, doch sie hatte sich dumm gestellt, und ihre Schwiegermutter hatte bald den Spaß an dem grausamen Spiel verloren. Leonore schauderte beim Gedanken daran, wie garstig Herburgis manchmal sein konnte.

Sie streichelte Blanches Hand und grübelte über den Weg nach, den ihr Leben seit der Ankunft in Braunschweig genommen hatte. Vom Regen in die Traufe war sie geraten. Nach wenigen Wochen im großen, aber lieblosen Haus ihres Vaters hatte sie gehofft, dass ein Prinz sie aus ihrem traurigen Schicksal als ungeliebtes Stiefkind befreien würde.

Als Fulk von Calven um ihre Hand anhielt, sah Leonore in ihm die Möglichkeit, der Obhut ihres hartherzigen Vaters zu entkommen. Zwar war Fulk kein Königssohn, nur ein Kaufmann, doch in seinen nussbraunen Augen lag ein Hauch von Düsternis, der Leonore auf geheimnisvolle Weise anzog. In ihrer Naivität hatte sie geglaubt, dass Fulk nur der Liebe einer ergebenen Frau bedurfte, die seine Sorgenfalten mit Freundlichkeit vertrieb. Aber bereits in ihrer Hochzeitsnacht lernte sie, dass Fulks Dunkelheit aus seinem Inneren entsprang. Sie bekam noch immer eine Gänsehaut beim Gedanken daran. Mit rohen Händen hatte er sie entkleidet, ohne Liebkosungen hatte er sich auf sie gestürzt und sie nach der vollzogenen Ehe allein gelassen. Die halbe Nacht hatte sie zitternd wach gelegen und gefürchtet, dass er erneut über sie herfiele.

Doch Fulk hatte ihr keine sonderliche Aufmerksamkeit mehr geschenkt. Die Ehe vollzog er eilig und lieblos, schien nur danach zu trachten, einen Sohn zu zeugen. Bald hatte Leonore erkennen müssen, dass ihr Gemahl ein bitterer Mann war, der voller Zorn auf die Welt blickte. In der Verbindung mit Leonore sah er nur einen Handel, eine Vereinbarung, die sie beide erfüllen mussten. Immerhin hatte sie eine gute Mitgift mit in die Ehe gebracht. Ihr Vater hatte sich nicht lumpen lassen und war Fulks Erwartungen an die Heirat gerecht geworden. Leonore hingegen hatte ihren Teil des Geschäfts nicht einhalten können. Der Stammhalter ließ auf sich warten.

«Hast du geglaubt, dass dir so ein Kind einen Sohn gebären kann?», hatte Leonore kurz nach Blanches Geburt die giftige Stimme ihrer Schwiegermutter vernommen. Vor der Tür ihrer Kammer hatten Fulk und seine Mutter sich lautstark gestritten.

«Mager ist sie vom Klosteressen und viel zu klein. Da kann nichts Vernünftiges draus kommen.»

Herburgis' böse Worte hatten Leonore tief getroffen, doch Fulks Antwort verletzte sie noch mehr.

«Du wolltest ja, dass ich den Bund mit Bernardus schließe.» Seine Stimme senkte sich etwas. «Wer weiß, vielleicht stirbt sie ja bei der nächsten Geburt.»

Bei der Erinnerung an diese grausamen Worte lief Leonore ein kalter Schauer über den Rücken. Sie versuchte, die düsteren Gedanken abzuschütteln, denn Schwäche konnte sie sich nun nicht leisten. Ein letztes Mal beugte sie sich zu Blanche hinab und sog tief den Geruch ihres Kindes ein, der sie stets beruhigte. Dann ging sie in ihre Schlafkammer.

Wie alles in Fulks Haus zeugte auch das Ehegemach von Reichtum und gutem Geschmack. Das Himmelbett aus dunklem Holz war mit feinsten Schnitzarbeiten verziert und mit teuren Pelzen bedeckt. In den Eichentruhen warteten Gewänder aus Seide und Brokat auf Leonore, damit sie sich kleiden konnte, wie es sich für eine Kaufmannsgattin geziemte. An den Wänden zeigten bunte Teppiche aus Seide, dass Leonores Gemahl im fernen Orient gelebt hatte. Wie gern wüsste sie mehr von seinen Abenteuern in der Fremde, doch Fulk hieß sie schweigen, sobald sie ihn danach fragte. Was war nur im Morgenland geschehen, das ihn so verbittert hatte? Leonore sah sich um, als ob die Wände ihr eine Antwort geben könnten. Sie fröstelte und kleidete sich für die Nacht um.

Selbst der heiße Stein, den eine Magd Leonore vorsorglich zwischen die Laken gelegt hatte, half nicht, die Kälte und das klamme Gefühl zu vertreiben. Leonore wickelte die Decken fest um sich und versuchte in den Schlaf zu finden, bevor Fulk nach Hause zurückkehrte.

4

Draußen warten zwei Fremde auf Euch», flüsterte Aleidis und knetete ihre Hände. Die junge Dienstmagd hielt den Blick auf den Boden gesenkt. «Sie verlangen, Euch zu sprechen.»

«Wie heißen sie denn, du dumme Trine?» Fulks dunkle Stimme klang zornig. «Hast du nicht nach ihren Namen gefragt?»

«Ich … ich weiß nicht.» Die Kleine hob die Schultern und schluchzte auf. «Sie sind so absonderlich, dass mir gruselte.»

«Verschwinde!» Fulk holte tief Luft. «Sag ihnen, dass ich gleich bei ihnen sein werde.»

«Sei nicht so streng zu ihr.» Leonore legte Fulk eine Hand auf den Unterarm. «Sie ist doch noch ein Kind und erst seit ein paar Wochen in unserem Dienst.»

Mit einer unwilligen Geste schüttelte er sie ab. «Ich kann keinen Bauerntrampel brauchen, der meine Gäste empfängt.» Sein Zorn entlud sich auf sie. «Ich habe dir gleich gesagt, dass ein Mädchen vom Dorf nicht für ein Stadthaus taugt.»

Leonore zog die Hand zurück und biss sich auf die Unterlippe. An ihrem Gemahl vorbei starrte sie auf das Bild, das protzig die Wand zierte. Fulks Vater, der Mann, der den Fernhandel eröffnet hatte, schien sie spöttisch anzugrinsen. Sie strich sich mit einer fahrigen Geste eine Haarsträhne unter die Haube. «Sie wird sich noch machen …»

«Bauerntrampel aus Mackenthorpe», unterbrach Fulk sie und gebot ihr Schweigen. «Nur, weil deine Amme von dort kam.» Ein bösartiges Lächeln zog über sein Gesicht. «Aber Gleich und Gleich gesellt sich ja bekanntlich gern.»

Leonore starrte ihn an, wieder einmal fassungslos ob der

Grausamkeit, die er ihr entgegenbrachte. Aber sie würde nicht weinen. Heute nicht. Heute würde sie ihm den Triumph nicht gönnen. Trotzig streckte sie das Kinn vor und hielt seinem Blick stand. Fulk wollte gerade zu einer weiteren Gemeinheit ansetzen, als ein Klopfen ihren Streit unterbrach.

«Herr, die beiden Fremden warten auf Euch.» Guda, die ältere Magd, stand in der Tür. Ihre gedrungene Gestalt und ihr hocherhobenes Haupt zeigten deutlich, dass sie sich von niemandem herunterputzen lassen würde.

«Wie sind ihre Namen?», herrschte Fulk sie an. «Oder hast du auch nicht gefragt?»

So schnell ließ sich die Magd nicht einschüchtern. «Heidnische Namen, die ich nicht auszusprechen vermag», antwortete Guda, und ihre ganze Haltung drückte die Verachtung aus, die sie für Fremde im Allgemeinen und Heiden im Besonderen hegte.

«Heiden?» Fulk zog erstaunt eine Braue hoch. «Sarazenen?»

«Seht selbst. Sie tragen seltsame Gewänder, und ihre Haut ist braun wie eine Haselnuss.»

Fulk war plötzlich ganz blass geworden. Ohne ein weiteres Wort eilte er in die Diele. Leonore blickte ihm erstaunt nach. Kannte er denn die Fremden? Fürchtete er sie?

Leonore wollte ihm nachgehen, doch ihre Schwiegermutter hielt sie auf.

«Glotz nicht wie eine Kuh. Der Haushalt erledigt sich nicht von allein.» Herburgis ließ Leonore keine Zeit, sich mit den Besuchern zu befassen. «Folge mir, die Handarbeit wartet.»

Als Leonore mit ihrer Schwiegermutter in der Stube saß und Leinentücher bestickte, wanderten ihre Gedanken wieder zu den Fremden. Sie vermochte ihre Neugierde kaum zu zügeln. Von dunklen Männern in seltsamen Gewändern hatte die Magd gesprochen. Zu gern hätte sie die Sarazenen einmal gesehen. Juden reisten öfter durch Braunschweig, um Gewürze und Stoffe zu verkaufen, doch Sarazenen war Leonore noch nie begegnet. Sollte sie unter einem Vorwand zu ihnen gehen, um ihre Neugierde zu stillen? Nein, lieber nicht. Fulk wünschte nicht, dass sie sich in seine Geschäfte einmischte, und sie hatte gelernt, dem Willen ihres Mannes zu gehorchen. Sie verbannte die Gedanken und versuchte, ihre Aufmerksamkeit wieder der Stickerei zu widmen.

Doch wie lästige Fliegen tauchten die Fragen wieder auf. Sarazenen in Braunschweig, in ihrem Heim! Was wusste sie über Morgenländer? Heiden waren das, die dunklen Göttern dienten und denen ein Menschenleben nichts bedeutete. Solche Menschen verlangten nun ihren Gemahl zu sprechen, und Fulk hatte sie empfangen. Was hatte es zu bedeuten, dass zwei dieser Götzenanbeter in ihrem Heim auftauchten? Vielleicht waren es Kaufleute, die Fulk in Jerusalem getroffen hatte, als er dort lebte. Vielleicht könnte sie von den Männern endlich etwas über die Zeit erfahren, über die ihr Gemahl nicht sprechen wollte. Leonore nagte an ihrer Unterlippe und grübelte. Sicher wollten die Sarazenen nur Waren bringen, versuchte sie sich zu beruhigen. Doch das Gefühl einer Bedrohung wollte nicht weichen. Obwohl das Licht der Sonne ins Zimmer fiel und Leonore wärmte, ließ der Gedanke an die Fremden sie frösteln. Sie rieb sich die Arme. Der weiße Stoff, den sie mit roten und blauen Blüten besticken wollte, glitt von ihrem Schoß und fiel zu Boden.

«Träumst du etwa schon wieder? Heb das gute Leinen auf, bevor es dreckig wird!», fuhr ihre Schwiegermutter sie an. Herburgis hatte bereits das zweite Tuch fertiggestellt und ordentlich gefaltet zur Seite gelegt, während Leonore nicht einmal die Hälfte des ersten Stoffs bestickt hatte. Sie brauchte nicht aufzusehen, um sich des missbilligenden Blicks ihrer Schwiegermutter gewiss zu sein. Wenn Leonore es Fulk schon kaum recht machen konnte, so war sie in Herburgis' Augen eine vollkommene Versagerin. Ihre Stickerei zu grob, ihre Kochkünste zu schmal, ihr Benehmen zu derb und ihre Mitgift zu zart, wie oft hatte sie sich diese Litanei anhören müssen. Sie seufzte leise, bückte sich nach dem Tuch und legte es zur Seite.

Bevor Herburgis ihr erneut Vorwürfe machen konnte, erhob sich Leonore, nickte ihrer Schwiegermutter zu und verließ den Raum. Nachdem sie die Tür hinter sich geschlossen hatte, atmete sie auf. Sofort meldete sich ihr schlechtes Gewissen, weil es ihr nicht gelang, ihrer Schwiegermutter Wärme und Freundlichkeit entgegenzubringen. Erneut eine lässliche Sünde, die sie beichten musste. Leonore seufzte. Vielleicht hatte es nur an Herburgis' bedrückender Gesellschaft gelegen, dass sie sich vor den Fremden fürchtete. Sie musste die Heiden einfach sehen und sich vergewissern, dass ihre Ängste nur Hirngespinste waren. Leonore ging in die Küche und bat Detmud, die Köchin, um einen Krug Wein und Wasser. In dem Blick, mit dem die Frau ihre Bitte bedachte, lag nahezu ebenso viel Verachtung, wie Leonore sie von Herburgis zu spüren bekam. Man bittet Gesinde nicht, man befiehlt ihm, lautete das Credo ihrer Schwiegermutter. Leonore gelang es beim besten Willen nicht, der Köchin und den Mägden mit barscher Stimme Befehle zu erteilen, so wie Herburgis. Sie bat mit freundlichen Worten und erhob nie ihre Stimme. Das Gesinde jedoch war so sehr an den Ton ihrer Schwiegermutter gewöhnt, dass es Leonores Freundlichkeit nicht erwiderte und ihren Wünschen nur unwillig folgte.

Endlich ließ sich Detmud dazu herab, Leonore ein Tablett mit einem Krug Gewürzwein und einem Krug Wasser zu geben. Die stämmige Frau musterte Leonore von oben bis unten und murmelte etwas.

«Bitte?» Leonore mühte sich um Freundlichkeit, obwohl sie am liebsten aus der Küche geflohen wäre. Warum konnte die Köchin ihr nicht mit ein wenig Höflichkeit begegnen?

«Die Muselmanen trinken keinen Wein. Wisst Ihr das nicht?» Auf dem breiten Gesicht der Köchin lag ein unverschämtes Grinsen, und Leonore merkte, wie Röte sich auf ihrem Hals ausbreitete und ihre Wangen färbte. Sie ärgerte sich über diese Schwäche, die ihre Unsicherheit verriet.

«Natürlich weiß ich das», antwortete sie und hoffte, dass ihre Stimme nicht zitterte. «Mein Gemahl jedoch wird sich über einen guten Gewürzten freuen.» Im Bewusstsein ihres kleinen Sieges drehte Leonore sich um und ging gemessenen Schrittes aus der Küche. Die Worte, die die Köchin ihr hinterherzischelte, konnte sie nicht verstehen. Sie bemühte sich, den Rücken gerade durchzustrecken und der Frau Stärke zu zeigen.

«Mein Gemahl, ich dachte, Ihr wünscht eine Erfrischung ... nein, so etwas kann ich nicht sagen», probte sie auf dem Weg zur Diele. «Guten Tag, ein kleiner Trunk für Euch und Eure Gäste.» Sie schüttelte den Kopf. Welche Worte konnte sie wählen, die natürlich und passend klangen? Herburgis und auch Konstanze hätten gewusst, wie sich eine gute Ehefrau zu verhalten hatte. Nur sie scheiterte an ihrer Unwissenheit. Leonores Courage sank. Mutlos wollte sie sich schon umdrehen und Wasser und Wein unverrichteter Dinge zurück in die Küche bringen, da zog ein Tumult ihre Aufmerksamkeit auf sich.

Aus der Kammer drangen laute Stimmen, die einen heftigen Streit vermuten ließen. Zaghaft klopfte sie an die Tür. Keine Antwort. Leonore stockte. Konnte sie es wagen, jetzt hineinzugehen und womöglich den Zorn der Männer auf sich zu ziehen? Und wenn die Sarazenen Fulk angriffen, ihn berauben wollten? War es nicht ihre Pflicht als Ehefrau, ihrem Gemahl beizustehen? Leonore biss sich auf die Unterlippe und ging kurz entschlossen in das Zimmer.

Sie erstarrte vor Schreck und hätte beinahe das Tablett aus den Händen verloren, als sie die drei Männer sah. Einer der Sarazenen, dessen weites, weißes Gewand seine dunkle Haut betonte und Leonores Blick auf sich zog, sprach auf ihren Gemahl ein und fuchtelte dabei wild mit den Händen. Fulks Gesicht hatte alle Farbe verloren, Schweißtropfen standen ihm auf der Stirn. Er schien vor seinem Gegenüber mehr und mehr zurückgewichen zu sein und stand nun mit dem Rücken an der Wand. Der Sarazene redete in seiner melodiös klingenden Sprache auf Fulk ein. Leonore meinte drei Worte zu erkennen, die der Fremde wieder und wieder in drängendem Ton nannte: «Mabruka», «Haidar» und «Allkutz».

Was mochte sich hinter diesen Ausdrücken verbergen? Und wer waren diese Männer, die in ihr Haus eingedrungen waren, ihren Gemahl in Angst versetzten und ihn mit ihrem unverständlichen Kauderwelsch belästigten? Die feine Wolle ihrer Kleidung, ihr Gebaren und ihre stolze Haltung wiesen sie als Edelleute aus, doch was hatten Morgenländer hier zu schaffen? Selbst die Händler, mit denen Leonores Vater Geschäfte führte, ritten nie so weit ins Christenland. Es musste etwas Wichtiges sein, das die Sarazenen aus ihrer Heimat hierhergetrieben hatte.

Leonore runzelte die Stirn und schluckte. Wäre es klüger, wenn sie unauffällig wieder verschwände, bevor sie in den Streit hineingezogen würde? Vorsichtig machte sie einen Schritt zurück, als der zweite Fremde sich ihr zuwandte. Er zischte mehrere Worte in seiner Sprache, und Fulk und der andere Sarazene ließen von ihrem Streit ab und starrten sie an. Unter den prüfenden Blicken der drei Männer fühlte Leonore, wie ihr die Röte den Hals hinaufkroch.

Ihre Wangen brannten, und sie wünschte sich, einen kühlenden Becher Wein an ihr Gesicht halten zu können. Stattdessen senkte sie den Blick und räusperte sich. «Eine Erfrischung an diesem warmen Tag, wenn es Euch genehm ist.»

Vorsichtig stellte sie das Tablett auf ein Tischchen, möglichst entfernt von den Männern und ihrem Zorn. Mit gesenktem Kopf ging sie rückwärts zur Tür und blieb kurz stehen, wie die Höflichkeit es gebot, als sie spürte, wie sich eine kleine Hand in ihre schob. Blanche! Auch ihre Tochter hatte wohl die Neugierde dazu getrieben, nach den Gästen des Vaters zu schauen, die auf schmalen, edlen Pferden hergeritten waren und deren Kleidung sich so sehr von der ihren unterschied. Leonore schaute nach rechts. Neben ihr stand das Kind und blickte voller Staunen auf die Männer.

Leonore lächelte ihrer Tochter zu und flüsterte: «Sei höflich und begrüße unsere Gäste.» Sie wagte nicht, zu Fulk hinüberzusehen, dessen kaltes Schweigen sie ängstigte.

«Guten Tag. Herzlich willkommen in Braunschweig.» Blanches helle Stimme, voller Freundlichkeit und Vertrauen, brach die eisige Stille, und Leonore hätte ihr Kind gern dafür umarmt.

Zwischen den Sarazenen und Fulk flogen nun wieder Worte hin und her, deren harter Tonfall Leonore erneut in Schrecken versetzte. Sie holte tief Luft und drückte Blanches Hand. Für ihre Tochter musste sie stark sein und sich Fulks Groll stellen. Ihr schien es am klügsten, schnell aus der Kammer zu eilen. Leonore knickste und wollte sich zurückziehen. Aber Fulks Stimme, dunkel und heiser vor Ärger, hielt sie auf. «Bleib. Sie wollen dich und das Kind ansehen. Schenk uns Wasser ein.»

«Blanche, bleib hier stehen.» Sie strich ihrer Tochter über die Wange und goss dann mit zitternden Händen Wasser in drei Becher. In ihrer Aufregung verschüttete sie einiges, was ihr ein zorniges Schnauben von ihrem Gemahl einbrachte. Ohne aufzusehen, reichte sie jedem der Sarazenen ein Gefäß und versuchte, die dunklen Hände der Männer dabei nicht zu berühren. Als sie Fulk einen Becher gab, griff er danach und packte sie mit der anderen Hand am Oberarm. Der Druck seiner Finger ließ Leonore vor Schmerz aufstöhnen.

«Was denkst du dir nur dabei, hierherzukommen?» Seine Stimme klang schärfer als die beste Klinge, die ihre Köchin schwang. «Wie oft habe ich dir verboten, dich in meine Geschäfte zu mischen?» Fulk kniff noch einmal zu und schickte Leonore und Blanche hinaus.

Vor der Tür versagten ihr die Knie, und sie musste sich auf den Boden setzen. Sie lehnte den Kopf zurück und rang krampfhaft nach Luft.

«Was hast du?» In Blanches Augen entdeckte Leonore aufsteigende Angst. «Soll ich Großmutter holen?»

«Nein, nein. Schon gut.» Leonore stand auf und strich Blanche beruhigend über den Kopf. «Ich habe mich nur über die fremden Männer erschreckt.»

Eifrig nickte das Mädchen. «So dunkel ist nicht einmal der Schmied.» Ohne Angst plapperte Blanche weiter und ging an Leonores Seite zurück in die Wohnkammer. Dort widmete sich Leonore erneut dem Leinentuch. Herburgis bedachte sie mit einem prüfenden Blick, doch Leonore lächelte ihrer Schwiegermutter nur zu, nicht bereit, ihr etwas über die Sarazenen und den Streit zu erzählen. Die Frage, was die Heiden von Fulk wollten und warum der Zwist der Männer in Handgreiflichkeiten ausgeartet war, beschäftigte Leonore, während sie mit zittrigen Händen Blüten auf den weißen Stoff stickte.

Beim Abendessen brachte ihre Schwiegermutter den Besuch zur Sprache.

«Guda berichtete mir von deinen Gästen.» In Herburgis' Stimme erkannte Leonore die verhasste Mischung aus Neugier und Stichelei.

«Kaufleute.» Fulks Antwort fiel knapp aus, und er starrte auf seinen Teller. Er spießte ein Fleischstück auf, als ob es ihn beleidigt hätte. «Handelspartner aus alten Zeiten, die ich für unser Geschäft nutzen werde.»

«Wie Händler wirkten die Männer aber nicht», wagte Leonore einzuwenden. «Und euer Gespräch klang nach einem Streit.» Sie schaute kurz auf, senkte ihren Blick aber schnell wieder, als sie die Wut in Fulks Augen entdeckte. «Was verstehst du schon davon?», kanzelte ihr Gemahl sie ab. «Sarazenische Händler tragen andere Gewänder als Braunschweiger oder Magdeburger.»

«Ungläubige! Du wagst es, Ungläubige in mein Heim zu bringen?» Herburgis spuckte die Worte aus. Speichel und Essensstückchen flogen ihr dabei aus dem Mund und blieben neben ihrem Teller liegen.

«Händler. Wenn man im Fernhandel erfolgreich sein will, muss man mit Juden und Sarazenen an einem Tisch sitzen.» Die Kälte in der Stimme ihres Gemahls ließ Leonore frösteln. Fulks Anspannung, die sich in seinem aufrechten Rücken und seinen zusammengekniffenen Augen deutlich zeigte, übertrug sich auf Leonore, und sie schluckte.

«So etwas wäre unter deinem Vater nie möglich gewesen», zischte Herburgis und stellte den Kelch mit Wein so hart auf den Tisch, dass er überschwappte.

«Mein Vater ist tot, und ich führe das Geschäft! Auf deinen Befehl, wenn ich dich daran erinnern darf.» Fulk war aufgesprungen und hatte seinen Kelch umgestoßen. Wie eine Blutlache breitete der Wein sich auf dem dunklen Tisch aus. «Misch du dich nicht in meine Angelegenheiten ein.»

Der Zorn in ihren Stimmen erschreckte Blanche, und sie begann, leise vor sich hin zu weinen.

«Mein Gott! Hast du das Kind nicht im Griff?» Fulk stieß polternd den Stuhl zur Seite und eilte aus dem Raum.

«Bring sie zur Ruhe», fuhr auch Herburgis Leonore an und widmete sich wieder ihrem Abendessen. Mit keiner Faser ließ ihre Schwiegermutter erkennen, ob die harten Worte ihres Sohnes sie getroffen hatten.

Leonore nahm die Hand ihrer Tochter und streichelte über Blanches Handrücken. «Pst, pst … ist ja alles gut», flüsterte sie auf das Kind ein. Wie gern hätte sie Blanche auf ihren Schoß gezogen, doch unter Herburgis' gestrengem Blick traute sie sich nicht. Nach einer Zeit, die Leonore endlos vorkam und in der nur Blanches leises Schluchzen und Herburgis' Schmatzen zu hören waren, beruhigte sich das Kind wieder.

«Wer sind die Männer, die mit Vater gestritten haben?», fragte die Kleine und schaute Leonore mit großen Augen an. «Kommen sie wirklich über das Meer?»

Bevor Leonore sich eine Antwort überlegen konnte, erklang Herburgis' Stimme und verspritzte Gift. «Das waren böse Menschen, die falsche Götter anbeten.» Selbstgerechtigkeit sprach aus diesem Satz, etwas, das Leonore zur Genüge von ihrer Schwiegermutter kannte. Doch Herburgis' nächste Worte überraschten und erschütterten sie. «Heiden waren das. Männer, die kleine Kinder wie dich fressen.» Herburgis zeigte mit dem Messer auf Blanche, die nun voller Angst erneut zu weinen begann.

Leonore erkannte mit einem Blick, dass ihre Tochter sich nicht so bald beruhigen würde. Sie stand auf und brachte Blanche in ihr Zimmer. Dort nahm sie sie fest in die Arme und sprach beruhigend auf sie ein.

«Stimmt es, dass Vaters Gäste Kinder fressen?» Blanches Gesichtchen wirkte zerfurcht vor Angst. Sie hatte den Daumen in den Mund gesteckt und knabberte am Fingernagel.

Der Anblick zerriss Leonore das Herz. Wie konnte Herburgis es nur wagen, dem Kind derart schreckliche Geschichten zu erzählen? «Nein, Schatz», versuchte sie ihre Tochter zu beruhigen. Sanft strich sie Blanche eine Haarsträhne aus dem tränennassen Gesicht. «Sarazenen glauben an einen anderen Gott als wir Christen. Alles andere sind böse Geschichten, die sich dumme Menschen ausdenken.»

«Hat Großmutter geflunkert?» Die Angst war der Neugierde gewichen. Mit erhobenem Kopf und gerunzelter Stirn blickte ihre Tochter sie an.

Leonore lachte. «Nein, meine Kleine, das würde ich nicht sagen.» Vorsichtig zog sie Blanche den Daumen aus dem Mund und wischte ihr die letzten Tränen ab. «Großmutter weiß es nicht besser. Und ich auch nicht», kam sie weiteren Fragen ihrer Tochter zuvor. «Nun schlaf und sei sicher, dass dein Vater und ich dich vor allem Bösen beschützen werden.»

Sie blieb an Blanches Bett sitzen, bis ruhige Atemzüge ihr zeigten, dass die Kleine eingeschlafen war. Obwohl Leonore noch Hunger hatte, ging sie schnurstracks in ihr Schlafgemach. Heute konnte und wollte sie ihrer Schwiegermutter nicht mehr begegnen. Ihr Zorn hätte nur zu einem Streit geführt. Leonore zog sich aus und ging zu Bett. Aufrecht saß sie zwischen den Kissen, lauschte in die Nacht und wartete darauf, dass Fulk zurückkehren würde.

Endlich hörte sie seine Schritte. An seinem Gesicht konnte sie ablesen, dass seine Wut verklungen war und sie nun mit ihm reden konnte. So ruhig wie möglich erzählte Leonore Fulk von Blanches Angst und bat ihn, mit Herburgis zu sprechen, damit sie das Kind nicht noch einmal so erschreckte.

«Ja, ja. Ich werde es Mutter sagen.» Fulk klang ungehalten. Und doch wollte Leonore es nicht dabei belassen. Sie hatte die Erfahrung gemacht, dass ihr Gemahl in der Zweisamkeit des Ehebetts oft zugänglicher und freundlicher war. «Bitte erzähle mir doch einmal von deiner Zeit in Jerusalem. Davon, wie du die Sarazenen kennenlerntest.» Leonore lächelte Fulk an und schlug die Augen nieder. «Ich werde solche Abenteuer nie erleben.»

«Nein! Jetzt schweig!» Brüsk entzog er sich ihr und drehte sich auf den Rücken.

Etwas in seiner Stimme weckte ihre Aufmerksamkeit, und sie schaute auf. Vorsichtig streckte sie die Hand aus und wollte seinen Arm berühren. Doch als sie sein Gesicht erblickte, erschrak sie. So gequält hatte sie ihren Mann noch nie gesehen. Ihre Finger erstarrten und zogen sich wie von selbst wieder zurück.

«Entschuldige», flüsterte sie. «Ich sorge mich nur. Euer Streit. Die Sarazenen. Sie sahen so zornig aus.»

«Kannst du denn nie Ruhe geben?» Fulk sprang plötzlich auf und ging mit großen Schritten zur Truhe. Er zerrte Kleidungsstücke heraus und warf sie sich hastig über.

Ohne ein weiteres Wort verließ er das Schlafgemach. Leonore fühlte ihre Wangen vor Scham brennen. Tränen traten ihr in die Augen, und diesmal ließ sie ihnen freien Lauf. Warum nur hasste ihr Gemahl sie so sehr, dass er nicht einmal mehr den Schlaf mit ihr teilen wollte? Was hatte sie nur falsch gemacht?

5

Als Leonore am Morgen erwachte, zeigte ihr das umgeschlagene Betttuch, dass Fulk in der Nacht nicht zurückgekehrt war. Einige Male am Vormittag suchte sie ihren Ehemann zu sprechen, doch stets gab er vor, zu beschäftigt zu sein, um ihr Zeit zu widmen. Sie kannte dieses Benehmen schon und wunderte sich nicht. Sie würde sich gedulden müssen, bis er bereit wäre, sie wieder in seine Gunst aufzunehmen. Geschäftig verbrachte sie den Morgen mit Handarbeiten und Haushaltspflichten.

Nach dem Mittagsmahl, das sie in eisigem Schweigen einnahmen, klopfte Aleidis, die Magd, und kündigte an, dass die Sarazenen erneut mit Fulk sprechen wollten. Ohne ein Wort verschwand er. Kurze Zeit später ließ er Blanche zu sich rufen. Leonore gab das Kind in die Obhut von Guda und folgte den beiden. Was plante ihr Gemahl? Warum nur war ihm gerade heute an seiner Tochter gelegen?

Leonore blieb im Schatten der Tür stehen und beobachtete, wie Fulk und die Sarazenen miteinander sprachen wie Vertraute. Als Blanche sich zu ihnen stellte, lächelten die Heiden und nickten ihr zu. Einer von ihnen beugte sich hinab und überreichte dem Kind ein Spielzeug. Ein Pferdchen, wie Leonore mit zusammengekniffenen Augen erkennen konnte. Mit buntgeschmücktem Zaum und einem Sattel, wie Leonore nie vorher einen gesehen hatte. Fulk rief den Knecht und ließ sich Adler, seinen Braunen, bringen. Er hob Blanche, die glücklich aufjauchzte, in den Sattel und schwang sich hinter ihr auf den Rücken des Pferdes. Gemeinsam mit den Sarazenen ritt er vom Hof, plauderte dabei mit ihnen in ihrer Sprache, die für Leonores Ohren so fremd klang. Sie trat einen Schritt vor und hob die Hand zum Gruß. Fulk blickte starr geradeaus und würdigte sie keines Blickes, Blanche winkte ihr zu und lächelte.

Ein Glücksgefühl durchströmte Leonore, schien es doch, als hätte Fulk nun endlich zu seiner Tochter gefunden. Wenn der Besuch der Sarazenen dieses Wunder vollbracht hatte, war Leonore gern bereit, die Fremden als Gäste an ihrem Tisch zu begrüßen. Mit leichtem Herzen verrichtete sie ihr Tagewerk.

Erst nachdem Fulk und Blanche nicht zum Abendessen kamen, begann sie sich zu sorgen.

«Wo ist Blanche?» Es kam nur selten vor, dass ihre Tochter sich verspätete. Herburgis sorgte streng dafür, dass Blanche nichts mehr zu essen bekam und hungrig ins Bett gehen musste, wenn sie nicht rechtzeitig bei Tisch erschien.

«Das Kind wird seine Zeit mit Spielen vertändelt haben, anstatt etwas Vernünftiges zu tun und zu sticken.» Missbilligung sprach aus Herburgis' Stimme und aus ihrem Gesicht. Leonore kannte diese Predigt bereits. Ihre Schwiegermutter war nicht damit einverstanden, dass Blanche vorerst von Handarbeiten verschont blieb, die Leonore selbst so verabscheute.

Sie schüttelte den Kopf und wechselte das Thema, um nicht wieder in den alten Zwist auszubrechen. «Weißt du, ob Fulk heute später kommen wird?»

«Ist er mein Gemahl oder deiner?» Herburgis kniff ein Auge zu und musterte Leonore, wohl auf der Suche nach Anzeichen eines Ehestreits. «Du solltest ihn besser behandeln und nicht immer so viel keifen.»

«Wir haben keinen Zank gehabt», begehrte Leonore auf. «Fulk ist ein vielbeschäftigter Mann, und ich habe ihn heute noch nicht sprechen können.»

«Dann lass uns nicht länger auf ihn und dein Kind warten.»

Blanche ist auch Fulks Tochter, wollte Leonore erwidern, doch sie war der ständigen Streitigkeiten müde. Schweigend starrten die Frauen auf ihre Teller und aßen. Endlich hielt Leonore die Stille nicht mehr aus und sprang auf. «Ich suche nach Blanche.» Sie wandte sich um. «Keine Sorge. Ich werde ihr schon die passenden Worte sagen.»

Mit schnellen Schritten eilte sie in die Küche und fragte nach ihrer Tochter. Weder die Köchin, deren Kopfschütteln ihre Meinung über Mütter, die ihre Kinder verloren, ausdrückte, noch eine der Mägde hatten sie gesehen. Leonore spürte Sorge in sich aufsteigen wie Galle und schluckte.

«Aleidis hat Blanche heute gesehen. Gemeinsam mit Herrn Fulk …», lispelte eines der Küchenmädchen und scharrte mit dem Fuß auf dem Boden. «… und den Heiden …»

«Wo ist Aleidis?» In Leonores Stimme schlich sich ein Anflug von Angst. Sie musterte das zierliche Mädchen, das vor Verlegenheit rot angelaufen war und an ihrer Haube zupfte.

«Sie macht Feuer in der großen Kammer», mischte sich die Köchin ein. Neugierde stand in ihrem Gesicht geschrieben.

«Danke», presste Leonore heraus und wirbelte herum. Ohne daran zu denken, was sich für eine Hausherrin gehörte, hob sie die Röcke und lief, so schnell sie konnte. Sie riss die Tür zur Kammer auf und stürmte ins Zimmer. Aleidis, die neben dem Kamin kniete und vorsichtig in das glimmende Holz pustete, zuckte zusammen und ließ den brennenden Span fallen.

«Du hast Blanche gesehen?» Leonore bemühte sich, nicht zu furchtsam zu wirken. Vielleicht stellte sich alles als harmlos heraus. Doch die Sorge drückte ihr aufs Herz und trieb ihr den Schweiß auf die Stirn, obwohl die Märzeskälte im Zimmer hing.

«Ja, Herrin.» Die Magd nickte und erhob sich. «Mit Herrn Fulk und den Heiden. Sie waren gerade erst vom Hof geritten und kehrten dann wieder. Der Herr eilte ins Haus und kam mit einer Tasche zurück.»

«Und Blanche?» Leonore musste an sich halten, um die Antwort nicht aus der Magd herauszuschütteln, die sie mit großen Augen anstarrte.

«Sie blieb auf Adler sitzen. Eure Tochter hatte ein rotgeweintes Gesichtchen.» Aleidis runzelte die Stirn, als sie überlegte. «Ich hab mich noch gewundert, weil der Heide das Pferd hielt. Und Adler mag doch sonst keine Fremden.»

Leonore spürte, wie sich ihr die Kehle zuschnürte. «Und dann? Was geschah dann?»

«Der Herr kam zurück, und die Kleine fing wieder an zu weinen.»

«Warum um der Heiligen willen hast du mich denn nicht gerufen?»

Das Mädchen schaute betreten zu Boden und knetete die Hände. «Der Herr hat's mir verboten und mich ins Zimmer Eurer Tochter geschickt. Einen Mantel sollt ich holen und –»

«Hat der Herr etwas zu dir gesagt? Wo er hinwollte vielleicht?»

Aleidis schüttelte den Kopf. «Herr Fulk hat mich nur angeschrien, dass ich Blanche zur Ruhe bringen soll. Dann hat er die Tasche an den Sattel gebunden und ist zusammen mit den Sarazenen vom Hof geprescht.»

«Danke», presste Leonore mühsam heraus. «Schick einen Knecht zur Torwache und frag nach, ob man dort Herrn Fulk und Blanche gesehen hat.»

Mit bangem Herzen kehrte Leonore zurück zu ihrer Schwiegermutter und berichtete Herburgis von dem, was die Magd ihr gesagt hatte. Sie vermochte sich keinen Reim auf das Geschehen zu machen. War Fulk den Sarazenen freiwillig gefolgt, oder hatten sie ihn gezwungen, sie zu begleiten? Warum nur hatte er seine kleine Tochter in seine dunklen Geschäfte mit den Heiden hineingezogen?

«Es wird eine vernünftige Erklärung geben.» In Herburgis' Augen konnte Leonore lesen, dass ihre Schwiegermutter sie für übertrieben besorgt hielt.

Leonore faltete die Hände, um das Zittern ihrer Finger zu verbergen. Sie sandte eine stumme Fürbitte an den heiligen Nikolaus, den Schutzpatron der Kinder, und versprach, ihm und der heiligen Barbara eine Kerze zu stiften, wenn sie Blanche beschützten.

Nach einer endlos erscheinenden Zeit, in der Herburgis ungerührt Leinen bestickte und Leonore ihre Finger knetete, stürmte Aleidis in den Raum. «Der Herr und die Heiden haben heute die Stadt verlassen! Auf der großen Straße sind sie geritten, hat der Wächter gesagt.»

Leonore sprang auf. Der Wasserbecher entglitt ihren zitternden Händen und fiel zu Boden. Mit einem lauten Knall zerbrach er in viele Scherben. Herburgis sah auf und schüttelte nur den Kopf.

Aleidis war sichtlich aufgeregt. «Blanche hatten sie bei sich», fuhr sie fort. «Sie hat auf Adler gesessen. Die Wache hat sich gewundert, dass die Herren so 'n lüttjes Mädchen mitnehmen.»

Leonore krampfte sich das Herz zusammen, und ihr wurde mit einem Mal ganz schwarz vor Augen. Sie taumelte zu Boden. Wasser, das ihr ins Gesicht geschüttet wurde, weckte sie aus der Ohnmacht. Herburgis stand über ihr, einen Krug in der Hand, und schaute sie aus kalten Augen an.

Leonores Verstand weigerte sich, zu begreifen, was ihr die Magd eben gesagt hatte. «Nein. Nein. Das kann nicht sein», war alles, was sie herausbringen konnte.

«Reiß dich zusammen», zischte Herburgis ihr zu. Ihre Schwiegermutter stand aufrecht da, beherrscht wie immer. Sie musterte Leonore geringschätzig. «Es wird sich schon eine Lösung finden. Wir müssen einen kühlen Kopf bewahren.»

Leonore starrte sie mit aufgerissenen Augen an. Wie konnte Herburgis nur so etwas sagen? Blanche war verschwunden. Entführt von Sarazenen, Heiden, die Menschenopfer brachten und dunklen Götzen dienten. Einen kühlen Kopf bewahren. Etwas anderes konnte sie von Herburgis auch nicht erwarten. Leonore vermochte sich nicht vorzustellen, dass ihre Schwiegermutter irgendwann einmal nicht kalt und steinern wirkte.

«Was redest du da? Wir müssen Hilfe holen. Wir müssen Männer hinterherschicken. Wir müssen …» In Leonores Kopf überschlugen sich die Gedanken.

«Es wird sich finden. Fulk wird zurückkehren. So wie schon einmal …», murmelte Herburgis mit bitterer Miene.

«Aber Blanche! Um Gottes willen, sie ist noch ein Kind.» Leonore rang die Hände und versuchte, Fassung zu gewinnen.

«Mäßige dich.» Herburgis trat einen Schritt näher und krallte ihre Hand in Leonores Oberarm. Sie drückte so fest zu, dass Leonore aufstöhnte. «Wir müssen dafür sorgen, dass niemand davon erfährt. Unser Geschäft. Was sollen die Leute denken?»

«Fulk ist dein Sohn. Wie kannst du nur so kalt sein?», stieß Leonore hervor. War der Handel wirklich das Einzige, was für ihre Schwiegermutter zählte, oder verbarg sie etwas vor ihr? Warum wollte sie nicht mit Leonore über die Sarazenen reden, sondern alles, was geschehen war, vertuschen?

«Eine gute Ehefrau teilt die Vorlieben und Wünsche ihres Mannes. Das wirst du auch noch lernen.» Herburgis legte Leonore beide Hände auf die Schultern und starrte ihr in die

Augen. «Für unsere Familie geht der Handel vor. So war es immer schon.»

Leonore schauderte. Der Ausdruck in Herburgis' Augen ließ sie frösteln. Die Hände ihrer Schwiegermutter fühlten sich selbst durch den Stoff des Kleides an wie Eis. Leonore überlegte fieberhaft, was sie nun tun konnte. Sie brauchte Herburgis' Hilfe, wenn sie Blanche retten wollte. Wenn ihre Schwiegermutter den Handel über alles schätzte, müsste sie dort ansetzen, um ihre Ziele zu erreichen.

«Wie soll das Geschäft laufen ohne Fulk?» Mit Mühe zwang Leonore sich zur Ruhe und legte die Maske der Höflichkeit auf ihr Gesicht, die sie Herburgis gegenüber so oft zur Schau trug. «Frauen ist es nicht erlaubt, ein Geschäft zu führen. Ohne Fulk verlieren wir alles.»

«Ich kann nach Konradin rufen lassen, damit er die Geschäfte übernimmt.» Ein triumphierendes Lächeln, das Leonore erschreckte, huschte über Herburgis' Gesicht. Sie sprach stets liebevoll von ihrem jüngeren Sohn, während Fulk es ihr nie recht machen konnte.

«Hat Konradin nicht genug in Magdeburg zu tun?», kleidete Leonore ihre Zweifel in eine Frage. Sie wusste, dass Fulk nicht viel vom Geschäftssinn seines Bruders hielt. Ihr Gemahl hätte den Handel sicher lieber seinen Gehilfen als seinem Verwandten überlassen. «Um des Handels willen müssen wir Fulk suchen und finden!», flehte sie ihre Schwiegermutter an.

«Das ist Sache der Männer!» Der Druck auf Leonores Schultern verstärkte sich. «Konradin wird sich um alles kümmern.» Herburgis zog ihre Hände zurück. «Nun geh schlafen. Ich sage der Magd, dass sie dir einen Gewürzwein bringen soll, damit du zur Ruhe kommst.»

Ihre Schwiegermutter drehte sich um und ging aus dem Zimmer, jeder Zoll an ihr strahlte Ehrbarkeit und Beherrschung aus. Sie hielt es nicht für nötig, auf Leonores Antwort zu warten, sondern hatte eigenmächtig eine Entscheidung über das Schicksal ihres Sohnes und ihrer Enkeltochter gefällt. Nein, dachte Leonore, nein. Du wirst nicht über meine Tochter bestimmen. Ich werde mir Hilfe suchen.

Leonore ballte die Hände zu Fäusten und ging in das eheliche Schlafgemach. Die Truhe, in der Fulk seine Kleidung aufbewahrte, stand offen. Ein Mantel lag halb auf dem Boden, wohl eilig herausgezerrt. Hemden und Hosen fehlten. Sie faltete den Mantel und schloss die Truhe. Warum hatte ihr Gemahl ihr nicht die Wahrheit gesagt? Warum nur hatte er geschwiegen, als sie ihn nach den Sarazenen fragte? Vielleicht hätte sie ihm helfen und damit Blanches Entführung verhindern können. Auch im Zimmer ihrer Tochter hatte jemand Kleidungsstücke aus der Truhe gerissen. Leonore nahm ein Kleidchen in die Hand, streichelte den Stoff und wiegte es hin und her, so wie sie es mit ihrer Tochter als Säugling getan hatte. Schreckensbilder stürmten auf Leonore ein, Verzweiflung überkam sie. Ihre kleine Blanche in der Gewalt der Heiden. Menschen, die fremden Göttern dienten und Kinder in die Sklaverei verkauften. Sie musste Hilfe holen. Sofort! Jedes Warten verschaffte den Sarazenen einen Vorsprung und würde es erschweren, ihrem Weg zu folgen. Leonore sprang auf und lief zurück in ihre Kammer. Mit zitternden Händen suchte sie ein Tuch und ihren Rundmantel und wollte aus dem Haus eilen. Aber wohin? Fieberhaft überlegte sie, wer ihr bei der Suche helfen könnte. Nun, die Gildebrüder würden Fulk doch sicher beistehen. Oder ihr Vater, ja, den würde sie zuerst aufsuchen. Leonore schlüpfte aus der Tür.

Doch als sie auf die dunkle Gasse trat, wurde ihr schlagartig bewusst, wie töricht ihr Handeln war. Als Frau konnte sie nicht einfach so des Nachts allein durch Braunschweig laufen. Wegelagerer und Trunkenbolde würden in ihr eine leichte Beute sehen, und niemand würde ihr um diese Zeit die Tür öffnen. So schwer es auch fiel und so bitter es schmeckte, sie musste Vernunft walten lassen, um Blanches willen. Mit Mühe riss sie sich zusammen und schlich zurück ins Kinderzimmer. Sie starrte auf das leere Bett, holte Kleidungsstücke ihrer Tochter aus der Truhe, schüttelte sie aus, faltete sie sorgfältig wieder zusammen und legte sie zurück. Sie schloss den Deckel der Truhe und setzte sich darauf. Dann konnte sie die Tränen nicht mehr zurückhalten. Ein tiefes Schluchzen schüttelte sie. Leonore warf sich auf Blanches Bett und weinte sich in den Schlaf.

6

In dieser Nacht suchten sie Träume heim, in denen die Sarazenen Blanche auf einem Sklavenmarkt verkauften, oder sie sah ihre Tochter allein, frierend und hungrig, in einem Straßengraben liegen und nach ihrer Mutter weinen. Mehrmals rissen diese Bilder Leonore aus dem Schlaf. Noch immer herrschte Dunkelheit, und sie konnte nicht hinaus, um Hilfe für Blanche zu finden. Sie lag wach und starrte in die Düsternis. Nach langem Grübeln fasste Leonore den Entschluss, sich nicht durch Herburgis aufhalten zu lassen. Ihr war es egal, ob die Entführung den Handel beeinträchtigte. Für sie zählte nur das Leben ihrer Tochter. Endlich hörte sie den ersten Hahnenschrei. Sorgfältig richtete sie sich die Haare und kleidete sich an. Ihr Vater würde keine Schwäche dulden und ihr nicht helfen, wenn sie wie eine Bettlerin bei ihm erschiene. Sie eilte an der Küche vorbei, hoffte, dass niemand vom Gesinde sie sehen würde, und floh aus dem Haus, das ihr ohne Blanche noch ungastlicher erschien.

Leonore zog das Tuch fester um die Schultern und eilte durch die engen Gassen Braunschweigs. Bisher hatte sie stets im Wagen gesessen oder auf dem Rücken ihrer sanften Stute und war dem Morast nie so nahe gekommen. Niemals zuvor hatte sie zu Fuß gehen müssen wie die Armen der Stadt. Die hölzernen Trippen schützten ihre Schuhe mehr schlecht als recht vor dem Dreck, der sich auf Braunschweigs Straßen türmte. Sie hatte es nicht gewagt, nach dem Wagen zu rufen, um nicht die Aufmerksamkeit ihrer Schwiegermutter zu erregen. Wenn Herburgis ihr Fortlaufen bemerkte, würde sie sicher einen Knecht nach ihr senden, um sie in Schimpf und Schande ins Haus zurückzuzerren. Leonore schauderte und blickte ängstlich über die Schulter zurück. Doch nur das übliche Gewimmel eines Markttages verstopfte die Straßen. Kaufleute, die an den Ständen lauthals ihre Waren anpriesen. Händler, deren Tiere in notdürftig errichteten Verschlägen muhten, quiekten oder gackerten. Dazwischen saßen und krochen Bettler, die die Vorübereilenden um ein Almosen anflehten. Der Lärm pochte Leonore in den Ohren, war sie doch einen derartigen Krach nicht gewohnt. Fulk hatte ihr verboten, auf den Markt zu gehen. Einkäufe erledigten die Köchin oder die Mägde.

«So weit kommt es noch, dass meine Gemahlin sich unter den Pöbel mischt», hatte ihr Gemahl ihr vorgehalten. «Wir sind Fernhändler und können uns Pferd und Wagen leisten. Was sollen die Leute denken?»

Was er wohl sagen würde, wenn er sie so sehen könnte? Sie eilte zu Fuß durch die schmutzigen, engen Gassen wie eine Bettlerin. Leonore biss sich auf die Lippen, als ihr klar wurde, dass sie auch gar nichts anderes war als eine Bittstellerin. Sie musste um Hilfe flehen und hatte nichts anzubieten. Keine gute Ausgangslage für einen Handel, hätte Fulk gesagt. Sie war auf die Barmherzigkeit ihres Vaters angewiesen, den sie in den letzten Jahren nur selten gesehen hatte.

Menschen stießen sie an, und Leonore stolperte, vorwärtsgetrieben durch den Druck der Menge. Der Geruch der Tiere, die auf dem Markt verkauft werden sollten, verband sich mit dem Gestank der vor sich hin rottenden Abfälle aus Aborten und Häusern und peinigte ihre Nase. Sie hielt sich das Tuch vors Gesicht und atmete so flach wie möglich. Doch gegen die Ausdünstungen der Schweine, die auf den Straßen liefen wie Hunde, kam die teure Wolle nicht an. Ihr drehte sich fast der Magen um.

Leonore kämpfte sich gegen den Strom der anbrandenden Menschenmasse an den Rand des Marktplatzes vor. Erschöpft ließ sie sich gegen eine Hauswand fallen und schloss die Augen. Sie zwang sich, tief und langsam ein- und auszuatmen. Ein Geheimnis, das ihr Schwester Walpurga im Kloster als Mittel gegen aufkommende Ängste verraten hatte und das ihr schon oft geholfen hatte, wenn Verzweiflung sie zu überwältigen drohte. Endlich hatte sich ihr Herzschlag so weit beruhigt, dass sie ihren Weg fortsetzen konnte, da drängten sich Handwerker mit Karren voller Steine und Holzplanken durch die Menschenmenge. Rücksichtslos drückten sie Bauern und deren Wagen beiseite. Ihre Mienen drückten Eile aus.

«Platz für die Dombauer!», rief einer von ihnen. «Lasst den Baumeister des Herzogs passieren. Weg da, Pöbel!»

Leonore spürte Ärger in sich aufsteigen. Was bildeten sich die Männer ein? Nur weil sie den Dom des Herzogs bauten, hatten sie nicht mehr Rechte auf die Straße als alle anderen Menschen. Auch die Bauern wollten auf den Markt, um ihre Waren zu verkaufen und das Leben ihrer Familien zu sichern. Und doch wichen alle ohne Murren zurück und fügten sich in ihre Stellung. Leonore schüttelte den Kopf und wich den Handwerkern aus, so wie alle anderen.

Endlich erreichte sie das Haus ihres Vaters. Eine Fuhre war gerade angekommen, und Männer luden Tuchballen auf dem Hof ab. Ihr Vater und sein Schreiber beaufsichtigten die Arbeiten und wiesen die Männer zu den Lagerräumen. Mit energischen Schritten folgte Bernardus zwei Knechten und rief ihnen Befehle zu. Leonore nahm ihren Mut zusammen und legte dem Schreiber eine Hand auf den Arm.

«Entschuldigt, ich möchte bitte meinen Vater sprechen.» Ihre Stimme brach.

Der Mann nickte ihr zu und ging über den Hof. Nach kurzer Zeit kehrte er zurück, gefolgt von ihrem Vater, auf dessen Gesicht sich Ärger über die Störung am frühen Morgen spiegelte. «Was willst du?» Bernardus baute sich vor ihr auf und hielt die Hände in die Hüften gestemmt. Ungeduld verzerrte seine Züge.

Grau ist er geworden, seit ich ihn das letzte Mal sah, dachte Leonore. Doch milder schien ihr Vater nicht geworden zu sein. Sie holte tief Luft und drängte die aufsteigenden Tränen zurück. Ihr Vater hasste Schwäche, und ihr Anliegen war schwierig genug. Wenn sie ihn durch Tränen, die er als unziemliches Verhalten betrachtete, verärgerte, würde er ihr niemals helfen. In wenigen Worten berichtete sie ihm vom Besuch der Sarazenen und dem Verschwinden von Mann und Tochter. Bernardus' Gesicht zeigte keine Regung. Leonore packte die Verzweiflung.

«Ich fürchte, die Sarazenen haben mein Kind entführt.» Mit Entsetzen bemerkte sie, wie jämmerlich ihre Stimme klang.

Im Gesicht ihres Vaters spiegelte sich Widerwillen. Er betrachtete sie wie eine lästige Bettlerin, die ihre aussätzigen Hände nach ihm ausstreckte.

«Und was soll ich deiner Meinung nach unternehmen?» Die Härte hinter den Worten ihres Vaters raubte Leonore jede Hoffnung.

Was hatte sie erwartet? Dass er sofort ein Heer zusammenstellen würde, um Fulk und Blanche zu retten? Vielleicht nicht unbedingt. Aber sie hatte geglaubt, dass er wenigstens Mitgefühl zeigen und sich bemühen würde, ihr zu helfen.

«Ich weiß nicht», stammelte sie und bemerkte, wie Röte langsam in ihr Gesicht stieg. Nur nicht weinen! «Vielleicht … du kennst doch sicher viele Händler.»

«Wenn dein unnützer Gemahl sich mit den Sarazenen überworfen hat, werde ich den Teufel tun und mich einmischen.» Die Stimme ihres Vaters klang schneidend wie eine wohlgeschliffene und häufig gebrauchte Klinge. Er zog die Brauen zusammen und blickte voller Verachtung auf Leonore.

Ein letzter Rest von Selbstachtung, gepaart mit Verzweiflung, gab ihr die Kraft, diesem Blick standzuhalten. «Blanche. Es geht um meine Tochter. Deine Enkeltochter.» Leonore ballte die Fäuste und krallte die Fingernägel in ihre Handflächen. Der Schmerz lenkte sie von dem Wunsch ab, ihren Tränen freien Lauf zu lassen und sich wie ein Kind an die Brust ihres Vaters zu werfen, um Trost zu erhalten.

«Du weißt doch gar nicht, ob die beiden nicht bald schon zurückkommen. Vielleicht hast du deine Göre ja morgen schon wieder bei dir», sagte Bernardus mürrisch. «Und auch, wenn nicht. Du bist jung. Du kannst noch mehr Kinder bekommen.» Die Kälte in seiner Stimme ließ Leonore frösteln. «Es ist doch nur ein Mädchen.»

«Du Unmensch.» Der Zorn über seine grausamen Worte gab ihr das erste Mal die Kraft, gegen ihn aufzubegehren. «Vergiss, dass ich dich um Hilfe bat. Ich werde dich nie wieder belästigen.»

Sie drehte sich um und rannte davon, bevor er sie zu Herburgis zurückschicken konnte. Zum Abschied gellten ihr die letzten Worte ihres Vaters in den Ohren nach und begleiteten ihren Weg wie ein dunkles Omen. «Wie Elke, deine Mutter. Nie der Vernunft zugänglich.»

Nachdem sie vom Hof geflohen war, lehnte Leonore sich an die Wand des nächstgelegenen Hauses. Den Lärm der Straße, den Gestank nach Mist und Schlachtabfällen nahm sie nur mehr wie durch einen Schleier wahr. Sie griff sich an die Kehle und atmete heftig ein und aus. Die Tränen, die sie mühsam zurückgehalten hatte, drängten ihr nun mit Macht in die Augen. Aber sie konnte sich jetzt keinen Augenblick der Schwäche leisten. Sie musste ihre Kräfte sammeln, musste aufstehen und weitergehen. Für Blanche. Ihre Tochter, ihre kleine Tochter musste darauf vertrauen können, dass Leonore stark blieb.

Sie richtete ihr Tuch, strich sich über die Cappe und begab sich auf den Weg zum nächsten Menschen, der ihr helfen könnte, Fulk und Blanche aus den Fängen der Heiden zu retten.

«Was maßt Ihr Euch an, mich bei meiner Arbeit zu stören?» Der Gildenvorsteher baute sich vor Leonore auf. Da er ihr nur bis zur Schulter reichte, konnte sein wichtigtuerisches Auftreten sie allerdings kaum beeindrucken. Sie musterte den Mann. Schon früher, als er ein Gast im Haus ihres Vaters gewesen war, hatte sie Wenzel Krämer für einen eitlen Pfau gehalten. Alles an seiner Kleidung sollte Reichtum und Macht zeigen. Edelste Stoffe in modischen Farben umhüllten den schmalen Körper. Sicher trug die geringe Größe des Mannes dazu bei, dass er die Aufmerksamkeit auf seine Kleidung lenken wollte. Innerlich schüttelte Leonore den Kopf. Die Klostererziehung hatte sie Bescheidenheit gelehrt. Mehr Schein als Sein, hätte Mutter Hildegard beim Anblick des Gildenvorstehers festgestellt und ihn keines zweiten Blickes gewürdigt.

Auch im Haus ihres Gemahls galt es als unschicklich, mit Pelzen und Gold zu protzen. Den Erfolg seines Handels trug Fulk nicht nach außen und verabscheute Gecken wie Wenzel Krämer. Heute jedoch musste sie den eitlen Winzling um seine Hilfe bitten.

Leonore knickste und senkte den Blick. «Bitte entschuldigt, dass ich Euch störe, doch mein Gemahl benötigt Eure Hilfe.»

«Warum schickt Fulk sein Weib?» Wenzel Krämer starrte sie herausfordernd an. In dem überaus prächtigen braunen Mantel, der mit Feh gefüttert war, wirkte er wie ein aufgebrachtes Eichhörnchen, das seine Nüsse gegen Futterneider verteidigte. Leonore spürte ein Kichern in sich aufsteigen, das sie mit aller Macht zu unterdrücken suchte, weil sie auf die Hilfe des Mannes angewiesen war.

«Bitte verzeiht.» Sie senkte den Kopf und blickte dadurch auf ihn herab. Der Anflug des Zorns, der über sein Gesicht huschte, zeigte Leonore, dass dies nicht der richtige Weg war, um sich die Unterstützung des Gildenvorstehers zu sichern. Innerlich aufseufzend, tastete sie mit einer Hand nach der Bank und setzte sich, damit Wenzel Krämer sie überragen konnte. Sie ließ sich nieder, schlug die Augen auf und bat mit sanfter Stimme. «Mein Gemahl sprach immer sehr hochachtungsvoll von Euch. Er hielt Euch für einen Mann, auf den man sich in Notlagen verlassen könne.»

Schweigen antwortete auf ihre wohlgesetzten Worte. Leonore wippte mit dem Fuß. Die Sarazenen hielten Fulk und Blanche in ihrer Gewalt, und mit jeder Stunde, die verstrich, gewannen sie einen uneinholbaren Vorsprung. Und sie musste kostbare Zeit damit verschwenden, diesem Männchen zu schmeicheln.

«Was stellt Ihr Euch vor?», fragte Wenzel, nachdem Leonore den Grund ihres Kommens in einigen Sätzen geschildert hatte. Gehässigkeit tropfte wie klebriger Honig aus der Stimme des Gildenvorstehers. «Soll ich eine Kreuzfahrt anführen, um Fulk zu retten? Ihr wisst doch gar nicht, wohin die Heiden flohen, nicht wahr?» Er schüttelte den Kopf, dass die dünnen Haare flogen. «Und wer sollte sich in der Zeit um mein Geschäft kümmern?»

Leonore hob die Schultern. Sie hatte sich keinen Plan überlegt, hatte nicht bedacht, auf welche Weise ihr der Gildenvorsteher helfen sollte, doch war sie gewiss gewesen, dass er sich für Fulk einsetzen würde. «Ich weiß nicht.» Ihre Stimme klang dünn und piepsend. «Was schlagt Ihr vor?»

«Wendet Euch an Ludolf von Dalem», antwortete Wenzel, und Leonore bemerkte mit Erstaunen, dass ein Lächeln auf seinem Gesicht erschien. «Auch Weibsleute haben das Recht, ihren Fall dem Vogt vorzutragen.»

Leonore hob voller Hoffnung den Kopf und erwiderte sein Lächeln. «Was muss ich tun?»

«Wartet zum nächsten Vogtding. Dort könnt Ihr Eure Klage vorbringen und auf Mitleid hoffen.» Ein böses Grinsen zog über Wenzels Gesicht. «Ihr wisst, dass der Vogt stets zum großen Markt Gericht hält.»

Leonore sackte in sich zusammen. Sie spürte die Hoffnung aus sich herausfließen wie Blut aus einer Schnittwunde. Die Worte des Kaufmanns zogen ihr den Boden unter den Füßen weg. Der große Markt war erst vor kurzem gewesen, und es würde einige Zeit vergehen, bis sie den Vogt sprechen könnte. Zeit, die sie nicht hatte.

«Da ich Euch eine Lösung zeigte, verlasst nun mein Heim.» Der Gildenvorsteher wies mit der Hand zur Tür und schickte sie hinaus wie eine Bettlerin. Leonore taumelte ins Freie. Wie konnte dieser Winzling es nur wagen, ihr seine Unterstützung zu verweigern? Hatte Fulk sich nicht immer für den Gildenvorsteher und dessen Ziele eingesetzt? Wie oft hatte Wenzel Krämer an ihrem Tisch gesessen, ihren Wein getrunken und sich an ihren Speisen ergötzt? Und dann wagte es der Kerl, sie wie einen streunenden Hund davonzujagen. In ihrer Verzweiflung trommelte Leonore an die Tür und rief wieder und wieder den Namen des Hausherrn. Oben öffnete sich ein Fenster, und jemand, wohl die Ehefrau des Gildenvorstehers, schüttete den Inhalt eines Nachtgeschirrs auf Leonore. Obwohl sie zur Seite sprang, erhielt sie einen Schwung der stinkenden Brühe auf die Kleider, auf die Haare und ins Gesicht. Übelkeit überwältigte sie, sie musste sich erbrechen. Schweißtropfen standen ihr auf der Stirn, und sie zitterte am ganzen Körper. Was für furchtbare Menschen!

Leonore lehnte sich gegen die Wand des Hauses, um wieder zu Atem zu kommen. Was würde mit ihrer Tochter geschehen, wenn es ihr nicht gelänge, Hilfe zu finden? Sie wischte sich den Schweiß von der Stirn. Vorbei, alles vorbei. Erst versagte ihr der Vater jegliche Hilfe und nun auch noch die Gilde. Fieberhaft überlegte Leonore. Es musste doch eine Möglichkeit geben, ihre kleine Tochter zu retten. Selbst für eine Frau musste es einen Weg geben, das zu schützen, was ihr das Liebste war. Doch wäre sie ihrem Kind keine große Hilfe, wenn sie verzweifelt und untätig vor dem Haus des Gildenvorstehers stehen bliebe. Mit gesenktem Haupt eilte sie durch die Straßen, die genauso stanken wie sie selbst, und ging im Kopf die Möglichkeiten durch, die ihr noch blieben. Auf die Unterstützung ihrer Familien konnte sie nicht bauen, das hatte Bernardus ihr deutlich zu verstehen gegeben. Auch Herburgis hatte keine Bereitschaft gezeigt, ihren ältesten Sohn zu retten. Und die Geschäftspartner ihres Mannes freuten sich wohl nur über das Verschwinden eines Konkurrenten.

Da erinnerte Leonore sich an einen Sinnspruch, den die Mutter Oberin in aussichtslos scheinenden Situationen immer zum Besten gegeben hatte. «Hilf dir selbst, dann hilft dir der Herr.»

Wie ein kleines Licht leuchtete der Gedanke in ihr. Wo sonst könnte sie Hilfe finden, wenn nicht in der Kirche?

7

Leonores Herz war leichter und ihr Schritt beflügelt, als sie sich durch die Menschenmenge hindurchkämpfte, um nach Sankt Jacobus zu gelangen. Sicher hätte Magister Jordanes einen Rat für sie. Ein kleines Lächeln stahl sich auf ihr Gesicht, als sie an den freundlichen Pfarrer dachte. Nachdem ihr Vater sie dem Kloster entrissen hatte, hatte Leonore sich auf die Suche nach Beistand begeben, nach jemandem, der ihr zuhörte und sie verstand. Das Schicksal hatte es gut mit ihr gemeint und sie nach Sankt Jacobus geführt, in die älteste Kirche Braunschweigs. Magister Jordanes hatte sich als guter Hirte und Beichtvater erwiesen. Dem Priester hatte sie all ihre Sorgen anvertrauen können, und er würde ihr sicher auch helfen, Blanche vor den Heiden zu retten. Schließlich hatte er ihre Tochter getauft und aufwachsen gesehen.

Die Tür von Sankt Jacobus schloss sich hinter Leonore. Sie beugte ein Knie und bekreuzigte sich. Ihre Augen brauchten ein wenig, bis sie sich an die Dunkelheit im Innern der Kirche gewöhnt hatten. Stimmen, die leise den Rosenkranz beteten, klangen beruhigend an ihr Ohr. Für einen Moment schloss Leonore die Augen und gab sich dem sanften Gemurmel der Gebete und dem Duft nach Weihrauch und Kerzen hin, der sie so sehr an die vertraute Welt des Klosters erinnerte. Wie anders wäre ihr Leben verlaufen, wenn ihr Vater sie im Schutz von Sankt Marien gelassen hätte. Leonore seufzte. Sich an die Vergangenheit zu klammern half ihr nicht weiter und würde ihr Kind nicht aus der Gewalt der Sarazenen retten. Sie straffte die Schultern und ging gemessenen Schrittes zum Altar. Dort entzündete sie eine Kerze für Blanche und sandte ein Gebet zur Jungfrau Maria, die als Mutter sicher

Verständnis für Leonores Nöte hätte. Ein Verständnis, auf das sie auch bei Magister Jordanes hoffte. Getragen von dieser Zuversicht, strebte sie auf den Beichtstuhl zu, in dem sie den Pfarrer wusste.

«Bitte, ich benötige Eure Hilfe», flüsterte sie und versuchte, durch das Gitter des Beichtstuhls einen Blick auf den Pfarrer zu werfen. «Ihr seid meine einzige Hoffnung.»

«Nun, nun», erklang die tiefe Stimme des Priesters, und Leonore hörte ein leises Lachen. «Dies scheint mir nicht der geeignete Ort für eine Bitte um Hilfe.» Der Pfarrer erhob sich und winkte Leonore, ihm zu folgen. Sie erhob sich und trat aus dem Beichtstuhl.

Mit tränenerstickter Stimme erzählte Leonore dem Geistlichen die Geschichte von Blanches Entführung und ihren vergeblichen Versuchen, Unterstützung zu finden.

Magister Jordanes wiegte bedächtig den Kopf und rieb sich das Kinn. Nach einem Schweigen, das Leonore endlos erschien, brummte er: «So, so, Sarazenen. Ich habe stets vermutet, dass sich aus dem Handel nur Arges ergibt. Hat nicht unser Herr Jesus die Wucherer aus dem Tempel vertrieben?»

Leonore verdrehte innerlich die Augen. Musste Magister Jordanes jetzt eine Predigt gegen den Fernhandel beginnen? Außerdem war ihr Gemahl doch kein Wucherer, sondern ein geachteter Händler. Sie biss sich auf die Unterlippe und versuchte ihre Verzweiflung zu verbergen. Mit gesenktem Kopf ließ sie die Worte des Pfarrers über sich fließen wie einen Sommerregen, dem man sich nur ergeben kann. Endlich endete der Sermon, und Leonore hatte sich so weit gefasst, dass sie Magister Jordanes demütig anlächeln konnte.

«Nun gut», fuhr er fort. «Du und dein Kind, ihr seid Opfer der Machenschaften von Heiden geworden. Da sollte es die Christenpflicht der Gilde sein, dir zu helfen.»

Leonore konnte nur in ohnmächtigem Schrecken den Kopf

schütteln. Sollte sich ihre Hoffnung als trügerisch erweisen? Wie sollte sie dem Pfarrer nur vermitteln, dass Blanche und Fulk von der Gilde keine Hilfe zu erwarten hatten? Als die Sorgen über ihr zusammenzuschlagen drohten, erschreckten die nächsten Sätze des Pfarrers sie noch mehr.

«Warum seid Ihr eigentlich allein gekommen?» In die freundlichen Augen trat ein Ausdruck des Misstrauens. «Warum begleitet Euch die Frau Herburgis nicht? Oder hat Euch wenigstens eine Magd zur Seite gestellt, damit Ihr nicht ohne Begleitung durch die Straßen gehen müsst?»

Leonore schluckte. Sie suchte nach einer glaubwürdigen Ausrede, doch ihr wollte nichts einfallen. Daher nahm sie ihren Mut zusammen und beschloss, dem Pfarrer die Wahrheit zu gestehen. «Meine Schwiegermutter teilt meinen Wunsch nicht, Fulk und Blanche zu suchen. Sie will das Geschäft durch Konradin weiterführen lassen und meine Tochter den Sarazenen und ihrem Schicksal überlassen.» Ihre Stimme drohte zu brechen.

Magister Jordanes runzelte die Stirn. Erneut rieb er sein Kinn und wiegte den Kopf von einer Seite auf die andere. Leonore schluckte. Ihre Kehle fühlte sich trocken an, und der Geruch alten Urins stieg ihr scharf in die Nase. Erschrocken hob sie die Hand vors Gesicht. Sicher wäre es klüger gewesen, sich nach der Begegnung mit den Nachttöpfen der Familie Krämer umzuziehen, bevor sie den Pfarrer um Hilfe bat. Was würde Magister Jordanes nur von ihr denken?

«Meine Tochter, du weißt, dass eine Gattin dem Manne untertan zu sein hat und dass der Platz einer Frau in ihrem Heim ist?» Der Pfarrer musterte Leonore streng. Sie fürchtete schon eine weitere Predigt über die christliche Ehe, doch der Pfarrer lächelte nur und sprach weiter: «Doch ich bin sicher, dass es dem Herrn wohlgefällig wäre, dass du dein Kind retten willst.»

Magister Jordanes verdammte sie also nicht, sondern bot ihr seine Hilfe an. Dankbar ergriff sie die Hand des Pfarrers und wollte sie küssen, doch er wehrte sie ab. «Leider kann ich dir nur wenig helfen, mein Kind. Ich verfüge nicht über den Einfluss, die Gilde zur Rettung deines Gemahls zu bewegen.»

Leonores Hoffnung verflog. Sosehr es sie auch erfreute, endlich ein freundliches Wort zu hören und Verständnis zu erhalten, so wenig nutzte ihr das Mitgefühl des Geistlichen. Sie brauchte einen Kämpfer, der den Sarazenen in ihr Land folgte und ihre Tochter rettete. Ihre Gefühle mussten sich auf ihrem Gesicht spiegeln, denn der Pfarrer lächelte und legte ihr eine Hand auf den Arm. «Ich mag nicht über die Macht verfügen, Euch zu helfen, doch ich verfüge über etwas ebenso Starkes.» Als er sich ihrer Aufmerksamkeit sicher war, fuhr er fort: «Wissen.»

«Wissen?» Unglaube und Zweifel ließen ihre Stimme rau klingen wie ein Reibeisen. Sicher, in Sankt Marien hatte Schwester Methildis stets betont, dass die Feder stärker sei als das Schwert und Wissen wichtiger als Kampfeskunst, doch wie sollten Bücher ihr jetzt, bitte schön, helfen?

Das Lächeln auf dem faltenreichen Gesicht des Pfarrers vertiefte sich. «Ich weiß, dass Bruder Anselmus, der Pfarrer von Sankt Michaelis, ins Heilige Land pilgerte und die Sprache der Heiden versteht. Bei ihm findest du sicher Unterstützung in deiner Notlage.» Er schlug das Kreuzzeichen über Leonore. «Geh mit Gott und vertraue dem Herrn.»

Leonore lächelte den Geistlichen dankbar an, knickste und sprang auf. Mit diesem Ratschlag konnte sie zumindest etwas anfangen. Mit gerafften Röcken eilte sie zur Kirchentür, vorbei an den Betenden, die missbilligend aufschauten. Die Zeit lief ihr davon, da konnte sie sich nicht mehr an die gute Sitte halten. Der Tag schritt unerbittlich voran, und sie war einer Lösung kaum näher als am Morgen.

Sankt Michaelis, die Kirche der Armen, schoss es ihr durch den Kopf. Fulk hatte sich stets über die Kirche mokiert, die von den ärmeren Bewohnern der reichen Stadt Braunschweig erbaut worden war.

«Schau sie dir an!» Ihr Gemahl war eines Sonntags mit Leonore in den Teil der Stadt geritten, in dem kleine Handwerker lebten. «Ihnen fehlte das Silber für den edlen Elmkalk. Mit rotem Rogenstein haben sie sich eine Kirche gebaut.»

Noch heute meinte Leonore die erstaunten und zornigen Blicke der Menschen spüren zu können, die ihnen folgten, als sie im Sonntagsstaat an den bescheidenen Hütten vorbeigeritten waren. Vor Scham war ihr die Röte ins Gesicht gestiegen, doch Fulk hatte nur gelacht.

«Sieh nur. Aus eigener Kraft wollten sie ein Gotteshaus bauen.» Er hielt seinen Braunen an und deutete auf die kleine Kirche. «Wie ihre Hütten sieht sie aus. Winzig und windschief.»

Er hatte den Hengst gewendet und war davongetrabt, ohne die Kirchgänger eines weiteren Blickes zu würdigen. Leonore war ihm mit gesenktem Kopf gefolgt und hatte sich für die Unfreundlichkeit und Bosheit ihres Gemahls geschämt. Anstatt zu würdigen, dass die Armen aus eigener Kraft ein Gotteshaus bauten, hatte er nur das Äußere gesehen und für wichtig erachtet.

Was für eine Laune des Schicksals, dass Fulks Rettung nun von dem Pfarrer der kleinen Gemeinde abhängen konnte, über die er sich stets lustig gemacht hatte.

Heute nun drängte sie wieder mit gesenktem Haupt nach Sankt Michaelis, doch nicht auf dem Rücken ihrer Schimmelstute. Inzwischen hatten die Gassen und Straßen der

Stadt ihren Schrecken verloren, und Leonore glitt gewandt durch die Menge. Ein helles Kinderlachen ließ sie in ihrer Eile aufhorchen. War das nicht Blanche? Hatte ihre Tochter sich etwa aus der Gewalt der Sarazenen befreien können und lief durch die Straßen Braunschweigs, auf der Suche nach ihrer Mutter? Leonore blieb stehen und drehte suchend den Kopf. Endlich entdeckte sie das Mädchen, dessen Fröhlichkeit sie an ihre Tochter erinnert hatte. Doch es war nur ein dickes Bauernkind, das an der Hand seiner Mutter die Wunder des Wochenmarktes bestaunte.

Der Schmerz, nachdem sie erkannt hatte, dass das Kind nicht ihre Tochter war, traf Leonore mit Wucht. Doch sie hatte keine Zeit, traurigen Gedanken an Blanche nachzuhängen, denn irgendjemand stieß sie ruppig in die Seite. Sie stolperte und drohte zu fallen, als das Volk, das auf den Wochenmarkt drängte, sie einfach weiterschob. Niemand kümmerte sich um sie. Leonore bekam einen Stoß in den Rücken und fiel auf die Knie. Hätte nicht eine derbe Hand nach ihrem Ellenbogen gegriffen und sie aus dem Strudel der Menschen gezerrt, wäre sie überrannt worden.

«Na, das war ja man knapp.» Beruhigend klopfte ihr jemand auf den Rücken und sprach auf sie ein wie auf ein scheuendes Pferd.

Leonore rang nach Atem und drehte sich zu ihrem Retter um. Eine alte Frau, der Kleidung nach eine Bäuerin, eine Leibeigene gar, lächelte sie aus einem wettergegerbten Gesicht an, das ein Netz von Falten überzog. Dem gebeugten Rücken sah man die harte Arbeit eines armen Lebens an, und Leonore wunderte sich über die Kraft, mit der ihre Retterin sie aus der Menge gezogen hatte. Sie lächelte der Frau zu und suchte nach ihrer Börse, um die Alte zu belohnen. Doch die hob nur abwehrend die Hände und schüttelte den Kopf.

«Nein, Herrin, für eine gute Tat nehme ich nur ein ‹Vergelt's Gott›.» Die Frau nickte Leonore zu, lächelte und verschmolz mit der Menge der Bäuerinnen, die ihre Waren auf dem Braunschweiger Wochenmarkt zu verkaufen hofften.

«Danke», rief Leonore ihr nach und hoffte, dass die Frau sie gehört hatte. Die Freundlichkeit der Bäuerin nahm sie als Zeichen, dass es noch Güte unter den Menschen gab und dass auch ihre Suche nach Blanche zu einem guten Ende finden könnte. Leonore eilte weiter und bemerkte, dass die Gassen immer schmaler und die Häuser immer winziger wurden, je näher sie Sankt Michaelis kam. Wenn es ihr gelänge, Blanche zu retten, würde sie Fulk dazu überreden, etwas für die arme Bevölkerung zu spenden, gelobte Leonore. Hatte nicht Jesus Christus davon gesprochen, dass das, was man dem Geringsten unter seinen Brüdern tue, dem Herrn wohlgefiele?

Sie nickte und schöpfte Kraft aus diesem Entschluss. Alles will ich tun, Herr, wenn ich nur meine kleine Tochter wohlbehalten wiederfinde, betete sie im Stillen. Doch sodann fielen ihr Mutter Hildegards Worte ein. Der Herr lässt nicht mit sich handeln, und seine Wege sind uns Menschen verborgen, hatte die Oberin einst gesagt und damit zu erklären versucht, warum ein krankes Kind trotz aller Gebete gestorben war. In Gedanken versunken, erreichte Leonore schließlich Sankt Michaelis und blieb vor der Kirchentür stehen. Sie versuchte, ihre Kleider zu ordnen, und strich sich die Haare zurecht.

«Herr, ich nehme das Schicksal an, das du mir zugedacht hast», flüsterte sie und senkte den Kopf. «Doch du wirst verstehen, dass ich alles versuchen werde, um meine Tochter zu finden.»

Als sie die Hand nach der Kirchentür ausstreckte, brach die Wolkendecke auf, und ein Sonnenstrahl fiel auf das dunkle Holz. Leonore neigte den Kopf und trat lächelnd ins kühle Innere der Kirche. Welch ein Gegensatz zur reichen

Kapelle des heiligen Jakob. Sankt Michaelis wirkte wie ein kleines Boot, verglichen mit einem großen Schiff. Und doch, dachte Leonore, manchmal reist man besser in einem Kahn. Sie fühlte sich wohl in der ruhigen Umgebung, die sie an die kleine Kapelle in Sankt Marien erinnerte. Suchend blickte sie sich um.

Vor dem Altar stand ein rundlicher Pfarrer und schien in ein Zwiegespräch mit dem Gekreuzigten vertieft. Seine Versunkenheit gab ihr die Gelegenheit, ihn ausführlich zu betrachten. Der Priester wirkte wie jemand, der gutes Essen zu schätzen wusste. Lachfältchen um die Augen gaben ihm ein freundliches Aussehen. Vorsichtig ging Leonore auf ihn zu und räusperte sich, um den Geistlichen auf sich aufmerksam zu machen.

«Hast du genug gesehen, meine Tochter?», fragte er sie und wandte sich ihr zu.

Leonore sprang zurück und blieb mit offenem Mund stehen. «Ihr hattet die Augen geschlossen!»

«Meine Ohren hören gut, und meine Nackenhaare sträubten sich, als du mich besichtigt hast wie ein Stück Vieh, das du zu kaufen erwägst.» Der Priester blickte ihr geradewegs in die Augen.

«Nein, nein. Bitte verzeiht.» Leonore hob abwehrend die Hände und spürte, wie Röte ihre Wangen hinaufkroch. Erst an seinem dröhnenden Lachen erkannte sie, dass der Geistliche sich einen Spaß erlaubt hatte. Würde denn gar niemand ihr Anliegen ernst nehmen und ihr helfen? Leonores Mut sank, und sie spürte, wie ihr die Tränen kamen.

«O nein, bitte entschuldigt», sagte der Priester und blinzelte sie an. «Ich wollte Euch nicht erschrecken. Kommt, setzt Euch und erzählt mir, was ein fremdes Lamm in unser bescheidenes Gotteshaus verschlagen hat.»

Unter Schniefen erzählte Leonore ihre Geschichte, wohl

das hundertste Mal an diesem Tag, wie es ihr schien. Bruder Anselmus, so hatte er sich vorgestellt, hörte mit geneigtem Kopf zu und fragte ab und zu kurz nach. In seinen Augen meinte Leonore echte Anteilnahme und Güte zu lesen. Die unerwartete Freundlichkeit trieb ihr erneut die Tränen in die Augen. Mit aufmunterndem Nicken reichte ihr der Geistliche ein Leinentuch, mit dem sie ihre Nase säubern und ihre Tränen trocknen konnte. Endlich hatte sie alles erzählt und schaute den Priester fragend an.

Bruder Anselmus nickte und trommelte sich mit zwei Fingern auf die Wange. «Seid Ihr sicher, dass die Ungläubigen von Al-Quds sprachen?»

Leonore erschrak, als sie den Ernst in seinem Gesicht bemerkte. Eifrig nickte sie. «Ich verstehe ihre Sprache nicht, doch ja, dieses Wort haben sie mehrmals wiederholt. ‹Allkutz› – so klang es. Wisst Ihr, was es bedeutet?» Sie hielt den Atem an und fürchtete die Antwort.

Bruder Anselmus strich sich über das bartlose Kinn. «Jerusalem. In ihrer Sprache nennen die Sarazenen unsere heiligste Stadt Al-Quds.» Er presste die Lippen zusammen. «Mir scheint, Eure große Sorge ist berechtigt. Die Anzeichen sprechen dafür, dass sie Euren Gemahl und Euer Kind ins Heilige Land verschleppen.»

Mit diesen Worten hatte der Priester Leonores schlimmste Befürchtungen ausgesprochen. Bisher hatte sie noch die Hoffnung gehegt, dass die Sarazenen in Sevilla lebten oder in Toledo. Doch Jerusalem? Wie unendlich weit entfernt lag Jerusalem. Leonore wurde plötzlich ganz schwindlig, es rauschte in ihren Ohren, und Sterne tanzten vor ihren Augen. Dann sank sie zu Boden.

«Frau Leonore! Tochter», drang eine Stimme an ihr Ohr, doch sie wehrte die Stimme ab und tauchte tiefer hinein in das schützende Dunkel. Nur entkommen, dem schrecklichen

Gedanken entfliehen, dass ihre kleine Blanche als Sklavin der Heiden in einem fernen Land sterben würde.

Durchdringend bohrte sich ein Geruch in ihre Nase, reizte sie zu einem Niesen und zog sie mit Gewalt aus dem Frieden ihrer Ohnmacht. Bruder Anselmus hielt ihr eine Phiole vor die Nase, aus der ein scharf-würziger Duft drang und bei Leonore ein weiteres Niesen hervorrief. Vorsichtig schob sie die Hand des Geistlichen zur Seite. Tränen flossen ihr über die Wangen, hervorgerufen durch den Kampferduft und die Verzweiflung.

Sanft strich ihr der alte Priester über den Arm. «Noch ist nicht alles verloren, mein Kind.»

Leonore hob den Kopf und schaute ihn an. «Gibt es Rettung? Wird der Herr meiner Tochter zur Seite stehen?»

Bruder Anselmus schüttelte den Kopf und lächelte. «Der Herr hilft denen, die sich selber helfen. Ich hörte von Rittern, die Pilger ins Heilige Land begleiten.»

Leonore runzelte die Stirn. Was nützten ihr Pilger? Ihre Tochter war in Gefahr.

Anselmus lächelte verschmitzt und schaute sich um, um sich zu vergewissern, dass keine anderen Gläubigen das Gespräch belauschen konnten. Verschwörerisch beugte er sich nach vorn und flüsterte Leonore zu. «Es gibt Ritter, die im Heiligen Land lebten …»

Leonore blickte ihn verständnislos an. Blanche war verschwunden. Entführt. Und der Priester berichtete ihr von den Kreuzfahrern. Sicher, die guten Männer, die für ihren Glauben gekämpft hatten, verdienten ihre Anerkennung, doch im Moment vermochte sie nur ihr eigenes Leid zu sehen.

«Frau Leonore!» Die Stimme des Priesters klang etwas schärfer, und sie sah zu ihm auf. «Ich erzähle Euch dies nicht, um ein Almosen zu bekommen.»

Er schaute sie strafend an, und Verärgerung zog seine Mundwinkel nach unten.

Leonores Wangen röteten sich vor Scham, und sie senkte den Kopf. «Bitte entschuldigt.»

«Ordensritter, Templer genannt, begleiten Pilger auf ihrer Fahrt ins Heilige Land und schützen sie vor den Gefahren der Reise.» Das freundliche Lächeln kehrte auf Bruder Anselmus' Gesicht zurück. «Wie es die göttliche Fügung will, hält sich einer von ihnen gerade in Braunschweig auf. Gottfried ist sein Name, wenn ich mich recht erinnere.»

Sein Lächeln vertiefte sich. «Nun, meine Tochter, wenn niemand für Euch reisen will, dann müsst Ihr Euch selbst auf die Wallfahrt begeben und Euer Kind den Ungläubigen entreißen.»

«Aber, das geht doch nicht …» Leonore schüttelte den Kopf. «Ich bin nur eine Frau …»

«Edle Damen begaben sich auf die Reise ins Heilige Land und kehrten wieder. Und etliche von ihnen hatten einen weniger starken Grund als Ihr.» In den Augen des Priesters entdeckte Leonore eine Härte, die sie erschreckte. «Es ist die Pflicht einer Mutter, ihr Kind zu schützen und zu behüten.»

Fragen und Bilder stürmten auf Leonore ein. Nie würde Herburgis zulassen, dass sie sich auf die Reise begäbe. Was würde Fulk von ihr denken, wenn sie ohne seinen Schutz ins Heilige Land pilgerte? Sie könnte niemals mit einem fremden Ritter allein so eine gefahrvolle Reise unternehmen. Nein, nein, nein! Leonore schüttelte den Kopf. Doch dann sah sie Blanche vor sich. Ihre kleine Tochter, wie sie lachend mit einem Kätzchen spielte. Blanche, wie sie in ihrem Bett schlummerte, die hellen Haare wie gesponnenes Gold auf den Kissen. Blanche, wie sie auf Leonores Schoß saß und sich an sie schmiegte. Ein Leben ohne ihre Tochter erschien ihr unendlich düster und karg. Leonore biss sich auf die Unterlippe. Für ihr Kind würde sie kämpfen wie eine Löwin.

Sie seufzte. «Ihr habt recht. Wo finde ich diesen Ritter?»

Der Geistliche hob die Schultern. «Man sagt, dass die Templer in der Schenke ‹Zum Hirschen› nächtigen.»

Leonore erbleichte. Sollte sie sich etwa in eine Wirtschaft wagen? Sie war schließlich eine ehrbare Frau, was würden die Leute denken? Wie konnte der Priester ihr so einen abwegigen Vorschlag unterbreiten?

Als hätte er ihre Gedanken lesen können, antwortete der Pfarrer: «Verzweifelte Zeiten erfordern verzweifelte Taten, meine Liebe.» Wieder zog das gütige Lächeln wie ein Sonnenstrahl über sein Gesicht.

«Warum wohnt ein edler Ritter in einem derart verrufenen Haus?» Leonore schluckte. Ihre Kehle fühlte sich an, als ob sie drei Tage gefastet hätte. «Kann er sich kein besseres Quartier leisten?»

«Die Templer legen keinen Wert auf Bequemlichkeit.» In der Stimme des Priesters klang leichter Tadel mit. «Sie haben ihr Leben dem Herrn geweiht und nicht ihrem eigenen Behagen.»

«Verzeiht.» Leonore senkte den Kopf.

Als sie aufblickte, sah sie erfreut, dass der Geistliche wieder lächelte. «Nehmt eine Magd oder, besser noch, einen Knecht als Begleitung mit, bevor Ihr den Ritter aufsucht.» Er nickte ihr zu. «Allein ist es für eine Frau zu gefährlich, dorthin zu gehen.»

«Habt vielen, vielen Dank.» Leonore knickste und drehte sich um. Mit gerafften Röcken eilte sie aus der Kirche. Die Mahnung des Priesters hallte in ihren Ohren, doch sie wusste, dass ihr nicht die Zeit blieb, nach Hause zurückzukehren und eine Magd zu holen. Außerdem würde das Gesinde sicher Herburgis von ihrem Vorhaben erzählen, und Leonore verlöre jede Aussicht, Blanche zu finden. Nein, sie musste ihren Weg weiter allein gehen und darauf vertrauen, dass der Herr und die Heiligen ihr zur Seite stünden.

Vor der Kirche, als sie aus dem beruhigenden, sanften Dunkel ins grelle Licht der Sonne und den Lärm der Straße trat, blieb sie wie erstarrt stehen. Konnte sie es wirklich wagen, allein in ein Wirtshaus zu gehen? Noch nie in ihrem Leben hatte sie eine Schenke betreten. Sie kannte Wirtshäuser nur aus den Erzählungen der Männer, die sie heimlich belauscht hatte. Verrufene Orte, an denen sich gefährliche Gestalten herumtrieben und dunklen Geschäften nachgingen. Angst ballte sich wie eine Faust um ihren Magen. Dann schüttelte sie sich, und ein Lächeln huschte über ihr Gesicht, als sie sich auf den Weg machte. Allein in eine Braunschweiger Wirtschaft zu gehen erschien ihr als ein vergleichsweise geringes Wagnis gegenüber einer Pilgerreise nach Jerusalem. Hatte sie nicht am heutigen Tage bereits so viele Gebote ihrer Schwiegermutter übertreten, dass es auf ein weiteres nicht mehr ankäme?

8

Je tiefer Leonores Weg sie ins Michaelisviertel führte, desto stärker nagten ihre Zweifel, ob dieses Wagnis nicht doch zu groß für sie wäre. Windschiefe Katen säumten schmale Gassen. Hohläugige Kinder saßen im Dreck und starrten ihr nach. Sie schienen abzuwägen, ob es sich lohnte, Leonore anzubetteln. Magere Hunde balgten sich mit Schweinen, deren Rippen man zählen konnte, um Abfälle, die auf den Straßen lagen. Leonore senkte den Kopf, blickte nicht nach rechts und links und eilte am Elend vorbei auf die Wirtschaft zu.

Ein verwittertes Holzschild zeigte an, dass hier die Schenke «Zum Hirschen» zu finden sei. Im leichten Wind schwankte das Holz bedrohlich, da es nur noch an einem dünnen Strick hing. Leonore zog den Kopf ein, holte tief Luft und stieß mit einem Ruck die Tür zur Wirtschaft auf. Sie kniff die Augen zusammen, um im Halbdunkel im Innern der Schenke etwas zu erkennen.

Bei dem Anblick, der sich ihr bot, lief ihr ein Schauer über den Rücken. Sie zog das Tuch enger um sich, wünschte sich, unsichtbar zu werden, als sie die ungewaschenen Männer an den groben Holztischen sah und, schlimmer noch, roch. Bierdunst vermischte sich mit Schweiß und dem Gestank dreckiger Kleidung und raubte ihr den Atem. Vorsichtig schaute sie sich um, suchte nach Verbündeten, falls ihr Erscheinen zu einem Aufruhr führen würde. Noch hatte keiner der Männer sie wahrgenommen.

Hinten an den letzten Tischen wischte eine stämmige Magd mit einem schmutzigen Lappen über das Holz. Sie sah kurz auf, als Leonore eintrat, und wandte sich dann wieder ihrer Arbeit zu. Leonore erschrak über die kalte Gleichgültigkeit in den Augen der Frau und fragte sich, was die Magd erlebt haben mochte, dass ihr Gesicht nur noch Dumpfheit spiegelte. Lauf davon, so schnell du kannst, rieten ihr Herz und Verstand. Es musste doch noch eine andere Möglichkeit geben, Blanche zu retten. Sie konnte ihr Leben und das ihrer Tochter nicht dieser Bande von Halsabschneidern und stinkenden Tagedieben anvertrauen. Als der Priester von Rittern gesprochen hatte, hatte Leonore edle Herren erwartet, die sich dem Schutz von Witwen und Waisen verschrieben hatten, und nicht so einen Haufen dreckigen Mannsvolks. Sie seufzte und presste die Lippen zusammen. Ihr Blick huschte über die Grüppchen, suchte verzweifelt nach einem Kerl, der ein wenig vertrauenswürdiger wirkte. Woran sollte sie den Ritter nur erkennen? Sie hob den Kopf, befeuchtete die trockenen Lippen mit der Zunge und rief etwas halbherzig in den Raum hinein: «Ich brauche Hilfe.»

Gegen den Lärm in der Wirtschaft kam ihre leise Stimme nicht an. Leonore nahm allen Mut zusammen, holte tief Luft, ballte die Hände zu Fäusten und schrie: «Ich suche einen Mann!»

Die Männer wandten ihr die Köpfe zu. Dröhnendes Gelächter schallte ihr entgegen, und von einem Tisch erhob sich ein schmuddeliger Kerl und spazierte auf sie zu. Er wiegte sich in den Hüften und grinste sie so schmierig an, wie sein Wams glänzte.

«Dem Mädchen kann geholfen werden, würde ich sagen.» Der Bursche drehte sich zu seinen grölenden Freunden um und vollführte eine unflätige Geste mit der Hand, deren Bedeutung Leonore voller Ekel erriet.

«Nein, nein. Ich suche einen Mann für eine Reise nach Jerusalem», brachte sie stockend hervor.

«Na, Mädchen, wenn du es so nennen willst, soll's mir

recht sein.» Der Kerl stellte sich vor Leonore, griff mit seinen dicken Fingern an ihr Kinn und drehte ihren Kopf zu sich herum. «Nenn es, wie du willst, Hauptsache, du machst die Beine breit.»

Sein dankbares Publikum wieherte vor Lachen, und Leonore hörte einzelne anfeuernde Rufe. Ein Zorn, wie sie ihn selten gespürt hatte, wallte in ihr hoch, und sie schlug die Hand des unverschämten Gesellen zur Seite.

«Lasst das. Ich bin bereit, für das Geleit zu zahlen.» Sie reckte sich und hob den Kopf.

«Oho!» Der Kerl grinste sie breit an. «So einem verlockenden Angebot kann ich nicht widerstehen. Gefallen hat's bisher allen, aber gezahlt hat noch keine.»

Leonore blieb vor Wut die Luft weg. Was bildete der unverschämte Mensch sich ein? Sie spürte, wie sich ihr Gesicht rötete. Das Gelächter und die Spottrufe der anderen Männer trieben ihr Tränen der Wut und der Scham in die Augen. Am liebsten hätte sie dem frechen Kerl und seinen Freunden gesagt, wie wenig sie von ihnen hielt. Doch was würde dann aus Blanche? So bitter es war, hier in dieser dreckigen Gaststube fand sich wohl ihre einzige Hoffnung, ihrer Tochter folgen zu können. Leonore drängte die Tränen zurück und funkelte den schmierigen Gesellen an.

«Lasst Eure dummen Witze. Ich suche einen Ritter als Schutz für eine Pilgerfahrt und bin bereit, gutes Gold dafür zu zahlen.»

Der Ton ihrer Stimme und ihre Haltung schienen die Männer zu beeindrucken. Das Gelächter verstummte, und eine erwartungsvolle Stille legte sich über den Raum. Ein weiterer Mann erhob sich von der Bank und kam auf Leonore zu. Er kniff die Augen zusammen und leckte sich die Lippen.

«Gold?», fragte er. «Ihr habt Gold? Lasst es uns sehen.»

Leonore wich vor der Gier in seinem Blick zurück, bis sie das harte Holz des Tresens in ihrem Rücken spürte.

«Ich habe es nicht dabei», flüsterte sie und schaute zu Boden. «Ihr werdet es bekommen, wenn wir abreisen.»

«Der Spatz in der Hand ist mir lieber als die Taube auf dem Dach», zischte ihr ein Kerl ins Ohr, und Leonore spürte seine grobe Hand auf ihrem Körper. Sie schlug ihn weg, doch da sprangen schon zwei weitere Burschen auf und kamen auf sie zu. Ihr Gesichtsausdruck erschreckte Leonore zutiefst. Sie erinnerten sie an Jagdhunde, die Blut gerochen hatten. Sie wollte sich umdrehen und fliehen, doch hinter ihr stand der Tresen. Leonore kreischte und schlug um sich, aber gegen die Übermacht der Männer konnte sie nur verlieren. Mit einem Ratsch zerriss der Stoff ihres Kleides, dort, wo gierige Hände an ihm zerrten. Eine stinkende, verdreckte Pranke legte sich auf ihren Mund und erstickte ihren Schrei. Leonore warf den Kopf von einer Seite zur anderen und blickte sich hilfesuchend um. Dort, die Schankmagd! Eine Frau musste ihr gegen die Kerle doch beistehen. Aber die derbe Magd wischte nur ungerührt weiter über die Tische und kümmerte sich keinen Deut um das Geschehen um sie herum. Verzweifelt versuchte Leonore den Blick der Frau zu fangen, doch die Magd schaute über sie hinweg und ließ mit keiner Geste erkennen, dass sie Leonores Not wahrgenommen hatte. Von ihr konnte sich Leonore offenbar keine Unterstützung erhoffen. Sie bäumte sich in einer letzten Kraftanstrengung auf und trat um sich. Doch das schien den grobschlächtigen Kerl nur noch mehr zu erregen. Sie erschrak, als sie die Mischung aus Lüsternheit und Rohheit in seinen Augen blitzen sah. Angst breitete sich lähmend in ihrem Körper aus.

Arme legten sich um ihren Leib und hoben sie hoch. Leonore rang nach Luft. Die Hand, die sich auf ihren Mund und ihre Nase presste, roch nach schalem Bier. Keuchend ging ihr Atem, und sie sah wie durch einen Schleier, dass die Männer eine Gasse bildeten. In den dunkelsten Winkel der Kaschemme trugen die Männer sie, zu einem Eichentisch voller Flecken und Scharten. Zwei Kerle fegten Krüge und Pokale vom Tisch, und ihr Peiniger warf sie auf das rohe Holz. Die Wucht des Aufschlags presste Leonore die Luft aus den Lungen, und sie blieb wie erstarrt liegen. Hände griffen nach ihren Armen und Beinen und zerrten sie auseinander. Jemand schlug ihren Rock hoch. Sie versuchte zu strampeln, wehrte sich mit aller Kraft, doch vergebens. Tränen strömten ihr übers Gesicht, und sie verfluchte sich für ihre Dummheit. Warum nur hatte sie sich allein in die Schenke gewagt?

«Auseinander! Sofort, wenn euch euer Leben lieb ist!» Die Stimme klang schneidend und ließ die Angreifer innehalten. Sie gaben Leonores Arme und Beine frei, und schneller, als sie es selbst für möglich gehalten hätte, sprang sie vom Tisch und lief zur Tür. Dort stand ein hochgewachsener Mann und bedrohte die Meute mit gezogenem Schwert.

«Lauft hinaus. Eilt Euch!», zischte er ihr zu.

«Ihr seid einer und wir viele», sagte einer der mutigeren Schurken in herausforderndem Ton und versperrte Leonore den Weg.

«Ich bin ein Ritter und werde etliche von euch mit in den Tod reißen, bevor ihr mich überwältigt.» Ganz ruhig stand der Mann da und musterte die Kerle, ohne mit der Wimper zu zucken. «Willst du es wagen und dich meinem Schwert entgegenstellen?»

Der grobschlächtige Kerl wich zurück, und ihr Retter zerrte Leonore schnell hinter ihm hervor und stieß sie zum Ausgang. Sie riss die Tür auf und stürmte ins Freie. Das Licht der Sonne blendete sie, und sie fiel auf die Knie. Angst und Ekel entluden sich in einem heftigen Würgen, das ihren ganzen Körper schüttelte.

«Kommt, wir haben keine Zeit.» Ihr Retter zerrte sie am Arm empor und drängte sie weiter. «Wenn die Dummköpfe sich gegen uns verbünden, schweben wir beide in höchster Gefahr. Also lauft.»

Leonore tat wie befohlen und rannte dem Mann nach. Obwohl er sicher mehr als doppelt so alt war wie sie, lief er entspannt und ohne außer Puste zu geraten. Leonore hingegen keuchte und rang nach Luft, als er endlich stehen blieb.

Nachdem sie wieder zu Atem gekommen war, fand Leonore die Ruhe, ihren Retter zu mustern. Er sah gar nicht aus wie ein Ritter. Von seiner Kleidung her hätte er ein Bauer sein können, sogar ein Leibeigener. Die stumpfen Erdfarben seines Wamses verband Leonore mit Menschen, die von ihrer Hände Arbeit lebten, aber nicht mit einem Krieger, der für den Herrn stritt.

In ihrer Überraschung sprach sie diese Gedanken laut aus. «Bis auf das Schwert seht Ihr nicht aus wie ein Ritter. Müsstet Ihr nicht ein Kreuz auf Eurem Umhang tragen?»

Der Ritter starrte sie erstaunt an. Mit einem Kopfschütteln antwortete er: «Soll ich Zielscheibe für den Pöbel spielen? Wir Ritter reisen in einfachem Gewand, um nicht in Händel verwickelt zu werden.»

Leonore spürte, wie ihr die Röte ins Gesicht stieg. Nun würde der Mann sie für einen Hohlkopf halten. Erst musste er sie aus einer Notlage retten, in die sie sich aus Dummheit gebracht hatte, und dann stellte sie ihm noch eine dumme Frage. Hätte sie nur ihre Neugier zügeln können. Sie schaute zu Boden und malte mit der Fußspitze Muster in den grauen Staub.

«Das konntet Ihr nicht wissen.» Seine Stimme klang etwas weicher, sodass Leonore es wagte, ihn anzuschauen.

Alt erschien er ihr, sicher beinahe so alt wie ihr Vater.

Graue Strähnen in Haar und Bart hoben sich von der sonnengebräunten Haut ab. Seine auffallend hellen Augen zogen Leonores Blick an. Eher grau als blau wirkten sie und nun wieder sehr, sehr grimmig.

«Was suchtet Ihr in so einer Schenke?» Der Ritter blickte Leonore forschend ins Gesicht. «Ihr müsst doch wissen, dass nur Hübschlerinnen diese Kaschemmen aufsuchen.»

«Ich war verzweifelt und hatte keine Wahl. Habt Dank für meine Rettung.» Leonore drehte sich um und wollte den ruppigen Kerl stehen lassen. Von ihm würde sie wohl keine Hilfe bei der Suche erhalten. Er schien jemand zu sein, der sich stets an die Regeln hielt und sicher nicht bereit wäre, sie auf ihrer Reise zu begleiten.

Doch so schnell ließ der Mann sich nicht abschütteln. «Was meint Ihr?» Seine Stimme klang jetzt wieder etwas milder. «Warum seid Ihr so verzweifelt?»

Leonore blieb stehen und presste die Lippen zusammen. Seine plötzliche Freundlichkeit brachte sie aus dem Gleichgewicht. Sie schüttelte den Kopf und wollte weitereilen, doch seine Hand auf ihrem Arm hielt sie auf.

«Wartet. Ich möchte mich für meine Barschheit entschuldigen, doch wäre ich nicht gekommen, dann …»

Seine Worte verdeutlichten Leonore die Ausweglosigkeit ihrer Lage. Keiner von Fulks Gildefreunden hatte sich bereit erklärt, ihr zu helfen. Der eigene Vater hatte ihre Bitte ohne weiteres Nachdenken abgelehnt. Die letzte verzweifelte Hoffnung, sich Hilfe zu kaufen und mit Unterstützung und Schutz eines Ritters die Reise zu wagen, hatte sich in der schrecklichen Schenke zerschlagen. Als sie an Blanches Schicksal dachte, konnte sie die Tränen nicht länger zurückhalten, und ihre Angst entlud sich in einem verzweifelten Schluchzen. «Na, na», brummte der Mann und strich ihr über den Rücken. Da musste Leonore erst recht weinen.

«Meine Tochter», stieß sie unter Schniefen hervor. «Sarazenen haben sie und meinen Mann geraubt.» Sie suchte nach einem Tuch, ohne es zu finden. Schließlich wischte sie sich die Nase am Ärmel ihres Kleides ab. Was scherten sie die Regeln des Anstands, wenn ihr Leben in Trümmern lag. «Niemand will mir helfen.» Sie blickte zu ihrem Retter auf und stutzte. Etwas an ihm kam ihr vage bekannt vor. «Ich habe Geld …»

Ein letztes Mal strich der Mann ihr über den Rücken, bevor er zwei Schritte zurücktrat, um die Schicklichkeit wiederherzustellen. «Erzählt mir die Geschichte.»

Leonore schniefte und holte tief Luft. Mit wenigen Worten klagte sie ihm ihr Leid und versuchte ihm begreiflich zu machen, dass nur sie allein ihre Tochter retten konnte. Der Ritter hörte ihr aufmerksam zu und warf ab und zu eine kurze Frage ein.

Schließlich blickte er Leonore prüfend an. «Ist Euch bewusst, wie anstrengend und gefährlich so eine Reise sein wird?»

«Würdet Ihr mich denn begleiten? Kennt Ihr den Weg nach Jerusalem?» Leonore schöpfte wieder etwas Hoffnung.

«Ich habe dort bei den Templern gedient.» Zu einer längeren Erklärung ließ sich der Ritter nicht herab.

Sie neigte den Kopf. «Wer seid Ihr?»

«Entschuldigt mein unschickliches Gebaren, doch Ort und Zeit schienen mir nicht angemessen für eine förmliche Vorstellung.» Er verbeugte sich leicht. «Gottfried Kahle ist mein Name.»

Gottfried Kahle? War das etwa der Ritter, von dem Bruder Anselmus gesprochen hatte? Leonore war verblüfft. «Mein Name ist Leonore von Calven, und ich war gerade auf der Suche nach Euch. Bruder …»

«Ich weiß», grollte der Ritter. «Dankt dem Priester und

der Fügung des Schicksals, dass ich Euch retten konnte. Ich traf Anselmus vorhin zufällig, wohl kurz nachdem Ihr ihm einen Besuch abgestattet hattet. Er berichtete mir von Eurer Notlage und sagte mir, wo ich Euch finden kann.»

Leonore schluckte, als ihr bewusst wurde, wie knapp sie einem schrecklichen Geschick entgangen war.

«Seid Ihr Euch über die Gefahren einer Pilgerfahrt im Klaren?», fragte er erneut und blickte Leonore mit gerunzelter Stirn an.

Die Erlebnisse des Tages hatten Leonore dünnhäutig werden lassen, und sie zischte ihn an: «Ich will meine Tochter retten, nicht pilgern.»

«Nun, wir werden als Pilger reisen müssen. So erregen wir am wenigsten Aufmerksamkeit, alles andere würde nur gefährlichen Argwohn hervorrufen», wies Gottfried sie zurecht. Nachdenklich strich er sich übers Kinn. «Verfügt Ihr über so viel Silber, dass Ihr einen Wagen kaufen könnt?»

«Silber?» Leonore schluckte. Daran, dass ihre Reise mit Kosten verbunden war, hatte sie bisher nicht gedacht. Ihre Gedanken waren nur um Blanches Rettung gekreist.

«Habt Ihr genug Mittel?», fragte der Ritter und sah Leonore mit hochgezogenen Brauen an.

«Ihr sagtet doch, dass wir als Pilger reisen.» Sie hob die Hände in einer Geste der Verständnislosigkeit. «Sind Pilger nicht stets arm?»

«Bestimmt. Herzog Heinrich hat sich sicher zu Fuß auf den Weg ins Heilige Land gemacht.» Sein dröhnendes Lachen ärgerte sie. «Die hohen Herren reisten mit Proviantwagen und dem halben Hofstaat.»

Leonore zuckte mit den Schultern. «Ich werde Euch allein begleiten. Das kann nicht so teuer werden.»

«Ihr braucht Gold oder Juwelen für unsere Reise. Wir werden lange unterwegs sein. Bestimmt vierzig Tage zu Fuß und noch einmal so lange auf See.» Sein Gesicht wurde ernst. An den Fingern zählte der Ritter die Kosten auf, die Leonore erwarteten: «Essen und trinken müsst Ihr ja wohl. Eine Unterkunft braucht Ihr. Kleidung, vergesst nicht das Schuhwerk. Almosen und Spenden solltet Ihr als gottesfürchtige Pilgerin bereithalten.»

Leonore bekam ein mulmiges Gefühl. Bis eben hatte sie nur Blanches Rettung im Sinn gehabt. Was eine Reise bedeutete, eine Reise ins Heilige Land, hatte sie nicht weiter überlegt. Sie hob abwehrend die Hände.

«Verehrungen, die Euch wichtige Türen öffnen werden. Einen Beichtpfennig», zählte Gottfried ungerührt weiter auf. «Brücken- und Wegezoll müsst Ihr zahlen. Fähr- und Schiffsgelder werden anfallen. Und im Orient werden wir Führer benötigen.»

Leonore ballte die Hände zu Fäusten. Nein, von schnödem Mammon würde sie sich nicht von der Suche nach ihrer Tochter abhalten lassen. «Meine Morgengabe», überlegte sie laut. «Und Juwelen, die mir mein Gemahl schenkte. Es wird reichen!»

«Gut.» Der Ritter nickte. «Genießt die letzte Nacht in Eurem eigenen Bett. Wir werden morgen früh aufbrechen, sobald die Stadttore sich öffnen.»

«Ich möchte heute schon reisen.» Leonore blickte ihn geradewegs an. Sie konnte nicht länger warten. Den heutigen Tag hatte sie fast verloren, und der Vorsprung der Sarazenen wuchs und wuchs.

Der Ritter schüttelte den Kopf. «Heute kämen wir nicht sehr weit. Im Dunkeln können wir schlecht reisen. Und ich habe auch noch einige Vorbereitungen zu treffen.»

Sosehr es Leonore auch schmerzte, sie musste zugeben, dass er recht hatte. Der Gedanke, noch eine Nacht in ihrem Heim zu verbringen, das ihr ohne Blanche kalt und leer erschien, schreckte sie, doch sie fügte sich der Vernunft und nickte.

«Wir treffen uns nach dem Morgenläuten an der Burg Dankwarderode, beim Löwen.»

Beim Löwen? Warum trafen sie sich nicht am Stadttor? Doch Leonore wagte es nicht, den Ritter zu fragen, sie wollte ihn nicht verärgern. «Ich werde Euch erwarten.»

9

Hastig zerrte Leonore Wäsche aus der Truhe und warf sie in die hirschlederne Umhängetasche, die ihr als Reisegepäck dienen würde. Wallesac hatte der Ritter die Tasche genannt, als er sie ihr überreicht hatte. Sie erschien Leonore sehr klein, wenn sie die Dauer der vor ihr liegenden Reise bedachte. Packt nur wenige Kleidungsstücke ein, hatte Gottfried sie angewiesen, bedenkt, dass Ihr die Tasche auf einem langen Weg tragen werdet.

Leonore zog die Ringe von ihren Fingern und warf sie in ein Tuch, das sie sich um den Körper binden würde. Noch die Kette, die ihr Fulk als Morgengabe geschenkt hatte. Mit spitzen Fingern griff sie nach dem schweren Gold, das Rubine wie Blutstropfen zierten. Schon an dem Morgen, als Fulk ihr mit stolzem Lächeln den Schmuck überreicht hatte, hatten die Steine sie an das Blut erinnert, mit dem sie ihm ihre Jungfräulichkeit geopfert hatte. Nun konnte sie das hässliche Ding wenigstens einem guten Zweck zuführen. Sie schauderte, als ihre Finger das kalte Gold berührten. Schnell warf sie ein Tuch über die Kette, um die Erinnerung an die erste Nacht mit ihrem Mann zu verdrängen. Nichts an ihrer Hochzeitsnacht hatte Leonore mit Glück oder Freude erfüllt. Am Abend hatte Konstanze ihr noch zugeflüstert: «Denke daran, mit unserem Blut zahlen wir für schöne Häuser und edle Kleider.» Als Fulk ihr am Morgen danach die Kette um den Hals legte, bekam Leonore eine Ahnung davon, was die Worte ihrer Stiefmutter bedeuteten und was sie in ihrem Ehebett erwarten würde.

Sie schüttelte sich und schaute sich dann ratlos im Zimmer um. Es musste doch noch mehr Schmuck geben als diese verhasste Morgengabe! Leonore seufzte. Mit drei Ringen und einer Kette würde sie nie bis nach Jerusalem gelangen können. Gottfried hatte von Lösegeld gesprochen, das sie möglicherweise für Blanche zahlen müsste. Ganz zu schweigen von den Kosten der Reise, die Leonore erschreckend hoch erschienen. Sie ließ sich erschöpft auf das Bett fallen. Truhen und Schränke hatte sie durchsucht, ohne mehr als das Geschmeide zu finden, das sie bereits in die Wallesac gepackt hatte. Sie biss sich auf die Unterlippe und richtete den Blick zur Decke. Wie dachte Fulk? Wo versteckte ihr Ehemann alles, was für ihn von Wert war?

Endlich hatte sie einen Geistesblitz. Leonore sprang auf und lief ins Vorderhaus, wo Fulk seine Geschäfte abwickelte. Dort bewahrte er alle Unterlagen auf, handelte und verhandelte mit den fahrenden Händlern, mit Juden und Franzosen, wenn sie in Braunschweig Waren anboten. Doch auch dort konnte sie nichts finden. Mit fliegenden Fingern wühlte sie in Truhen, durchsuchte Schränke und klopfte selbst die Stühle ab. Nichts. Ihr Gemahl hielt alles von Wert gut vor ihr verborgen. Wie viele Geheimnisse mochte er noch vor ihr verstecken?

Fast wünschte sie, dass alles nur ein böser Traum wäre und sie morgen neben Fulk erwachen und einem neuen tristen Tag entgegensehen würde. Wie hatte sie ihr Leben mit einem rohen und lieblosen Mann verwünscht, doch jetzt, vor einem Abenteuer, in das sie nie hatte geraten wollen, und in Angst um ihre geliebte Tochter, erschien ihr der Alltag mit ihrem Gemahl wie eine goldene Zeit. Wenn ich Blanche und Fulk wiederfinde und wir unser Leben wiederaufnehmen können, werde ich ein Jahr lang jeden Tag eine Kerze in der Jakobskirche entzünden. Ich werde freundlich zu Herburgis sein und mich bemühen, meinen Gemahl zu lieben, gelobte sie im Stillen, während sie die Kammer absuchte.

Das einzig Kostbare, das sie finden konnte, war ein Sarazenendolch, dessen Griff mit Edelsteinen, wohl Smaragden und Saphiren, besetzt war. Sie wog die Waffe in der Hand und überlegte, ob sie genügend Wert besaß, um Blanche aus der Sklaverei zu befreien. Leonore seufzte. Warum nur hatte sie sich nie mit dem Handel beschäftigt? Fulk hatte stets Wert darauf gelegt, dass seine Gemahlin nur den Haushaltspflichten nachkam, doch Herburgis kannte sich auch mit den Geschäften aus. Hätte Leonore ihren Ehemann nur etwas mehr gedrängt, ihn gebeten, ihr den Handel zu erklären, dann wüsste sie heute, wo sie suchen sollte und was für einen Wert der Dolch aufwies.

«Was tust du da?» Herburgis' Stimme gellte Leonore in den Ohren und holte sie aus ihren Überlegungen in die Wirklichkeit zurück. Ihre Schwiegermutter stand in der Tür, die Hände in die Hüften gestemmt, und schüttelte entrüstet den Kopf.

«Ich suche den Schmuck, den ich als Mitgift erhalten habe», fauchte Leonore sie an. Auf einen Streit mit ihrer Schwiegermutter wollte sie sich jetzt nicht einlassen. Sie hatte Wichtigeres zu tun.

«Warum?» Herburgis trat ins Zimmer. Ihr Blick folgte Leonore wie der einer Schlange einem Kaninchen. «Du wirst doch nicht immer noch an dem dummen Gedanken hängen, Fulk nachzureiten?»

«Berührt dich das Schicksal deines Sohnes denn überhaupt nicht?» Leonore blieb stehen und sah ihre Schwiegermutter kopfschüttelnd an. Wie konnte eine Mutter nur so kalt bleiben, wenn ihr Sohn in die Fremde geritten war, ohne sich zu verabschieden? Stellte sich Herburgis denn gar nicht die Frage, ob Fulk den Sarazenen freiwillig gefolgt war oder ob die Heiden ihn gezwungen hatten, sie zu begleiten? Und was war mit Blanche? Lag das Schicksal ihres Enkelkindes Herburgis nicht wenigstens ein bisschen am Herzen?

«Mich bewegt, wer unser Geschäft weiterführen wird. Alles andere kann warten.» Herburgis kam näher und reckte ihren Kopf nach vorn wie ein angriffslustiges Huhn, das seinen Platz in der Hackordnung verteidigen wollte. «Dir gehört hier nichts. Alles fällt jetzt an Konradin. Also verschwinde, bevor ich die Büttel rufe.»

Das gemeine Glitzern in den Augen ihrer Schwiegermutter öffnete Leonore die Augen. Herburgis schenkte dem Schicksal ihres ältesten Sohnes keine Beachtung, weil sie Konradin schon immer Fulk vorgezogen hatte. Langsam löste sich der Knoten in Leonores Kopf. Ihrer Schwiegermutter kam Fulks Verschwinden gelegen. Konradin könnte sie leichter lenken als Fulk und so aus dem Hintergrund den Handel bestimmen.

«Dir ist es nur recht, dass Fulk und Blanche verschwunden sind. Nun kann dein Liebling alles bekommen, und du wirst durch ihn herrschen. Konradin wird dir keinen Widerstand entgegensetzen.» Leonore stieß die Worte zwischen den Zähnen hervor. «Für dich wendet sich so alles zum Besten. Fast könnte man meinen, dass du hinter der Entführung steckst.»

Eine schallende Ohrfeige traf ihre Wange und hinterließ eine brennende Spur. Die Erschütterung über diesen bösen Angriff schmerzte mehr als der eigentliche Hieb. Leonore spürte Zorn in sich aufwallen und hielt Herburgis' Arm fest, als diese ihr einen weiteren Schlag versetzen wollte.

«Hör gut zu, Herburgis, deine Macht über mich endet heute.» Sie beugte sich über das zornesrote Gesicht ihrer Schwiegermutter. «Nun sag mir, wo der Schmuck versteckt ist, und wage nicht, mir weiter Steine in den Weg zu legen.»

«Was kannst du mir schon antun? Du, du nutzloser

Schwächling!» Herburgis richtete sich auf. «Nicht einmal einen Erben konntest du uns schenken.»

«Untersteh dich, mich noch einmal zu beleidigen! Und unterschätze nie eine Frau, die für ihr Kind kämpft», stieß Leonore hervor und verdrehte ihrer Schwiegermutter den Arm, so wie Fulk es ab und zu mit ihr getan hatte, wenn er seine Gemahlin bestrafen wollte. Mit Genugtuung sah Leonore, wie Tränen des Schmerzes in Herburgis' Augen traten. Dieses Gefühl erschreckte sie. Wie konnte sie sich über das Leid eines anderen Menschen freuen, selbst wenn dieser andere Mensch so böse war wie ihre Schwiegermutter? Diese Sünde müsste sie beichten und würde drei Kerzen spenden, morgen vielleicht.

Heute jedoch galt ihr Trachten und Streben nur dem Schmuck, der Blanches Rettung dienen sollte. Leonore verdrehte Herburgis' Arm noch ein wenig mehr und wich dem ungeschickten Hieb aus, mit dem ihre Schwiegermutter sich befreien wollte. «Also, wo ist meine Mitgift? Wo habt ihr sie versteckt?»

Mit zornesrotem Gesicht, auf dem die Tränen nasse Spuren hinterließen, deutete Herburgis auf eine Truhe, die Leonore bereits durchwühlt hatte.

«Doppelter Boden», presste ihre Schwiegermutter zwischen den Zähnen hervor. Leonore stieß Herburgis zu Boden und fesselte sie schnell mit Stricken, die sie in der Truhe gefunden hatte. Die überrumpelte Herburgis zeterte lautstark, da stopfte Leonore ihr ein Tuch mit Stickereien in den Mund, mit dem die Schwiegermutter sie zuvor so gequält hatte. Rache ist doch ein süßes Gefühl, dachte Leonore und stach mit dem Dolch auf die Truhe ein. Noch eine Sünde, die sie beichten musste. Wieder und wieder hieb sie auf das dunkle Holz ein. Bald konnte sie ein Loch in den zweiten Boden bohren. Angespornt durch den Erfolg, zerrte sie an dem Holz, riss sich dabei Splitter in die Finger und zog weiter, bis der Boden nachgab. Erleichtert lachte sie auf und vergaß den Schmerz in ihren Fingern. Gold und Edelsteine glitzerten dort. Verfolgt von Herburgis' zornigem Blick und dumpfem Grollen, griff Leonore nach dem Schmuck, den sie als Mitgift in die Ehe gebracht hatte, steckte alles ein und ging zur Haustür. Draußen angekommen, zögerte sie einen Moment und drehte sich um. Sie lief hinauf in ihr Schlafzimmer und zog zwei Mäntel aus der Wäschetruhe. Pelz war kostbar und würde sich sicher gegen eine Mahlzeit oder eine Schlafstätte eintauschen lassen. Mit großen Schritten floh sie aus dem Haus, in dem sie sich doch nie richtig zu Hause gefühlt hatte. Kurz durchzuckte sie der Gedanke, dass ihr Leben nach der Rückkehr aus Jerusalem nicht leichter werden würde. Ihre Schwiegermutter würde ihr den heutigen Tag nie verzeihen. Eine Demütigung wie diese könnte Herburgis sicher nicht vergeben.

Leonore schüttelte den Gedanken ab. Wer konnte schon sagen, ob sie überhaupt zurückkehren würde? Vielleicht gelänge es ihr nicht einmal, bis zum Stadttor zu kommen. Sie konnte nur beten, dass niemand Herburgis so bald entdecken würde. Vollbepackt schleppte sie sich durch die engen Gassen, stieß hin und wieder mit Bettlern zusammen und fürchtete, dass Taschendiebe ihr die kostbaren Juwelen stehlen könnten. Sie winkelte die Ellenbogen an und drängte sich rücksichtslos weiter.

Eine triefäugige Alte, der die rechte Hand fehlte, krallte ihre linke in Leonores Kleid und greinte: «Eine kleine Spende für die Armen.»

Leonore riss sich angewidert los, drückte der Bettlerin ein Almosen in die Hand und eilte weiter. Immer noch zitternd wegen der Auseinandersetzung mit Herburgis, erreichte Leonore die Brücke, die zur Burg Dankwarderode führte. Sie zögerte kurz, bevor sie sich auf den Weg zur Okerinsel machte. Gedanken jagten ihr durch den Kopf. Sollte sie wirklich diese Reise wagen? Sie, die in den letzten Jahren nicht einmal über die Grenzen von Braunschweig hinausgekommen war?

Und konnte sie Gottfried vertrauen? Dem Mann, der überraschend gerade zum rechten Zeitpunkt erschienen war und sie vor Schrecklichem bewahrt hatte? Vielleicht war das Auftauchen des Ritters ein Zeichen des Herrn, dass er ihren Plan für gut befand und sie darin unterstützte, ihre Tochter aus der Gewalt der Heiden zu befreien. Oder aber Gottfried würde sich als räuberischer Mörder entpuppen, der ihre Notlage ausnutzte. Leonore schluckte. Beides schien ihr möglich. Gottfried als Retter in der Not, aber auch als Halunke, der sie mit seinen Spießgesellen in eine geschickte Falle gelockt hatte. Sie vermochte nicht zu entscheiden, welche Überlegung die treffende war. Zu wenig Erfahrung hatte sie bisher mit Menschen gemacht. Aus der Geborgenheit des Klosters war sie unter die Fuchtel ihres Vaters und dann unter die ihres Gemahls geraten, hatte keine eigenen Entscheidungen treffen dürfen, und jetzt wollte sie so ein Abenteuer wagen. Ihr Leben und das ihrer Tochter einem Fremden anvertrauen.

Aber blieb ihr eine Wahl? Selbst wenn der Ritter sich als Halsabschneider erweisen sollte, blieb er ihre einzige Hoffnung, zu Blanche zu gelangen. Allein würde sie die Reise nicht antreten können, und auf einen Handelszug zu warten dauerte zu lange. Sie seufzte. So viele Fragen harrten einer Antwort, und von dem Ritter hatte sie so wenig erfahren. Warum nur erwartete er sie an diesem Ort? Hatte er etwa Verbindungen zum Löwen? War er edler, als er auf den ersten Blick wirkte?

Ihr Weg führte sie am Dombau vorbei, wo der Baumeister gerade mit einigen Handwerkern stritt. Der Herzog war erst vor wenigen Wochen von einer Pilgerreise zurückgekehrt und hatte den Bau eines Doms in Auftrag gegeben. Leonore blieb kurz stehen und bewunderte die Fortschritte, die das Bauwerk in der kurzen Zeit genommen hatte. Mit leichtem Bedauern dachte sie daran, dass sie zur Einweihung des Doms wohl nicht in Braunschweig weilen würde. Einer der Arbeiter drehte sich um, als ob er ihren Blick gespürt hätte. Er erhob die Hand zu einer unzüchtigen Geste. Peinlich berührt sah sie zur Seite und ging weiter, als ob sie den unverschämten Kerl nicht bemerkt hätte.

Wir treffen uns beim Löwen, hatte der Ritter gesagt. Der Weg dorthin erschien Leonore endlos, und sie schwitzte unter der ungewohnten Last der Tasche. Hoffentlich würde Gottfried für Pferde oder einen Ochsenwagen sorgen, damit sie auf der Reise schnell vorankämen. Sie sputete sich, um rechtzeitig bei dem goldenen Löwen zu sein. Wenn sie sich verspätete, würde der grimmige Gottfried, wie sie den Mann nach der ersten Begegnung heimlich getauft hatte, sicher ungehalten sein. Abgehetzt und mit Schweißperlen auf der Stirn erreichte Leonore den vereinbarten Treffpunkt, gerade als das Morgenläuten einsetzte. Vom Ritter aber fehlte jede Spur. Sie seufzte und setzte sich an die Säule, auf der das Standbild von der Größe des Herzogs kündete. Ihr Blick ging unwillkürlich nach oben, und trotz ihrer inneren Unruhe bewunderte sie den Löwen, der in unerreichbarer Höhe über ihrem Kopf thronte. Ein leichtes Lächeln zog über ihr Gesicht. Der Anblick der Raubkatze schien ihr wie eine gute Verheißung. Der riesige Löwe stand ehern in seiner bronzenen Ruhe und strahlte eine verhaltene Kraft aus, die Leonore beruhigte. Das leicht geöffnete Maul schien ihr Mut zuflüstern zu wollen. Sein langgestreckter Körper war ein Sinnbild für all die Stärke und all die Tapferkeit, die sie brauchte, um Blanche zu retten. Leonore schöpfte neue Hoffnung, doch das Warten zerrte an ihren Nerven.

Wo blieb nur Gottfried? Hatte der Ritter sie vielleicht an Herburgis verraten, würden die Schergen ihrer Schwiegermutter sie noch lachend zurückschleppen? Leonore hielt es nicht mehr auf ihrem Platz. Sie sprang auf und lief vor der Säule auf und ab. Da entdeckte sie den Ritter. Er stand in eifrigem Gespräch mit einem anderen Mann, den Leonore nicht kannte, dessen Kleidung ihn jedoch als Edelmann auswies. Leonore bewunderte den feinen Stoff des blauen Mantels, der reich mit goldener Stickerei verziert war. Wer war der Fremde, der mit ausladenden Gesten auf Gottfried einredete? Sie beobachtete, wie der Ritter wieder und wieder den Kopf schüttelte und die Hände zur Abwehr hob. Doch der andere Mann ließ nicht nach und drückte dem Ritter etwas in die Hand. Dann klopfte er Gottfried auf die Schulter und ging in die Burg, ohne sich auch nur noch einmal umzusehen. Leonore drehte sich um und setzte sich wieder an die Säule. Gottfried sollte nicht bemerken, dass sie Zeugin der Szene geworden war, deren Bedeutung sich ihr noch nicht erschloss. Die Frage, was sie da eben gesehen hatte, ließ sie nicht los. Wer war der Mann, und was hatte er Gottfried überreicht? Warum hatte der Ritter sich so erbittert gewehrt?

«Guten Morgen. Da seid Ihr ja.» Nichts in Gottfrieds Gesicht deutete darauf hin, dass er gerade noch in einen Streit verwickelt gewesen war.

Ich bin lange genug hier, um alles gesehen zu haben, wollte sie aufbrausen, doch die Klugheit verbot ihr den Mund. Sie nickte Gottfried zu. «Können wir aufbrechen? Wo sind die Pferde? Oder wenigstens ein Ochsenkarren?»

«Wie viel Schmuck habt Ihr?», fragte er müde. Plötzlich wirkte er viel älter als bei ihrem ersten Treffen.

Kurz durchzuckte sie die Angst. War der Ritter nur auf ihr Gold aus? Sie schluckte. Wollte sie ihr Leben und das ihrer Tochter wirklich diesem Mann anvertrauen?

Aber diese Gedanken waren nun müßig, schließlich hatte sie ihre Entscheidung bereits getroffen, als sie Herburgis gefesselt hatte. Sie lächelte den Ritter an. «Meine Morgengabe und meine Mitgift. Und zwei gute Mäntel.» Sie band das Tuch los und zeigte ihm das Gold. Dann griff sie in ihre Tasche und zeigte ihm die Pelze.

«Davon können wir uns keine Reittiere leisten.» Gottfried zuckte mit den Schultern. «Aber Ihr könnt reiten? Und könnt Ihr schwimmen?»

Leonore hob verwundert die Augenbrauen. Die Frage nach ihren Reitkünsten vermochte sie zu verstehen, aber warum wollte Gottfried wissen, ob sie sich im Wasser bewegen konnte?

Mit gereiztem Unterton antwortete Gottfried auf ihre unausgesprochene Frage. «Wir werden bis Venedig gehen und uns dort einschiffen. Der Landweg würde zu viel Zeit beanspruchen.»

«Ich habe als Kind bei meiner Amme Schwimmen gelernt. Nicht gut, aber ein wenig.» Leonore lächelte zur Entschuldigung, da sie sich für ihr Misstrauen schämte. Der Ritter schien wirklich etwas von seinem Handwerk zu verstehen. «Wie werden wir von dort weiterreisen?»

«Unser Zielhafen ist Akkon. Dort werden wir Pferde kaufen, wenn Euer Gold ausreicht, und weitere Erkundigungen einziehen.»

«Wonach?» Mit jedem Satz, den der wortkarge Ritter von sich gab, fühlte Leonore sich jünger, dümmer und unerfahrener, und ihre Angst vor dem, was sie erwartete, wuchs. Sie seufzte und blickte dem Ritter in die Augen. «Bitte verzeiht, aber ich weiß nur wenig von der Reise.»

Er lächelte. Das erste Mal, seit sie ihn kennengelernt hatte, strahlte er ein wenig Wärme aus. «Schon gut, dafür begleite ich Euch ja. Wenn wir in Akkon landen, müssen wir herausfinden, wie sicher das Outremer für die Weiterreise ist.»

Leonores Gesicht musste ihr Unverständnis deutlich widerspiegeln, sodass sich Gottfrieds Lächeln zu einem breiten Grinsen wandelte.

«Das ist das Ziel unserer Reise. Outremer sind die vier Staaten, die die Franken von den Sarazenen eroberten.» Er zählte sie an den Fingern einer Hand ab. «Das Königreich Jerusalem, das Fürstentum Antiochia, die Grafschaft Edessa und die Grafschaft Tripolis.»

Leonore runzelte die Stirn. Die seltsamen Namen konnte sie sich nicht merken, aber sie wollte etwas über das Land erfahren, in das die Sarazenen ihre Tochter verschleppt hatten. Bisher hatte sie geglaubt, dass Jerusalem fest in christlicher Hand und damit ein sicherer Ort für Blanche sein konnte. Gottfrieds Worte ließen ihre Sorgen wachsen. «Haben unsere Ritter die Heiden denn nicht besiegt?»

Gottfried stieß die Luft schnaubend aus und erinnerte Leonore dabei an ein Pferd, das unwillig seinen Zaum abschütteln wollte. «Ja, wir haben die Sarazenen geschlagen, doch sie sind uns weiter zahlenmäßig überlegen.» Er kratzte sich am Kinn und überlegte. «Der Frieden, den wir im Heiligen Land erreichten, ist ein sehr zerbrechlicher. Falken auf beiden Seiten möchten die Tauben vernichten und lieber heute als morgen einen neuen Krieg führen. Doch genug von diesen Dingen.»

Der Ritter bückte sich und suchte etwas in seiner Reisetasche. Er zog einen langen grauen Mantel hervor und reichte ihn Leonore: «Hier, nehmt das Wallerkleit.»

«Danke, doch ich habe meine eigene Kleidung mitgebracht», lehnte sie ab.

Der Ritter verdrehte die Augen und zischte: «Die Pelerine weist Euch als Pilgerin aus. Genau wie Hut und Stab.»

Erneut griff er in die Tasche und zerrte einen breitrandigen Hut hervor. Die aufgebogene Krempe bot Platz für Pilgerabzeichen. «Nun nehmt es endlich.» Die Ungeduld in seiner Stimme ließ Leonore hastig nach dem groben Wollzeug und der Kopfbedeckung greifen. Sie warf sich den Mantel über und setzte den Hut auf.

«Die Stöcke bringt Adelheid mit.»

«Wer ist Adelheid?» Leonore merkte, wie ihre Stimme zu kippen drohte.

«Ihr braucht eine Frau, die uns begleitet, wenn Euch Euer Ruf etwas bedeutet.»

«Was schert mich mein Ruf, wenn das Leben meiner Tochter auf dem Spiel steht?»

Gottfried blickte sie aus halbgeschlossenen Augen an, die mehr von seinen Gedanken verbargen als offenbarten. «Glaubt mir, Ihr werdet anders denken, wenn wir Euren Gemahl finden.»

Leonore wollte herausschreien, dass sie ihren Mann nie wieder sehen wollte, dass sie es ihm verdankte, dass ihre geliebte Blanche von Sarazenen entführt worden war, dass ihrem Kind die Sklaverei oder Schlimmeres drohte. Doch sie fügte sich in Gottfrieds Entscheidung und wartete schweigend mit ihm gemeinsam auf die geheimnisvolle Adelheid.

«Dort kommt sie.» Der Ritter deutete auf eine Frau, die sich leicht hinkend näherte.

O nein, dachte Leonore, eine Alte, die uns nur aufhalten wird.

Eine dunkle Kapuze verhüllte das Gesicht der Frau, und Leonore konnte es erst sehen, als Adelheid sie begrüßte und ihr den Wallestap, den Pilgerstab, überreichte. Scharf sog Leonore die Luft ein, um einen Schreckensschrei zu unterdrücken. Adelheids rechte Gesichtshälfte zeichnete sich durch feine Züge aus. Die linke Hälfte jedoch bestand vornehmlich aus feuerrotem Narbengewebe, das auf schwere Verbrennungen schließen ließ. Statt des Auges blickte Leonore in eine dunkle Höhle, die voller Schmerz und Traurigkeit zu sein schien.

«Hier bitte, nun ist Eure Pilgerausrüstung komplett.» Adelheids angenehme Stimme ließ die Zerstörung ihres Gesichts nur noch deutlicher hervortreten.

Leonore hob erstaunt den Kopf und starrte Adelheid an. Auf dem verwüsteten Gesicht erschien ein verzerrtes und wissendes Lächeln, so als ob die Frau sich der Wirkung ihrer Stimme auf andere sehr wohl bewusst wäre.

«Ich freue mich über Eure Begleitung, Frau Adelheid.» Leonore hoffte, dass man ihrer Stimme den Schrecken nicht anmerkte und dass sie die Frau nicht zu sehr anstarrte. Als sie Adelheid den Pilgerstab und die Gurde, eine am Riemen getragene Kürbisflasche, aus der Hand nahm, spürte sie weitere Narben an den Fingern der Frau. Verstohlen blickte Leonore unter den Augenlidern hervor und musterte ihr Gegenüber. Adelheids Hinken ließ vermuten, dass die Narben und Wunden sich nicht auf Gesicht und Hände beschränkten. Das Feuer hatte wohl ihre gesamte linke Körperhälfte angegriffen. Was war der Frau nur zugestoßen und hatte ihren Körper so zerstört? Leonore konnte sich den schrecklichen Unfall kaum ausmalen, der einen Menschen so zuzurichten vermochte.

«Danke für Eure Freundlichkeit.» Wieder ertönte die tiefe Stimme, deren Klang wie Musik in den Ohren hallte.

«Lasst uns aufbrechen. Wir haben einen weiten Weg vor uns», mischte sich Gottfried ein. Der Ritter hatte der Begegnung der Frauen schweigend zugeschaut, und Leonore vermochte auf seinem ausdruckslosen Gesicht nicht zu lesen, was er von dem Zusammentreffen hielt.

«Seid Ihr Euch immer noch sicher, dass Ihr Euch auf

dieses Abenteuer wagen wollt?», wandte er sich an Leonore, und seine hellen Augen musterten sie forschend.

«Ich will Blanche finden!» Damit hatte sie alles gesagt, doch der Ritter schien nicht bereit, so einfach nachzugeben.

«Manchmal findet man Dinge, die man besser nicht gesucht hätte», fuhr er fort. «Eure Tochter kann als Sklavin verkauft worden sein …»

«Herr Gottfried! Wie könnt Ihr nur so grausam sein?», unterbrach Adelheid die düsteren Worte. «Frau Leonore, wir wollen hoffen, dass Eure Tochter lebt und dass es ihr gutgeht. Auch bei den Sarazenen gibt es freundliche Menschen.»

«Danke.» Leonore nickte der Frau zu. «Doch ich habe mich in Gedanken bereits mit allen Schrecken vertraut gemacht. Egal, was mit Blanche geschehen ist, ich möchte Gewissheit haben …» Sie stockte. «Ich möchte nichts unversucht lassen, um meine Tochter aus der Gewalt der Heiden zu retten. Danke, Frau Adelheid, doch Ihr braucht mich nicht zu schonen. Ich kenne die Bösartigkeit der Sarazenen. Sie raubten mir Kind und Mann.»

«Nicht alle Morgenländer sind böse und alle Christen gut», fiel Gottfried ihr ins Wort. «Frau Adelheid kann ein Lied davon singen.»

«Lasst gut sein.» Adelheid zupfte den Ritter am Ärmel. «Beginnen wir die Reise mit Hoffnung im Herzen. Sie wird noch genug an unseren Kräften zehren.»

«Warum reisen wir dann nicht zu Pferd?», fragte Leonore erneut. Nie würden sie die Sarazenen zu Fuß einholen. Erst recht nicht mit Adelheid, deren Hinken ihre Reise verlangsamen würde.

«Ihr könnt Euch kein Pferd leisten. Glaubt mir, Ihr werdet Euch wundern, wie schnell Gold für eine Pilgerreise verschwindet.»

«Wir können sparen. Ich muss den Sarazenen doch so

schnell wie möglich folgen.» Sie legte ein Drängen in ihre Stimme und hoffte, den Ritter durch ihr Flehen umzustimmen.

Adelheid legte Gottfried eine Hand auf den Arm. «Auch ich habe Silber.»

«Nein.» Gottfried klang bestimmt. «Ein Pferd ist zu gefährlich. Reiter sind Zielscheiben für Bedürftige und, schlimmer noch, für Räuber.»

Er wandte sich Leonore zu und zog die Augenbrauen zusammen. «Ihr habt Euch meiner Führung anvertraut. Also folgt mir und hinterfragt nicht jeden Schritt.»

Gemaßregelt wie eine Novizin, senkte Leonore den Kopf und scharrte mit der Spitze ihres Schuhs im Sand.

«Wenn wir zügig gehen und nicht durch Krankheit oder ungünstige Witterung behindert werden, können wir bald Venedig erreichen.» Nachdem er seinen Willen durchgesetzt hatte, war der Ritter wieder freundlicher. «Lasst uns aufbrechen.»

Noch immer schweigend, folgte Leonore Gottfried und Adelheid, die, gestützt auf den Pilgerstab, mit kräftigen Schritten vorangingen.

Teil 2

Die Reise

Venedig und Akkon

IO

Morgen erreichen wir Venedig.» Gottfried tauchte wie ein Schatten neben Leonore auf und reichte ihr ein Stück Brot. «Hier habt Ihr eine kleine Stärkung.» Sie nahm es und nickte dem Ritter zu. Zum Sprechen war sie zu müde. Jeder Muskel und jeder Knochen in ihrem Leib schmerzte, und vor Erschöpfung fand sie nicht einmal mehr die Kraft, Gottfried angemessen zu danken.

Die letzten Wochen waren entsetzlich anstrengend gewesen. Ein Tag reihte sich an den anderen, und jeder einzelne zehrte an ihren Kräften. Landstraßen voller Staub, der sich auf Gesicht und Kleidung legte wie ein feiner Schleier und sie langsam zu ersticken drohte. Der Lehm, von der Sonne ausgedörrt, quälte mit seiner Härte ihre Füße und ließ Blasen wachsen. Doch schlimmer noch war es nach Regengüssen, wenn der Lehm sich in zähen Schlamm verwandelte. Die Straße klebte am Leder der Schuhe, und sie musste jeden Schritt erkämpfen. Voller Dankbarkeit erinnerte sie sich an die Bauern und Händler, die ihnen für einen Teil des Weges einen Platz auf ihren Wagen angeboten hatten, sodass sie ihre gemarterten Füße entlasten konnten. Noch angenehmer waren die Wegstrecken, die sie auf dem Wasser zurücklegten. Schnell und ohne Beschwerden war die Reise auf der Oker und auch auf dem Rhein vorangegangen. Doch jede Überfahrt hatte an Leonores Gold gezehrt wie ein hungriger Wolf, sodass sie letztlich wieder die Beschwerlichkeiten des Landwegs auf sich nehmen musste.

Der Pilgerhut konnte sie nur wenig vor den Strahlen der Frühlingssonne schützen. Sie brannte Leonores Haut erst rot und überzog sie dann mit einem Bronzeton. Leonore hörte immer wieder Herburgis' Stimme im Kopf, wie sie sich abfällig über die gebräunten Bäuerinnen ausließ. Aber nicht nur unter der Sonne litt ihre Haut. Schlimmer noch plagten sie die Schwärme von Insekten, für die jeder Pilger ein Festschmaus war. Frühe Mücken mästeten sich an ihr, aufdringliche Fliegen umschwirrten sie, wenn sie einmal Rast machten und etwas essen wollten. Am meisten quälten sie die dicken Pferdebremsen, deren Bisse durch den Stoff der Kleidung zu spüren waren und zu juckenden roten Quaddeln anschwollen. In den ersten Tagen der Reise schlug Leonore noch nach jedem Insekt und versuchte, gegen die blutgierigen Biester anzukämpfen, doch schon bald fügte sie sich in ihr Schicksal und ertrug die Bisse mit Demut. Den Ritter verschonten zu ihrem Erstaunen die Mücken und Bremsen.

«Sein Blut ist zu sauer. Das mögen sie nicht», flüsterte Leonore Adelheid zu und erhielt ein Lachen als Antwort.

Eine endlose Reihe von trübseligen Herbergen mit Schlafstellen voller Ungeziefer und Essen, das ungenießbar war, fraß Leonores Schmuck auf, obwohl Gottfried jedes Mal hart mit den Wirtsleuten verhandelte. Leonore gab ihre Ringe und Ketten her und fragte sich mit Sorge, ob das verbliebene Gold für die Überfahrt reichen würde. Nur zwei Mal war ihnen das Glück hold, und sie übernachteten in Klöstern. Die Mönche bereiteten den Reisenden einen eher kühlen Empfang, doch stellten sie ihnen im Sinne der Nächstenliebe Brot, Suppe und erfrischenden Apfelmost zur Verfügung, ohne dafür eine Bezahlung zu verlangen. Leonore gab als Dank einen Almosenpfennig, wie es sich für eine gute Christin gehörte. Adelheid zahlte zu Leonores Verwunderung sogar so viel wie für eine Herbergsübernachtung.

Unendlich langsam waren sie bisher vorangekommen, schien es Leonore, unendlich schnell dagegen rann ihr das Gold durch die Finger, das sie für Proviant und Übernachtung und gelegentlich für Überfahrten ausgegeben hatte. Sie überschlug im Kopf ihre Mittel und schauderte. Sie konnte nur beten, dass Fulk lebte und im Besitz von Silber oder Juwelen war. Falls ihr Mann und ihre Tochter in die Sklaverei gefallen waren, blieben ihr nicht genug Mittel, um sie auszulösen. Leonore seufzte und schob den Gedanken beiseite. Einen Schritt nach dem nächsten zu machen, hatten die Nonnen ihr geraten, und an dieses Gebot versuchte sie sich zu halten.

Adelheid nickte ihr aufmunternd zu. Im Laufe der Reise hatte Leonore ihre beiden Begleiter schätzen gelernt. Leonores Sorge, dass Adelheid sich als Hemmnis erweisen würde, hatte sich nicht bewahrheitet. Adelheid ertrug alle Anstrengungen ohne Murren und brachte Leonore häufig durch ihre unermüdliche Freundlichkeit dazu, weiter durchzuhalten. Erst lernte Leonore Adelheid zu schätzen, dann allmählich empfand sie eine tiefe Zuneigung für die Frau. Ihre Reisegefährtin sprach nur wenig, doch sie trug stets ein Lächeln auf den Lippen und fand immer ein tröstliches Wort, wenn Leonore der Mut verließ und sie zu verzweifeln drohte. Denn mit jedem verstrichenen Tag schien die Entfernung zu Blanche eher zu wachsen als zu schrumpfen.

Gottfried, obwohl häufig grimmig und bärbeißig, erwies sich als guter Anführer und mutete den Frauen nie mehr zu, als sie ertragen konnten. Nur über sich selbst gab er kaum etwas preis. Der Ritter blieb verschlossen und für Leonore weiterhin ein Buch mit sieben Siegeln. Er schritt unermüdlich voran, sorgte für Herberge und Geleit, doch sprach er nur selten mit ihr. Alle Versuche, von ihm etwas über Jerusalem und die Sarazenen zu erfahren, wehrte er ab. «Sorgt Euch nicht über das, was kommt. Jeder Tag bringt seine eigene Plage.» Leonore seufzte. Das hatten schon die Nonnen in Sankt Marien immer gesagt.

Trotz seines unwirschen Wesens hatte Gottfried sich als richtige Wahl herausgestellt. Einen besseren Begleiter hätte sie kaum finden können, dachte Leonore oft. Er verhandelte zäh mit den Gastwirten, schlug aufdringliche Almosenbettler durch sein Knurren in die Flucht und schreckte schon durch seine stattliche Größe und durch das Schwert, das er bei sich trug, Räuber ab.

Andere Pilgergruppen hatten sie getroffen, die sich ihnen gern anschließen wollten, um ebenfalls den Schutz des Ritters zu genießen, doch Gottfried wies sie alle barsch ab.

Als Adelheid ihn rügte, weil er eine Mutter mit einem kleinen Kind davonjagte, knurrte der Ritter nur: «Wollt Ihr schnell ins Heilige Land, oder wollt Ihr Streunern helfen? Davon werden wir mehr als genug treffen. Sie halten uns nur auf.»

So schwer es ihr fiel und sosehr es der christlichen Nächstenliebe auch widersprechen mochte, Leonore musste ihm zustimmen. Der Weg zog sich sowieso schon endlos hin, und mit einem Kleinkind hätten sie noch mehr Pausen einlegen müssen.

«Je weniger wir sind, desto größer sind unsere Aussichten, der Aufmerksamkeit von Räubern zu entgehen», sagte Gottfried. «Mildtätigkeit können wir uns erlauben, wenn wir Jerusalem erreicht haben.»

«Aber wir tragen doch Pilgerzeichen», antwortete Leonore. «Gewähren sie uns nicht Schutz vor Dieben?»

Gottfried schnaubte. «Glaubt Ihr wirklich, dass der Wallestap gottloses Gesindel davon abhielte, uns zu berauben?»

Leonore schwieg und ärgerte sich wieder einmal darüber, wie wenig sie vom Leben und der Welt erfahren hatte. Nach diesem Vorfall zog sich ihre kleine Gruppe noch mehr von den anderen Pilgern zurück, und sie zeigten deutlich, dass sie keine Freundschaften schließen wollten. Leonore hielt den

Kopf gesenkt und mied jeglichen Blickkontakt mit anderen Reisenden. Gottfried antwortete noch kürzer und knurriger als sonst, und Adelheid musste Neugierigen nur die zerstörte Seite ihres Gesichts zuwenden, um in Ruhe gelassen zu werden. Doch das schlechte Gewissen, weil sie Menschen in Not ihre Hand verweigerte, begleitete Leonore während der ganzen Reise.

Aber nun wollte sie nach vorn blicken. Nun wartete die See, und dann wäre sie auch schon bald im Heiligen Land. Mit neugefundener Kraft setzte sie einen Fuß vor den anderen.

Am nächsten Morgen drängte Leonore zum Aufbruch. Je früher sie den Hafen von Venedig erreichten, desto schneller kämen sie nach Jerusalem. Nach einem kargen Frühstück aus Brei, altem Brot und Wasser, für das der Wirt mehr Geld verlangte, als man in Braunschweig für einen guten Braten zahlen musste, brachen sie auf. Gottfried wirkte noch grimmiger als sonst, wohl weil der Gastwirt nicht mit sich hatte handeln lassen.

«Die Pilgermassen verderben die Preise», murrte er in seinen Bart und schlug mit seinem Stab nach einem unschuldigen Busch.

Leonore blickte ihn fragend an.

«Von Jahr zu Jahr reisen mehr Menschen ins Outremer. Pilger, Glücksritter, Abenteurer, Templer, Johanniter. Die Wirte werden fetter und fetter, weil sie die Reisenden auspressen.»

«Kann die Kirche keinen Bann aussprechen und die Wirte maßregeln?»

Wieder ließ er sein Schnauben hören. «Glaubt mir, die Kirche gehört zu denen, die am meisten Gewinn erzielen.»

Er setzte den Pilgerstab kräftig auf und schlug einen

schnellen Schritt an, sodass Leonore ihm keine weiteren Fragen stellen konnte.

Erst bei der Rast zu Mittag, als sie sich einen schattigen Platz im Moos gesucht hatten und Brot und Wasser miteinander teilten, konnte sie den Ritter erneut fragen.

«Wann können wir ein Schiff besteigen?» Leonore wollte nicht länger warten. Nach den Anstrengungen der letzten Wochen sah sie nur noch das Meer als Hindernis zwischen sich und ihrem Kind.

Gottfried zuckte die Schultern. «Ich muss im Hafen erfragen, wann die nächsten Schiffe ins Heilige Land aufbrechen. Doch erst müssen wir uns eine Herberge suchen.»

Jetzt noch eine Herberge suchen? Während die Sarazenen mit ihrer Tochter mehr und mehr Vorsprung gewannen? «Ach nein!», brauste Leonore auf. «Ich möchte keine Stunde mehr als nötig verlieren. Lasst uns doch bitte so schnell wie möglich abreisen.»

«Wir werden Venedig erst im Laufe des Abends erreichen.» Adelheid legte ihr beschwichtigend eine Hand auf den Arm. «Heute Nacht werden wir kein Schiff mehr finden. Und selbst für einen Ritter wie Herrn Gottfried ist es gefährlich, in der Dunkelheit am Hafen zu sein, nicht wahr?»

Gottfried nickte und schaute Adelheid freundlich an. Wie so oft kam Leonore sich unwissend vor und bewunderte ihre Gefährtin, die so viel mehr von der Welt zu verstehen schien.

«Unsere nächsten Schritte müssen wohlüberlegt sein.» Der Ritter sah Leonore tadelnd an. «Viele Schiffe reisen ins Outremer. Pilgern ist ein gutes Geschäft, doch nicht allen Kapitänen kann man trauen.» Er runzelte die Stirn. «Wie viel Gold habt Ihr noch?»

Leonore suchte nach ihrer Börse und sah mit Schrecken, wie stark die Reise ihren kleinen Schatz bereits eingeschmolzen hatte. Sie zeigte die verbliebenen Ringe. Die Pelze hatten sie noch in Braunschweig zu einem Händler gebracht, der ihnen einen guten Preis gezahlt hatte.

«Ich habe auch noch etwas.» Adelheid legte zwei Ringe und eine schwere goldene Kette in Leonores Hände.

«Seid vorsichtig, wie offen Ihr Eure Schätze zeigt», zischte Gottfried und warf seinen Mantel über Leonores Hände. «Strauchdiebe töten für weniger.»

Beide Frauen zuckten zusammen und verbargen die Schmuckstücke wieder in ihren Kleidern. Gescholten wie Kinder, senkten sie die Köpfe und schwiegen verlegen. Endlich gab der Ritter das Zeichen zum Aufbruch, und sie reihten sich ein in die große Schar derer, die ihren Weg zur Hafenstadt nahmen.

Ein Ochsenwagen holperte an ihnen vorbei. Er war schwer beladen mit Eichentruhen, auf denen eine magere Frau saß, an der die Pilgertracht auf eigenartige Weise fehl am Platze wirkte. Etwas an der Hageren kam Leonore vage bekannt vor, und sie blickte ihr lange nach, um ihre Gedanken von den schmerzenden Gliedern und Muskeln abzulenken. Plötzlich erinnerte sie sich. In einer Herberge war ihr diese Frau bereits aufgefallen. Ihre Pilgerkleider waren aus edlem Tuch, und sie führte sogar Diener mit sich, die ihre Kleidertruhen trugen. Vom Armutsgelübde hatte diese Frau sicher nie gehört. Wir Pilger sind wirklich eine bunte Schar, dachte Leonore und lächelte, als sie bemerkte, dass sie sich inzwischen selbst als Pilgerin betrachtete. In der Heiligen Stadt werde ich Kerzen für Mutter Maria anzünden und meine Notlüge ein Stück wiedergutmachen, nahm sie sich vor.

II

Endlich, endlich erreichten sie Venedig, den Ort, von dem aus sie sich dem Heiligen Land auf dem Wasserwege und mit hoffentlich kräftigem Rückenwind nähern würden. Doch der Einzug in die Stadt begann wenig verheißungsvoll.

«Unglaublich, was diese Halsabschneider für einen verlausten Schlafplatz verlangen!», schimpfte Gottfried und donnerte mit der Faust gegen die Tür des Wirtshauses. «Sie wollen das Dreifache des gewöhnlichen Preises.»

«Lasst uns die nächste Herberge nehmen», schlug Adelheid vor und strich sich mit der gesunden Hand über den verbrannten Arm. Die Hitze und die Anstrengung schienen selbst von der Unermüdlichen ihren Tribut zu fordern.

Auch Leonore war erschöpft. Sie begann sich zu fragen, ob sie in dieser Nacht überhaupt ein Dach über dem Kopf haben würden. «Das war das fünfte Wirtshaus, und bei allen habt Ihr geflucht», hielt sie Gottfried vor.

Der legte die Stirn in Falten und grummelte vor sich hin. «Was für ein Pech, dass wir die Stadt gemeinsam mit Bandinelli erreichen mussten.»

«Mit wem?» Wieder fühlte sich Leonore dumm und unwissend, wie so oft, wenn sie mit dem Ritter sprach. Gottfried kannte sich mit allem so viel besser aus als sie.

«Orlando Bandinelli, Ihr kennt ihn als Papst Alexander III., das Oberhaupt der Christen.» Der Ritter runzelte erneut die Stirn. «Die Venezianer haben den geschickten Schachzug getan, den Papst und Kaiser Barbarossa nach Venedig einzuladen, auf dass sie sich in ihrer Stadt versöhnen sollen.»

Leonore lauschte mit aufgerissenen Augen. Fulk und

auch ihr Vater waren stets der Meinung gewesen, dass eine Frau sich nicht darum zu kümmern habe, was in der Welt geschah. So wusste sie nicht einmal, dass der Heilige Vater und der Stauferkaiser im Streit miteinander lagen. Sollte sie es wagen und Gottfried nach den Hintergründen fragen? Sicher würde er sie abkanzeln, so wie ihr Gemahl. Aber die Neugierde trieb Leonore an.

«Entschuldigt, warum streiten denn die hohen Herren?»

«Sie streiten um Macht. Was sonst?» Gottfried zuckte die Schultern. «Nach dem Tod von Hadrian IV. konnten sich die Kardinäle nicht auf einen Nachfolger einigen. Alexander wurde von der Mehrheit der Kardinäle unterstützt, doch der Kaiser sprach sich für Viktor IV. aus.»

Leonore konnte es kaum fassen. Wie konnte ein weltlicher Herrscher es wagen, sich gegen den Papst zu stellen?

«Und schon waren sie mitten im schönsten Kampf über die Macht im Hause Gottes. Ein Konzil konnte keinen Frieden bringen, und seitdem streiten Barbarossa und der Papst.» Gottfried verzog das Gesicht zu einem bitteren Lächeln. «Alexander ist in Siena geboren, er wird nicht nachgeben. Die Sieneser sind ein stures Volk.»

«Aber ...» Leonore wagte den Gedanken nicht zu beenden.

«Ja?»

«Aber, wie kann es sein, dass es zwei Päpste gibt?»

«Inzwischen hat Barbarossa schon den dritten Gegenpapst ernannt. Es ist nie gut, wenn mächtige Männer sich in die Angelegenheiten der Kirche mischen.»

Leonore traute sich nicht zu fragen, was jede Seite zu gewinnen oder zu verlieren hatte. Dann hätte Gottfried sie sicher für eine dumme Gans gehalten, und die Blöße wollte sie sich nicht geben. Daher erkundigte sie sich leichthin, warum gerade jetzt eine Versöhnung anstehe.

«Nun, auch ein Kaiser muss manchmal einlenken.» Gottfried strich sich übers Kinn. «Es scheint klüger, den Papst zu stützen, den die Franzosen und Italiener wünschen. Daher hat sich Barbarossa bereit erklärt, hier in Venedig zu verhandeln.» Wieder schnaubte er wie ein wütendes Pferd. «Zu unserem Glück reist der Kaiser erst in etlichen Tagen an. Jetzt verstopfen nur die Gesandten des Papstes und die des Lombardenbundes die Straßen und Herbergen.»

«Ich hörte, dass der Papst sich vor der Macht des Kaisers fürchtet.» Wieder wusste Adelheid mehr über die Spiele der Mächtigen als Leonore. «Glaubt Ihr an eine friedliche Lösung?»

«Wenn dies dem Kaiser gefällt und seinen Zielen dient, sicher.» Gottfried hob die Hände. «Doch für unsere Reise hat es nur wenig Bedeutung. Außer, dass so ein Ereignis alles verteuert. Aber wir haben Glück im Unglück. Auf den Straßen hörte ich, dass in wenigen Tagen auch noch der Kanzler des Kaisers, der Erzbischof von Mainz, eintreffen wird. Dann werden sich Herbergen gar nicht mehr bezahlen lassen.»

Er wandte sich um und ging den Weg zurück, den sie gekommen waren. Bei der dritten Herberge blieb er stehen. «Diese hier erschien mir wenigstens einigermaßen sauber zu sein. Vielleicht lässt der Wirt nun mit sich reden.»

Er winkte den Frauen, ihm zu folgen. Gemeinsam betraten sie die Schankstube, die vor Pilgern und Händlern überquoll. Gottfried schritt schnurstracks auf den Wirt zu, und erneut begannen lautstarke Verhandlungen. Leonore und Adelheid standen neben der Tür und sahen mit großen Augen zu. Ein lautes Sprachengewirr schallte durch den Raum und überwältigte Leonore. Die Dünste von angeschmorten Zwiebeln, gebratenem Fleisch, saurem Wein und dem Schweiß langer Pilgerwege vermischten sich und bereiteten ihr Übelkeit. Sie atmete flach. Nach einer Weile, die ihr endlos erschien, hörte der Streit auf, und Gottfried winkte sie heran. Eine Magd, ein hübsches junges Ding, führte sie zu einem Tisch. Sie lächelte ihnen freundlich zu und gewährte Leonore einen Blick auf ihre Zahnstümpfe. Mit einem Redeschwall in einer Sprache, die Leonore nicht verstand, forderte sie die dort Sitzenden anscheinend auf, etwas zu rücken. Das Mädchen wandte sich Leonore, Adelheid und Gottfried zu und deutete auf die freien Plätze. Die zweite Magd, eine alte Frau, deren Verbissenheit selbst die von Gottfried zu übertreffen schien, knallte ihnen Teller und Becher auf den Tisch.

Nach einem guten Mahl, das neben Brot und Wasser auch Braten und Wein enthalten hatte, fielen Leonore und Adelheid erschöpft auf die Strohsäcke, die ihnen als Nachtlager dienten. Nicht zum ersten Mal während der Reise dachte Leonore voller Wehmut an ihr Himmelbett in Braunschweig. Wenn sie gewusst hätte, was sie auf ihrer Pilgerfahrt erwartete, hätte sie versucht, die letzte Nacht dort mehr zu genießen.

Sonnenstrahlen und ein heiserer Hahnenschrei weckten sie am Morgen. Leonore wachte verwirrt auf und benötigte einige Augenblicke, um sich in ihrer Umgebung zurechtzufinden. Sie hatte von Braunschweig geträumt, und so verwunderte es sie, neben Adelheid zu erwachen. Um sie herum begannen andere Pilger, ihre Habseligkeiten einzusammeln und sich in die Schenke zum Frühstück zu begeben. Leonores erster Griff galt ihrer Börse. Zu ihrer Erleichterung hing diese noch wohlverwahrt am Gürtel. Sie stupste die schlafende Adelheid an. «Aufgewacht, meine Liebe. Bald beginnt unser Seeabenteuer.»

Adelheid gähnte und streckte sich. «Fürchtest du dich nicht vor Seekrankheit?»

«Nein. Ich werde Petronilla oder Gertrud von Nivelles um ihren Beistand bitten.»

Adelheid blickte sie mit großen Augen an.

«Bist du noch müde, oder kennst du etwa die Schutzpatroninnen der Pilger nicht?», fragte Leonore verwundert.

Adelheid zuckte die Schultern. «Es ist zu früh am Tag, und das schwere Essen lastet auf meinem Magen. So bleibt kein Blut im Kopf zum Denken», antwortete sie leichthin.

«Schnell, wir sollten uns sputen. Der edle Herr Ritter sitzt sicher schon am Tisch und erwartet uns Langschläferinnen mit Ungeduld.»

Sie lächelten sich zu und begannen sich für den Tag anzukleiden. Als sie den Schankraum betraten, bewahrheiteten sich Leonores Worte. Gottfried hatte bereits gespeist und schaute den Frauen mit Kopfschütteln entgegen.

«Guten Morgen!» Leonore legte alle Fröhlichkeit, zu der sie um die frühe Stunde fähig war, in ihre Begrüßung.

Auch Adelheid versuchte, die Stimmung des Ritters mit einem Lächeln zu mildern.

«Wir haben heute viel vor.» Gottfried trommelte mit den Fingerspitzen auf den groben Eichentisch. «Venedig ist eine große Stadt und der Weg zum Hafen weit. Vorher müssen wir noch unsere Vorräte auffüllen. Ein Essen in dieser Herberge können wir uns nicht jeden Tag leisten.»

Mit einem Seufzen ließ sich Leonore neben Adelheid nieder und nahm nicht einmal wahr, was sie zum Frühstück aß. Warum nur wirkte der Ritter stets so angespannt? Hatte er etwas zu fürchten? Mit Sorge erinnerte sie sich an den Streit vor der Burg Dankwarderode, dessen heimliche Zeugin sie gewesen war. Nein, schob sie ihr Misstrauen zur Seite, Braunschweig war weit entfernt. Sie wollte nach vorn blicken und hoffen, ihre Tochter bald wieder in die Arme schließen zu können.

Aber selbst ihre Sorge um Blanche vermochte Leonore für einen Moment zu vergessen, als sie gemeinsam mit

Adelheid dem Ritter durch Venedig folgte. Leonore ging mit offenem Mund und aufgerissenen Augen durch die engen Straßen und schützenden Bogengänge der Stadt. Neben der Pracht Venedigs, den Kuppeln und Türmen der Serenissima, glich Braunschweig einem Bauerndorf. So vieles konnte sie sich nicht erklären und stolperte von einem Wunder zum nächsten.

«Was sind das für Menschen, die ihre Häuser so hartnäckig dem Wasser abtrotzen?» Leonore blickte Gottfried fragend an.

«Ein stolzes Volk, das mit dem Meer lebt und es versteht. Die ersten Venezianer flohen vor Angreifern in die Lagune. Einige blieben und bauten eine der schönsten Städte der Welt.» Auf Gottfrieds sonst so grimmigem Gesicht schien die Bewunderung für diese Stadt auf wie ein Sonnenstrahl. «Erst wurden sie durch den Salzhandel reich. Doch bald schon begannen die Venezianer mit allem zu handeln, was wertvoll ist. Seide, Pelze, Elfenbein, Gewürze und Duftwässer holten sie aus fernen Ländern und boten Gold, Silber, Bernstein, Wolle, Zinn und Eisen im Tausch an.»

Adelheid und Leonore nickten und lauschten dem Ritter gebannt. So viele Worte hatte Gottfried während der ganzen Reise nicht gesprochen.

«Und es ist ein Volk, das sich seiner Größe bewusst ist.» Der Ritter blieb stehen und deutete mit der rechten Hand auf ein Gebäude aus hellem Stein. «Dort seht Ihr einen Palast eines Adligen, *nobili* heißen sie hier. Groß und prächtig, zeigen sie den Reichtum ihrer Erbauer. Die Kaufleute, die *cittadini*, leben in kleineren Häusern, und dort hinten seht Ihr *fondachi*, Wohn- und Lagerhäuser der fremden Händler.»

«Gibt es auch Braunschweiger Händler hier?» Leonore biss sich vor Aufregung auf die Unterlippe. Vielleicht war es möglich, einen Geschäftsfreund von Fulk zu finden, der ihnen Geld leihen konnte.

«Wahrscheinlich.» Der Ritter zuckte die Achseln. «Doch wollt Ihr jemanden auf die Absichten Eurer Reise aufmerksam machen?»

Leonore fuhr zusammen und schwieg. Angespannt lauschte sie dem Ritter, der mit Adelheid weiter über die Stadt plauderte.

«Ich zeige Euch einen venezianischen Markt. Dort werdet Ihr noch mehr von dem Zauber der Stadt erfahren.»

«Wäre es nicht besser, erst zum Hafen zu gehen?» Leonore konnte nicht schweigen. Sie wollte keine Zeit mit Einkäufen vertun, solange das Schicksal ihrer Tochter so ungewiss war. Am liebsten hätte sie das nächste Schiff bestiegen und wäre über das Meer ins Heilige Land gesegelt. «Die Sarazenen gewinnen mehr und mehr Vorsprung.»

«Keine Sorge.» Zu ihrem Erstaunen spürte Leonore so etwas wie Mitgefühl bei dem Ritter. «Ich werde Euch zum Hafen bringen, damit Ihr mir glaubt. Doch ich kann jetzt keine Fahrt kaufen. Die Schiffsleute sind noch mit Ein- und Ausladen beschäftigt, und wir würden nur stören, was den Preis hochtreibt. Außerdem brauchen wir Brot, Wein und Hartkäse, auch für die Reise.»

«Gibt es keine Verpflegung auf See?», erkundigte sich Adelheid. Sie strich Leonore beruhigend über den Arm.

«Glaubt mir» – Gottfried lächelte sein grimmiges Lächeln –, «das Brot, das Ihr an Bord bekämet, wollt Ihr nicht essen. Es wimmelt darin von Würmern.»

Leonore dachte mit Sorge an das wenige Gold, das ihr verblieben war, doch sie vertraute dem Ritter genug, um seine Entscheidung nicht erneut zu hinterfragen.

Gottfried eilte weiter und wies ab und an seine Begleiterinnen auf besonders auffallende Häuser hin.

«Dort seht Ihr den Dogenpalast.» Er zeigte mit der linken Hand auf ein eindrucksvolles, dreiflügeliges Gebäude, an dem sie vorbeieilten. «Der große Doge Sebastiano Ziani hat ihn als Zeichen seiner Macht und Stärke errichtet.»

«Wie klein Braunschweig doch ist. Damals, als ich aus Sankt Marien geholt wurde, erschien es mir als die größte Stadt der Welt.» Leonore schüttelte den Kopf. «Ihr kennt Euch gut aus in Venedig?»

«Ich habe hier eine Weile gelebt und die Serenissima lieben gelernt.» Ein breites Lächeln erhellte das Gesicht des Ritters. «Vielleicht setze ich mich in dieser Stadt einmal zur Ruhe.»

Endlich erreichten sie den venezianischen Hafen. Der Anblick überwältigte Leonore. Stolze Schiffe lagen dort vor Anker. Sie wirkten so, als ob sie jederzeit das Meer bezwingen könnten. Leonore bestaunte die Vielzahl der Männer, die Schiffe beluden und Waren von anderen entluden, deren lautstarke Rufe, das Kreischen der Möwen. All das hatte sie nicht erwartet. Der Geruch der See ließ ihre Nasenflügel erbeben. Tang, Salz und Fisch meinte sie zu erschnuppern. Als sie aufs Wasser blickte, mussten sich ihre Augen erst an die ungeheure Weite des Horizonts gewöhnen. Das tiefblaue Meer hob sich scharf vom Himmel ab, an dem graue Wolken dräuten.

«Seht!», rief sie und deutete auf ein kleines Fischerboot, das sich unverdrossen seinen Weg zwischen den großen Schiffen am Kai hindurchbahnte. «Und seht dort! Was für ein gewaltiges Schiff!» Leonore stieß einen weiteren Ruf aus, eine Mischung aus Bewunderung und Entsetzen, und deutete auf ein Schiff namens *Radegonde*. Warum nur nannte jemand ein Schiff nach der Schutzpatronin der Weber und Töpfer?, ging ihr durch den Kopf. «Wie viele Menschen können damit nach Jerusalem reisen?»

Wieder zog ein Lächeln über Gottfrieds Gesicht. «Lasst

Euch nicht täuschen. Die *Radegonde* ist weniger gewaltig, als Ihr vermutet.»

«Gibt es etwa noch größere Schiffe? Es scheint mir größer zu sein als eine kleine Stadt», fasste Leonore ihre Verwunderung in Worte.

«O ja!», antwortete der Ritter. «Das Schiff, mit dem Herzog Heinrich der Löwe reiste, konnte mehr als tausend Ritter fassen.»

«Wo kommt das Essen für die vielen Menschen her?», mischte sich Adelheid in das Gespräch ein. Wie stets dachte sie an die Dinge des täglichen Lebens. «Wo findet alles seinen Platz? Verpflegung, die Reisenden und noch deren Gepäck?»

«Vieles lässt sich unter Deck verstauen. Es wird eng werden», antwortete Gottfried. «Außerdem werden wir öfter an Land gehen müssen, um frisches Wasser und Fleisch zu bekommen.»

Einmal mehr sandte Leonore ein Dankgebet zum Herrn, dass er ihr Gottfried als Begleiter geschickt hatte. Einen Ritter, der, so schien es, alle Fragen beantworten konnte, die sich ihr auf der Reise stellten.

«Kommt, dort hinten seht Ihr den Markt.» Gottfried deutete auf einige Gebäude. «Dort können wir Vorräte einkaufen, und Ihr könnt einen ersten Eindruck vom Morgenland gewinnen.»

«Lasst mich noch eine Weile hierbleiben und das Meer anschauen», bat Leonore ihre Begleiter. Wie gewaltig wirkten die Schiffe, doch die See sah noch viel, viel gewaltiger aus. An einem ruhigen Tag wie heute wirkte das Meer friedlich und freundlich, wie ein Spiegel, in dem jeder sein Schicksal entdecken konnte. Leonore konnte sich kaum vorstellen, dass diese ruhige, wunderschöne und weite Fläche imstande war, sich zu den tosenden Wellen aufzubäumen, die Gottfried ihr beschrieben hatte. Wogen, die sich wie Raubtiere über Schiffe hermachten und versuchten, sie mit Mann und Maus in die Tiefe zu ziehen. Sie hatte schon so viele furchteinflößende Dinge über dieses riesige Gewässer gehört – und erst recht über das Land, das sie auf der anderen Seite des Meeres erwartete. Sie sandte ein Stoßgebet zur Jungfrau Maria und bat sie um Beistand für die gefährliche Reise, die vor ihr lag. Da glitt, wie zur Antwort, ein Sonnenstrahl durch die Wolken. Leonore lächelte.

Mit neugewonnener Zuversicht drehte sie sich um, um Gottfried und Adelheid wiederzufinden. Schon von weitem entdeckte sie die Freundin, deren Bewegungen unverkennbar waren. Adelheid humpelte von Marktstand zu Marktstand, prüfte die Qualität der Früchte mit der gesunden Hand und achtete darauf, den Händlern nicht zu viel von ihrem zerstörten Gesicht preiszugeben. Gottfried stand neben ihr, hoch aufgerichtet und wachsam, eine sichtbare Warnung an alle, die vorhatten, Adelheid wegen ihrer Narben zu verspotten oder, schlimmer noch, sie als Hexe zu brandmarken. Als sie die beiden so nebeneinander sah, begann Leonore sich zu fragen, ob Adelheid und Gottfried nicht mehr verbände als nur eine Freundschaft. Sie wandte den Blick ab, fast schien es ihr, als hätte sie ihre Begleiter bei einer Heimlichkeit ertappt. Sie zog sich schnell in die Schatten der Marktstände zurück, verharrte kurz dort und ging dann winkend auf die beiden zu.

«Schau.» Adelheid hielt eine Frucht empor, deren ledrige, gelbliche Haut Leonore wenig ansprechend fand. «Herr Gottfried nennt es Dattel, und ich konnte nicht widerstehen.» Sie lächelte.

«Wisst Ihr, wie man die Frucht zubereitet?» Leonore nahm das seltsam aussehende Ding in die Hand und schnupperte zögernd daran.

Gottfried nickte. «Schaut Ihr Euch weiter an den Ständen um, aber passt auf Eure Börsen auf. Gedränge wie diese ziehen Taschendiebe und Beutelschneider an.» Er drehte sich um und ging in Richtung des Hafens.

Leonore blickte Adelheid fragend an.

«Herr Gottfried wird uns Plätze auf einem Schiff kaufen. Bist du auch so aufgeregt wie ich?»

«Ja. Nun wird es ernst. Unsere Reise wird viel … ich weiß nicht … wirklicher, seitdem wir in Venedig sind.» Leonore hob die Hände, weil sie keine Worte für ihre Gefühle finden konnte.

Adelheid lachte und umarmte sie schnell. Staunend ließen sich die Frauen von der Menge treiben und schlenderten von Stand zu Stand. Ab und zu blieben sie stehen und betrachteten Obst und Gemüse, das sie in Braunschweig noch nie gesehen hatten.

«Seht. Frisch aus dem Heiligen Land.» Die dicke Marktfrau zeigte beim Lächeln viele Zahnlücken. «Ist gut für Liebe.»

«Was ist das?» Leonore hielt die orangefarbene Frucht in der Hand und drehte sie. Ihre Form ähnelte einem Apfel, doch die Schale wirkte hart wie Eichenholz oder Leder.

«Paradiesapfel. So einen gab Eva dem Adam.» Erneut zeigte die Frau ihre Zahnlücken. «Hilft bei Liebe.»

Leonore und Adelheid winkten dankend ab, obwohl sie den seltsamen Apfel gern gekostet hätten.

«Ist es nicht Gotteslästerung, von der verbotenen Frucht zu essen?» Leonore runzelte die Stirn.

«Ach, sie versucht doch nur, mit dieser Geschichte ihr Obst zu verkaufen», ging Adelheid über die Frage hinweg. «Uh, jetzt kommen wir in die Nähe der übel riechenden Stände.» Adelheid rümpfte die Nase. «Fischhändler und Färber. Willst du wirklich dorthin?»

Leonore schüttelte den Kopf, und gemeinsam gingen sie in Richtung des Hafens. Gottfried kam ihnen entgegen. Auf seinem Gesicht lag ein Ausdruck von Zufriedenheit, der Leonore mit Hoffnung erfüllte.

«Ich habe ein schnelles Schiff für uns gewählt.» Gottfried nickte Leonore zu. «Mit einer Galeere können wir in wenigen Wochen in Jerusalem ankommen. Eine Nave braucht mehr als sechsmal so lang, weil sie immer wieder Ladungen an Bord nimmt. Allerdings …»

Leonore ahnte bereits, was der Ritter ihr sagen wollte. «Die Galeere verschlingt den Rest meines Goldes.»

Gottfried nickte. «Euch bleibt nur noch wenig. In Akkon werden wir uns keine Pferde leisten können.»

Leonore zuckte mit den Schultern. Ihr blieb nichts anderes übrig, als sich mit Gottvertrauen ihrem Schicksal zu ergeben. «Ach, es hilft nichts. Ich werde schon einen Weg finden, Blanche zu retten. Der Herr wird mir helfen, so wie er mir bis Venedig geholfen hat.»

«In vier Tagen segeln wir ab.» Ein zufriedenes Lächeln lag auf Gottfrieds Gesicht. «Die *Radegonde* führt uns auf schnellem Weg ins Heilige Land.»

«Noch vier Tage?» Leonore erbleichte. Sie hatte gehofft, dass sie sofort ein Schiff besteigen könnten. «Geht es nicht schneller? Es liegen doch so viele Schiffe im Hafen.»

Aber Gottfried schüttelte den Kopf. «Alles langsame Naven. Wenn Ihr ein halbes Jahr lang auf See sein wollt, können wir schon morgen aufbrechen.» Nach einem Blick in Leonores Gesicht fügte er versöhnlicher hinzu: «Glaubt mir, mit der *Radegonde* gewinnen wir Zeit, und wir reisen mit einem zuverlässigen Schiff.»

«Nutze die Zeit und zünde eine Kerze für Blanche an», versuchte Adelheid sie aufzumuntern. «Kirchen findest du hier sicher reichlich.»

«Es gibt viele Gotteshäuser in dieser Stadt», stimmte Gottfried zu. «In beinahe jedem könnt Ihr eine Kerze entzünden oder eine Pilgermesse hören. Die Pilger bringen Gold in die Stadt, und Gold haben die Venezianer schon immer geliebt. So tun sie alles, um die eifrigen Reisenden zufriedenzustellen.»

«Wenn Ihr so wenig von den Gläubigen haltet, warum helft Ihr mir dann überhaupt?», brauste Leonore auf. Es war ihr schleierhaft, wie ein christlicher Ritter so lockere Reden führen konnte.

«Euch helfe ich, weil Ihr Euer Kind sucht und nicht die Nähe Gottes, so wie viele dieser armen, fehlgeleiteten Menschen. Schaut sie Euch genau an, wenn Ihr Eure Messe besucht.» Gottfried zuckte die Schultern und ging weiter.

Leonore folgte ihm kopfschüttelnd und voller Zweifel. Konnte sie einem Menschen, der sich so weit vom Glauben entfernt zu haben schien, wirklich ihr Leben und das ihrer Tochter anvertrauen? Vielleicht wäre sie gut beraten, die weitere Reise ohne den Ritter anzutreten. Sie strich sich nachdenklich übers Kinn. Aber konnten Adelheid und sie allein weiterreisen? Nein, das wäre viel zu gefährlich. Sie bräuchten einen männlichen Beschützer, wenn sie nicht Opfer von Räubern und Schändern werden wollten. Doch vielleicht bot sich ihr in Venedig die Möglichkeit, einen gottesfürchtigeren Begleiter zu finden.

Als ob er ihre Gedanken gelesen hätte, drehte sich der Ritter zu ihr um. «Frau Leonore, seid versichert: Auch wenn ich Euer kindliches Gottvertrauen nicht mehr teilen mag, werde ich Euch sicher nach Jerusalem geleiten und Euch helfen, so gut ich es vermag.» Ein Schatten glitt über sein Gesicht, und er murmelte halblaut etwas, das in Leonores Ohren klang wie: «Und vielleicht finde ich den Mut, Euch eines Tages die Wahrheit zu sagen.»

Bevor sie ihn fragen konnte, zählte er bereits Kirchen auf, in denen sie eine Messe hören konnte.

«San Giacomo di Rialto ist wohl die älteste Kirche Venedigs, allerdings bei weitem nicht die schönste. Wenn Ihr bescheidene Kirchen mögt, kann ich Euch San Giovanni Elemosinario ans Herz legen. Doch vielleicht ist eher San Zaccaria die richtige für Euch, gehört sie doch zu einem Nonnenkloster. Allerdings hat sie keine gute Geschichte. Bei ihrer Einweihung wurde der damalige Doge ermordet, und vor wenigen Jahren töteten Unbekannte den amtierenden Dogen unmittelbar in ihrer Nähe. Sicher kein gutes Zeichen.»

«Haltet ein!», bat Leonore, der der Kopf von all den Kirchennamen schwirrte. Sie suchte nur einen Ort, an dem sie ihre Gedanken sammeln und ein Gebet für Blanches Rettung sprechen konnte. Wie prächtig oder ärmlich die Kirche war, war ihr gleich. «Nennt mir die nächstgelegene.»

Doch der Ritter zählte unverdrossen weitere Gotteshäuser auf und tippte dabei die Finger der rechten Hand an. «Santa Maria Formosa ist der Heiligen Jungfrau geweiht, die ihrem Bischof im Traum erschien. Santa Maria Zobenigo haben Slawen errichtet. Um nicht daran erinnert zu werden, nennen die Venezianer sie auch Chiesa di Santa Maria del Giglio, nach den Lilien des Erzengels Gabriel.»

Er hielt kurz inne. «Und schließlich sind da noch die beiden bedeutendsten Kirchen. San Pietro ist die Kathedrale des Bistums. Da die Venezianer erst Kaufleute und dann Christen sind, ist San Pietro kleiner als die Palastkapelle des Dogen, und sie liegt am Rand. San Marco ist die Ruhestätte des heiligen Markus und Sinnbild des Reichtums der Dogen. Soll ich Euch die Geschichte erzählen?»

Leonore nickte schicksalsergeben. Der Ritter würde sich ohnehin nicht aufhalten lassen.

Gottfried lächelte. «Die listigen Venezianer haben schon

vor mehr als drei Jahrhunderten die Gebeine des heiligen Markus aus Alexandria entführt. Ihm zu Ehren erbauten sie San Marco. 150 Jahre später zerstörte eine Feuersbrunst den Dogenpalast und auch die Kirche. Die Gebeine des Heiligen gingen in den Wirren verloren. Doch nachdem San Marco wieder aufgebaut worden war, geschah ein Wunder.»

Der Ritter hielt einen Augenblick inne und räusperte sich. Leonore legte den Kopf schief und lauschte gespannt. Woher nur kannte er die Stadt und ihre Geschichte so gut?

«Nun, der Legende nach beteten der Doge und kirchliche Würdenträger um ein Wunder, damit der Heilige sich zur Kirchweihe wieder einfände. Und tatsächlich: Nach langen Gebeten spaltete sich eine Säule, und der Arm des heiligen Markus wies den Gläubigen den Weg. Die Überreste ruhen nun unter dem Hochaltar der Basilika.»

«Wunder und den Beistand der Heiligen können wir auch brauchen, wenn wir die Reise überstehen wollen, nicht wahr, Herr Gottfried?» Leonore lächelte ihn freundlich an.

Er nickte ihr zu. «Gut, dann bringe ich Euch morgen zu San Marco, damit Ihr für unser aller Seelenheil beten könnt. Und wenn Ihr gerade dabei seid, bittet den heiligen Markus um gutes Wetter für unsere Reise.»

12

Doch erst am Tag vor ihrer Abreise sollte Leonore Gelegenheit bekommen, eine Pilgermesse im Markusdom zu besuchen. Bis dahin nutzte sie die Zeit, um gemeinsam mit Adelheid und Gottfried Venedig zu erkunden. Allmählich verstand sie, warum diese Stadt den Ritter so bezaubert hatte. Bis auf den Gestank, der aus einigen der Kanäle heraufzog, wirkte Venedig wie ein Ort aus einer besseren Welt. Entzückt hatte Leonore die Löwen entdeckt, die sich überall in der Stadt verbargen. In Hauseingängen, auf Wappen, an Säulen oder als Wasserspeier schützte der Markuslöwe seine Stadt.

Vielleicht waren diese Löwen ein Wink des Himmels, überlegte Leonore. In Braunschweig hatte sie sich vom Löwendenkmal verabschiedet, und hier, am Ort ihres Abschieds von der abendländischen Welt, auf dem Weg in das Königreich Jerusalem, stand sie wieder einem Löwen gegenüber. Doch der venezianische Löwe wirkte weniger kriegerisch als sein Braunschweiger Gegenstück, wohl weil er seine Pranken auf einem Buch hielt, was Leonore Vertrauen einflößte. Raubkatzen, die Bücher schützten, konnten es nur gut mit Pilgerreisenden meinen.

Am Morgen der Messe spürte Leonore ihren Herzschlag vor Aufregung. Die vertrauten Rituale hatten ihr gefehlt, das wurde ihr nun erst bewusst.

«Zünde eine Kerze für mich mit an.» Adelheid schien Leonores Angespanntheit zu spüren und lächelte ihr beruhigend zu. Sie reichte ihr einen Almosenpfennig.

«Danke.» Leonore verstaute das Geld in ihrer Pilgertasche. Dann hielt sie inne. «Aber möchtest du mich nicht begleiten? Dann können wir beide für ein gutes Gelingen unserer Reise beten.»

Adelheids Antwort überraschte sie. Ihre Begleiterin schüttelte heftig mit dem Kopf und hob abwehrend die Hände. «Nein, nein.»

Leonore hob fragend die Augenbrauen. «Ich glaube nicht, dass es für uns zu gefährlich sein könnte. Die Stadt ist doch voller Pilger, die uns beschützen würden.»

Adelheid, die sichtbar um Fassung rang, bemühte sich um ein Lächeln. «Ich … ich habe ein Gelübde abgelegt, dass ich erst in Jerusalem wieder eine Kerze entzünden und öffentlich beten werde.»

Ein seltsames Gelöbnis für eine Pilgerin, dachte Leonore, doch sie wollte die Freundin nicht weiter bedrängen. Vielleicht fürchtete Adelheid das Feuer der Kerzen, ging ihr durch den Kopf.

«Und Ihr, werdet Ihr mich begleiten?», wandte sie sich an Gottfried. «Als christlicher Ritter müsstet Ihr die Gelegenheit zur Messe nutzen, oder?»

Er schüttelte den Kopf. «Ich werde Verpflegung für die Reise kaufen und mich weiter umhören, ob jemand Sarazenen mit einem Franken und Eurer Tochter gesehen hat.»

Sosehr Leonore sich auch freute, dass Gottfried nach Spuren von Blanche suchen wollte, so sehr befremdete sie seine schroffe Ablehnung. Von einem Tempelritter, der sich dem Herrn verschrieben hatte, hätte Leonore ein wenig mehr Begeisterung erwartet. Doch schon vor längerem hatte sie aufgegeben, sich Gedanken über die Handlungen des Ritters zu machen, Gottfried war und blieb ein Buch mit sieben Siegeln für sie. Häufig war er schroff und kalt ihr gegenüber, doch hatte sie ihn dabei ertappt, wie er sie durchdringend musterte, wenn er sich unbeobachtet glaubte. Und eines Abends hatte er ihr viele Fragen über ihre Familie gestellt, nicht nur über Fulk und Blanche, nein, auch über ihren Vater und ihre Mutter, was Leonore überrascht hatte. Gottfrieds Fragen waren über reine Höflichkeit hinausgegangen und hatten von wirklicher Anteilnahme gezeugt. Sie konnte sich keinen Reim darauf machen, und Adelheid hatte nur gelächelt, als Leonore sie nach ihrer Meinung dazu fragte.

«Aber ich begleite Euch bis vor die Tore der Kirche, damit Ihr sicher dorthin gelangt.» In Gottfrieds Miene konnte Leonore lesen, dass es klüger wäre, nicht weiter in den Ritter zu dringen und ihm Fragen zu stellen, die er nicht beantworten wollte. Daher nickte sie ihm nur zu und nahm den Arm, den er ihr anbot.

«Dort.» Gottfried zeigte auf den Turm, der vor dem Dom in die Höhe ragte. «Der Campanile von San Marco, der Markusturm. Die Venezianer nennen ihn *paron di casa*, den Hausherrn.»

Leonore legte den Kopf in den Nacken und hob schützend die Hand vor die Augen. Noch nie hatte sie ein so riesiges Bauwerk gesehen.

«Seht die Spitze aus gebranntem Ton», wies Gottfried in die Höhe. «Sie ist erst vor wenigen Jahren vollendet worden.»

Vor der Herrlichkeit des Markusdoms jedoch verblasste selbst der höchste Turm der Stadt. Leonore staunte mit offenem Mund. Bisher hatte sie die Jakobskirche in Braunschweig für ein prachtvolles Gotteshaus gehalten. Doch im Vergleich mit der venezianischen Kirche wirkte ihre Heimatkirche wie eine kleine Kapelle.

«Ich habe mir San Marco bis zum Schluss aufgespart, damit Ihr ihn in Ruhe bewundern könnt.» Zu Leonores Erstaunen lächelte Gottfried sie freundlich an. «Ist er nicht überwältigend?»

Sie nickte stumm und hob die Hand vor den Mund. Vor

ihr ragte die riesigste Kirche auf, die sie je gesehen hatte. Leuchtend heller Stein und Gold verliehen ihr Glanz, verschwenderisch viele Säulen zierten die Fassade, und Leonore war sich sicher, dass sie stundenlang hätte schauen können und immer wieder etwas Neues entdeckt hätte. Die runde Kuppel ließ den Dom gewaltig und doch elegant erscheinen.

«Unglaublich, dass er beinahe ein Jahrhundert alt ist.» Gottfried schüttelte den Kopf. «An diesem Dom könnt Ihr erkennen, dass die Venezianer gute Freunde der Byzantiner waren.»

Leonore neigte fragend den Kopf.

«Den Baustil nennt man byzantinisch, und die Form haben die Venezianer von der Apostelkirche in Konstantinopel übernommen. San Marco hat ein griechisches Kreuz als Grundfläche …»

«Bitte.» Leonore hob abwehrend die Hände. «Bitte zerstört den Zauber nicht mit Wissen.»

Er lächelte und schwieg.

Als sie in das Innere des Doms trat, überwältigte sein Ausmaß sie erneut. Unzählbare Säulen, wie sie bereits die Fassade zierten, fanden sich hier im Inneren des Doms. Ein Mosaik auf Goldgrund in der Hauptapsis über dem Altar zog ihren Blick auf sich. Leonore stand stumm vor Bewunderung. Durften Gotteshäuser so prächtig sein, dass man vor Staunen jeden Gedanken an den Herrn vergaß? Leonore blieb nur wenig Zeit, sich die Schönheit San Marcos anzusehen. Hinter ihr stürmten immer mehr Menschen in den Raum.

Männer, Frauen und Kinder drängten sich hier, um den Segen für ihre Pilgerreise zu erhalten. Nie hätte Leonore erwartet, dass so viele Menschen sich auf den beschwerlichen Weg ins Heilige Land begaben. Sie kam sich vor wie eine

Lügnerin und Sünderin, als sie durch das Kirchenschiff nach vorn ging und ihren Pilgerstab und die Tasche zu den vielen anderen legte, die dort auf den kirchlichen Segen warteten.

Nein, dachte sie sich, es mag zwar eine kleine Notlüge sein, doch ich kann sie wiedergutmachen, wenn ich in Jerusalem ein Opfer bringe.

Sie suchte sich einen Platz in der Menge, und die vertraute Liturgie zog sie in ihren Bann. Leonore spürte, wie sie zur Ruhe kam und endlich Muße fand, sich über die weiteren Schritte ihrer Reise Gedanken zu machen. In ihrer Angst um Blanche war sie eilig aufgebrochen, hatte einem Fremden vertraut und sich dem beschwerlichen Fußmarsch unterworfen. Hier, in dieser heiligen Kirche, konnte sie sich nun den Fragen stellen, die sich ihr aufdrängten wie hungrige Bettler. Was würde sie in Jerusalem tun? Wie würde ihr Leben weitergehen, wenn sie Blanche fand? Würden sie nach Braunschweig zurückkehren? An Fulk und Herburgis wagte sie gar nicht zu denken. Wie nur sollte sie mit ihrem Gemahl und ihrer Schwiegermutter unter einem Dach leben, nach dem Abschied, den Herburgis ihr bereitet hatte? Und welches Geheimnis verbarg Fulk vor ihr, das ihn mit den Sarazenen verband und ins Heilige Land führte?

Da erklang vorn im Altarraum die Stimme des Priesters: «Erlöse mich, Herr, und erbarme dich meiner; mein Fuß steht auf dem rechten Weg; in den Hallen will ich den Herrn speisen. Auf den Herrn hoffe, ich und ich werde nicht erkranken.»

Die Worte des Eingangsgebets überraschten Leonore. Doch dann erinnerte sie sich, dass Gottfried etwas von einer besonderen Liturgie gegrummelt hatte, die auf Pilger zugeschnitten war.

Leonore musste lächeln, weil der Psalm ihre Situation

so treffend beschrieb. Nur hatte sie ihren Fuß bereits über viele Tage und auch Nächte auf den rechten Weg gesetzt und würde ihn nun auf die Planken eines Schiffes setzen, um die letzten Schritte bis zur Rettung ihrer Tochter zu gehen. Ihre Gedanken schweiften ab, sie überlegte, wie es Blanche wohl ergangen war. Waren die Sarazenen wirklich Unmenschen, die Kinder als Sklaven verkauften oder, schlimmer noch, so wie man es von den Juden erzählte, in grausamen Riten ermordeten? Oder waren sie trotz ihres seltsamen Glaubens Menschen wie sie, die unschuldigen Kindern nichts antun würden? Leonore schluckte. Sie versuchte, die furchtbaren Gedanken beiseitezuschieben, doch es wollte ihr nicht gelingen. Warum nur hatten die Sarazenen Fulk und Blanche entführt, warum nicht den Herzog Heinrich und dessen Tochter Richenza? Für einen Adligen ließ sich doch bestimmt mehr Lösegeld gewinnen als für einen Kaufmann. Allerdings wusste sie gar nicht sicher, ob die Heiden überhaupt Gold forderten. Und was hatten Herburgis' gemurmelte Worte zu bedeuten? Leonore biss sich beinahe die Unterlippe blutig, so fieberhaft jagten die Gedanken in ihrem Kopf einander. Sie zwang sich, ihre Aufmerksamkeit wieder dem Gottesdienst zuzuwenden.

Die Lesung erzählte davon, wie Jakob sich einen Stein zum Schlafen suchte. Leonore musste unwillkürlich nicken, als sie an die unbequemen Orte dachte, an denen sie ihre Nächte seit dem Aufbruch aus Braunschweig verbracht hatte. Allerdings hatte sie bisher noch keine Bekanntschaft mit einem Stein als Kopfkissen gemacht. Gottfrieds Umsicht war es zu verdanken, dass Adelheid und sie niemals in Wald und Feld hatten übernachten müssen. Stets hatte der Ritter eine Herberge gefunden, die ihnen eine leidlich angenehme Unterkunft gewährte. Doch Leonore fürchtete sich vor der Zeit, die vor ihr lag. Wenn ihre Mittel weiter so rasch schwanden, würde sie wohl oder übel auch einen Stein als Kissen in Betracht ziehen müssen.

Leonores Mund fühlte sich ausgetrocknet an. Sie schluckte, doch die Trockenheit blieb. Genau wie ihre Furcht vor dem, was sie erwartete. Warum nur erlegte der Herr ihr diese Bürde auf? Leonore schaute sich um und blickte in glückliche Gesichter, die ein Alleluja jubelten. Zum Haus des Herrn wollen wir ziehen, sangen die Menschen um sie herum und schienen sich auf die Weiterreise zu freuen. War sie die Einzige, die sich vor den Gefahren des Heiligen Landes fürchtete? Fehlte ihr, welch schrecklicher Gedanke, das Vertrauen in den Herrn, dass er alles für sie richten und ihr den rechten Weg weisen würde? Leonore atmete tief ein und lauschte dem Evangelium, das von den Jüngern sprach, die Jesus ausgesandt hatte.

Mit den vertrauten Worten zog wieder Ruhe in Leonores Herz ein. Hatte der Herr ihr nicht bis nach Venedig seinen Schutz angedeihen lassen? In seiner Güte hatte er ihr Gottfried und Adelheid zur Seite gestellt, auf die sie vertrauen und mit denen sie den Weg gemeinsam gehen konnte. Leonore sprach ein leises Dankgebet und wandte sich an die heilige Gertrud von Nivelles als Schutzpatronin der Pilger und Reisenden. Mit einem kleinen Lächeln bat sie den heiligen Markus um gutes Wetter für den Weg, der vor ihnen lag. Dann sang sie voller Freude die Lieder, deren Worte sie schon in Sankt Marien geliebt hatte, und wartete auf den Segen.

Der Priester hob die Hände über Stäbe und Taschen der Pilger, die auf dem Seeweg nach Jerusalem reisen würden, und segnete sie:

«Gott, der Du zum Ruhme deines Namens unsere Väter durch das Rote Meer geführt hast, demütig bitten wir Dich: Halte fern von Deinen Dienern alle Widrigkeiten, schenke ihnen immer eine ruhige Überfahrt und einen freundlichen Hafen. Wir bitten Dich, Herr, höre versöhnt auf unser Flehen und sende aus himmlischen Höhen Deinen Engel, auf dass er Deine über die Tiefen des Meeres fahrenden Diener beschütze. Geleite sie zu den Stätten, die sie sich vorgenommen haben, und gib, dass sie nach Erfüllung ihres Vorhabens, nach Beendigung ihrer Reise voll Freude und Zufriedenheit in ihre Heimat zurückkehren.»

Aus vollem Herzen bat Leonore, dass auch ihre Reise unter diesem Segen stehen möge. Mit der Menge drängte sie nach vorn und nahm ihren Stab und ihre Tasche aus der Hand des Priesters. Seine Worte klangen wie ein Versprechen für eine gute Reise:

«Nehmt diese Stäbe und diese Taschen und zieht zu den Schwellen der Apostel im Namen des Vaters und des Sohnes und des Heiligen Geistes. Dank der Fürbitten der heiligen Gottesmutter Maria, aller Apostel und aller Heiligen möget ihr in dieser Welt den Nachlass eurer Sünden und in der künftigen Welt die Gemeinschaft mit allen Guten gewinnen.»

Freudentränen traten in Leonores Augen, und sie reihte sich ein in die Gruppe derjenigen, die ihre Pilgerzeichen erhalten hatten. Lächelnd nickte sie der hageren Frau neben sich zu, deren teure Kleidung ungewöhnlich für eine Pilgerin war. Irgendetwas an ihr kam Leonore seltsam bekannt vor, doch sie kam nicht dazu, den Gedanken weiterzuverfolgen. Ein junger Pilger neben ihr drängte sich rücksichtslos vorbei. Leonore trat einen Schritt zur Seite, ohne sich über den unfreundlichen Gesellen zu ärgern. In den Gesichtern vieler Pilger meinte sie die gleiche Freude zu erkennen, die nun sie durchströmte und die ihr Kraft für den weiteren Weg verleihen würde. Wie gut, dass Gottfried ein Schiff gefunden hatte, dessen Abfahrt ihr Zeit für diese Messe gegeben hatte.

Mit ruhigem Herzen und neuem Mut lauschte Leonore den abschließenden Segensworten.

«Allmächtiger, ewiger Gott, der Du das Menschengeschlecht gegründet hast, Du hast Deinen Knecht Abraham geheißen, aus dem Land seiner Geburt fort und in das ihm versprochene Land der Verheißung zu ziehen; das Volk Israel hast Du unter vielen Wundertaten durch die Wüste ziehen lassen, damit es Dich anbete. Dich bitten wir: Du mögest die, die zu den Schwellen der Heiligen Petrus und Paulus ziehen, um Dich dort zu verehren, aus allen Gefahren befreien und aus den Verschlingungen der Sünden und Sünder lösen. Gott, der Du denen, die auf Dich vertrauen, der wahre Weg bist, ebne ihren Weg, damit sie inmitten der Wirren dieser Welt durch Deinen Schirm geschützt werden.»

Gelassen wartete Leonore ab, bis der größte Ansturm der Pilger aus der Kirche geeilt war, und ging dann ruhigen Schrittes in die Sonne des venezianischen Tages. Sie blinzelte ein wenig und entdeckte plötzlich in einer Ecke des Platzes Gottfried. Er war in ein Gespräch mit einem Mann vertieft, der selbst den hochgewachsenen Ritter überragte. Der Fremde beugte sich zu Gottfried hinab und flüsterte auf ihn ein. Beide hatten die Köpfe zusammengesteckt und schienen wichtige Geschäfte miteinander zu verhandeln. Ab und an blickte einer von ihnen hoch, drehte den Kopf, als ob er Gefahr witterte, und sprach dann weiter auf den anderen ein. Leonore zögerte. Es schien nicht so, als ob die beiden Männer zusammen gesehen werden wollten. Als Gottfried den Kopf hob und in ihre Richtung schaute, trat sie schnell ein paar Schritte zurück und versteckte sich hinter einer der Säulen des Markusdoms. Pilger drängten an ihr vorbei und versperrten ihr die Sicht auf Gottfried und den Fremden. Mit pochendem Herzen wartete Leonore noch eine Weile, bis sie sich mit dem Pilgerstrom hinaustreiben ließ.

Als sie auf Gottfried zutrat, war von dem anderen Mann keine Spur mehr zu sehen. Der Ritter musterte sie.

«Ihr seht glücklich aus.» Hörte sie Spott oder Neid in seiner Stimme? Leonore war jedenfalls nicht bereit, sich das Hochgefühl, das sie durch die Pilgermesse erworben hatte, verderben zu lassen. Sie nickte ihm freundlich zu und enthielt sich einer Antwort.

«Ich habe eine Nachricht, die Euch noch glücklicher stimmen wird.»

Erwartungsvoll blickte sie ihn an.

«Eure Tochter ist hier gesehen worden.» Gottfried lächelte. «Vor neun Tagen bestiegen zwei Sarazenen und ein kleines Frankenmädchen ein Schiff, das nach Akkon fährt.»

Leonore blieb stehen. Ihr Herz schlug schneller, und sie rang nach Luft. Konnte es wirklich wahr sein? Sollte sie ihrer Tochter so nahe gekommen sein?

«Blanche! Geht es ihr gut? Und Fulk?»

«An Euren Gemahl konnte sich niemand mehr erinnern, doch das ist nicht verwunderlich. Dutzende von Pilgern reisen jeden Tag von Venedig …»

«Aber zwei Heiden mit einem blonden Mädchen …», unterbrach Leonore ihn. Blanche! Ihre Tochter lebte und war auf einem Schiff auf dem Weg nach Jerusalem. Diese Gewissheit beruhigte sie. Nun erst spürte sie, wie schwer die Sorge auf ihrem Herzen gelastet hatte, dass Blanche den Weg nicht überlebt haben könnte.

«Ja. Nun wissen wir zumindest, dass wir auf dem richtigen Weg sind. Jeder Tag bringt uns näher an Eure Tochter heran.»

Gottfried nickte ihr zu. Die Aufregung über die gute Nachricht verschlug Leonore die Sprache, und in friedlichem Schweigen gingen sie gemeinsam zur Herberge.

13

Leonore genoss die Schiffsreise weit mehr, als sie erwartet hatte. Nach kurzer Zeit hatte sich ihr Körper an das Schwanken gewöhnt, sie bewegte sich auf den Planken inzwischen so sicher wie an Land. Das Schaukeln wiegte sie in den Schlaf, und ihr Blick liebte die Weite der See. Adelheid hingegen litt unter furchtbaren Anfällen von Übelkeit – Seekrankheit, hatte Gottfried seufzend festgestellt – und schien die Reise kaum überstehen zu können. Die Arme vermochte nicht einmal Wein bei sich zu behalten, sondern spie alles in hohem Bogen aus. Ein Gutes allerdings hatte Adelheids Erkrankung, denn Leonore und sie durften auf dem Deck im Freien schlafen und die Sonne genießen, was für die Kranke zumindest ein klein wenig erträglicher war, als mit den anderen Pilgerinnen im Inneren des Schiffes eingesperrt zu sein.

Die Frauen hatten zu Reisebeginn ihr Lager in einem dunklen Raum aufschlagen müssen, der widerlich nach Schweiß, Schmutz und Fäkalien stank. Nach kurzer Zeit auf See, als sich der Geruch von Erbrochenem durchdringend ausbreitete, war Leonore, erstaunt über ihren eigenen Mut, zum Kapitän gegangen und hatte gebeten, mit Adelheid an Deck schlafen zu dürfen.

«Das ist für Weibsleute zu gefährlich», hatte der Kapitän geknurrt, doch davon ließ sich Leonore nicht beeindrucken. Sie hatte nicht nachgegeben und so lange auf den Mann eingeredet, bis er murrend eingelenkt hatte. «Nun gut, dann schlaft dort hinten. Habt Ihr einen Begleiter, der Euch schützen kann?»

Leonore hatte genickt, und so waren Adelheid und sie gemeinsam mit Gottfried an die Spitze der *Radegonde* gezogen und dem Gestank und den vielen Menschen entkommen. Ihre Flucht aus dem Bauch des Schiffes hatte Begehrlichkeiten geweckt, und der Kapitän hatte unter Murren weiteren Frauen erlaubt, sich zu Leonore und Adelheid zu gesellen.

Gottfried erwies sich als fürsorglicher, als Leonore von ihm gedacht hätte. Er bemühte sich, für Adelheid ein möglichst angenehmes Lager an Deck des Schiffes zu errichten, und kümmerte sich aufopfernd um die Kranke. Er und Leonore wechselten sich damit ab, ihrer Begleiterin Wasser zu reichen und den Schweiß von der Stirn zu wischen.

«Wenn ich geahnt hätte, wie schrecklich das Meer ist, hätte ich den Landweg genommen», stieß Adelheid zwischen zwei Würgeanfällen hervor und blickte Leonore leidend an.

«Das Land ist viel gefährlicher», ließ ein Matrose beiläufig fallen, der an den beiden Frauen vorbeiging. «Räuber, wilde Tiere, Berge. Glaubt mir, mit unserer *Radegonde* habt Ihr's gut getroffen.»

Adelheid schien ihm eine spitze Antwort geben zu wollen, doch die nächste Welle von Übelkeit zwang sie dazu, in den bereitstehenden Kübel zu speien.

«Es tut mir leid», sagte Leonore und reichte der Freundin einen Becher mit Wasser. «Die Seeleute sagen, nach drei Tagen wäre das Schlimmste vorbei.»

«So lange werde ich nicht mehr leben», flüsterte Adelheid zwischen zwei Schlucken. «Sterben kann nicht schlimmer sein.» Sie schloss die Augen und fiel bald in einen unruhigen Schlaf. Leonore strich ihr sanft über die Stirn und stand auf, um sich ein wenig die Beine zu vertreten.

Sie achtete darauf, die arme Adelheid im Blick zu behalten, falls die Freundin erwachte und Hilfe brauchte. Selbst bei dem schönen Wetter und der ruhigen See konnte Adelheid ihr Frühstück nicht bei sich behalten. Es war nur zu hoffen, dass ihr Schiff nie in einen Sturm geriete. Nicht auszudenken, wie es ihrer Begleiterin dann ergehen würde. Wer weiß, vielleicht werde ich dann auch speien, ging es Leonore durch den Kopf. Sie zuckte zusammen, als sich eine Hand auf ihre Schulter legte.

«Eine Jungfer sollte nicht allein an Deck sein», erklang hinter ihr eine schrille Stimme. «Die Seeleute sind nicht so gottesfürchtige Geschöpfe wie wir.»

Leonore seufzte innerlich, doch nach außen behielt sie ihr freundliches Lächeln bei. Warum nur mussten sich immer wieder Frauen in ihre Angelegenheiten mischen, die verdächtige Ähnlichkeit mit ihrer Schwiegermutter hatten? Mit einer kleinen Drehung schüttelte sie die Hand ab und wandte sich um.

«Seid gegrüßt.» Sie nickte Ida Moller zu, der spitznasigen Witwe eines Tuchhändlers. Ihre Wege hatten sich schon einige Male auf der Reise gekreuzt, und seit sie mit der *Radegonde* reisten, hatte es sich die wohlhabende Pilgerin zur Angewohnheit gemacht, Leonore und Adelheid mit ihren frommen Sprüchen und Verhaltensregeln zu drangsalieren. «Ihr habt ganz recht», sagte Leonore, «doch unser Ritter ist nicht weit.»

Sie wies auf Gottfried, der das Gespräch misstrauisch beobachtete. Die Abneigung stand ihm deutlich ins Gesicht geschrieben.

«Ja, ja, ein Templer, sagtet Ihr?» Die spitze Nase kam bedrohlich näher.

Fragt ihn selbst, hätte Leonore am liebsten geantwortet, doch sie behielt ihr Lächeln bei. «Ich glaube schon. Aber ich kenne mich nicht so aus mit den schwierigen Regeln der Ritter des Kreuzes.» Sie schlug züchtig die Augen nieder und hoffte, dass die neugierige Witwe gehen würde.

Doch Ida Moller war offenbar nicht gewillt, so schnell aufzugeben. Die Frau wollte mehr über Gottfried und Adelheid erfahren, schien es ihr, auch wenn sie damit gegen die guten Sitten verstieß. «Eure Freundin scheint sehr zu leiden – das heißt, sie ist doch Eure Freundin, nicht wahr?»

Leonore seufzte leise. «Ja, ich habe Adelheid in Braunschweig kennengelernt, und sie ist mir auf unserer Reise eine gute Gefährtin geworden.»

«Ah, aus Braunschweig seid Ihr.» Ida Moller nickte und kniff die Augen zusammen. «Dann kennt Ihr sicher den Herrn Wenzel Krämer. Ein Geschäftsfreund meines verstorbenen Gatten.»

«Ich habe von Herrn Krämer gehört», presste Leonore hervor. «Doch wenig Gutes.» Schaudernd erinnerte sie sich an das böse Grinsen, mit dem der Gildenvorsteher sie aus dem Haus gejagt hatte. Dann jedoch meldete sich ihr schlechtes Gewissen wieder einmal. Sollte sie nicht alle Nächsten lieben wie sich selbst? An Tagen wie diesen fragte sich Leonore allerdings, ob dieses Gebot wirklich auch Menschen wie Ida Moller und Wenzel Krämer einschloss.

Was hegte sie nur für lästerliche Gedanken, schalt sie sich und wandte sich wieder freundlicher der Witwe zu. «Und Ihr selbst, wo kommt Ihr her?»

«Aus Aachen, der Kaiserstadt.» Ida Moller blickte auf Leonore herab. «Mein Gemahl war dort Fernhändler. Leider hat der Herrgott uns keine Kinder geschenkt, sodass ich nach seinem Tod allein bin.» Sie holte ein Tüchlein hervor und tupfte sich die Augen trocken.

Leonore begann Mitleid mit der einsamen Frau zu verspüren, bis diese die nächste Frage abschoss wie einen Pfeil. «Was ist denn mit Eurer Freundin geschehen? Solch schlimme Narben habe ich ja noch nie gesehen. Pilgert sie zur Sühne?»

Mit einem Seufzer stieß Leonore die Luft aus. Sie starrte aufs Meer und hoffte, dort etwas zu entdecken, mit dem sie Ida Moller ablenken könnte. Sie spürte schon die wohlbekannte Falte auf ihrer Stirn, die immer erschien, wenn sie angestrengt grübelte. Endlich kam ihr ein rettender Einfall.

«Wisst Ihr, ob das Meer sicher ist?» Leonore lächelte.

«Sicher, mein Kind?» Ida Moller blickte noch hochmütiger. «Wer kann schon sagen, ob ein Sturm aufzieht.»

«Oh, vom Wetter spreche ich gar nicht.» Leonore lächelte breiter. «Ich hörte von Seeräubern, die die Gewässer unsicher machen.»

«Seeräuber?» Die Stimme der Witwe drohte zu kippen. Leonore schmunzelte still in sich hinein. Da hatte sie richtig gelegen mit ihrer Einschätzung, dass die Sorge um ihr Eigentum Ida Moller sofort von jedem anderen Thema ablenken würde. Im Hafen von Venedig hatten Adelheid und Leonore nur den Kopf geschüttelt, als Träger eine Kleidertruhe nach der anderen an Bord des Schiffes geschleppt und an Deck vertäut hatten. Ida Moller hatte in der Mitte gestanden und die Diener zur Eile angetrieben. Für Leonore hatte es ausgesehen, als ob die magere Frau ihren gesamten Hausstand ins Heilige Land verlegen wollte, doch dann hatte sich herausgestellt, dass sie ebenfalls pilgerte. Allerdings mit mehr Annehmlichkeiten als Leonore und ihre Begleiter. Ihre Herkunft als Händlerin konnte Ida Moller nicht verhehlen. Einige der Truhen waren leer, und die Witwe beabsichtigte, sie im Orient mit kostbaren Stoffen oder Gewürzen zu füllen.

«Meint Ihr wirklich, wir könnten überfallen werden?» Ida Moller war vollkommen bleich geworden. Als Leonore die Angst in den Augen der anderen aufsteigen sah, bereute sie ihre kleine List sogleich. Sanft legte sie der Witwe eine Hand auf den Arm. «Nein, nein, ich denke, die Ritter haben alle Seeräuber vertrieben. Sonst würde der Kapitän landnäher fahren.»

«Meint Ihr wirklich?» Ida Mollers Stimme klang unsicher.

«Bestimmt.» Leonore suchte nach einem Gesprächsgegenstand, mit dem sie Ida Moller von Adelheid ablenken konnte, ohne sie dabei zu ängstigen. Die Pilgerfahrt schien ihr gut geeignet, sprachen doch alle Pilger gern über ihre Reise. «Habt Ihr viele Vorbereitungen für Eure Reise getroffen?»

«Ich habe eine Erlaubnis vom Bischof persönlich erhalten.» Selbstgerechtigkeit strahlte aus jeder Pore der Witwe. «In Santiago war ich auch schon», plapperte Ida Moller weiter und schien nicht zu bemerken, dass Leonores Gedanken abschweiften. «Rom selbstverständlich auch. Alles für meinen Verstorbenen. Und Ihr?»

«Was meint Ihr?» Leonore blickte verständnislos.

«Nun, warum pilgert Ihr?» Ida Moller sah sie an, als ob das die naheliegendste Frage wäre. «Wünscht Ihr Heilung von Krankheit oder Kinderlosigkeit?» Sie musterte Leonore gründlich, als suchte sie nach dem Fehler, der zu einer Pilgerfahrt führte. «Oder erfüllt Ihr ein Gelübde?»

«Ich … ich …», stotterte Leonore und hätte sich ohrfeigen können, dass sie sich nicht vorher eine kluge Antwort überlegt hatte. Sie räusperte sich. «Ich reise meinem Gemahl und meiner Tochter nach.»

Sie hoffte, mit dieser Antwort die Neugierde der anderen befriedigt zu haben, doch die ließ nicht locker. «Warum habt Ihr die beiden nicht begleitet?» Ida Moller legte den Kopf schief und schob ihn nach vorn, was ihr das Aussehen eines hungrigen Storches gab.

«Ich war krank», antwortete Leonore. Sie drehte sich brüsk zur Seite und hoffte, damit das Gespräch beenden zu können. Zu ihrem Glück war Adelheid aufgewacht und rief nun nach ihr. «Ihr entschuldigt.»

Sie nahm sich fest vor, der neugierigen Aachenerin in den nächsten Wochen aus dem Weg zu gehen.

Nach einigen Tagen besserte sich Adelheids Gesundheitszustand, und der Kapitän forderte sie nachdrücklich auf, wieder ihren Platz unter Deck einzunehmen. Obwohl Leonore sich bemühte, ihre Freiheit zu behalten, ließ sich der Schiffsführer nicht überreden.

«Ist zu Eurer Sicherheit. Keine Widerrede», grollte er. Immerhin trotzte sie ihm ab, dass Adelheid und sie jeden Tag für einige Zeit an Deck kommen durften, um saubere Luft atmen zu können. Jeden Tag fiel es Leonore schwerer, sich wieder in die Dunkelheit und den Gestank unter Deck zu begeben, und sie suchte nach Möglichkeiten, wie sie den Kapitän überlisten konnte. Doch der kam ihr stets zuvor, sodass sie schließlich aufgab und sich an seine Anweisung hielt.

Die Reisetage, die Leonore in ihrem Gefängnis unter Deck vorkamen wie Monate, liefen gleichförmig ab. Nur der Gestank nahm von Tag zu Tag zu. Willkommene Abwechslungen waren die Landgänge, wenn die Galeere einen Hafen aufsuchte, um Wasser und Vorräte aufzunehmen. Zwar durfte niemand der Reisenden das Schiff verlassen, aber immerhin erlaubte der Kapitän es ihnen, an Deck zu kommen und die Sonne und den Anblick der fremden Hafenstädte zu genießen. Die Glücklichen unter ihnen, die über genügend Mittel verfügten, ließen sich von den Landgängen Früchte und Wein mitbringen, die sie dann zum Neid der Ärmeren unter Deck verzehrten. Auch Ida Moller gehörte zu den Glücklichen, die ihre Kost durch Obst aufbessern konnten, und hatte Leonore und Adelheid etwas davon abgegeben. Aus Christenpflicht, wie sie mit verkniffenem Gesichtsausdruck betonte.

Nur noch wenige Tage auf See trennten sie von Akkon, als Leonore sich ein zweites Mal an diesem Tag an Deck wagte, um der Enge ihres Gefängnisses zu entkommen. Das Meer wirkte ruhig, wie immer in den letzten Wochen, doch der Wind schien stärker als an den vorangegangenen Tagen zu sein. Leonore stellte sich an die Reling und genoss die Brise. Tief atmete sie ein und aus und hoffte, dass der Wind auch die üblen Gerüche aus ihren Kleidern wehen würde. Eigentlich hätte ihre Nase längst gegen die Belästigung abstumpfen müssen, doch jede Stunde, die sie unter Deck verbrachte, quälte sie wie am ersten Tag. Leonore schloss die Augen und gab sich dem Genuss der frischen Seeluft hin. Hinter sich hörte sie feste Schritte auf den Bohlen, Gottfried musste ihr gefolgt sein. Der Ritter fürchtete stärker um ihre Gesundheit und ihr Leben als sie selbst. Aber Leonore war ihm dankbar dafür, jedenfalls fühlte sie sich in seiner Gegenwart sicher. Sie nickte ihm zu, und er verneigte sich leicht. Schweigend standen sie nebeneinander und schauten in die Weite.

«Nur noch ein oder zwei Tage, je nach Wind, bis wir Akkon erreichen.» Er wandte sich ihr zu.

«Wie reisen wir dann weiter? Reichen unsere Mittel für Pferde?» Leonore fürchtete seine Antwort. Obwohl sie sparsam gewirtschaftet und nur die nötigsten Ausgaben getätigt hatten, war ihr Münzvorrat zusammengeschmolzen.

Er wiegte bedächtig den Kopf. «Ich weiß es nicht. Wenn wir Glück haben …»

Leonore nickte und schaute wieder hinaus aufs Meer. Jeder Tag hat seine eigene Plage, hatte Schwester Methildis ihr stets gesagt, wenn sie ihre Sorgen vor der Nonne ausgebreitet hatte. Plane nicht stets voraus, sondern vertraue auf den Herrn. Leichter gesagt als getan, doch heute konnte sie wirklich nicht mehr tun, als die Sonne und den leichten Wind zu genießen. Sie lauschte Gottfrieds Schritten, als er unter Deck ging, und schob die bedrückenden Gedanken beiseite. Dann drehte sie sich einmal um sich selbst und stellte sich mit dem Rücken zur Reling. Sie wollte nicht durch Ida Moller oder andere Pilger überrascht werden. Doch nur die Seemänner liefen über das Deck. Ihre ungewohnte Eile weckte Leonores Aufmerksamkeit. Sie schaute ihnen nach und entdeckte plötzlich dunkle Wolken am Horizont, die sich bedrohlich auftürmten.

«Was hat das zu bedeuten?», fragte sie einen Matrosen und deutete auf die Wolkenwand.

«Ein Orkan zieht auf!», rief der Mann ihr zu. «Und was für einer! Der Herr steh uns bei!»

Leonore erstarrte, als sie die Angst in der Stimme des Mannes erkannte. Wie zur Bestätigung seiner Worte setzte ein heulender Wind ein, der an den Segeln zerrte, als ob er sie zerreißen wollte. Der Himmel verdunkelte sich, bald war es nachtschwarz um die *Radegonde*.

«Vertäut die Ladung! Bringt die Pilger nach unten!», gellten Befehle über das Deck. Die Mannschaft brach in fieberhaftes Treiben aus, und Leonore versuchte, vor den arbeitenden Männern zu flüchten. Aber die Wucht der Welle, die plötzlich gegen die Schiffsflanke prallte, traf sie im Lauf und warf sie um. Zugleich setzte ein Platzregen ein, dessen Heftigkeit sie überraschte und am Boden hielt. Leonore krabbelte auf Händen und Knien zur Reling und zog sich hoch. Ihre Finger krallten sich in das Holz. Nur mit Mühe konnte sie der Gewalt von Regen und Sturm standhalten. Hinter sich hörte sie den Kapitän brüllen und die Mannschaft antworten. Hätte sie nur seinem Befehl gehorcht und wäre in der Sicherheit des Schiffsrumpfs geblieben, dachte sie reumütig. Und die arme Adelheid erst! Hoffentlich erkrankte sie durch die rollenden Wellenbewegungen nicht erneut. Leonore versuchte, sich gegen den Regen zu stemmen und zu der Luke zu gelangen, die unter Deck führte. Doch die Wucht des Sturms warf sie immer wieder zurück. Sie gab schließlich erschöpft auf und kauerte sich dicht bei der Reling zusammen, um

Wind und Regen so wenig Angriffsfläche wie möglich zu bieten. Sie sandte ein Stoßgebet zum Himmel und flehte die Schutzpatroninnen der Pilger um Hilfe in ihrer Not an.

«Haltet durch!», hörte sie die Stimme des Kapitäns gegen das Tosen des Meeres und das Heulen des Windes anbrüllen. «Die Küste ist nicht mehr fern. Zieht, Männer, zieht!»

Leonore atmete erleichtert auf. Auch die Matrosen schienen durch den Befehl gestärkt und hängten sich mit aller Kraft in die Wanten. Die Männer kämpften die Segel nieder und stemmten sich dem Sturm entgegen. Der Regen ließ etwas nach. Leonore schöpfte Hoffnung und stand auf. Vorsichtig machte sie einen Schritt nach dem nächsten, eine Hand an der Reling, um das Gleichgewicht zu halten. Nur noch wenige Schritte trennten sie von der Treppe, die sie in das sichere Schiffsinnere führen würde, als ein lautes Poltern sie anhalten ließ. Eine der Truhen, die Ida Moller gehörten, hatte sich aus der Vertäuung gelöst und rutschte über die feuchten Planken auf Leonore zu. Mit aufgerissenen Augen und unfähig, sich zu bewegen, blickte sie der Truhe entgegen. Die raste auf sie zu, immer schneller, und ehe Leonore aus ihrer Schreckensstarre erwachen konnte, rammte das schwere Holz sie an der Hüfte. Leonore verlor das Gleichgewicht, stolperte und stürzte über die Reling. Mit der rechten Hand griff sie zu, erwischte das Holz und hielt sich verzweifelt daran fest. Das Gewicht ihres Körpers, beschwert durch das regennasse Gewand, zog sie nach unten. Mit aller Kraft kämpfte Leonore dagegen an und brachte auch die linke Hand an die Reling. Gerettet! Doch die riesige Woge, die aus dem Nichts zu kommen schien, traf sie unvermutet und riss sie vom Schiff.

Eiskalt schlugen die Fluten über ihr zusammen und erstickten ihren Angstschrei. Die Gewalt des Aufpralls presste ihr die Luft aus den Lungen, und ihr wurde schwarz vor

Augen. Das Wasser zerrte sie mit Macht in die Tiefe. Sie schlug mit Armen und Beinen um sich und versuchte, an die Oberfläche zu gelangen. Wasser drang ihr in den Mund und in die Nase. Die Angst vor dem Ertrinken krampfte ihr Herz zusammen, sie strampelte mit aller Kraft. In ihren Ohren rauschte das Meer, und vor ihren Augen verschwamm die Dunkelheit. Endlich, als sie meinte, die Luft nicht länger anhalten zu können, kam sie an die Wasseroberfläche. Leonore hustete, spuckte Wasser, paddelte, kämpfte gegen den Sog der Wellen. Regen peitschte ihr ins Gesicht, und nur mühsam konnte sie die Augen öffnen. Der Anblick verschlug ihr den Atem. Die *Radegonde* segelte einfach ohne sie weiter, sie sah nur noch das Heck des mächtigen Schiffes. Hatte denn niemand ihr Unglück bemerkt? Oder konnte ein so großes Gefährt nicht schnell genug wenden? Verzweiflung krampfte ihr Herz zusammen. Das Meer würde ihr Grab werden. Nie würde sie ihre Tochter wiedersehen. Und alles nur, weil sie es mit den anderen Frauen unter Deck nicht mehr ausgehalten hatte. Plötzlich traf sie etwas in die Seite. Leonore schrie auf. Geschichten über Seeungeheuer und menschenfressende Fische, die einige Seeleute Adelheid und ihr erzählt hatten, schossen ihr durch den Kopf. In Todesangst schlug sie um sich, da stießen ihre Finger an Holz.

Leonore paddelte und versuchte zu erkennen, womit sie zusammengestoßen war. Die Truhe, die sie über Bord geworfen hatte, war ihr anscheinend über die Reling gefolgt und trieb nun neben ihr in der aufgewühlten See. Ihre nasse Kleidung zog Leonore nach unten. Wasser drang ihr in Mund und Nase und ließ sie husten. Mit letzter Kraft klammerte sie sich an die Truhe und hoffte, dass diese nicht untergehen würde. Das Holz tanzte auf den Wellen wie ein Hund, den die Tollwut in den Klauen hielt. Wie weit mochte der Weg zum rettenden Ufer sein? Leonore schien es, dass sie schon die ganze Nacht der Kälte des Meeres ausgesetzt war. Ihre Finger wurden immer klammer, immer schwieriger wurde es, sich an dem Holz festzuhalten. Leonore merkte, wie die Erschöpfung ihren Körper ergriff, ihre Muskeln erschlaffen ließ, ihren Geist benebelte. Sie wollte schon aufgeben, sich dem Sog des dunklen Wassers ergeben und sich nicht weiter quälen, als wie ein Stern Blanches Bild vor ihr aufstieg. Wo war ihr Mut, zu kämpfen? Nein, sie hatte nicht all diese Mühen und Qualen auf sich genommen, ihr Leben, ihre Sicherheiten hinter sich gelassen, um sich so kurz vor dem Ziel von der Gewalt der Natur besiegen zu lassen. So leicht sollte der Sturm sie nicht bekommen! Leonore nahm ihre ganze Kraft zusammen und klammerte sich an das Holz.

Zu ihrer Erleichterung beruhigten sich die Gewalten des Meeres. Der Sturm verebbte so plötzlich, wie er entfacht war. Sollte Zauberei im Spiel gewesen sein? Sie erschauerte. Im Licht des Vollmonds, der hinter den dunklen Wolken des Nachthimmels hervorbrach, konnte sie die spiegelglatte See um sich herum deutlich erkennen. Ein paar Planken trieben auf dem dunklen Wasser, wohl ebenfalls durch die Truhe von Bord gerissen. Doch sonst war sie mutterseelenallein. Noch nie hatte sie sich so elend und verloren gefühlt. Hoffentlich hatten ihre Begleiter den Sturm überstanden und würden nach Akkon gelangen. Akkon, den Hafen, der sie Blanche näher gebracht hätte.

Das Einzige, was sie davor bewahrte, sich vollends der Verzweiflung hinzugeben, war der Gedanke an ihre Tochter. Wenn sie überleben wollte, um Blanche zu finden, musste sie sich ans Ufer retten. Vorsichtig, um den Halt nicht zu verlieren, setzte sie sich auf dem glitschigen Holz auf und spähte angestrengt in das Halbdunkel. Doch kein Land war in Sicht. Um sie herum befand sich nur die weite, dunkle Spiegelfläche des Meeres. Es war hoffnungslos. Leonore zwang sich, ruhig zu atmen, und sandte ein Stoßgebet zum Himmel.

«Glaube stets an die Führung des Herrn», hatte Schwester Methildis ihr immer geraten, wenn Leonore aufgeben wollte. «Er gibt uns nie mehr, als wir tragen können.» Was blieb ihr anderes übrig, als auf Gott zu vertrauen? Vielleicht würde er seine Hand über sie halten und sie ans rettende Ufer geleiten. Weit war es nicht mehr, das hatte der Kapitän der *Radegonde* am Morgen noch versichert. Immer wieder drohte sie von der Truhe abzurutschen, bald würde sie zu erschöpft sein, um sich noch daran festklammern zu können. Da kam ihr eine rettende Idee. Mit zitternden Fingern riss sie Streifen aus ihrem Unterkleid und knotete sie zusammen. Dann mühte sie sich, den selbstgeknüpften Gürtel um die Truhe zu schlingen und sich damit an ihr behelfsmäßiges Boot zu fesseln. Beim fünften Versuch endlich gelang es ihr. Erschöpft fiel sie in einen unruhigen Dämmerschlaf, ab und zu geweckt durch die See, die ihre Truhe hin und her rollte wie ein gedankenloses Kind einen Regenwurm.

14

Ein heftiger Stoß ließ Leonore aus ihrem ohnmachtsähnlichen Schlaf aufschrecken. Etwa Raubfische? Ein Seeungeheuer? Sie streckte abwehrend die Hände aus und versuchte sich zurechtzufinden. Bald erkannte sie, dass nicht eine neue Gefahr drohte, sondern, ganz im Gegenteil, Rettung nahe schien. Die Holztruhe hatte sie sicher durch die Nacht getragen und mit der Strömung in Sichtweite des Ufers gebracht. Nun jedoch drohte sie an den Klippen zu zerschellen, die der Küste vorgelagert waren. Die heimtückische Strömung hatte sie in diesen Felsenkranz getrieben, der verhinderte, dass sie in Sicherheit gelangte.

Wie ein gestrandetes Schiff war die Truhe auf einen Felsen aufgelaufen und hing nun dort, verkantet zwischen den Steinen. Nur ab und zu rollten die Wellen sie etwas vor und dann wieder zurück. Gischt sprühte Leonore ins Gesicht. Mit Grausen entdeckte sie die scharfen Spitzen der Steine, die wie mit gierigen Fingern nach dem Holz griffen. Wenn sie das rettende Ufer erreichen wollte, musste sie die Truhe befreien. Leonore stemmte die Arme gegen die Felsen, dort, wo das Gestein nicht so spitz war, und versuchte, mit aller Kraft die Truhe von den Steinen abzustoßen. Doch vergeblich. Leonore biss sich auf die Unterlippe. Im sanften Licht der Morgendämmerung konnte sie bereits den hellen Sand des Ufers erkennen. Erneut versuchte sie, ihre Truhe zu befreien, aber auch dieses Mal scheiterte sie. Ihr Gefährt schaukelte in der Dünung hin und her, hilflos den Kräften des Meeres ausgeliefert.

Leonore spürte, wie die lange Nacht und die Angst ihren Tribut forderten. Ihre Kraft reichte nicht mehr aus, die Truhe von den Felsen weg- und in Richtung des Ufers zu bringen. Verzweifelt überlegte sie, wie sie sich trotzdem retten könnte. Es durfte einfach nicht sein, dass sie so kurz vor Erreichen des rettenden Ufers scheiterte. Sie musste alles auf eine Karte setzen und versuchen, aus eigener Kraft an die Küste zu gelangen. Schwimmen – eine andere Möglichkeit blieb ihr wohl nicht. Leonore schluckte und holte tief Luft. Meerwasser trocknete auf ihrer Haut und bildete kleine Salzkristalle. Die Entfernung zum Strand erschien ihr plötzlich unendlich weit, kaum zu bewältigen mit ihren geschwächten Kräften. Ein letztes Mal rüttelte sie an der Truhe, hoffte, ihr behelfsmäßiges Boot von den Felsen abstoßen zu können. Nichts. Ihre Finger nestelten an dem Knoten, der sie an die Truhe fesselte und ihr damit noch vor kurzem das Leben gerettet hatte. Jetzt schien er sich gegen ihre Bemühungen zu stemmen, eher fester als lockerer zu werden. Sie riss und zerrte, zog und zupfte, doch vergebens. Kurz hielt sie an, rieb sich die kalten Hände, bewegte die Finger und widmete sich erneut dem widerspenstigen Gürtel. Endlich löste sich der Knoten, und sie konnte sich etwas aufrichten. Die Sonne glitzerte auf dem Strand und ließ ihn schimmern wie Gold. Wie ein Versprechen.

Leonore überlegte kurz. Der nasse Stoff ihres Gewands zog ihren Körper in die Tiefe und machte jede Bewegung im Wasser noch mühsamer, als sie für eine ungeübte Schwimmerin ohnehin schon war. Wenn sie tatsächlich schwimmend ans Ufer gelangen wollte, musste sie sich von diesem Ballast befreien. Und wenn mich dort jemand entdecken wird?, schoss es ihr durch den Kopf. Ich kann meinen Rettern doch nicht entblößt gegenübertreten. Aber dann schüttelte sie den Kopf über ihre Gedanken. Was nützte ihr die Scham, wenn sie ertränke? Kurz entschlossen zog sie das Gewand über den Kopf. Nach einem Stoßgebet stürzte sie sich ins Wasser. An ihrem rechten Oberschenkel spürte sie einen schneidenden

Schmerz, als sie einen Felsen streifte. Sie griff nach der verwundeten Stelle. Dann biss sie die Zähne zusammen und zwang sich, weiterzupaddeln. Blanche! Für ihre Tochter musste sie leben und die Kraft finden, sich bis zum Strand voranzukämpfen. Sie richtete ihren Blick aufs Ufer und zog sich weiter und weiter durchs Wasser, versuchte, dem Schmerz keine Aufmerksamkeit zu schenken. Endlich, endlich spürte sie Sand unter den bloßen Füßen, taumelte voran, stürzte, schluckte Salzwasser, tauchte prustend auf, erhob sich und taumelte weiter, nun außer Reichweite der gierigen See. Nur weg vom Meer, das war ihr Gedanke, als sie sich im heißen Sand voranschleppte.

Leonore wusste nicht, wie viel Zeit vergangen war. Inzwischen war die Morgendämmerung der Sonne gewichen, die unbarmherzig auf sie herabsah und ihre ungeschützte Haut erst erwärmte und dann verbrannte. Ihr Mund war ausgetrocknet, und sie versuchte vergeblich, mit der angeschwollenen Zunge die rissigen Lippen zu befeuchten. Ihr Kopf fühlte sich ausgedörrt an, und ihre Kräfte waren langsam, aber sicher im Begriff zu versiegen. Schließlich vermochte sie keinen Fuß mehr vor den anderen zu setzen. Nicht einmal mehr der Gedanke an das Schicksal ihrer Tochter konnte sie antreiben. Sie zog sich auf Ellenbogen und Knien noch ein Stückchen weiter und ließ sich dann fallen. Unschlüssig, ob sie aufgeben sollte oder nicht, hob sie den Kopf. Kein Mensch war zu sehen. Nur Sand und Himmel und Meer. Kein Ton war zu hören, nur die Wellen, die ans Ufer schlugen. Ein einschläferndes Geräusch. Müde war sie, unendlich müde. Schlimmer noch als die Müdigkeit war allein der Durst, der sie plagte. Irgendwo hier musste es doch Wasser geben, Trinkwasser, nicht das heimtückische salzige Meerwasser. Ihr Körper verlangte danach, forderte von ihr, dass sie sich erhob und weiterstolperte, einer möglichen Quelle entgegen. Doch ihre Beine schrien nach Rast, ihr Kopf dröhnte, und die Augen fielen ihr immer wieder zu. Nur eine kurze Weile ausruhen, und dann suche ich Wasser. Nur eine kleine Rast. Geschichten gingen Leonore durch den Kopf. Märchen, die die Seeleute erzählten, denen sie voller Neugier, aber auch voller Angst gelauscht hatte. Erzählungen von Menschen, die vor Durst verrückt geworden waren, die kurz vor einer rettenden Quelle oder einem Fluss aufgegeben hatten und verreckt waren wie kranke Tiere. Als Geister spukten sie in der Nähe der Wasser, in alle Ewigkeit dazu verdammt, das rettende Nass nicht zu erreichen. So einen elenden Tod wollte sie nicht sterben. Leonore zwang sich dazu, die trockenen Augen aufzureißen. Die Lider schmerzten und rieben wie Sandkörner auf den Augäpfeln. Sollte auch sie dieses Schicksal erleiden? Nach der Rettung aus den Sturmfluten an Land elendig verdursten? Nein, sie musste weiter, musste ihre letzten Kräfte sammeln und sich Rettung suchen. Für Blanche. Für sich selbst.

Leonore atmete keuchend ein und aus. Mühsam erhob sie sich auf allen vieren und verblieb einen Moment so, schwankend. Dann stemmte sie sich unter Aufbietung aller verbliebenen Kräfte hoch und zwang sich, einen Schritt vor den anderen zu setzen, schleppte sich voran, den Blick suchend nach vorn gerichtet. Ein Geräusch ließ sie aufhorchen. Leonore blieb stehen und schloss die Augen. Hatte sie eben das perlende Sprudeln eines Flusses vernommen? Nein, das musste eine Sinnestäuschung sein. Sie schluchzte und öffnete die Augen. Dort vor ihr, im flirrenden Licht der Sonne, erblickte sie ein Wunder. Palmen bewegten sich im Wind, ein See, von leuchtendem Grün umgeben, glitzerte in der Sonne. Leonore stolperte, fiel, raffte sich auf und lief weiter, fiel erneut, krabbelte auf allen vieren. Nur zum Wasser, nur zur Quelle. Endlich kam sie dem Wunder zum Greifen nahe, und da erkannte sie die schmerzliche Wahrheit. Nichts als Sand befand sich um sie herum. Die Wüste hatte ihr einen Streich gespielt, hatte ihr im gleißenden Licht der Sonne Bilder vorgegaukelt. Schluchzend und wirr vor Verzweiflung ließ Leonore sich auf den Rücken fallen, presste sich in den heißen Sand und schloss die Augen. Sie fiel in eine Ohnmacht, dem Tode näher als dem Schlaf.

Seltsame Laute weckten sie aus ihrer Erschöpfung. Irgendetwas spendete wohltuenden Schatten, und jemand hielt ihr eine Flasche mit Wasser an die Lippen. Gierig griff Leonore nach dem rettenden Trank und schüttete das kühle Nass in sich hinein. Da wurde ihr die Flasche wieder entzogen, und eine Stimme sprach in einer fremden Sprache leise Worte, die sie wohl beruhigen sollten. Doch sie wollte sich nicht beruhigen. Sie wollte trinken, nur trinken, bis der unerträgliche Durst gelöscht wäre. Ihre Hände griffen nach dem Wasser, das der Fremde ihr entzogen hatte. Sie versuchte sich aufzurichten, doch der wiedererwachte Schmerz in ihrem Oberschenkel riss sie zurück. Sie schrie auf und ließ sich in den Sand fallen, kniff die Augen zusammen und wartete, bis der Schmerz verebbte. Langsam öffnete sie die Lider und betrachtete ihren Retter.

Ein Mann in weißen, sarazenisch aussehenden Gewändern kniete neben ihr und hielt die kostbare Wasserflasche in den Händen. Eine Kopfbedeckung aus weißen Tüchern verdeckte seine Haare. Sein Gesicht verbarg er hinter einem Schleier, nur die dunklen Augen waren sichtbar. Er blickte sie geradeheraus an. Die Bräune seiner Hände verriet Leonore, dass er ein Sarazene war. Warum nur verbarg er sein Antlitz hinter einem Tuch? Gottfried hatte von verschleierten Frauen gesprochen, daran erinnerte sie sich. Trugen auch die morgenländischen Männer Schleier? Das Nachdenken schmerzte Leonore, und sie schloss wieder die Augen. Sanft fasste der Sarazene sie an der Schulter und hielt ihr erneut die Wasserflasche hin. Leonore hob unter Mühen den Kopf und trank in kleinen Schlucken. Nie hatte ihr etwas so gut geschmeckt. Gestärkt richtete sie sich noch ein wenig auf und entdeckte einen weiteren Mann, nein, einen Jungen, der hinter dem Mann stand und in dieser seltsam kehligen Sprache mit ihm redete. Der Sarazene drehte sich etwas zur Seite und antwortete seinem Begleiter.

Dann wendete er sich Leonore zu und sprach sie zu ihrer Verblüffung in ihrer Sprache an. Er hatte einen leichten Akzent, der in seiner dunklen Stimme angenehm in ihren Ohren klang. «Seid Ihr verletzt?»

Leonore schüttelte den Kopf. «Nur ein Riss am Bein ... und die Erschöpfung.» Sie versuchte ein Lächeln und war sicher, dass sie nur eine Grimasse zustande brachte.

Er musterte sie erneut.

Unter dem Blick seiner warmen braunen Augen fiel Leonore plötzlich wieder ein, dass sie ihr Kleid dem Meer preisgegeben hatte, und sie versuchte hastig, ihre Blöße mit den verbliebenen Stofffetzen zu bedecken. Der Fremde rief dem Jungen hinter sich ein paar kehlige Laute zu, und der reichte ihm einen Umhang. Vorsichtig stand Leonore auf und nahm das Kleidungsstück entgegen. Als sie das rechte Bein belastete, durchzuckte sie ein heftiger Schmerz. Sie sog heftig die Luft ein, doch zu spät. Ihr Bein knickte ein, und sie fiel zurück in den Sand. Der Sarazene musterte sie wieder mit diesem durchdringenden Blick.

Leonore ballte die Fäuste und krallte die Fingernägel in die Handflächen, um den Schmerz zu bezwingen. Mit einer verletzten Sklavin würden sich die Männer sicher nicht abgeben. Sie würden sie hier liegen lassen und dem Tod übergeben, wenn sie ihnen zu nichts nutze schien. Leonore schossen wieder die Gräuelgeschichten durch den Kopf, die sie über die Grausamkeit der Morgenländer gehört hatte. Frauen und Kinder verkauften sie als Sklaven oder schlachteten sie skrupellos ab. Da beugte sich der Sarazene zu Leonore herunter. Sie schloss die Augen und fürchtete in ihrer Angst schon einen tödlichen Hieb. Sicher wollte der Heide sie ermorden, so wie die Sarazenen alle guten Christenmenschen niedermetzelten, wenn sie nur konnten. Aber er schob ihr nur vorsichtig die Arme unter den Körper und hob sie sanft auf.

«Nein, nein. Ich kann laufen», wehrte Leonore ab, doch mit schwacher, kaum hörbarer Stimme. Erschöpft neigte sie den Kopf und lehnte sich an seine Schulter. Er roch angenehm, stellte sie fest, nach Pferd und Leder, nicht nach Schweiß und Schmutz wie die Männer, mit denen sie in den letzten Wochen gereist war. Vorsichtig trug der Sarazene sie durch den Sand. Ihr Gewicht schien ihm nichts auszumachen. Ohne Anstrengung schritt er in der glühenden Hitze voran. Der Junge lief vor ihnen her und rief etwas in der Sarazenensprache.

«Wer … wer seid Ihr?» Leonore kämpfte gegen die Müdigkeit an.

«Mein Name ist Nadim. Ich führe eine Karawane mit Handelsgütern für die Basare.»

Karawane. Basare. Leonores Kopf schmerzte noch immer, und sie war zu erschöpft, um nachzufragen. Ihr drohten schon wieder die Augen zuzufallen, als sie aus dem Augenwinkel etwas sah, das sie vor Schreck erstarren ließ. Vor ihnen stand ein Wesen aus der Unterwelt.

«Dort! Dort!» Mit zitternden Fingern zeigte sie auf das grässliche sandfarbene Ungeheuer, dessen riesige gelbe Zähne an ein paar Grasbüscheln zerrten. Wulstige Lippen, wie sie nur die Hölle hervorbringen konnte, schienen Leonore zu verspotten. Schreckensstarr musterte sie den Wüstendämon, der ihr jedoch keine Beachtung schenkte. Gespaltene Füße, so wie man sie dem Leibhaftigen nachsagte, gingen über in spindeldürre, lange Beine. Am schrecklichsten fand Leonore den breiten Buckel, ein sicheres Zeichen für die Höllenherkunft des Wesens.

So ein Ungeheuer hatte Leonore noch nie gesehen, und sie erinnerte sich an die Geschichten von Teufeln, die die Heiden heraufbeschworen. O nein, wenn sie nun als Menschenopfer für den furchtbaren Dämon dienen sollte, den diese Sarazenen anbeteten? Mit aller Kraft schlug sie um sich und strampelte.

Überrascht ließ der Sarazene sie los, und Leonore fiel in den heißen Sand. Sie erhob sich taumelnd und lief ein paar Schritte, bis ihre Kraft sie wieder verließ und ihre Beine unter ihr wegknickten. Sie fiel auf die Knie und kroch weiter, nahezu aufgelöst vor Furcht. Lieber verdursten, als von einem Dämon gefressen zu werden.

Mit wenigen Schritten holte der Sarazene sie ein und wollte sie in seine Arme ziehen. Leonore schlug nach ihm. Tränen der Erschöpfung und Angst liefen über ihre Wangen.

«Nein! Nein! Ich will nicht sterben!»

Er griff nach ihren Fäusten und zerrte sie hoch wie einen Sack Getreide. «Ihr werdet sterben, wenn Ihr hierbleibt. Die Strahlen der Sonne haben zu dieser Stunde kein Erbarmen. Seid vernünftig und lasst mich Euch in die Sicherheit eines Zeltes bringen.»

«Aber der Dämon …», schniefte Leonore. Auf seinem Gesicht malten sich Erstaunen und Unverständnis ab. Leonore, deren Hände in seinem eisernen Griff steckten, zeigte mit dem Kopf in Richtung des schrecklichen Wesens, das sie nicht anzublicken wagte. Seine Reaktion überraschte sie. Der Sarazene lachte lauthals auf und schüttelte den Kopf.

«Was findet Ihr so lustig?» In ihrem Zorn vergaß Leonore ihre Ängste.

«Ein Dämon!» Der Mann prustete erneut. Lachfältchen bildeten sich um seine Augen und ließen ihn aussehen wie einen großen Jungen.

«Euer Dämon ist ein Kamel», sagte er und bemühte sich, sein Lachen zu unterdrücken. «Steht es nicht in Eurem heiligen Buch, dass eher ein Kamel durch ein Nadelöhr geht, als dass ein Reicher in den Himmel kommt?»

Das Wissen des Heiden verschlug Leonore die Sprache, und sie konnte als Antwort nur nicken.

Mit der linken Hand deutete er auf das Tier. «Das Kamel trägt Lasten und leistet uns gute Dienste in der Wüste.»

«Ein Lasttier?» Ungläubigkeit färbte Leonores Stimme. «So wie ein Pferd oder ein Ochse?»

Er nickte. «Ich bringe Euch in ein Zelt und erzähle Euch dann die Geschichte, wie Allah das Kamel erschuf.»

Widerstandslos ließ sie sich hochheben und dachte über das nach, was der Sarazene gesagt hatte. So sah also ein Kamel aus. Vorsichtig trug der Mann sie an dem Tier vorbei und gab Leonore die Gelegenheit, es sich genauer anzusehen. Neben all dem Hässlichen entdeckte sie tiefbraune Augen mit langen, geschwungenen Wimpern, so wie jede Frau sie sich wünschte. Das Tier erwiderte ihren Blick und senkte dann den Kopf, um weiter das spärliche Gras zu bearbeiten.

Hinter dem Kamel, verborgen in den Dünen, entdeckte Leonore eine Zeltstadt, prächtiger als alles, was sie bisher gesehen hatte. Bis an den Horizont erstreckten sich strahlend weiße Zelte, geschmückt mit Gold und Stickereien. Pferde und Kamele bewegten sich frei zwischen den Zelten. Menschen aber waren nicht zu sehen.

«Wo sind denn die Händler?», flüsterte Leonore verwundert.

Wieder antwortete der Sarazene mit einem tiefen, angenehmen Lachen. «In der Hitze des Mittags ruhen alle. Nur Verrückte und Franken gehen in die Sonne.»

«Wohin reist Ihr?», fragte Leonore, die sich langsam etwas sicherer fühlte und die fremde Welt mit Neugier betrachtete.

«Nach Akkon. Wir bringen unsere Waren zu den Schiffen, die zu den Ungläubigen fahren.»

«Nach Akkon will auch ich!» Sie konnte ihr Glück nicht fassen. Sollte sich ihr Schicksal wenden und sie doch noch zu ihrer Tochter gelangen? «Wann werden wir dort ankommen? Warum reist Ihr jetzt nicht?»

Nadim ging mit ihr auf die Zeltstadt zu. «Ich bringe Euch erst einmal zu den Frauen, dort könnt Ihr Euch ausruhen.» Wieder deuteten die Fältchen um seine Augen ein Lächeln an.

Ihr Herz wollte stillstehen. Alle Schreckensgeschichten, die sie über den Harem der Sarazenen gehört hatte, fielen ihr ein. Wollte der Heide sie etwa zu einer seiner zahlreichen Ehefrauen machen? Sollte das ihr Schicksal sein, nachdem sie Blanche nun schon so nahe gekommen war? Leonore schluckte.

«Wir brechen auf, wenn die Sonne etwas tiefer steht. Sonst wäre die Reise eine zu große Last für Mensch und Tier.» Er nickte ihr zu. Suchte er sie nur zu beruhigen, oder konnte sie ihm wirklich vertrauen?

«Wann erreichen wir Akkon?», flüsterte Leonore und versuchte dabei, ihre Befürchtungen zurückzudrängen. In ihrer Brust stritt die Angst vor den Heiden mit der Freundlichkeit, die sie durch diesen einen Sarazenen namens Nadim erfahren hatte. Vielleicht gab es auch bei den Morgenländern ritterliche Männer, die einer Frau in Not beistanden.

«In fünf Tagen, so Allah will», antwortete er. Er setzte sie behutsam vor einem Zelt ab. «Mein Volk heiligt die Gastfreundschaft. Habt ein ruhiges Herz, Ihr müsst nichts fürchten.»

Fast schien es Leonore, als ob er ihre Gedanken gelesen hätte. Oder konnte man ihr die Sorgen ansehen?

Er sprach durch die Zeltwand hindurch mit denen, die im Inneren saßen. Nach kurzer Zeit schlug eine verschleierte Frau die Zeltbahn zurück und ließ den Mann und Leonore ein. Leonore blickte sich mit gesenktem Kopf vorsichtig um. Seidene Kissen in Blau, Rot und einem tiefen Grün, verziert mit gold- und silberfarbenen Stickereien, lagen auf edlen Teppichen. Verschleierte Frauen in bunten Gewändern saßen oder lagen auf den Kissen und blickten ihr neugierig entgegen. Leonore merkte plötzlich, wie müde sie war, als sie das einladende Lager sah.

«Ich habe sie gebeten, Euch ein Gewand zu geben und einen Schlafplatz.» Ihr Retter hatte seinen Schleier abgelegt und lächelte sie an. Unter gesenkten Lidern musterte sie den Sarazenen. Sein dunkler Bart und seine schmale Nase zogen Leonores Blick auf sich.

«Die Geschichte vom Kamel erzähle ich Euch morgen.» Er verneigte sich und ließ sie mit den Frauen allein.

Leonore hob den Kopf und lächelte. Sie hoffte, dass die Fremden ihr wohlgesonnen waren. Eine Sarazenin reichte ihr ein weißes, kleidähnliches Gewand, in das sie mühelos hineinschlüpfen konnte. Eine andere Frau deutete auf die Polster und tat so, als ob sie ihren Kopf zum Schlafen niederlegen wollte. Leonore nickte eifrig und ließ sich auf den weichen seidenen Kissen nieder. Trotz ihrer Ängste und der Unbekannten um sie herum forderte die Erschöpfung ihren Tribut, und innerhalb kurzer Zeit war sie eingeschlafen.

15

Leises Plaudern und der Geruch von gebratenem Fleisch weckten Leonore. Ihr Magen meldete sich mit einem lauten Knurren. Vorsichtig schaute sie sich im Zelt um. Die anderen Frauen hatten sie verlassen. Leonore kam der Gedanke, dass dies eine gute Möglichkeit wäre, zu fliehen. Doch wohin? Allein in der Wüste würde sie keinen Tag überleben. Nein, sie musste dem Sarazenen und seiner versprochenen Gastfreundschaft wohl vertrauen. Sie versuchte sich in Erinnerung zu rufen, was Gottfried von den Morgenländern berichtet hatte. Leonore ärgerte sich über sich selbst, dass sie dem Ritter so wenig zugehört hatte. Sie hatte nichts über die Sarazenen erfahren wollen, da sie in ihnen nur die Männer sah, die Blanche entführt hatten. Nun hatte sie ein Sturm unter die Morgenländer verschlagen, und sie musste sich deren Sitten und Gebräuchen anpassen, wenn sie überleben und ihre Tochter wiedersehen wollte.

Vorsichtig schlug sie die Zeltbahn zur Seite und spähte hinaus. Wie lange hatte sie geschlafen? Sterne glitzerten am Abendhimmel, und Leonore erschauerte in der Nachtkälte. Die Sarazenen hatten Feuer entzündet und bereiteten ihre Abendmahlzeit zu. Leonore spürte die neugierigen Blicke der Männer, als sie sich neben den Frauen am Feuer niederließ. Was war das für ein seltsames Land? Am Tag drohte die Sonne einen zu verbrennen, und am Abend zitterte man vor Kälte. Sie wunderte sich nicht mehr, dass die Menschen, die jeden Tag mit der Wüste kämpften, so stark und hart wirkten. Eine der Frauen sprach Leonore an, in der seltsam kehligen Sprache der Sarazenen. Leonore konnte nur hilflos den Kopf schütteln und die Schultern hochziehen. Die Frau lächelte und deutete auf eine Tonschale neben ihr. Dankbar nickte Leonore. Seit sie von Bord der *Radegonde* gespült worden war, hatte sie nichts mehr gegessen, nun verspürte sie einen gewaltigen Hunger. Die Sarazenin schöpfte etwas Wohlriechendes aus einem Kessel, der über dem Feuer hing, und reichte Leonore die Schale und einen Löffel aus einem hell glänzenden Stoff, den Leonore noch nie zuvor gesehen hatte. Nahezu durchsichtig wirkte er und schimmerte wie eine Muschel.

«Danke», sagte sie und nickte der Frau zu.

«*Shukran* heißt das in unserer Sprache», hörte sie die Stimme ihres Retters hinter sich. Wie ein Wüstengeist war Nadim aus der Dunkelheit aufgetaucht und stand nun neben dem Feuer. Eine eindrucksvolle Erscheinung war er, in seine weißen Gewänder gehüllt und mit einem dunklen Gürtel angetan, in dem ein Schwert und zwei Dolche steckten.

«Schuck-rahn», versuchte Leonore das fremde Wort zu wiederholen und drehte sich zu dem Sarazenen um. Ihre Aussprache reizte die Frauen zum Lachen, und auch in Nadims Gesicht entdeckte sie ein Lächeln. «Auch Euch *shukran* für meine Rettung.»

Er nickte ihr zu und antwortete etwas in seiner Sprache auf die vielen Fragen, mit denen die Frauen auf ihn einstürmten.

«Sie möchten wissen, ob Ihr einen Gemahl habt und Kinder. Und wie viele Frauen Euer Gemahl hat.» Der Sarazene grinste sie breit an.

Leonore spürte, wie ihr die Röte ins Gesicht schoss. «Bitte dankt ihnen für die Freundlichkeit, die sie mir heute anboten. Ich habe einen Gemahl und eine Tochter.» Als sie an Blanche dachte, traten ihr Tränen in die Augen, die sie zurückblinzelte. «Und bitte erklärt ihnen, dass es in meinem Land Brauch ist, nur eine Frau zu haben.»

Nadim wandte sich den Frauen zu und übersetzte Leonores Antwort. Mit vielen Gesten und großen Augen schnatterten die Sarazeninnen durcheinander und schienen nicht glauben zu wollen, was der Mann ihnen gesagt hatte. Er drehte sich zu Leonore um. Sein Lächeln war noch breiter. «Sie fragen Euch, warum es so seltsame Bräuche in Eurer Heimat gibt.»

Nachdem er die Frage ausgesprochen hatte, blieb Leonore der Mund offen stehen. Wie konnten sich diese Frauen, die verschleiert in Harems lebten, nur über das Leben guter Christen lustig machen? Leonore holte tief Luft und wollte scharf antworten. Doch dann sah sie die Sarazeninnen an. In den Augen der Frauen konnte sie keine Bosheit entdecken, nur Anteilnahme und unschuldige Neugier auf eine Fremde und die Welt, aus der Leonore kam. Sie lächelte ihnen zu und antwortete: «Bitte erklärt Ihnen, dass unser Gott uns gebietet, als Paar zu leben.»

Diese Antwort schien die Frauen nicht zufriedenzustellen. Sie sprachen wild durcheinander, und ihre Hände flatterten dazu. Nadim seufzte und wandte sich Leonore zu. «Eure Antwort führt zu einem Garten neuer Fragen. Sie möchten wissen …»

Der Junge, den Leonore als ihren zweiten Retter erkannte, unterbrach den Sarazenen mit einem Redeschwall und zog Nadim in Richtung der Feuer, an denen die Männer saßen.

«Verzeiht, man ruft mich.» Er hob entschuldigend die Hände und eilte davon.

Leonore schien es, dass dem Sarazenen die Störung ganz recht gewesen war. So musste er nicht mehr zwischen den Frauen vermitteln, die aus so unterschiedlichen Welten kamen und mehr voneinander erfahren wollten. Noch einmal lächelte sie den Frauen zu, die jetzt wieder miteinander schwatzten und ihr nur ab und zu einen Blick zuwarfen. Sie gähnte ausgiebig. Obwohl sie den ganzen Nachmittag verschlafen hatte, steckte ihr immer noch die Erschöpfung in den Knochen, und sie wünschte sich, im Zelt auf den weichen Kissen zu liegen. Mit einem Kopfnicken dankte sie den Frauen, ging wieder ins Zelt und legte sich auf einen bunten Teppich. Obwohl ihr Körper sich nach Ruhe sehnte, kreisten Gedanken durch ihren Kopf und hielten sie vom Schlaf fern. Wie mochte es Adelheid und Gottfried ergangen sein? Ihre Reisegefährten würden sich sicher Sorgen um sie machen, ja, wohl annehmen, dass sie ertrunken wäre. Leonore dachte mit Wehmut an ihre beiden Weggefährten. Und die Morgenländer, wie weit mochte ihre Gastfreundschaft reichen? Was wäre der Preis für ihre Rettung? Und wer war nun dieser geheimnisvolle Nadim, der ihre Sprache sprach und sie so sehr an den Prinzen erinnerte, von dem sie früher geträumt hatte? Doch ihre Ehe hatte sie gelehrt, dass es solche Prinzen nur in Märchen gab. Leonore seufzte und drehte sich auf die andere Seite. Dann schmiegte sie sich in die Kissen und fiel bald in einen tiefen Schlaf.

Eine sanfte Berührung weckte Leonore. Eine der Frauen rüttelte sie leicht an der Schulter und bedeutete ihr durch Handzeichen, dass die Karawane aufbrechen wollte. Nachdem sie sich gereckt hatte, trat Leonore vor das Zelt. Eine andere Frau hielt ihr einen Teller mit einem kleinen Brot entgegen. Hungrig griff Leonore nach dem Essen und zuckte zurück, als sie sich dabei die Finger verbrannte. Sie pustete auf ihre Fingerspitzen und den Fladen, der mit Honig getränkt war. Solange ihr Mahl abkühlte, konnte sie der Frau beim Kochen zuschauen. Aus einem Teig, den sie aus einem hellen Mehl und Milch herstellte, buk sie flache Brote auf einem heißen Stein.

Eine andere Sarazenin drückte Leonore einen Becher in

die Hand. Misstrauisch schnupperte sie an der weißen Flüssigkeit und trank durstig einen großen Schluck. Sie schüttelte sich ein wenig, weil die Milch salziger schmeckte als die, die sie kannte. Dann schaute sie sich fragend um. Kühe hatte sie bisher keine in der Karawane entdecken können. Die Sarazenen würden doch nicht etwa Stutenmilch trinken? O nein, schlimmer noch. Leonore entdeckte eine Frau, die mit einem kleinen Topf neben einem der Kamele hockte und es melkte. Leonore hob die Hand vor den Mund und würgte. Die Köchin warf ihr einen erstaunten Blick zu und hob fragend die Augenbrauen. Mit einem Lächeln reichte sie Leonore einen zweiten Fladen mit Honig. Leonore schluckte und trank den Rest der Milch in einem Zug, um ihre Gastgeberin nicht zu verärgern. Sicher würde die Gastfreundschaft enden, wenn sie sich undankbar zeigte. Doch nie wieder würde sie Milch trinken, die Morgenländer ihr anboten, das schwor sie sich.

Den zweiten Fladen aß sie vorsichtiger und mit mehr Genuss. Sie schmeckte scharfe Gewürze, die sie nicht kannte, und genoss die Süße des Honigs. Nach dem dritten Brotstück fühlte sie sich gesättigt und war bereit, den Tag in Angriff zu nehmen. Dankend nickte sie der Köchin zu. *«Shukran.»*

Aufbruchstimmung herrschte um sie herum. Frauen und Männer bauten die Zelte ab, packten Kissen und Decken zusammen und schnallten sie auf die gesattelten Kamele. Leonore sah sich nach Nadim um, dem einzigen Menschen, der ihre Sprache verstand. Sie lächelte. Wenn sie ehrlich war, wollte sie den Sarazenen nicht nur deshalb sehen. Seine dunklen Augen und edlen Gesichtszüge hatten ihre Neugierde geweckt, und sie wollte den Fremden gern näher kennenlernen.

«Kann ich etwas helfen?», fragte sie, nachdem sie ihn gefunden hatte.

Der Sarazene saß auf einem eleganten Rappen und wirkte wie das Bild eines morgenländischen Kriegers, gar nicht wie ein schlichter Kaufmann. Wie sehr sich Nadim von Fulk unterschied, ging es ihr durch den Kopf. Wo ihr Gemahl rau und hart wirkte, sprach der Sarazene mit sanfter, aber bestimmter Freundlichkeit. Wo Fulk sich mit Lautstärke und Gewalt durchsetzen musste, strahlte Nadim eine Würde und Sicherheit aus, die Leonore Vertrauen einflößte. Mit wie vielen Frauen er wohl verheiratet war?

Er nickte ihr zu. «Danke. Bitte geht zu den Frauen. Sie werden Euch ein Kamel zum Reiten geben.»

«Ich … ich …», stotterte Leonore. «Ich kann kein Kamel reiten.»

«Habt Ihr schon auf einem Pferd gesessen?»

Leonore nickte und spürte, wie sie erbleichte. In Braunschweig hatte sie eine sanfte weiße Stute besessen, auf der sie manchmal geritten war. Doch eine gute Reiterin konnte man sie sicher nicht nennen. Und ein Kamel – dieses hohe Tier mit dem furchterregenden Buckel. Wie sollte es ihr gelingen, auf so einem Wesen zu sitzen, geschweige denn, eine lange Strecke zu reiten?

«Nun, ein Kamel ist nur ein wenig höher und setzt seine Beine etwas anders als ein Pferd. Ihr werdet es mögen und schätzen, glaubt mir.» Mit diesen ermutigenden Worten wendete er den Hengst und galoppierte an die Spitze der Karawane.

Leonore fühlte sich allein und verloren und ging voller Sorge zu den Frauen. Eine von ihnen deutete auf ein großes Kamel, das im Sand lag und Leonore neugierig entgegenblickte. Sie tätschelte dem Tier vorsichtig den Hals und kletterte ungelenk in den Sattel, der auf dem Buckel thronte. Als das Kamel sich erhob, wäre sie beinahe über seinen Hals in den Sand gepurzelt, stellte sich das Tier doch erst ruckartig auf seine Hinterbeine und zog dann die Vorderbeine nach.

Krampfhaft hielt sie sich am Sattelknauf fest, bis das Tier schließlich auf allen vieren stand. Nachdem das Kamel einige Schritte gegangen war, gewöhnte Leonore sich tatsächlich an die schwankenden Bewegungen. Mit einem Pferd ließ sich diese Gangart nicht vergleichen, dachte sie erstaunt, eher mit dem Rollen meiner Truhe auf hoher See.

16

Als sie mittags haltmachten, um zu rasten, schmerzten Leonore Muskeln, von denen sie nicht gewusst hatte, dass es sie überhaupt gab. Doch die Karawane konnte keine Rücksicht auf sie und ihre Befindlichkeiten nehmen, und als es weitergehen sollte, kletterte Leonore tapfer wieder in den Sattel des Kamels. Trotz ihrer Pein, die, so hoffte sie, nur vorübergehend sein würde, hatte sie sich an das Tier und dessen Bewegungen gewöhnt und konnte es nun auch leiten. Sie suchte den Sarazenen, Nadim, und lenkte ihr Kamel neben ihn.

«Wie weit ist es noch bis Akkon?» Lange hatte sie überlegt, wie sie ein Gespräch mit einem Fremden, noch dazu einem Morgenländer, beginnen sollte. Welche Frage war unverfänglich genug?

«Vier Tagesritte, wenn uns nicht wieder etwas Unvorhersehbares aufhält.» Er antwortete freundlich, aber schien abgelenkt. Immer wieder musterten seine Blicke den Horizont, so als ob er etwas Wichtiges erwartete.

Hatte er sie damit gemeint? Sah er in ihr nur ein Hindernis, das den Lauf der Karawane aufgehalten hatte? Mit Ärger spürte Leonore, wie Röte sich in ihrem Gesicht ausbreitete, und es erschien ihr kein schlechter Gedanke, einen Schleier zu tragen, der ihr diese Peinlichkeit ersparen würde. Ohne nachzudenken, platzte sie heraus: «Beleidige ich Euch und die anderen Sarazenen, wenn ich mein Gesicht nicht verhülle?»

Nadims Gesichtszüge wurden hart, die sanften Augen plötzlich dunkel. «Wir leben schon so viele Jahre unter fränkischer Herrschaft, dass uns der Anblick unverschleierter Frauen nicht mehr verärgert.»

Seine Veränderung verwirrte Leonore, und sie überlegte, ob sie ihn besser in Ruhe lassen sollte. Warum nur hatte ihre harmlose Frage ihn derart in Zorn versetzt? Schließlich siegte ihre Neugierde über die Furcht.

«Herr Nadim», sprach sie ihn erneut an und senkte den Kopf als Geste der Entschuldigung. «Ihr habt mir versprochen, das Märchen von dem Kamel zu erzählen.» Erschrocken über ihre Kühnheit, stotterte sie: «Selbstverständlich nur, wenn … wenn Ihr Zeit habt. Wenn ich nicht störe.»

Er lächelte sie an. «Uns bleiben vier Tagesritte bis Akkon. Da kann ich Euch viele Fabeln erzählen.»

Wie jeder gute Geschichtenerzähler ließ er ein wenig Zeit verstreichen, bevor er seine Mär begann.

«Vor langer, langer Zeit trat das edle Pferd vor Allah und bat ihn um einen Gefallen. Herr, sagte das Pferd. Ihr habt mich nahezu vollkommen geschaffen. Doch ein paar Kleinigkeiten könntet Ihr noch verbessern. Allah schwieg und blickte das Pferd lange an.»

Nadim klopfte seinem Rappen den Hals, und Leonore streichelte ihr Kamel. Sie lächelte dem Sarazenen vorsichtig zu, und er antwortete mit einem Lächeln. Seine Augen blitzten. Dann fuhr er mit seiner Erzählung fort:

«Mein Hals könnte länger sein, wünschte das Pferd. Verschließbare Nüstern wären gut gegen den Wüstenwind, und Zehen hätte ich lieber als Hufe. Allah schwieg weiterhin. Und bitte, sagte das Pferd, gebt mir gleich einen Sattel auf dem Rücken zu tragen. Allah nahm etwas Wüstensand, blies darauf – und schon stand ein Kamel neben dem Pferd.»

Leonores Kamel prustete, als ob es die Geschichte verstanden hätte, und sie und Nadim lächelten sich wieder an. Leonore war so leicht ums Herz wie schon lange nicht mehr. Wie konnte es sein, dass sie sich in der Gesellschaft des Sarazenen so wohl fühlte?

Nadim fuhr mit seiner Erzählung fort: «O Allah, das Wesen ist so furchtbar hässlich, wieherte das Pferd. Möchtest du nicht so aussehen?, fragte Allah. Habe ich nicht deine Wünsche erfüllt? Nein! Das Pferd schüttelte wild seine Mähne und rollte mit den Augen. Ich bin schön, so wie Ihr mich geschaffen habt. So gehe hin und sei zufrieden, antwortete ihm Allah. Das Kamel werde ich neben dir in der Wüste leben lassen, damit du stets an den Tag erinnert wirst, an dem du deinen Schöpfer verbessern wolltest.»

Nun war es an dem Rappen, ein Schnauben auszustoßen, als wollte er die Wahrheit der Erzählung bestätigen.

«Seit dem Tag», schloss Nadim seine Geschichte, «beginnen Pferde zu zittern, wenn sie ein Kamel erblicken, weil es sie darin erinnert, wie sie beinahe ausgesehen hätten.»

Leonore lachte. «Eine schöne Fabel. Allah nennt Ihr Euren Schöpfer?»

«Allah ist unser einziger Gott, und Mohammed, der Friede sei mit ihm, ist sein Prophet.» Nadims Gesicht wurde ernst, als er über seinen Glauben sprach. Wieder wünschte Leonore, sie hätte Gottfried besser zugehört und wüsste mehr über die Morgenländer. Da erinnerte sie sich daran, was Nadim ihr gestern über das Kamel gesagt hatte.

«Woher wusstet Ihr vom Gleichnis vom Kamel und dem Nadelöhr?» Noch immer erstaunte es Leonore, dass ein Heide eine Bibelstelle kannte.

«Nachdem ich Eure Sprache gelernt hatte, habe ich Euer heiliges Buch gelesen.» Nadim sprach davon, als ob es eine Selbstverständlichkeit wäre, dass ein Sarazene sich Kenntnisse über den Glauben der Christen aneignete.

Für Leonore erzeugte seine Antwort nur viele, viele weitere Fragen. «Können alle Karawanenführer unsere Sprache sprechen und lesen und kennen die Bibel?»

Er lachte lauthals. «Nein, nur sehr wenige haben wie ich den Glauben der Franken erkundet.»

Leonore schwieg und überlegte, wie sie ihre nächste Frage in Worte kleiden könnte, ohne ihn zu verärgern. «Habt Ihr überlegt, Christ zu werden?» Warum sonst sollte ein Sarazene die Bibel lesen?

Erstaunt schaute er sie an. «Nein, warum sollte ich den wahren Glauben aufgeben wollen?» Nadim lächelte sanft, als wollte er seine Worte abmildern. «Obwohl ich erkennen konnte, dass die Unterschiede zwischen meinem Glauben und dem Euren nicht so groß sind, wie Ihr denken mögt.»

Das Christentum sollte etwas mit dem Unglauben der Heiden zu tun haben? Leonore blieb fast die Luft weg ob der Ungeheuerlichkeit dieser Unterstellung. «Wie könnt Ihr es wagen, so zu sprechen?», entfuhr es ihr. Sie hob den Kopf und schob die Unterlippe vor, wie Blanche, wenn sie schmollte. «Wir haben doch keine Gemeinsamkeiten. Eure heidnischen Bräuche sind … sind …»

Nadims unverschämte Sätze hatten sie tief erschüttert, ihr fehlten die Worte. Selbst wenn der Karawanenführer ihre Sprache sprach und die Bibel gelesen hatte, so blieb er doch ein Heide.

Aber er schien vollkommen unbeeindruckt von Leonores Aufbrausen, fast wirkte er belustigt. Sein Lächeln vertiefte sich nur, und er tätschelte seinem Hengst den Hals. «Was wisst Ihr denn von unserer Welt und unserem Denken, dass Ihr so sicher sein könnt?»

Leonore musste wieder an die beiden dunklen Männer denken, die mit ihrem Mann gestritten und ihre Tochter entführt hatten. «Mehr als genug», stieß sie hervor und trieb ihr Kamel an, sodass Nadim hinter ihr zurückblieb.

Der Sarazene folgte ihr nicht, sondern ließ sie mit ihren Gedanken allein. Leonore runzelte die Stirn. Was wusste sie am Ende von diesen fremden Menschen, diesem Outremer, in das ihr Schicksal sie geführt hatte? Gerüchte und Geschichten hatte sie gehört, von Gräueltaten und Schrecknissen, die die Sarazenen den Pilgern angetan hatten. Die Heiden hatten Jerusalem erobert und den Christen verboten, ihre heiligen Stätten zu besuchen. Gequält hatten sie die Gläubigen und ihnen alles genommen. Genau, das würde sie diesem spöttischen Sarazenen entgegenhalten. Er mochte ja die Bibel gelesen haben, aber das machte ihn noch lange nicht zu einem guten Christenmenschen.

Leonore hielt ihr Kamel an, bis Nadim zu ihr aufgeschlossen hatte. Sie wandte sich ihm zu.

«Mein Glaube ist ein Glaube des Friedens», sagte sie im Brustton der Überzeugung. «Euer Volk dagegen hat unsere heiligste Stadt erobert und es den Gläubigen verwehrt, dorthin zu pilgern.» Mit zusammengekniffenen Lippen wartete sie auf seine Antwort.

«So, Ihr denkt also, dass Jerusalem den Christen gehört und nur ihnen allein?» In Nadims Augen meinte Leonore ein spöttisches Funkeln zu erkennen. Was meinte er nur mit dieser Frage?

«Es ist der Mittelpunkt unserer Welt.» Leonore hob den Kopf und reckte trotzig das Kinn vor. «Der Ort, an dem unser Herr Jesus Christus gekreuzigt wurde.»

«Jerusalem ist auch der Ort, an dem die Juden die westliche Mauer des Tempelbergs als heilig betrachten», entgegnete er freundlich.

Verwirrt schwieg Leonore. Warum beteten die Juden, die Mörder des Herrn, eine Mauer an? Bevor sie etwas entgegnen konnte, sprach der Sarazene weiter.

«Für meinen Glauben ist Al-Quds eine heilige Stadt, weil Mohammed, der Friede sei mit ihm, dort seine Himmelsreise begann.»

Nun war Leonore vollends verwirrt. Wie war das möglich? Konnte es wirklich wahr sein, dass eine Stadt gleich drei Religionen heilig war? In ihrer Unsicherheit zog sie sich auf das Wissen zurück, das in der Heimat allgemein bekannt war und von der Kirche und allen mächtigen Männern verbreitet wurde. Sie nahm all ihren Mut zusammen. «Euer Volk hat die Pilger, die, die Jesu Geburtsstätte aufsuchen wollten, überfallen, gequält und zu Tausenden ermordet.»

«So denkt Ihr also von uns.» Sein Lächeln wirkte nun traurig und verzweifelt. In seinen Augen las sie zu ihrem Erstaunen auch Mitgefühl. «Ja, es gab einzelne Angriffe durch Räuberbanden, aber ...» Er verstummte.

«Nein!» Leonore schüttelte den Kopf. «Der Papst rief zu einer Wallfahrt in Waffen auf, weil wir unsere heiligen Stätten nicht erreichen konnten. Wir Christen mussten handeln.»

Nach einem Seufzer setzte Nadim erneut an. «Bevor Eure Ritter in unser Land einfielen, lebten Muslime, Juden und Christen einträchtig unter muslimischer Herrschaft zusammen. Ja», kam er ihren Fragen zuvor, «in Jerusalem lebten Christen, als Eure Ritter die Stadt eroberten. Sie mussten eine besondere Steuer zahlen und durften ihre Religion ungehindert ausüben. Der Schrecken kam erst mit den Franken.»

«Was meint Ihr?» Von welchem Schrecken sprach der Sarazene? War es nicht sein Volk, das Pilger überfallen hatte?

«Was Eure Glaubensbrüder Jerusalem angetan haben, ist nichts, was ich einer Dame erzählen möchte.»

«Ihr habt begonnen. Führt es nun zu Ende.»

Schweigend ritten sie nebeneinanderher. Leonore konnte von der Höhe ihres Kamels auf den Sarazenen hinabsehen. Er blickte starr geradeaus, und die Muskeln an seinem Hals traten hervor wie Seile. «Ihr werdet mir nicht glauben, weil Ihr mir nicht glauben wollt!» Nadim neigte den Kopf und ordnete das Zaumzeug seines Hengstes. Dann holte er tief

Luft. «Nach vielen Rückschlägen durch die Einwohner Jerusalems gelang den Franken die Eroberung unserer heiligen Stadt. Sie töteten alle, die dort lebten. Männer, Frauen und Kinder.» Er schloss die Augen, als ob die Erinnerung ihn schmerzte.

«Woher wisst Ihr das alles?» Leonore wollte ihm nicht glauben. Niemals hätten christliche Ritter Kinder und Frauen ermordet. Die Kreuzfahrer hatten Jerusalem befreit und für Frieden im Heiligen Land gesorgt. Oder etwa nicht? Sie wünschte, dass Gottfried oder Adelheid bei ihr wäre, um ihr Beistand gegen die Lügen des Sarazenen zu leisten. Und doch wirkte Nadim so ehrlich, so erschüttert, dass sich ein leiser Zweifel in ihr regte. Sollte er etwa die Wahrheit sagen, und gab es eine Seite der Kreuzfahrten, von der sie lieber nichts wissen wollte? Sie musterte den Sarazenen. Schmerz erkannte sie in seinen Augen, und Traurigkeit. Fragen schlichen sich in ihren Kopf. Fragen, die sie sich bisher nicht gestellt hatte. Wem gehörte Jerusalem? Wer hatte Anrecht auf das Heilige Land?

«Die schreckliche Geschichte Jerusalems erzählen wir uns an unseren Feuern, um uns daran zu erinnern, wie wenig wir den Eroberern trauen können.» Nadims Gesicht wirkte wie versteinert. «Jede Familie hat Angehörige verloren.»

Er schwieg lange und fuhr dann mit tonloser Stimme fort. «Die Franken feierten ihren Sieg und metzelten alle Einwohner nieder. Alle, ohne Ausnahme. Muslime, Juden und auch Christen.»

«Nein», flüsterte Leonore. Vor Entsetzen war ihr Mund ausgetrocknet. «Warum Christen?»

«Warum Muslime? Warum Juden?» Nadim hob die Hände. «Eure christlichen Ritter verfolgten die Juden bis in ihr Gotteshaus. Dann vernagelten sie alle Ausgänge und legten Feuer an die Synagoge. Alle im Inneren verbrannten qualvoll.»

«Das …», stotterte Leonore und kämpfte gegen Übelkeit an. «Wenn das stimmt, dann … dann ist das ganz entsetzlich. Aber es ist schon so lange her, es geschah vor fast einhundert Jahren.»

«Die Erinnerung an unsere ermordeten Brüder und Schwestern bleibt.» Nadim wiegte den Kopf, so als ob er überlegte, wie viel er Leonore von sich preisgeben wollte. «Noch immer gibt es viele Falken unter den Franken, die mein Volk jagen und töten. Wir müssen fürchten, dass sie unsere Karawanen überfallen und Männer, Frauen und Kinder niedermetzeln.»

«Nein. Nein.» Leonore schüttelte den Kopf, noch immer fassungslos. «Das glaube ich nicht. Christliche Ritter morden keine Unschuldigen und überfallen keine Händler wie … wie Strauchdiebe.»

«Eure Priester erklären uns alle für schuldig. So wird jeder Gräuel, den Eure Ritter begehen, zur Heldentat.» In seinem Gesicht zeigten sich Abscheu und Zorn. «Sie haben uns aus der Stadt vertrieben, die uns heilig ist. Alles im Namen der Liebe Eures Gottes.»

Leonore wusste nicht, was sie ihm antworten sollte. Falls Nadim die Wahrheit sagte, wäre alles falsch, was sie bisher für richtig gehalten hatte. In ihrer Verwirrung rettete sich Leonore auf die einzige Weise, die ihr blieb. «Ihr mögt recht haben. Doch Sarazenen haben meine Tochter entführt. Und ich weiß gewiss, dass Blanche niemals jemandem ein Leid zugefügt hat. Nein, sie hat streunende Katzen und Hunde gefüttert und kranke Vögel gepflegt.»

Er zuckte zurück, als ob sie ihm eine Ohrfeige gegeben hätte. «Ich … ich kann nur annehmen, dass die Männer gute Gründe für ihre Tat hatten.»

«Nennt mir einen guten Grund, ein kleines Kind in die Sklaverei zu verschleppen», zischte Leonore ihm entgegen und hieb ihrem Kamel auf den Hals, damit es in Galopp fiel.

«Wenn Ihr in Al-Quds angekommen seid, fragt dort nach den edlen Taten der Franken», rief Nadim ihr nach und blieb zurück.

Auch abends am Feuer mied er sie. Leonore ärgerte sich über ihren Eigensinn, der ihr seine Gesellschaft geraubt hatte. Aber gleichzeitig ärgerte sie sich auch über den Sarazenen, der so verwirrende Gefühle in ihr hervorrief und dessen Worte sie solchermaßen aufrüttelten. Vielleicht war es besser für sie beide, wenn sie nicht mehr miteinander sprachen. Die weitere Reise nach Akkon würde Leonore in der Gesellschaft der sanften Sarazeninnen verbringen, nahm sie sich vor.

Doch am nächsten Morgen führte Nadim seinen Rappen neben sie. «Entschuldigt. Kein Grund der Welt rechtfertigt es, ein Kind seiner Mutter zu entreißen», begann er förmlich. Leonore unterbrach ihn. Auch sie war erleichtert und froh darüber, dass er wieder ihre Nähe suchte.

«Nein, ich möchte mich entschuldigen. Eure Worte haben mich so verwirrt, dass ich Euch gegenüber ungerecht war.» Sie blickte zu Boden und fürchtete, dass er sie wieder mit Schweigen strafen würde. «Ihr habt mich gerettet.»

«Lasst uns einander vergeben und unseren Ärger im Wüstensand vergraben. Vielleicht sollten wir nicht mehr über unseren Glauben reden.»

Leonore hob die Hände. «Gerade, wo Ihr mich neugierig gemacht habt. Bitte – wenn Ihr mögt, erzählt mir doch mehr von Eurer Religion.»

«Wo soll ich beginnen, um einer Ungläubigen die Schönheit des wahren Glaubens zu erklären?» Sein Lächeln nahm den Worten die Schärfe. «Wir Muslime glauben an drei Grundsteine. Der erste ist: Es gibt nur einen Gott.»

«Das glauben wir Christen auch», konnte Leonore sich nicht verkneifen zu sagen. Wenn jemand das Recht hatte, vom wahren Glauben zu sprechen, dann sie als gute Christin. Wie wenig der Sarazene die Bibel verstanden hatte, wenn er nicht einmal wusste, dass auch sie nur an einen Gott glaubte. Hatte er das erste Gebot überlesen?

«Nein.» Nadim blickte sie an und lächelte sanft. «Euer Gott ist ein dreifacher Gott, der Mensch wurde. Wir glauben als Zweites, dass Mohammed, der Friede sei mit ihm, ein Prophet war, aber ein Mensch.»

Leonore nickte, obwohl sie lieber mit ihm über die Dreifaltigkeit gestritten hätte. Doch erst wollte sie mehr über ihn und seine Welt erfahren. «Was ist das Dritte?»

«Wie Ihr glauben wir an ein Jüngstes Gericht und das Ende dieser Welt.»

Der Junge, der Wadjid hieß, kam angeritten und hob die Hände in einer Geste der Hilflosigkeit. Worte in der gutturalen Sprache sprudelten aus ihm heraus, untermalt von wilden Handbewegungen.

«Zwei Händler sind in Streit geraten.» Nadim nickte ihr zu und trieb dann seinen Hengst an, um die Spitze der Karawane zu erreichen. Leonores Gedanken drehten sich wie ein Wagenrad. Konnte es sein, dass die Ideen des Islams so sehr denen des wahren Glaubens ähnelten? Sie knabberte an ihrem Daumennagel. Nein! Die Heiden waren blutrünstige Mörder, die in die christlichen Länder eingefallen waren und Männer, Frauen und Kinder wegen ihrer Religion ermordet hatten. So viele Menschen konnten doch nicht lügen, so musste es sein. Und hatten nicht auch die Priester, ja sogar der Papst, von den Gräueltaten der Heiden gesprochen?

Doch einige Zweifel blieben. Zu ehrlich hatte Nadim gewirkt, zu überzeugt von der Wahrheit seiner Worte. Sie musste erst mehr erfahren über seinen Glauben, über den

Islam, bevor sie ein endgültiges Urteil fällen konnte. Und musste sie denn überhaupt eine Entscheidung treffen?, fragte sie sich. Musste wirklich ein Glaube der einzig wahre sein? Erschrocken hob sie die Hand. Wenn Mutter Hildegard wüsste, was für gotteslästerliche Gedanken Leonore wälzte, nur weil ein Sarazene ihr Leben gerettet hatte! Allerdings ein ganz besonderer Sarazene, dachte sie und lächelte, als sie ihn auf seinem Rappen herangaloppieren sah.

«Bitte verzeiht.» Nadim hob entschuldigend die Hände. «An manchen Tagen sind Händler schlimmer zu hüten als Kamele.»

«Was ist noch Teil Eures Glaubens?» Leonore fiel keine klügere Frage ein. Sicher wollte sie mehr erfahren, doch wenn sie ehrlich war, wünschte sie vor allem, dass der Sarazene ihr Gesellschaft leistete. Stundenlang hätte sie ihm lauschen können, seiner angenehmen Stimme, seinem leichten Akzent, in dem alles weicher und freundlicher klang.

«Jeder Muslim unterliegt fünf Verpflichtungen. Ihr könntet auch sagen, es sind fünf Säulen, die unseren Glauben tragen. Die erste ist unser Glaubensbekenntnis zu Allah. Wir nennen es *schahada.*»

Erneut wunderte Leonore sich, dass ein Karawanenführer ihre Sprache so gut beherrschte. Nur die Melodie der Sätze klang anders, fast wie Gedichte oder Lieder.

«Da fehlen noch vier.» Sie lächelte ihn an.

Obwohl er ein Heide war, fühlte sie sich in seiner Gegenwart frei und wagte es, Dinge geradeheraus zu sagen. Nicht so wie mit ihrem Gemahl, der ihr immer das Gefühl gegeben hatte, klein und dumm zu sein. Leonore erschrak, nachdem ihr dieser Gedanke durch den Kopf gegangen war. Wie konnte sie nur einen Sarazenen ihrem Gemahl vorziehen? Sie bemühte sich, wieder Nadims Worten zu lauschen, und verdrängte alles andere.

«Jeder Rechtgläubige betet fünfmal am Tag. Gebete sind uns nur in körperlicher und geistiger Reinheit erlaubt. Und einmal im Jahr unterliegen wir einer Fastenzeit, dem *ramadan*.»

«Wir auch!», rief Leonore erstaunt aus. «Nicht dem *ramadan*, aber einer Fastenzeit.»

«Auch ich entdeckte erstaunliche Ähnlichkeiten, als ich Eure Bibel las.» Nadim nickte ihr zu. «Der vierte Pfeiler ist das *zakat*, die Almosen, die wir den Armen zukommen lassen. Und schließlich ist es Pflicht jedes Muslims, einmal in seinem Leben eine Pilgerfahrt in unsere heilige Stadt Mekka zu unternehmen. Wir nennen das *hadsch*.»

«Nächstenliebe fordert auch mein Glaube.» Leonore kniff die Lippen zusammen und grübelte. Sollte der Sarazene recht behalten und ihre Religionen sich ähneln? Bevor sie ihm weitere Fragen stellen konnte, zog Wadjid Nadim ein weiteres Mal zum Streitschlichten heran. Leonore wendete ihr Kamel und ritt zu den Frauen. Heute brachte sie weder die Kraft noch den Mut auf, weiter mit dem Sarazenen über den wahren Glauben zu reden. Seine Worte und, schlimmer noch, sein Lächeln hatten sie über alle Maßen verwirrt. Wieder lag sie wach, obwohl ihr Körper nach Schlaf gierte. Beim Gedanken daran, morgen wieder Seite an Seite mit Nadim durch die Wüste zu reiten, schlug ihr Herz schneller, und ein Lächeln zog über ihr Gesicht.

17

Morgen erreichen wir Akkon.» Nadim lenkte Fahkir, seinen schwarzen Hengst, neben Leonores Kamel. Die vergangenen Tage hatten Leonore körperlich viel Kraft abgefordert und sie in ein Wechselbad der Gefühle geworfen. Ihr Körper hatte sich an den Gang des Kamels und an den Tagesablauf und die Gepflogenheiten der Karawane gewöhnt. Sehr früh am Morgen begann die Reise, eine lange Pause in der gleißenden Mittagssonne unterbrach den Ritt, und am späten Nachmittag ging es weiter, bis die kalte Nacht anbrach und die Reisenden in die Zelte zwang. Inzwischen hatte sich Leonore einige Wörter und Ausdrücke in der Sprache der Sarazenen angeeignet und auch gelernt, sich beim Auf- und Abbau der Zelte nützlich zu machen. Dem Jungen Wadjid hatte sie ein paar Begriffe ihrer Sprache beigebracht und gemeinsam mit ihm gelacht, als er sich bemühte, ihren Namen richtig auszusprechen.

Doch mehr als alles andere beschäftigte der Sarazene Nadim ihre Gedanken. Bereits am zweiten Tag sehnte sie die Gespräche mit ihm herbei, spielte sie abends in ihrem Zelt noch einmal durch, entwarf geistreichere Antworten oder grübelte über kluge Fragen, die sie ihm stellen wollte. Immer wieder ertappte sie sich dabei, dass sie an seine dunklen Augen dachte, sich fragte, wie sich seine gebräunte Haut wohl anfühlte, sich daran erinnerte, wie er sie durch die Wüste getragen hatte. Wenn sie ihm gegenüberstand, verhaspelte sie sich, spürte die Röte ihre Wangen färben und versuchte verzweifelt, sich ihre Verwirrung nicht anmerken zu lassen. Wenn sie nicht alles täuschte, war sie dem Karawanenführer auch nicht gleichgültig. Seine Augen leuchteten voller Wärme, wenn er sie sah, und er suchte ihre Nähe häufiger als die der anderen Reisenden.

Auch jetzt spürte sie seinen Blick auf sich ruhen und wagte nicht aufzusehen. Fulk hatte sie nie so angeschaut. Manchmal hatte Begehren in den Augen ihres Ehemanns gelauert, reine Gier, die Leonore zu fürchten gelernt hatte. Doch Bewunderung und Zärtlichkeit, ja Liebe, die sie in Nadims Blick entdeckt hatte, hatte Fulk nie für sie aufgebracht. Warum also wagte sie es nicht, den Sarazenen anzulächeln und ihm zu gestehen, dass sie seine Gefühle teilte, dass sie sich nichts mehr wünschte, als in seinen Armen zu liegen? Warum zögerte sie, stotterte, errötete und antwortete ihm häufig spröde und abweisend? Verdiente sie die Liebe eines Mannes etwa nicht? Vielleicht hatte ihr Schicksal sie ja von der *Radegonde* in die Wüste geführt, damit sie in dem Morgenländer einen Gefährten fand.

Nein, das durfte nicht sein! Leonore schüttelte den Gedanken ab. Schließlich nahm Blanche den ersten Platz in ihrem Herzen ein. Zuallererst musste sie ihre Tochter retten. Später könnte sie über die Liebe zu einem Mann nachdenken. Ein trauriges Lächeln verzog ihre Mundwinkel. Doch, wenn sie es sich recht überlegte – wem wollte sie etwas vormachen? Falls sie Blanche gesund fände, was der Herr helfen möge, würde sie mit ihr und Fulk nach Hause zurückkehren. Nie könnte sie den Mut aufbringen, ihr Leben hinter sich zu lassen und in einem fremden Land neu zu beginnen. Was sollte sie hier in dieser Wüste, deren Hitze und Trockenheit dem Menschen so feindlich gesinnt schienen?

«Ich bin eine Frau für sanfte Hügel und grüne Weiden», flüsterte Leonore. «Nicht für diese glühenden Tage und kühlen Nächte.»

«Bitte?» Durch Nadims Frage merkte Leonore, dass sie die letzten Worte laut ausgesprochen hatte.

Verlegen schüttelte sie den Kopf. «Nichts. Ich habe nur laut gedacht.» Sie betete, dass der barsche Ton ihrer Stimme ihn vertriebe, dass er aufhörte, sie mit diesem Blick zu mustern, der so starke und widersprüchliche Gefühle in ihr hervorrief. Doch gleichzeitig wünschte sie sich, dass er weiter neben ihr reiten, dass der Weg nach Akkon sich noch über Tage und Wochen erstrecken möge, damit sie ihn besser kennenlernen könnte und vielleicht eines Tages den Mut fände, ihm ehrlich zu antworten.

«Wie viele Frauen erwarten Euch, wenn Ihr von der Reise zurückkehrt?», stieß sie hervor und hoffte, dass der Gedanke an seine vielen Ehefrauen sie ernüchtern würde wie ein Schwall kaltes Wasser.

«Keine.» Über sein anziehendes Gesicht zog eine dunkle Wolke aus Traurigkeit.

Leonore überlegte. Konnte sie es wagen, nach den Gründen zu fragen, oder würde der Sarazene dies als Frechheit empfinden? Ihre Neugier siegte über die Unsicherheit. «Warum seid Ihr nicht verheiratet?»

«Ich war verheiratet.» Er schloss kurz die Augen. «Meine Frau, Najmah … Sie starb vor einiger Zeit.»

Leonore schaute ihn an und sah den Schmerz in seinem Gesicht. Er musste seine Frau sehr geliebt haben. «Manchmal erinnert Ihr mich an sie.» Nadim lächelte und zog einen Mundwinkel hoch. «Nicht Euer Aussehen, aber Eure Art, Fragen zu stellen, zu viel nachzugrübeln …»

«Wie ist sie gestorben? Im Kindbett?», flüsterte Leonore.

«Nein.» Traurigkeit und Zorn spiegelten sich in seinem Gesicht. Er wirkte verschlossener, als sie ihn je zuvor erlebt hatte. Diese neue Seite an ihm erschreckte und berührte sie. Ihr Sarazene konnte sie stets von neuem überraschen, obwohl sie meinte, ihn nach den langen Gesprächen bereits gut zu kennen.

Leonore spürte, dass er nicht bereit war, mehr über das Schicksal seiner verstorbenen Frau zu sagen. Jedes Wort von ihr wäre eines zu viel und würde nur einen Keil zwischen sie beide treiben. Also schwieg sie und hing ihren Gedanken nach. Was mochte geschehen sein? Warum verband sich der Gedanke an seine Gemahlin für ihn mit einer solch starken Wut?

«Was werdet Ihr in Akkon tun?», wechselte sie das Thema und mied seinen Blick.

«Unsere Waren bei den Händlern abliefern. Dann werden wir uns zurück auf den Weg zu unseren Familien begeben.» Nun klang seine Stimme freundlich und sanft wie immer. «Voll beladen mit Gewürzen und Tüchern und Schmuck, hoffe ich.»

In freundlichem Geplauder über Nichtigkeiten verging der Vormittag, bis sie an der Oase ankamen, in der sie die Mittagsrast verbringen wollten. Wieder erhob sich Gezänk zwischen den Händlern über die besten Plätze für ihre Zelte. Nadim nickte ihr entschuldigend zu und ritt zu den Männern, um die Streitigkeiten zu schlichten. Mit elegantem Schwung sprang er von Fahkirs Rücken und scherzte mit den Streithähnen. Leonores Blick folgte ihm und bewunderte die Geschmeidigkeit seiner Bewegungen. Sie lauschte dem Klang seiner Stimme und verlor sich in Tagträumen.

Ihr Kamel zerrte an den Zügeln und zog Leonore wieder in die Wirklichkeit der Reise zurück. Sie lenkte das Tier zu den Zelten und band es dort an. In den vergangenen Tagen war ihr die Stute namens Razouna ans Herz gewachsen, und sie schätzte deren sanften Charakter. Mit einem Kopfschütteln erinnerte sie sich an ihre Furcht, als sie erstmals einem Kamel begegnet war. Wie hatte sie das harmlose Tier nur für einen Dämon halten können? Wohl, weil die Nonnen und auch Herburgis für die Heiden nur Verachtung übrighatten und sie als Teufelsanbeter sahen. So viele Gewissheiten, die Eckpfeiler ihres Denkens waren, hatte Leonore in den letzten Tagen durch Fragen ersetzen müssen. Auf einige von ihnen hatte sie Antworten gefunden, doch die beiden wichtigsten aller Fragen hatte sie noch nicht für sich beantworten können: Konnte ein Morgenländer eine Fränkin lieben? Konnte eine gute Christin einen Heiden lieben? Vielleicht, wenn es ihr gelang, ihn zum wahren Glauben zu bekehren. Leonore runzelte die Stirn. So, wie sie Nadim kennengelernt hatte, würde der Sarazene niemals seinem Glauben abschwören. Treu hielt er zu seinem Gott und befolgte alle Gebote Allahs. Weder durch Hitze noch durch Streitigkeiten in der Karawane ließ er sich von den Gebeten abhalten, die sein Glaube, der Islam, wie Leonore gelernt hatte, ihm vorschrieb. Wäre sie bereit, für ihn ihren Glauben aufzugeben? Die Gottlosigkeit dieses Gedankens schnürte Leonores Kehle zu. Wie konnte sie es wagen, so etwas auch nur zu denken? Sicher würde der Herr sie für diese Überlegungen strafen.

Trotz der Mittagshitze wollte Leonore sich jetzt nicht zu den anderen Frauen ins kühle Zelt begeben, sie wollte eine Weile allein sein und ihre Gedanken ordnen. Mit langen Schritten eilte sie davon und merkte in ihrer Verwirrung erst spät, dass sie sich aus der Oase entfernt hatte und weit in die Wüste hineingelaufen war. Sie blieb stehen, schalt sich für ihre Unüberlegtheit und wollte sich wieder umwenden, um in die Sicherheit der Wüsteninsel zurückzukehren. Da fing eine kleine Bewegung am Horizont ihren Blick. Der Sand wirbelte auf, bildete Muster und schien einen Tanz aufzuführen. Ganz gebannt beobachtete sie, wie sich immer mehr von diesen Sandtänzerinnen aus den Dünen erhoben und miteinander in einen Reigen eintraten. Doch plötzlich verbanden sich die Sandwesen zu einer riesigen Wand, die sich aufbäumte wie ein scheuendes Pferd. Erschrocken hob

Leonore die Hand zum Mund, als ein Grollen einsetzte, das klang, als ob eine Herde wilder Kamele auf sie zuraste.

«*Chasim! Chasim!*», hörte sie eine Stimme hinter sich schreien. Nadim! Der Sarazene war ihr gefolgt, lief auf sie zu und deutete zum Himmel, der nun vollständig von einem braunen Sandschleier verdeckt war. «Lauft! Der *chasim* kommt näher.»

Wer war dieser «Kasiem», den Nadim so fürchtete? Verwirrt wandte Leonore sich zur Oase und sah, dass die Männer der Karawane in hektische Geschäftigkeit ausbrachen. Sie kniff die Augen zusammen, um mehr erkennen zu können. Nein, sie hatte sich nicht getäuscht. Die Sarazenen gruben tatsächlich Löcher in den heißen Sand und trieben die Kamele an, sich dort hineinzulegen.

Inzwischen hatte Nadim sie erreicht. Er streckte die Hand nach ihr aus und ergriff ihren Oberarm. Er wandte sich zur Oase und zerrte Leonore hinter sich her wie eine Puppe. «Schnell», schrie er ihr zu und versuchte, das Brausen des Sandes zu übertönen. «Wir müssen uns vor dem Sturm schützen.»

Noch immer war Leonore wie gelähmt. Ihr Verstand fasste nicht, was ihre Augen ihr zeigten. Willenlos stolperte sie dem Sarazenen nach und versuchte sich einen Reim auf seine Worte zu machen.

«Sturm?», fragte sie schließlich mit brechender Stimme. «Wie kann das sein, ich habe gar keinen Regen gesehen.»

Trotz der augenscheinlichen Sorge, die sein Gesicht verdunkelte, lächelte Nadim. «Hier in der Wüste wüten Winde aus Sand, die tödlicher wirken als der stärkste Regen. Folgt mir. Schnell!»

Leonore schaute sich um und sah nun mit eigenen Augen, was den Sarazenen zur Flucht trieb. Vor Schreck erstarrte sie und brachte durch ihr plötzliches Halten Nadim ins Stolpern. Er fand zurück zu seinem Gleichgewicht und fluchte etwas in seiner Sprache. Ohne viel Federlesens hob er Leonore auf seine Arme und eilte mit ihr auf die rettende Oase zu. Überrascht durch sein Handeln, strampelte sie und versuchte, sich aus seinem Griff zu befreien. Aber ein Blick über Nadims Schulter belehrte sie eines Besseren. Der Anblick der braunen Wand aus Sand, die wirbelnd auf sie zuraste, rief pure Angst in ihr wach. *O Herr im Himmel, bitte beschütze uns vor der Macht des Sturms.* Stumm formten ihre Lippen wieder und wieder diese Zeile. Noch nie in ihrem Leben hatte sie etwas Ähnliches gesehen, etwas, das sie so sehr in Schrecken versetzte. Sie spürte förmlich schon, wie der trockene, heiße Sand in ihren Mund eintrat, sich in die Luftröhre presste und sich in ihren Lungen festsetzen wollte, bis sie keinen Atem mehr bekommen konnte. Sie klammerte sich mit aller Kraft an Nadim, krallte ihre Finger in seine Schulter und flehte stumm, dass er sie nicht fallen ließe. Verzweifelt rang sie nach Luft. Als er ihre Angst spürte, blieb der Sarazene kurz stehen, strich ihr sanft eine Haarsträhne aus der Stirn und flüsterte: «Leonore, hör zu. Solange ich lebe, wird dir nichts geschehen.»

Diese Worte und die Liebe in seinen Augen reichten aus, um sie Mut schöpfen zu lassen. «Danke», flüsterte sie, entspannte die Finger und lehnte ihren Kopf an Nadims Hals, während er weiterlief. Trotz der nahenden Gefahr hatte sie sich noch nie in ihrem Leben so beschützt und geborgen gefühlt wie in diesem Augenblick. Mit Nadim an ihrer Seite fürchtete sie weder den Sandsturm noch die Wüste. Einen Augenblick lang schien die Zeit stillzustehen, doch dann waren sie auch schon in der Oase angekommen, und Nadim ließ sie sanft zu Boden gleiten.

«Schnell, wir müssen uns eilen. Grabt Euch ein Loch, in das Ihr Euch hineinlegt, so wie die anderen.» Das Drängen in seiner Stimme ließ ihre Angst zurückkehren. Wenn selbst Nadim den *chasim* fürchtete, musste der Sandsturm eine weitaus größere Bedrohung sein, als sie sich vorstellen konnte.

Leonore blickte sich um. Die Frauen und Männer der Karawane waren bereits im Wüstensand verschwunden. Nur Teppiche und Decken zeigten die Stellen an, an denen die Menschen Schutz vor den Naturgewalten gesucht hatten. Leonore entdeckte zwei Sarazenen, die große Kuhlen für Pferde und Kamele gruben und sich neben die Tiere legten, um sie zu beruhigen. Auch Fahkir hatte sich bereits in einer Grube niedergelassen. Als er Nadim entdeckte, sprang der nachtfarbene Hengst mit einem lauten Wiehern auf und trabte auf seinen Herrn zu. Sanft streichelte der Sarazene über die Mähne des treuen Pferdes und hieß es, sich wieder in den Sand zu legen. Dann grub er eine kleine Kuhle, in die Leonore sich legen sollte.

«Aber …» Ihre Verwirrung wuchs. Sollte sie sich wirklich im Sand vergraben? «Wäre es nicht besser, Zuflucht in den Zelten zu suchen?»

Nadim schüttelte den Kopf und grub hastig weiter. «Der Sturm wird die Zelte vor sich hertreiben wie eine Herde Schafe. Nichts widersteht der Gewalt des Wüstensands.» Er nickte ihr zu. «Ich werde Euch eine Decke geben. Haltet sie mit aller Kraft fest und bleibt liegen, bis der Sturm vorübergezogen ist.»

Am liebsten hätte Leonore ihn angefleht, dass er bei ihr bliebe und mit ihr den Platz unter der Schutzdecke teilte, doch der Anstand verbot ihr eine solche Bitte, selbst wenn ihre Angst riesig war. Und doch … wenn der Sturm sie tötete, würde sie bereuen, dass sie dem Sarazenen nie ihre Liebe gestanden hatte. Sie öffnete den Mund, doch fand nicht den Mut, die Worte auszusprechen, die ihr Herz bedrängten. Stattdessen fragte sie nur: «Woran erkenne ich, dass der Sturm vorbei ist?»

Ein leichtes Lächeln entspannte Nadims Gesichtszüge. «Glaubt mir, Ihr werdet es merken. Bitte eilt Euch.»

Leonore folgte seinen drängenden Worten und presste sich in den Wüstensand, das Heulen und Knurren des Sturms in den Ohren. Als der Sarazene die Decke über sie ausbreitete, meinte Leonore keine Luft mehr zu bekommen. Sie rang verzweifelt nach Atem, fühlte sich, als ob Nadim einen Sargdeckel über ihr geschlossen hätte. Niemals wieder würde sie die Sonne erblicken. Sie würde in der Wüste sterben – sterben, ohne ihre Tochter noch einmal gesehen zu haben. Der Gedanke an Blanche ließ Leonore wieder einmal all ihre Kraft zusammennehmen. Für ihr Kind musste sie mutig sein und allen Gefahren trotzen. Sie stieß verzweifelt die Luft aus und sog sie hastig wieder ein. Langsam kam sie wieder zu Atem. Sie stopfte ein Ende der Decke unter ihre Füße und krallte ihre Finger in das andere Ende. Würde dieser bescheidene Teppich sie vor einem Sturm schützen können, der so gewaltig war, dass er Zelte aus dem Boden reißen konnte?

Hoffentlich hatte Nadim es noch rechtzeitig zu Fahkir geschafft, schoss es ihr durch den Kopf. Neben die Sorge um ihre Tochter trat die Angst um das Leben des Sarazenen. Sie sandte ein Stoßgebet zum Himmel, dass er ihre Rettung nicht mit seinem Leben bezahlen musste. Kurz dachte sie daran, aufzuspringen und nach Nadim zu suchen, aber da hatte der Sandsturm Leonore auch schon erreicht und zerrte und riss an der Decke wie ein Raubtier an seiner Beute. Nur mit großer Anstrengung und unter Aufbietung aller Kräfte gelang es ihr, die Decke festzuhalten und sich eng und tief in die Grube zu schmiegen. Sobald sie das Tuch nur ein wenig lüftete, schlug der *chasim* peitschend auf sie ein. Leonore krallte die Finger in die Decke, schützte ihr Gesicht und rang weiter nach Luft gegen die Gewalt aus Wind und Wüstensand. Angst verkrampfte ihr Herz, eine Todesangst. Selbst der Orkan, der die *Radegonde* geschüttelt hatte, erschien ihr nun zahm, verglichen mit dem Wüten der Wüstenwinde.

Leonore spürte, wie ihre Kräfte nachließen, und versuchte, einen Handel mit dem Herrn abzuschließen. «Bitte, Herr, schenke mir das Leben, damit ich meine Tochter retten kann», flüsterte sie mit ersterbender Stimme. «Wenn ich dies überlebe, werde ich alle Gedanken an Nadim vergessen und mich nur meinem Mann und meiner Tochter widmen. Ich werde versuchen, meinen Gemahl zu lieben und Herburgis eine gute Schwiegertochter zu sein. Bitte, bitte, lass mich leben, für Blanche.»

Trotz der Decken drang der feine Sand in ihr Versteck, bohrte sich in Nase, Ohren und Mund und trocknete sie aus. Leonore rieb sich die Augen, nur damit sofort wieder neuer Sand in ihren Wimpern klebte. «Bitte, ich werde Fulk treu bleiben und ihn lieben und ehren bis ans Ende meines Lebens.»

In ihrer Angst nahm Leonore die Schuld einer verbotenen Liebe auf sich, auch wenn sie Nadim nur in Gedanken verfallen war. Noch hatte sie sich nichts zuschulden kommen lassen, und doch … Mutter Hildegard hatte ihre Schäfchen oft genug vor den Folgen unkeuscher Gedanken gewarnt. Leonore begann zu zittern. Was war nur in sie gefahren, dass sie beinahe dem Zauber des Sarazenen erlegen wäre und Blanche und Fulk vergessen hätte? Zauber. Das musste die Erklärung sein. Sicher war Magie im Spiel. Der Sarazene musste sie verwünscht haben, damit sie ihm verfiel. Niemals sonst wäre sie, eine gute Christin, der Anziehungskraft eines Morgenländers erlegen. Doch noch konnte sie ihre Verfehlung wieder heilen, wenn sie zurück auf den richtigen Weg fand und die Suche nach ihrem Kind fortsetzte.

Mit letzter Kraft hob Leonore ihr Tuch vors Gesicht und schützte sich vor dem Sand, der unerbittlich in ihr Versteck drängte. Das Heulen des Windes zerrte an ihren Nerven und vertiefte ihre Angst. Die Furcht gaukelte ihr schreckliche Bilder vor. Der Sturm würde die Karawane vernichten und Leonore allein in der Wüste zurücklassen. Tagelang würde sie durch den glühend heißen Sand irren, bis sie ein Opfer von Sonne und Durst würde, und Blanche nie wiedersehen. Alles nur, weil der Sarazene sie in seinen Bann gezogen hatte.

Doch nein. Leonore schüttelte den Kopf, was dazu führte, dass ihr noch mehr Sand übers Gesicht rieselte. Hastig wischte sie ihn weg und grübelte weiter. Sie konnte nicht allein Nadim die Schuld für ihre Gefühle geben. Zauberei schien eine zu einfache Erklärung für die Verwirrung, die sie in den letzten Tagen empfunden hatte. Hier und heute, in der Einsamkeit ihrer Sandgrube und der Angst vor dem Wüten des Sturms, stellte sich Leonore der Wahrheit. Sie war dem Sarazenen nicht wegen Zauberei verfallen, sondern liebte ihn, liebte ihn aus vollem Herzen. Eine Liebe, der sie nie nachgeben würde, denn der Herr hatte ihr ein Zeichen gesandt. Durch den Sturm zeigte er ihr, dass er nicht mit ihrer Entscheidung einverstanden war. Sie musste sich entscheiden, zwischen ihrer Tochter und Nadim.

«Bitte», flehte sie erneut. «Bitte, lass mich überleben. Für Blanche.»

Aber der Sturm wütete unerbittlich weiter und überschüttete sie mit Sand. Erst nach einer Weile, die ihr wie eine Ewigkeit vorkam, als ihre Kräfte schwanden und sie bereit war, sich der Macht der Natur zu ergeben, erstarb mit einem Mal das Heulen des Windes. Eine Todesstille trat ein, die ihr noch mehr Grausen bereitete als das furchtbare Kreischen, mit dem der Sturm über ihr Lager hinweggefegt war. Lautlos zählte sie die Namen der Schutzpatrone auf, bevor sie sich schließlich unter der Decke hervorwagte. Leonore stemmte den Rücken gegen den Sandberg, der sich auf ihr gesammelt hatte, spürte die Sandkörner herunterrieseln und schüttelte sich. Endlich war sie frei und konnte sich erheben. Sie blickte sich um. Das ganze Lager lag unter hellem Sand begraben. Um sie herum erhoben sich Hügel, aus denen sich nach und nach Menschen und Tiere gruben und aus der Erde auftauchten wie Tote, die aus ihren Gräbern auferstanden.

Die Männer klopften sich lachend auf die Schultern, die Frauen fielen sich schluchzend in die Arme. Nur Leonore stand allein in all dem Trubel und fühlte sich sehr einsam. Als Nadim sie sanft am Handgelenk berührte, vergaß sie alle Vorsätze, die sie gefasst hatte. Sie stürzte sich in seine Arme und schluchzte vor Erleichterung. Er hielt sie fest und schwieg. Leonore wünschte sich, dass er sie weiterhielt, doch sie sah Wadjid, der Nadim ein Zeichen gab. Mit Bedauern löste sie sich aus seiner Umarmung und gesellte sich zu den Frauen, während Nadim zu den Händlern ging. Leonore half dabei, die Zelte und Waren aufzusammeln, die der *chasim* in alle Winde zerstreut hatte. Die Arbeit ließ ihr Zeit, ihre Gedanken zu sammeln und langsam zur Ruhe zu kommen. Sie hatte dem Herrn ein Versprechen gegeben, das sie halten wollte. Auch wenn es ihr noch so schwerfiel – nun musste sie alle Gedanken an den Sarazenen und ihre Liebe zu ihm verbannen.

18

Frau Leonore, bitte, ich möchte mit Euch reden.» In Nadims Augen meinte Leonore Unsicherheit, aber auch Hoffnung zu erkennen. Sie hatte seit dem Wüstensturm alles unternommen, um ihm aus dem Weg zu gehen. Während der Rastzeiten hatte sie sich stets in das Zelt der Frauen zurückgezogen und darauf geachtet, auch sonst in der Nähe der Sarazeninnen zu bleiben, sodass dem Karawanenführer keine Gelegenheit blieb, sie allein zu sehen. Sie fürchtete sich vor den Fragen, die er ihr stellen könnte. Nur wenn sie die Nähe des Sarazenen mied, konnte sie ihren Vorsätzen treu bleiben.

Nun war es ihm gelungen, sie zu stellen, als sie ihre Kamelstute absattelte und das Lager für die Mittagsrast vorbereitete. Am liebsten wäre sie feige davongelaufen, vor dem Gespräch geflüchtet und hätte die Augen vor allem verschlossen. Doch das hatte Nadim nicht verdient. Es war nicht seine Schuld, dass sie ihn nicht lieben durfte. Sie hatte vor Jahren in der Kirche versprochen, Fulk treu zu bleiben, bis dass der Tod sie scheide, und musste sich an dieses Versprechen halten. Noch mehr jedoch band sie der Gedanke an Blanche und das Gebet, mit dem sie während des Sandsturms um ihr Leben gefleht hatte.

Mit traurigen Augen blickte sie Nadim an. Hätte er ihre Entscheidung nicht einfach annehmen können und die Zeit bis Akkon auf Abstand bleiben können? Leonore seufzte leise und blickte zu Boden. Was konnte sie ihm sagen? Nadim war ein Sarazene, ein Heide, ein Feind der Christenheit. Ihre Liebe zu ihm war nur ein See, verglichen mit dem Meer der Liebe zu ihrem Kind. Sie hatte dem Herrn versprochen, alle

Gedanken an den Heiden zu verdrängen und sich ihrer Familie zu widmen. Nur noch wenige Tage der Reise trennten sie von Blanche. In Jerusalem würde sie hoffentlich ihre Tochter wieder in die Arme schließen können. Und Fulk würde sie dort ebenfalls erwarten. Ihr Mann konnte verlangen, dass sie handelte, wie es sich für eine gute Ehefrau schickte. Blanche und Fulk waren ihre Familie, die Leonore nie verlassen könnte. Wie sollte sie Nadim das erklären? Wie sollte sie einem Mann sagen, dass die Liebe zu ihrer Tochter wichtiger war als die Liebe zu ihm? Besser und leichter schien es ihr, ihn anzulügen und ihre Gefühle zu verleugnen. Sie würde den Sarazenen niemals im Leben wiedersehen. Er würde von Akkon aus zurück in die Wüste reiten, in der er lebte. Sie würde sich auf den Weg nach Jerusalem begeben und dort ihre Familie finden. Warum ihnen beiden Schmerz zufügen, indem sie Nadim ihre Gefühle gestand? Ihr erschien es freundlicher, ihn zu belügen und ihm alle Hoffnung zu rauben. Leonore richtete sich auf.

«Ich werde dafür sorgen, dass Ihr für meine Rettung angemessen entlohnt werdet.» Sie wagte nicht, Nadim anzuschauen, als sie diese Worte hervorstieß, mit denen sie ihn sicher schlimmer traf als mit jeder Peitsche. «In Akkon erwarten mich Freunde, die Euch bezahlen werden.»

«Ich erwarte kein Gold für Nächstenliebe.» Aus seiner Stimme konnte sie Schmerz hören, und auch Zorn. «Mein Gott fordert dies von seinen Gläubigen.»

Leonore sah auf. Bevor sie etwas erwidern konnte, stürmte Wadjid in das Zelt und zerrte aufgeregt an Nadims Ärmel.

«Nadim, Nadim. Schau!» Der Junge zog den Sarazenen mit sich zu den Zelten der Händler.

Leonore folgte den beiden. Wadjid wies mit zitternden Fingern nach Süden, wo die Mittagssonne gleißte. Am Horizont türmte sich eine Staubwolke auf. Leonore erschrak.

«Noch ein Sandsturm?», flüsterte sie und merkte, wie Angst ihre Stimme zittern ließ. Fragend schaute sie Nadim und den Jungen an.

Wadjid redete auf den Sarazenen ein. Seine Worte schienen sich zu überschlagen. Wieder und wieder deutete er zum Horizont und fuchtelte aufgeregt mit den Armen. Nadim lauschte und legte dem Jungen beruhigend die Hand auf die Schulter. Doch seine Miene verdüsterte sich.

«Schlimmer als ein Sturm», stieß er zwischen den Zähnen hervor. «Unsere Späher haben eine Horde Franken entdeckt.» Sein Gesicht schien von einer dunklen Wolke überschattet und wirkte auf die erschrockene Leonore wie eine Maske des Zorns.

Nichts erinnerte mehr an ihren freundlichen, stets lächelnden Gastgeber und den Mann, in den sie sich auf der Reise verliebt hatte. Nadim wirkte wie ein Krieger und Herrscher, der sein Reich bis zu seinem Tode verteidigen würde. Wer war dieser Mann, den sie zu kennen geglaubt hatte?

«Ritter?» Leonore wandte sich Nadim zu. «Was wollen sie von der Karawane?»

«Das, was sie stets wollen. Plündern und morden!» Der Sarazene ballte die Faust um den Griff seines Krummsäbels. «Eure Landsmänner überfallen Karawanen um des Geldes und der Güter willen. Und um uns in den Krieg zu treiben.»

Er wandte sich Wadjid zu und bellte einige Befehle. Dann verbeugte er sich leicht vor Leonore. «Verzeiht, doch ich muss unsere Verteidigung vorbereiten. Bitte geht zu den anderen Frauen.» Seine Stimme klang seltsam flach, als er sprach, und seine Augen schienen ihren Glanz verloren zu haben, als er sie anblickte, ohne sie wirklich zu sehen.

Leonore nickte und wartete, bis er außer Sichtweite war. Innerlich erfasste sie eine fieberhafte Aufregung. Nein, sie wollte sich nicht bei den Frauen verstecken. Ritter, Christen –

endlich würde sie wieder Landsleute sehen. Menschen, mit denen sie den Glauben teilte. Ein Wink des Schicksals. Ein Zeichen des Himmels, schien es ihr. Die Ankunft der Ritter hatte Nadim davon abgehalten, weiter in sie zu drängen, und sie hatte sie davor bewahrt, ihre Gefühle für ihn preiszugeben. Dass christliche Ritter eine Handelskarawane überfielen und plünderten, vermochte Leonore nicht zu glauben.

«Ifrangi!» Der Ruf gellte durch das Lager und erschreckte Leonore durch die Furcht, die darin lag. Das arabische Wort für Christen hatte sie bereits am zweiten Tag in der Karawane gelernt. Doch noch nie hatte sie es so gehört, mit einem Beiklang von Angst und Hass. Fast schämte sie sich, zu den Franken zu gehören.

Um sie herum sprangen Männer, Frauen und Kinder auf und liefen zu den Kamelen und den Pferden. Die Männer griffen nach ihren Waffen und machten sich bereit, um ihr Leben und ihre Besitztümer zu kämpfen. Die Frauen liefen durcheinander, scheinbar kopflos vor Angst. Niemand kümmerte sich um Leonore, die verloren inmitten des Durcheinanders stehen geblieben war und die Welt nicht mehr verstand.

«Kommt! Beeilt Euch!» Nadim kam auf sie zu, griff nach ihrer Hand und zerrte sie hinter sich her. Die Tiere ließen sich von der allgemeinen Aufregung anstecken und rissen die Köpfe hoch. Schrilles Wiehern der Pferde und dumpfes Stöhnen der Kamele begleiteten die erschreckten Rufe der Menschen. Leonore stolperte über einen Wasserschlauch, den jemand fallen gelassen hatte.

«Schnell! Sie sind gleich hier!» Nadim zerrte sie hoch und deutete in Richtung des Horizonts.

Leonores Blick folgte ihm, und sie sah, wie sich eine Staubwolke näherte, die sich nach und nach als Reitergruppe entpuppte. Bestimmt zwanzig Männer kamen auf die Karawane zugaloppiert. Zwei von ihnen, wohl die Anführer, trugen eine schwere Rüstung, die anderen waren gekleidet wie Araber, in helle Gewänder und Turbane. Leonore blieb nicht die Zeit, die Ritter genauer zu betrachten. Die Angst und die Aufregung um sie herum steckten sie an, und sie lief den anderen Frauen nach. In ihrem Kopf überschlugen sich die Gedanken, schneller, viel schneller, als ihre Beine rannten. Nein, das konnte nicht wahr sein. Die Franken waren nicht hier, um die Waren zu stehlen. So etwas würden die Kreuzfahrer doch nie tun! Die Besten der Christenheit! Niemals würden sie Karawanen überfallen und Männer, Frauen und Kinder nur für Gold und Edelsteine niedermetzeln. Doch wenn sie so fest an die christlichen Ritter glaubte, warum lief sie dann um ihr Leben?

Plötzlich waren die fränkischen Reiter da. Sie teilten sich auf und galoppierten in kleinen Gruppen hinter den Flüchtenden her, immer darauf bedacht, sie von der Sicherheit der Zelte abzudrängen. Die Franken jagten die Sarazenen wie Hasen und trieben sie wieder zurück zum Rastplatz. Angst überrollte Leonores Verstand und ließ sie, ohne nachzudenken, hinter den anderen herlaufen. Vor ihren Augen ritt ein Ritter auf einem riesigen Schimmel das Zelt zu Boden, in dessen Sicherheit sie hatte flüchten wollen, und galoppierte nun auf sie zu. Mit einem Haken versuchte sie, den Pferden auszuweichen und eine Lücke zur Flucht vor den Angreifern zu finden. Doch die Franken ließen den Sarazenen keine Chance. Sie umkreisten sie so lange, bis sich alle in einem Kreis versammelt hatten, den Jägern ausgeliefert. Die Frauen klammerten sich wehklagend aneinander und flehten um Gnade. Die Männer starrten den Angreifern mit verschlossenen Gesichtern entgegen, voller Zorn, hielten die Säbel und Dolche empor, bereit, ihr Leben und das ihrer Mitreisenden teuer zu verkaufen.

Leonore wechselte einen Blick mit Nadim. Seine Augen wirkten kalt und hart. Sein Blick folgte einem der Ritter, einem gutaussehenden Mann mit dunklen Haaren. Der Sarazene schien den Angreifer zu kennen, gut zu kennen. Leonore konnte seinen Hass förmlich spüren. Erschüttert sah sie seine geballten Fäuste, seine Hand, deren Fingerknöchel ganz weiß erschienen von der Kraft, mit der er den Krummsäbel umklammert hielt. Doch er war klug genug, zu erkennen, dass die Morgenländer, sollte es zu einem Kampf kommen, nicht gegen die Angreifer bestehen konnten.

Noch immer umkreisten die Franken die Sarazenen, zügelten ihre mächtigen Streitrösser vom Galopp in einen ruhigen Trab, um, so schien es Leonore, die Wartenden zu verspotten und deren Angst noch zu steigern. Endlich verhielten die Angreifer ihre Pferde. Sarazenen und Christen standen sich gegenüber und starrten sich an. Die Pferde der Franken begannen unruhig zu tänzeln, die Morgenländer stellten sich noch enger zusammen. Die Wüstenluft schien vor Spannung zu beben und brachte Leonore zum Verstummen. Sie wollte schreien, um Gnade flehen, doch ihrer ausgetrockneten Kehle wollte kein Laut entkommen.

Erst als Wadjid mit gezogenem Dolch auf den großen Fuchs zusprang, auf dem der Anführer der Horde saß, schrie sie auf. «Nein, nicht!», rief sie, doch viel zu leise, um gegen das Wehklagen der Sarazeninnen anzukommen. Mit aufgerissenen Augen konnte Leonore dem Schrecken, der sich vor ihr abspielte, nur ohnmächtig folgen. Der Junge sprang nach vorn, verfehlte den Ritter und stolperte in den Sand. Der Franke ließ seinen Hengst steigen und neben Wadjid zum Stehen kommen. Der Sarazenenjunge hielt den Dolch erhoben, bereit, sich einem Kampf zu stellen, den er nur verlieren konnte. Gegen den Ritter und sein gewaltiges Ross wirkte der Knabe machtlos. Ein Kind im Kampf gegen den

Teufel. Da hob der Franke sein Schwert. Ohne zu überlegen, rannte Leonore zu Wadjid, warf sich mit aller Kraft gegen den Jungen und stürzte mit ihm in den glühend heißen Wüstensand.

«Um der Liebe Christi willen, nein!», stieß sie hervor und hob abwehrend die Arme.

Der Ritter zerrte brutal an den Zügeln seines Fuchshengstes, sodass das Pferd mit einem empört klingenden Wiehern auf die Hinterbeine stieg und mit den Vorderbeinen schlug. Leonore rollte sich zusammen und versuchte, ihren Kopf zu schützen. Geschickt brachte der Reiter den Hengst neben ihr zu Boden und starrte sie an. «Wo hast du unsere Sprache gelernt, Heidin?», fragte er in barschem Ton.

Vor Angst brachte Leonore kein Wort hervor. Sie nickte verzweifelt und versuchte, eine Antwort herauszuschreien, doch ihre Stimme verweigerte den Dienst.

«Sie ist gekleidet wie eine Sarazenin.» Der zweite Ritter, ein sehniger Mann mit hellbraunen Haaren, brachte seinen Apfelschimmel vor Leonore zum Stehen. Seine Augen erinnerten sie an den Himmel über Braunschweig. Ein kräftiges Blau, nicht dieses helle Glitzern, das sich über dem gelben Sand der Wüste dahinzog und in den Augen brannte. «Wer seid Ihr? Eine Sklavin?» Der Ritter beugte sich über den Hals seines kräftigen Pferdes und musterte Leonore unverhohlen.

Aus dem Augenwinkel sah Leonore, dass Nadim sich vorwärtsstürzen wollte, um sie zu beschützen. In ihr wuchs die schreckliche Gewissheit, dass die Ritter ihn töten würden, wenn er nur einen Schritt näher käme. Verzweifelt schüttelte sie den Kopf und hoffte, dass der Sarazene das als Zeichen verstand, dass er stehen bleiben sollte. Nadim nickte, doch er wirkte wie ein Raubtier vor dem Sprung. Die Sorge um ihn gab Leonore die Kraft, dem Ritter endlich zu antworten.

«Nein! Ich bin Leonore von Calven, eine Christin, Herr.» Sie schaute zu Boden. Unter dem prüfenden Blick des Ritters erschien ihr das Gewand, das sie von den Sarazenen erhalten hatte, äußerst unpassend.

«Was hat eine Christin in einer Sarazenenkarawane zu suchen?» Der Ritter beugte sich vor und musterte sie. «Haben sie Euch versklavt und ein Leid angetan?»

«Nein, nein!» Leonore schüttelte heftig den Kopf. «Im Gegenteil. Sie retteten mein Leben. Ich wollte mit der *Radegonde* nach Akkon reisen, doch ein Sturm spülte mich über Bord.» Nun, da sie ihre Stimme wiedergewonnen hatte, sprudelten die Worte aus ihr heraus, in der Hoffnung, dass sie die Franken von ihrem Raubzug abhalten konnte. Sie hob den Kopf und sah dem Ritter geradeheraus in die Augen. «Diese Menschen, die Ihr töten wollt, haben mich gerettet.»

Der Franke auf dem Fuchshengst, dessen hassverzerrte Miene ihn für Leonore wie den Leibhaftigen aussehen ließ, beugte sich vor. Er zog abschätzig einen Mundwinkel hoch. «Egal, es bleiben Ungläubige.» In seinen Augen glitzerte Mordlust, und er musterte die Zelte voller Gier. «Eine gute Tat macht die Heiden noch nicht zu Christenmenschen.»

«Nein, Renaud. Wir sind Gotteskrieger. Eine gute Tat muss mit einer guten Tat vergolten werden.» Der Ritter auf dem Apfelschimmel hob die Hand und gab seinen Gefolgsmännern das Zeichen, den Angriff abzubrechen. Murrend gehorchten sie und stellten sich ein Stück neben der Karawane in einer Reihe auf. Sie strahlten Bedrohung aus und schienen nur auf einen Anlass zu warten, alle Mitglieder der Karawane niederzumetzeln. Die Sarazenen senkten die Krummsäbel, ließen aber ihre Gegner nicht aus den Augen.

Der Mann namens Renaud kniff die Augen zusammen und schien sich gegen die Worte seines Mitstreiters wehren zu wollen, doch zu Leonores Überraschung gab er mit einem

Schulterzucken nach. «Ganz wie Ihr wünscht, Herr Gérard. Doch seid gewiss, dass die Sarazenen nie so edel handeln würden.»

«Danke», flüsterte Leonore und nickte dem Ritter zu.

«Frau Leonore.» Der Franke sprang schwungvoll von seinem Schimmel und verbeugte sich vor ihr. «Mein Name ist Gérard de Ridefort. Mein grimmiger Gefährte ist Renaud de Châtillon. Zu Euren Diensten. Ich würde mich freuen, Euch nach Akkon zu begleiten.»

Renaud de Châtillon schnaubte wütend und wendete sein Ross. Noch immer verzerrte Hass seine Gesichtszüge, die viele Frauen sicher als anziehend bezeichnet hätten. Leonore jedoch schien er wie ein Dämon, und auch Nadim beobachtete den Mann weiterhin voller Abscheu. Leonore fürchtete, dass der Sarazene sich zu einer unbedachten Tat hinreißen lassen würde. Doch Nadim stand wie eine Statue. Nur seine Augen folgten jeder Bewegung des Franken.

«Wenn du erst so lange wie ich in diesem gottverfluchten Wüstenland bist, wirst du deine Galanterie verlieren.» Renaud stieß seinem Fuchs die Hacken in die Flanken und galoppierte fluchend davon. Ein Teil der fränkischen Gefolgsleute tat es ihm nach.

Der Ritter, der sich Gérard de Ridefort nannte, forderte einen der verbliebenen Männer auf, ihm sein Pferd zu geben. Murrend stieg der Gefolgsmann von dem Braunen und übergab dem Ritter die Zügel.

«Bitte, Herrin. Ihr könnt doch reiten?» Er hielt den Steigbügel, damit Leonore sich in den Sattel schwingen konnte.

Sie nickte und lächelte. Das Erscheinen dieses Ritters musste ein Zeichen des Herrn sein, der ihr vergeben hatte. Mit einem Kreuzfahrer als Beschützer an ihrer Seite würde sie Blanche sicher finden, und ihre Reise würde ein gutes Ende nehmen. Doch ein Gedanke ließ sie nicht los, auch wenn sie ihn lieber vergessen wollte. Hätte dieser überaus höfliche und galante Mann tatsächlich eine Handelskarawane überfallen und alle Reisenden getötet, wenn sie nicht zufällig zur Stelle gewesen wäre?

«Vielen Dank für Eure Hilfe.» Leonore neigte den Kopf. «Gern nehme ich Eure Begleitung an. Aber bitte erlaubt mir, dass ich mich vorher von den Menschen, die mich so freundlich aufnahmen, verabschiede.»

Gérard de Ridefort nickte und ließ den Steigbügel los. Er drehte sich um und stieg auf seinen Schimmel. Gelassen und neugierig beobachtete er, wie Leonore zurück zu den wartenden Sarazenen ging, die sie umringten und ihr dankten. Leonore lächelte ihnen zu. Ihre Augen suchten Nadim, der abseitsstand und sie musterte.

Er verneigte sich vor ihr. «Ihr habt uns gerettet, Herrin.»

«Nein, ich verdanke Euch mein Leben. Ihr schuldet mir keinen Dank.» Leonore schaute ihn fragend an. Seine Miene wirkte undurchdringlich, wie aus einem Felsblock gemeißelt. «Ich möchte Euch für die Gastfreundschaft danken.» Während sie sprach, war sie sich der Anwesenheit von Gérard de Ridefort sehr wohl bewusst, der ihren Wortwechsel mit dem Sarazenen beobachtete.

Nadims Augen gaben nichts preis. «Nein, Herrin. Ich stehe in Eurer Schuld. Ich wünsche Euch eine gute Reise unter dem Schutz des Ritters.» Er verneigte sich erneut und drehte sich um. Mit schnellen Schritten eilte er zu seinem Pferd und gab der Karawane das Zeichen zum Aufbruch. Leonore blieb verloren zurück und blickte dem Sarazenen nach. Wie konnte er sie nur so kühl behandeln, gerade so, als ob sie nur eine beliebige Fremde für ihn wäre? Hatte sie sich seine Liebe womöglich nur eingebildet? Sie würde die Heiden nie verstehen.

Männer, Frauen und Kinder gingen an ihr vorbei zu den

Zelten und luden ihre Habseligkeiten auf. Einige von ihnen kehrten schnell zurück und drückten Leonore kleine Geschenke in die Hand. Gewürze, Schleier, ja sogar Schmucksteine erhielt sie von den Menschen, denen sie ihr Leben verdankte. «Nein, nein», wehrte Leonore ab, doch die Sarazenen bestanden darauf, dass sie die Gaben annahm. Tränen stiegen ihr in die Augen, und sie bedauerte, dass sie nur wenig Zeit mit diesen freundlichen Menschen verbracht hatte und zu wenig von ihrer Sprache verstand, um sich angemessen zu bedanken.

«Shukran», sagte sie wieder und wieder und verneigte sich. Reich beschenkt ging Leonore zu dem wartenden Ritter. Er blickte ihr neugierig entgegen, schien jedoch zu höflich, um sie zu fragen, was sich dort eben abgespielt hatte. Leonore verstaute die Geschenke, schwang sich in den ungewohnten Sattel und wendete den Braunen, ein sanftes Pferd, das ihrem Befehl sofort folgte.

Schweigend ritt sie neben Gérard de Ridefort durch die Wüste und ließ die langsame Karawane hinter sich. Unter Aufbietung ihres gesamten Mutes gelang es ihr, nach vorn zu schauen und sich nicht ein einziges Mal nach Nadim umzudrehen. Sie hätte es nicht ertragen, wenn er sich nicht nach ihr umgesehen hätte. Und sie hätte nicht gewusst, wie sie handeln würde, hätte er ihr nachgeschaut. Leonore presste die Lippen zusammen, um nicht in Tränen auszubrechen.

Ab und zu bemerkte Leonore, wie der Ritter sie fragend von der Seite her ansah, doch sie war noch nicht bereit, ihm Rede und Antwort zu stehen. Nachdem sich ihre aufgewühlten Gefühle ein wenig beruhigt hatten, wandte sie sich ihrem Begleiter zu.

«Wie lange wird unsere Reise nach Akkon noch währen?» Nach all den Gefahren, die sie überstanden hatte, wollte

Leonore die Hafenstadt so schnell wie nur möglich erreichen und dann endlich, endlich nach Jerusalem reisen, um ihre Tochter zu finden.

«Mit einer Karawane voller Lasten hättet Ihr sicher noch einen Tagesritt benötigt, doch mit zwei guten Pferden sollten wir die Stadt noch vor Sonnenuntergang erreichen.» Gérard de Ridefort lächelte sie an, was sein Gesicht jünger erscheinen ließ. «Ihr habt so einiges erlebt auf Eurer Reise?»

Leonore nickte und erzählte dem lauschenden Ritter, wie der Sturm sie vom Schiff gespült hatte und sie sich durch eine glückliche Fügung auf die Truhe retten konnte. Er nickte und stellte ab und zu eine Zwischenfrage, mit der er sie aufforderte, ihre Geschichte fortzusetzen.

Als sie davon berichtete, wie die Karawane sie entdeckt hatte, warf Gérard de Ridefort ein: «Hattet Ihr denn keine Angst vor den Heiden? Habt Ihr Euch nicht gefürchtet, dass sie Euch versklaven wollten?»

«Ich fürchtete zu sterben.» Leonore zuckte die Schultern. Wie sollte sie dem Mann erklären, was es bedeutete, beinahe vor Durst den Verstand zu verlieren? «An viel mehr konnte ich nicht denken.»

«Ja, an die Wüstensonne muss man sich erst gewöhnen.» Er blickte auf seine Hände, die gebräunt waren wie die der Sarazenen. «Haben sie Euch gut behandelt? Ihr scheint ihnen viel zu bedeuten, wenn ich die Großzügigkeit der Geschenke sehe.»

«Ich kann nur Gutes über die Gastfreundschaft der Morgenländer sagen.» Leonore hob den Kopf, bereit, die Karawane gegen alle Angriffe zu verteidigen.

Er nickte erneut. «Manche der Heiden haben sich als ehrenwert erwiesen.» Ein Seufzen begleitete die nächsten Worte. «Ehrenwerter als mancher Christenmensch, der mit uns im Königreich Jerusalem lebt.»

«Ihr lebt in Jerusalem?», fragte Leonore überrascht. «Sagtet Ihr nicht, dass Euer Weg nach Akkon führt?»

«Ja, wir reisen in die Hafenstadt.» Gérard de Ridefort nickte und lächelte. «Aber wir leben in Jerusalem, am Königshof. König Balduin hat uns beauftragt, in Akkon Pilger zu empfangen, um sie in die Heilige Stadt zu begleiten.»

«Auch ich muss nach Jerusalem!» Leonores Stimme drohte vor Aufregung zu kippen. Sollte sie einen neuen Beschützer gefunden haben? «Ich weiß nicht einmal, ob meine Begleiter den Sturm überlebt haben.»

Mit Wehmut dachte sie an Adelheid, die ihr zu einer lieben Freundin geworden war. Auch an den bärbeißigen Gottfried erinnerte sie sich mit Wohlwollen und hoffte nur inständig, dass beide den sicheren Hafen erreicht hatten.

«Habt Ihr Euren Gemahl auf seiner Pilgerreise begleitet?» Gérard de Ridefort zügelte seinen tänzelnden Apfelschimmel. Immer wieder warf der Hengst den Kopf hoch und schien nach Akkon galoppieren zu wollen. Leonore tätschelte ihrem friedlichen Braunen den Hals, der ohne Mucken seinen Weg ging.

«Nein, ich hoffe, meinen Gatten in Jerusalem zu finden.» Gegen ihren Willen versagte Leonores Stimme, als ihre Worte ihr die Ungewissheit von Blanches Schicksal in den Sinn riefen. All die Schrecken, die ihr in den letzten Wochen widerfahren waren, hatten die Sorge um ihr Kind in den Hintergrund gedrängt. Nun schlug die Angst mit Macht über ihr zusammen. Sollte sie so vieles auf sich genommen haben, nur um in Jerusalem zu erfahren, dass Blanche und Fulk die Reise durch die Wüste nicht überlebt hatten? Ihre Unterlippe begann zu zittern, als sie sich diesem Schrecken stellte.

«Kann ich Euch helfen?» Die freundliche Stimme ihres Begleiters brachte Leonores Tränen zum Fließen.

«Entschuldigt.» Sie schluchzte und wischte sich mit einer Hand die Tränen von den Wangen. «Es ist nur … Sarazenen entführten mein Kind und meinen Gemahl. Und ich weiß nicht, ob ich sie je lebend wiedersehen werde.» Sie rang um Fassung. «Blanche. Meine kleine Blanche.»

Mitgefühl zeigte sich auf dem Gesicht des Ritters. «Verzagt nicht. Ich werde alles unternehmen, was in meinen Kräften steht, um Euch bei Eurer Suche zu unterstützen.»

Leonore zügelte ihren Braunen. «Ich danke Euch.»

«In Jerusalem bietet sich nicht oft die Gelegenheit, einer schönen Dame in Not zu helfen.» Der Ritter nickte ihr zu. «Wenn Ihr Euren Gemahl nicht findet, würde ich mich glücklich schätzen, Euch ein Stück des Weges zu begleiten.»

Leonore neigte den Kopf zum Dank und biss sich auf die Unterlippe. Wie sollte sie die Worte des Ritters verstehen? Ging seine Freundlichkeit über die angemessene Höflichkeit hinaus, oder hatte sie ihn nur falsch verstanden? Sie schüttelte den Kopf und lachte leicht in sich hinein. Das musste die Aufregung der letzten Tage und Wochen sein, die sie so verwirrte.

19

Gérard de Ridefort erwies sich als angenehmer Reisegefährte, der den Gesprächsfluss aufrechterhielt, auch wenn Leonore wieder in düsteren Gedanken zu versinken drohte. Als die Sonne den Zenit überschritten hatte, entdeckte Leonore die Umrisse einer Stadt am Horizont. Akkon – wenn diese Stadt Akkon war – wirkte ausgesprochen kriegerisch. Eine mächtige Mauer und ein tiefer Graben trennten die Stadt vom Umland und ließen sie wenig einladend aussehen.

«Da ist schon Akkon», beantwortete Gérard de Ridefort ihre unausgesprochene Frage.

«Haben die Sarazenen die Stadt zu einer Festung ausgebaut?», fragte Leonore. Während des Geplauders hatte sich Nadim wieder in ihre Gedanken geschlichen. Die Frage, warum er sich so kühl von ihr verabschiedet hatte, bewegte sie mehr als alle Fragen, die sie dem Ritter stellte. Gérard de Ridefort lebte schon einige Jahre im Heiligen Land und sprach gern und viel vom Königreich Jerusalem und vor allem von der bedeutenden Stellung, die er am Hof innehatte. Obwohl er ein freundlicher Gesprächspartner war, der viel über das Outremer berichten konnte, hörte Leonore ihm nur halbherzig zu. Wieder und wieder ertappte sie sich dabei, dass ihre Gedanken zu Nadim abschweiften und sie sich fragte, wie weit die Karawane wohl von ihr entfernt wäre.

«Nein, das waren wir.» Stolz klang aus der Stimme des Ritters. «Nachdem wir Akkon eingenommen hatten, begannen wir mit dem Bau der Befestigungsanlagen. Die Stadt ist der wichtigste Hafen des Heiligen Landes und muss besonders geschützt werden.»

Leonore nickte. Sie fragte sich, ob die Franken Akkon unter so großen Opfern eingenommen hatten wie Jerusalem, falls Nadim ihr die Wahrheit erzählt hatte. Habt Ihr auch in Akkon alle Männer, Frauen und Kinder getötet, nur weil sie keine Christen waren?, wollte sie schreien, doch ihr Verstand riet ihr zum Schweigen. Gérard de Ridefort war viel zu jung, um bei der Eroberung dabei gewesen zu sein. Außerdem hatte er sich ihr gegenüber als vollendeter Edelmann erwiesen. Und doch. Gemeinsam mit Renaud, diesem groben Kerl voller Zorn und Gier, hatte er Nadims Karawane überfallen wollen. Nadim.

«Ist es ein großer Hafen?», fragte sie den Ritter und versuchte ihre Gedanken abzulenken. Warum weiter einer verlorenen Gelegenheit nachtrauern? Nicht sie hatte ihr Schicksal in der Hand. Andere Menschen, die Nonnen, ihr Vater, ihr Gemahl, hatten bisher über ihr Leben bestimmt und würden es auch weiterhin tun. Sie selbst bekäme nicht mehr die Möglichkeit, einen neuen Weg einzuschlagen. Aber meine Tochter, schwor sich Leonore, während sie auf Akkon zuritt, meine Tochter soll frei wählen können, wem sie anvermählt wird.

«Es sind fast zwei Häfen», erklang die Stimme des Ritters, und Leonore wandte ihm mit einem Lächeln wieder ihre Aufmerksamkeit zu. «Wir haben ihn ausgebaut. Nun können wir einen Innen- und einen Außenhafen nutzen.» Voller Begeisterung sprach Gérard de Ridefort von den Arbeiten, mit denen die Ritter die Hafenstadt gesichert hatten. Es klang, als ob er höchstpersönlich jeden Stein angefasst und eingesetzt hätte.

«Die Mauern sehen sehr hell aus.» Leonore kniff die Augen zusammen und überschattete sie mit einer Hand, um sich ein Bild von Akkon zu machen. «Was ist das für ein Stein?»

«Er kommt aus der hiesigen Gegend», antwortete der Ritter. «Sie nennen es Kurkar-Sandstein und bauen Häuser, Türme, einfach alles damit. Ein fester Baustoff, der sich gut formen lässt.»

Nun fielen Leonore keine Fragen mehr zur Stadtmauer oder zur Stadt ein, und sie verfiel in Schweigen. Wann die Karawane wohl in Akkon einträfe? Vielleicht würde ihr Weg sie ja auf den Markt führen, wo sie dann zufällig Nadim begegnete … Doch nein! Leonore biss sich auf die Unterlippe. All ihr Streben sollte sich darauf richten, so schnell wie möglich nach Jerusalem zu gelangen.

«Kennt Ihr die Herberge, in der Eure Reisegefährten nächtigen?» Gérard de Ridefort schaute sie besorgt an.

«Nein.» Sie schüttelte den Kopf und spürte Verzweiflung in sich aufsteigen. «Wir gingen davon aus, dass wir die Reise gemeinsam bewältigen.»

Der Ritter beugte sich zu ihr hinüber. «Wenn Eure Freunde auf Eure Rettung hoffen, werden sie in der Nähe des Hafens auf Euch warten. Dort treffen sich alle.»

Widersprüchliche Gefühle ließen Leonore die freundliche Geste übersehen. Glück erfüllte sie, weil sie nun endlich in Akkon ankommen würde und sich von dort auf den Weg nach Jerusalem und zu Blanche machen könnte. Sorge um das Schicksal von Adelheid und Gottfried trübte die Freude. Hoffentlich hatten ihre Reisegefährten den Sturm gut überstanden. Die arme Adelheid, sicher war bei ihr wieder die Seekrankheit ausgebrochen. Leonore blinzelte. Und sie spürte eine bisher ungekannte Sehnsucht nach einem Mann. Nadim. Immer wieder schoben sich Bilder von ihm in ihre Gedanken. Nadim im Sattel von Fahkir. Nadim, der sie vor dem Sandsturm rettete. Nadim, der mit den Händlern scherzte. Immer wieder verglich sie ihn insgeheim mit Gérard de Ridefort, der sich bemühte, ihr Wohlgefallen zu finden. Immer wieder gewann Nadim jeden Vergleich. Leonore vermochte nicht zu sagen, ob sie ein Wiedersehen mit dem Sarazenen fürchtete oder herbeisehnte. Sie seufzte und wandte sich schweren Herzens wieder ihrem Begleiter zu.

«Ich danke Euch für Euren Schutz.» Sie lächelte Gérard de Ridefort an. Den Ritter traf keine Schuld an ihrer Verwirrung, und die Höflichkeit gebot, dass sie ihm ausreichend für seine Freundlichkeit dankte und ihm ihre Aufmerksamkeit schenkte. «Müsst Ihr Euch nicht mit Euren Gefährten treffen und die Pilger in Empfang nehmen?»

«Renaud kommt sicher gut ohne mich zurecht.» Er zuckte die Schultern. «Schließlich seid Ihr auch eine Pilgerin, die Schutz sucht.» Er grinste sie an wie ein Junge, der seinen Eltern einen Streich spielt. Aber dann überschattete Ernst sein Gesicht. «Ich könnte Euch wirklich nicht guten Gewissens in der Stadt allein lassen.»

«Warum nicht?» Leonore verkniff sich ein Lachen. Sie hatte See- und Sandstürme überlebt und war mit einer Beduinenkarawane gereist. Was sollte sie in einer Hafenstadt fürchten?

«Oh», antwortete er und hob den Zeigefinger, so wie Schwester Methildis, wenn sie den Novizinnen die Kunst des Büchermalens erklärte. «In Akkon treffen Schiffe und Karawanen aus vielen Ländern ein. Menschen verstopfen die Wege und Straßen. Taschendiebe und Beutelschneider suchen sich leichte Opfer.»

Leonore lächelte und zuckte die Schultern. Akkon war nicht die erste Hafenstadt, die sie auf ihrer Reise betreten würde. «So wie in Venedig?»

«Nein!» Er schüttelte heftig den Kopf. «Akkon ist gefährlicher, lauter, schmutziger, und es stinkt zum Himmel. Ihr könnt das Morgenland nicht mit unserer Welt vergleichen. Nun, Ihr werdet es erleben.»

Nachdem sie durch das Stadttor geritten waren und die Pferde untergestellt hatten, begaben sie sich auf den Weg zum Hafen. Nach kurzer Zeit musste Leonore dem Ritter recht geben und im Stillen Abbitte leisten. Akkon unterschied sich von Venedig wie … Ihr wollte kein Vergleich einfallen, so sehr war sie überwältigt von der ersten morgenländischen Stadt, die sie kennenlernte. Ungeheures Getümmel, Geschrei und Gestank, das waren ihre ersten Eindrücke.

Müll und Exkremente verunreinigten die Straßen, schlimmer als in Braunschweig zur Marktzeit. Verfaulende Abfälle, Kot und der Geruch viel zu vieler Menschen auf engem Raum peinigten Leonores Nase. Nach kurzer Zeit gab sie es auf, dem Dreck auszuweichen, und hielt sich die Nase zu.

Wie gut, dass Gérard de Ridefort sie begleitete und ihr im Gewimmel der Gassen den Weg wies. Akkon erschien Leonore riesig und unübersichtlich. Mehrere Marktplätze warben um Kunden, Händler brüllten, um auf ihre Waren aufmerksam zu machen. Viele Männer und nur wenige Frauen schoben sich durch die schmalen Straßen Akkons. Leonore staunte über die unterschiedlichsten Gewänder und Hautfarben der Menschen, die ihren Weg kreuzten. Alle schienen sie bedeutsamen Geschäften nachzugehen und drängten sich mit gewichtigen Mienen aneinander vorbei. Wie sollte sie in dem Trubel nur Adelheid und Gottfried finden, falls die beiden überhaupt noch lebten? Wie würde sie ohne Adelheid und Gottfried nach Jerusalem reisen? Leonore versuchte, gegen die Verzweiflung anzukämpfen.

«Seht nur dort. So etwas sieht man nur im Orient.» Gérard de Ridefort schüttelte den Kopf und zeigte auf eine kleine Gruppe, die sich lautstark stritt. Mehrere Männer ächzten unter dem Gewicht schwerer Truhen. Ein Sarazene in der Kleidung eines Beduinen stand neben einer Truhe und sprach mit großen Gesten auf eine hagere Frau ein. Sie schüttelte ungestüm den Kopf und stieß ihm wieder und wieder den Zeigefinger vor die Brust.

«Ich kenne die Frau», stieß Leonore unter Lachen hervor. Nie hätte sie gedacht, dass sie sich einmal freuen würde, die Aachener Witwe zu sehen. «Folgt mir, kommt. Bitte.»

Sie lief, so schnell sie es in dem Gedränge konnte, um rechtzeitig bei den Streitenden zu sein, bevor diese mit ihrer Last weitergingen.

«Frau Ida!», rief sie und winkte mit hocherhobenen Armen. «Frau Ida!»

«Frau Leonore.» Ida Moller stemmte die Fäuste in die Hüften. «Ihr könnt Euch nicht vorstellen, wie unverschämt diese Barbaren sind. Sie fordern stets mehr Silber, als vereinbart war.»

Leonore wusste nicht, ob sie lachen oder weinen sollte. Nie würde es der Witwe einfallen, Leonore nach ihren Erlebnissen zu fragen, und doch freute sie sich, die Aachenerin zu sehen. Wenn Ida Moller sicher in Akkon angekommen war, dann hatten auch Adelheid und Gottfried den Sturm überlebt. In ihrer Freude umarmte Leonore die Witwe, die sie entgeistert anblickte und von sich schob.

«Meine Begleiter – Adelheid und Gottfried –, wisst Ihr, wo sie sind?», stieß Leonore atemlos hervor. «Habt Ihr sie gesehen? Wisst Ihr, wie es Ihnen geht?»

«Natürlich. Wir kamen gemeinsam mit der *Radegonde* an.» Ida Moller bedachte Leonore mit einem Blick, als ob diese eine äußerst einfältige Frage gestellt hätte.

«Wann seid Ihr angekommen?» Leonore versuchte, ihre Ungeduld zu zügeln und ihr Gegenüber nicht zu schütteln. Die Witwe ließ sich jede Auskunft aus der Nase ziehen, wenn es nicht um ihre eigenen Angelegenheiten ging. «Wie viele Tage seid Ihr schon in der Stadt?»

«Zu viele. Viel zu viele.» Die Aachenerin schüttelte den

Kopf und schnauzte den Träger an: «Vereinbart ist vereinbart! Wenn Ihr Euch weigert, verpflichte ich andere.»

«Das würde Euch nicht viel helfen», mischte sich Gérard de Ridefort ein. Er hatte dem Wortwechsel schmunzelnd zugehört und trat nun an Leonores Seite. «Alle arbeiten so.»

Als sie den Ritter sah, leuchtete Ida Mollers Gesicht auf. Sie zupfte an ihren Kleidern und neigte huldvoll ihren Kopf. «Danke, mein Herr. Mein Name ist Ida Moller. Ich reise nach Jerusalem.»

«Gérard de Ridefort.» Er verneigte sich. «König Balduin sandte uns als Schutz für die Pilger.»

«Werdet Ihr mich beschützen?» Die Aachenerin klimperte mit den Wimpern und lächelte verschämt.

Bevor der Ritter antworten konnte, fragte Leonore erneut, diesmal mit erhobener Stimme: «Was ist nun mit Gottfried und Adelheid – wisst Ihr, wo sie sind?»

Ida Moller schüttelte missbilligend den Kopf. «Ja doch. Sie sind bei den Johannitern untergekommen.»

Leonore drehte sich zu dem Ritter um. «Kennt Ihr den Weg?» Sie meinte vor Ungeduld gleich zu platzen. Die Ungewissheit hatte lange genug an ihren Nerven gezerrt, und nun wollte sie keine Zeit mehr verlieren und ihre Reisegefährten endlich wieder in die Arme schließen. Nun, Adelheid zumindest, der grimmige Gottfried würde sich so ein Verhalten sicher verbitten.

«Ja, das Haus der Johanniter ist nicht allzu weit von hier. Ich werde Euch dorthin begleiten.» Er verbeugte sich erneut vor Ida Moller. «Ich hoffe, dass wir uns wiedersehen.»

«Ich auch», flötete die Witwe und winkte den Trägern, ihr zu folgen. «Barbaren! Goldgierige Barbaren!», hörte Leonore sie noch schimpfen, als sie davoneilte.

Leonore folgte Gérard de Ridefort, der sie sicher durch die Straßen der Stadt bis zum Johanniterorden führte. Ritter

Gottfried gehörte doch zu den Templern, ging ihr durch den Kopf, warum sucht er nicht eine Herberge seines Ordens auf? Doch die Freude, bald ihre Reisegefährten wiederzusehen, verdrängte den Gedanken. Schließlich erreichten sie das Haus der Johanniter. Zur Tür hinaus humpelte gerade eine Frau, die ihre eine Gesichtshälfte mit einem Schleier verdeckte. Leonores Herz schlug schneller.

«Adelheid!» Ihre Stimme drohte zu versagen und klang wie die einer Krähe. «Adelheid!», krächzte sie erneut und begann zu laufen.

Die Frau drehte sich um und schlug die Hände vors Gesicht. «Leonore! Du lebst!»

Der kurze Weg zu ihrer Freundin schien Leonore nicht enden zu wollen. Endlich hatte sie Adelheid erreicht und fiel ihr in die Arme. «Oh, wie bin ich froh. Ich wusste nicht, ob wir uns je wiedersehen würden.»

«Leonore! Wir glaubten dich schon tot, aber ich habe die Hoffnung nicht aufgeben wollen.» In Adelheids Augen entdeckte Leonore die gleiche Freude, die auch sie empfand. «Komm. Das wird Herrn Gottfried über alle Maßen freuen. Er war am Boden zerstört, als der Sturm Euch über Bord warf, und gab sich die Schuld, weil er meinte, Euch nicht gut genug beschützt zu haben.»

Zwar vermochte sich Leonore kaum vorzustellen, wie der Ritter über ihre Rückkehr in Freude ausbrach, doch sie wollte sich ihr Glück nicht nehmen lassen. Atemlos überhäufte sie die Freundin mit Fragen. «Seit wann seid ihr beide hier? Wie habt ihr die Reise überstanden? Wo nächtigt ihr? Wann wollen wir weiterreisen?»

«Gemach, gemach.» Lachend hob Adelheid die Hände. «Erst einmal müssen wir unser Wiedersehen feiern. Dann denken wir an die weitere Reise.» Ihr Gesicht wurde düster. «Die Überfahrt und die Herberge kosten uns mehr, als wir dachten. Ich weiß nicht, ob wir uns noch Pferde leisten können.»

«Dann gehen wir eben zu Fuß.» Leonore zuckte die Schultern. Es würde sich ein Ausweg finden, dessen war sie gewiss. So kurz vor ihrem Ziel würde sie nicht aufgeben. «So weit kann es von Akkon nach Jerusalem nicht mehr sein. Außerdem habe ich Geschenke erhalten, von Beduinen und Händlern.»

«Beduinen?» Adelheid runzelte die Stirn. «Warum erhältst du Gaben von Sarazenen?»

«Das ist eine lange, lange Geschichte ...» Leonore genoss die Verwirrung auf dem Gesicht ihrer Freundin.

Ein Räuspern hinter ihr erinnerte sie an den Ritter, der sie begleitet hatte. Sie drehte sich um.

«Ich danke Euch für Eure Hilfe.» Sie reichte Gérard de Ridefort ihre Hände. Dann suchte sie nach einem Schmuckstück, das sie ihm überreichen wollte. «Ich wünschte, ich könnte Euch angemessener entlohnen, doch ich bin nur eine arme Pilgerin.»

Er wehrte das Geschenk ab. «Behaltet den Schmuck. Ihr werdet ihn für die Reise brauchen. Euer Lächeln ist mir Dank genug.» Er verneigte sich vor Leonore und nickte Adelheid zu. «Nun muss ich zu meinen Pflichten zurückkehren. Ich hoffe sehr, dass wir uns in Jerusalem wiedersehen.»

«Wer war das?» Misstrauen flammte in Adelheids Stimme auf. «Warum begleitet dich dieser Ritter? Und sag, wie hast du nun überhaupt überlebt?»

«Das ist eine lange Geschichte, die ich dir und Herrn Gottfried bei einem Wein erzählen werde.»

Leonore hakte sich bei Adelheid ein und ging Arm in Arm mit ihrer Freundin auf die Suche nach ihrem Reisegefährten.

20

Selbst wenn wir Schindmähren kaufen, reicht unser Gold nicht für drei Pferde.» Gottfried strich sich mit der linken Hand durchs Haar und schüttelte den Kopf. «Wir müssen auf eine wandernde Pilgergruppe hoffen, der wir uns anschließen können.»

«Aber sind denn die Geschenke der Beduinen gar nichts wert?» Leonore wollte es nicht glauben. Sie hatte alle Gefahren durchgestanden, das Meer und die Wüste überlebt, nur um in Akkon zu stranden, weil sie nicht genügend Mittel für die Weiterreise aufbringen konnte. Sie musste einen Weg finden, um so schnell wie nur möglich nach Jerusalem zu gelangen. «Verzeiht, aber gibt es wirklich keine bessere Möglichkeit?»

Adelheid lächelte ihr aufmunternd zu.

«Ohne die Gaben der Sarazenen könnten wir uns nicht einmal einen Esel leisten.» Gottfried hob die Hände. «Wir können versuchen, auf dem Markt einen besseren Preis für Euren Schmuck zu erzielen, aber ich fürchte, wir haben keine guten Aussichten. Zu viele Pilger verderben auch hier die Preise.»

Leonore grübelte und rieb sich dabei an der Schulter. Sie trug nun wieder eines ihrer alten Kleider, die Adelheid mitgenommen und gut verwahrt hatte. Der Stoff kratzte fürchterlich und erschien ihr nicht halb so angenehm wie die Kleidung der Beduinenfrauen. Doch eine Christin konnte schließlich nicht gekleidet wie eine Sarazenin in die Heilige Stadt einreiten.

«Gérard de Ridefort soll eine Pilgergruppe begleiten. Vielleicht können wir uns denen anschließen?»

Gottfried schüttelte den Kopf. «Alles hohe Herren und

Damen, die zu Pferd reisen werden. Und außerdem traue ich dem Kerl nicht.»

Leonore wunderte sich über die Härte in seiner Stimme. Kannte Gottfried den Ritter, der sie begleitet hatte? Sie zuckte die Achseln. Eine Frage, die sie Gottfried später noch stellen konnte. Jetzt musste sie einen Weg finden, von Akkon nach Jerusalem zu gelangen. Wenn sie Gottfrieds Worten Glauben schenkte, konnte nur noch ein Wunder sie retten. Doch war eine arabische Hafenstadt der Ort, an dem der Herr Wunder wirken würde? Wie auch immer, es blieb ihnen wohl keine andere Möglichkeit, als das Unmögliche zu versuchen.

«Lasst uns auf den Markt gehen. Vielleicht finden wir einen barmherzigen Kaufmann.» Leonore sah mit Freude, dass Gottfried sie erstaunt ansah. Adelheid hatte ihr bereits zugeflüstert, dass der Ritter sich über Leonores Mut und ihre Stärke wunderte. Die Tage mit der Karawane hatten sie mehr verändert, als sie gedacht hätte. Die Tage mit Nadim.

Doch in den Menschenmassen, die sich mit ihnen durch die Gassen Akkons schoben, verbarg sich keine gutherzige Kaufmannsseele. Gottfried blieb an mehreren Marktständen stehen und feilschte mit den Händlern. Leonore blickte ihm erwartungsvoll entgegen, doch er schüttelte jedes Mal bedauernd den Kopf. Nach kurzer Zeit fiel Leonore das Atmen schwer. Ein Durcheinander von Eindrücken strömte auf sie ein. Gewürze, Menschenschweiß, Tierkot und Abfall mischten sich zu einem sehr starken Geruch, laute Rufe in den unterschiedlichsten Sprachen drangen an ihre Ohren. Ständig schob sie jemand, stieß sie mit dem Ellenbogen an oder strich ihr herausfordernd über Körperteile, die nur ihr Ehemann berühren durfte. Leonore wollte flüchten, möglichst schnell und möglichst weit weg. Schließlich sah es so aus, als ob sie hier keine Lösung für ihr drängendes Problem finden würde.

Da hörte sie plötzlich eine wohlbekannte Stimme. «Frau Leonore! Frau Leonore!» Jemand rief immer wieder ihren Namen, jedoch mit seltsamer Betonung.

Leonore blieb stehen und drehte sich dem Rufenden zu. Sie lächelte, als sie Wadjid entdeckte, der eifrig winkend auf sie zulief.

«Wadjid! Wie schön, dich zu sehen.» Fast hätte sie dem Jungen durch das zerzauste braune Haar gestrichen, als er sie erreicht hatte. Er wirkte so lebendig und fröhlich, dass sie ihre Sorgen vergaß. «Meine Freunde Adelheid und Gottfried.»

Der Sarazene verbeugte sich schwungvoll. «Ich suche Euch. Nadim hat Geschenk.»

«Sag ihm danke, aber ich möchte nichts.» Bereits als sie den Satz aussprach, bemerkte Leonore, dass der Junge sie nicht verstehen würde. Er kannte nur wenige Worte ihrer Sprache, sie noch weniger in seiner. Sie zuckte die Schultern. «Geh. Wir folgen dir.»

«Traust du dem Sarazenen?», flüsterte Adelheid ihr zu. Sie musterte den Jungen aus zusammengekniffenen Augen. Leonore musste sich das Lachen verkneifen, als sie sah, dass Gottfried sein grimmigstes Gesicht zeigte. Wie konnten ihre Begleiter sich nur vor dem Knaben fürchten?

«Er hat sich als guter Freund erwiesen.» Leonore nickte. «Außerdem können wir jedes Geschenk gebrauchen.»

Flink führte der Junge sie durch das Gewirr der Altstadt bis zum Tor und dann hinaus vor die Stadtmauern. Dort entdeckte Leonore die Zelte der Beduinen. Ihr Herz schlug schneller.

Wadjid wies auf ein Zelt. «Nadim. Dort.»

Der Junge ließ sie stehen und ging schnell davon, ohne sich zu verabschieden. Leonore holte tief Luft. Gleich würde sie Nadim wiedersehen. Ihre Handflächen fühlten sich feucht an. Ihre Kehle trocknete aus. Fast wollte sie umdrehen, vor der Begegnung weglaufen – und gleichzeitig wünschte sie nichts sehnlicher, als sich in die Arme des Sarazenen fallen zu lassen und alles um sich herum zu vergessen.

«Kommt.» Sie winkte ihren Freunden mit mehr Zuversicht zu, als sie selbst verspürte. In diesem Augenblick trat Nadim aus dem Zelt. Leonores Herz tat einen Sprung. Sie versuchte sich zu sammeln. Blanche. Denk an dein Kind, sagte sie sich und winkte dem Sarazenen zu.

«Herr Nadim.» Sie hoffte, dass er das Zittern in ihrer Stimme nicht bemerkte. Sie stellte ihm Adelheid und Gottfried vor und bemühte sich, ihre Aufregung zu überspielen.

Die drei nickten sich zu und musterten einander schweigend. Nadim trug die Kleidung eines Händlers und wirkte sehr elegant. Adelheid betrachtete den Sarazenen anerkennend von Kopf bis Fuß, wie Leonore mit einem Stich Eifersucht bemerkte.

«Ich grüße Euch.» Die Stimme des Sarazenen trieb Leonore einen Schauer über den Rücken, doch sie hielt sich gerade und lächelte ihn freundlich an, so wie sie jeden Menschen, dem sie ihr Leben verdankte, anlächeln würde. «Bitte folgt mir, Frau Leonore.»

Mit Vergnügen bemerkte Leonore, wie sich Gottfrieds Augenbrauen zusammenzogen. Eine Christin, die einen Sarazenen so gut kannte, schien dem Ritter nicht geheuer. Gottfried griff nach seinem Schwert und schien bereit, für Leonores Ehre zu kämpfen.

«Keine Angst. Wir gehen nicht weit.» Nadim lächelte Gottfried an. «Euch erwartet eine Erfrischung in meinem Zelt.»

Langsam folgte der Ritter Adelheid, die sich, ohne zu zögern, in die Kühle des Zeltes begab. Bevor sich der Vorhang hinter ihm schloss, drehte er sich noch einmal um und warf Nadim einen drohenden Blick zu.

«Für Eure weitere Reise möchte ich Euch etwas schenken.» Nadim blieb höflich zu ihr, so wie er es zu jedem beliebigen Gast gewesen wäre.

Leonore spürte einen Stich. Das Spiel können zwei spielen, dachte sie und nickte ihm zu. Wenn er so tat, als ob sie nicht mehr als gegenseitige Dankbarkeit verbände, dann würde sie ihm entsprechend antworten. Trotz ihrer Verärgerung verspürte sie Neugierde. Was mochte sich hinter dem angekündigten Geschenk verbergen? Sie folgte dem Sarazenen zu einem großen Zelt, das ein wenig abseits von den anderen stand. Nadim schlug eine Zeltbahn zurück und gewährte ihr einen Blick ins Innere. Leonore blieb vor Staunen der Mund offen stehen. Das Zelt beherbergte keine Menschen oder Handelsgüter, wie sie erwartet hatte, sondern die schönsten Pferde, die Leonore je gesehen hatte. Die Tiere wirkten wie helle Spiegelbilder von Fahkir. Schneeweiße Pferde mit großen, dunklen Augen, die ihre schmalen Köpfe neugierig den eintretenden Menschen zuwandten und leise wieherten. Mit ruhigen Schritten kamen sie auf Nadim und Leonore zu. Überrascht trat sie zwei Schritte zurück. Waren die Pferde etwa nicht angebunden?

«Hier seht Ihr den größten Schatz meines Volkes.» Nadim winkte sie heran. «Jede dieser Stuten kann ihre Linie auf eine der Stammmütter zurückführen.»

Vorsichtig näherte sich Leonore den Pferden und blickte Nadim fragend an. Ein Schimmel, in dessen Gesicht sich kleine braune Punkte wie Sommersprossen verteilten, kam auf sie zu und schnoberte in ihrer ausgestreckten Hand. Sanft strich Leonore der Stute über die Stirn und wickelte eine Strähne der seidig weichen Mähne um ihre Finger.

«Ihr müsst jemand Besonderes sein», flüsterte Nadim und stellte sich zu Leonore und dem Pferd. Seine Nähe verwirrte sie, und sie konnte seinen Worten nur mit Mühe folgen.

Sanft klopfte er der Stute den Hals. «Ihr Name ist Bint al Hawa, Tochter des Windes. Eine der Edelsten. Sie trägt das Daumenzeichen des Propheten.»

Wieder sah Leonore ihn fragend an. «Was hat es mit diesem Zeichen und den Stammmüttern auf sich?»

«Wartet noch ein wenig. Ich werde Euch und Euren Begleitern die Geschichte erzählen.» Nadim legte der Stute Zaumzeug über den Kopf und führte sie aus dem Zelt. Er rief einen Beduinen und drückte ihm den Zügel in die Hand. Leonore bat er mit einer kleinen Verbeugung in sein Zelt, wo Tee und Früchte auf sie warteten, an denen sich Adelheid und Gottfried bereits gütlich taten.

«Was hast du bekommen?» Adelheid blickte ihnen fragend entgegen.

«Ein Pferd.» Leonore schüttelte den Kopf, als ihr die Bedeutung des Geschenks klar wurde. Nun stand ihrer Weiterreise nach Jerusalem nichts mehr im Weg. «Eine ganz besondere Stute. Herr Nadim will uns ihre Geschichte erzählen.» Sie nahm sich eine Dattel und knabberte an der süßen Frucht, bemüht, ihre Verwirrung zu überspielen und ihre Neugierde nicht zu deutlich zu zeigen.

Der Sarazene wartete, wie es seine Art war, bis er sich der Aufmerksamkeit seiner Zuhörer sicher sein konnte. Leonore musste lächeln, weil Nadim so leicht zu durchschauen war und weil sie sich an ihre gemeinsame Zeit in der Wüste erinnerte. Er konnte eine Frage nicht einfach kurz und knapp beantworten, wenn er die Antwort in eine Geschichte kleiden konnte. So ganz anders als ihr Ehemann. Nie hatte Fulk viele Worte für sie übriggehabt. Selbst wenn sie stark in ihn gedrungen war, um etwas aus seinem Leben zu erfahren, hatte er sie nur harsch abgewehrt. «Vergangen ist vergangen», hatte Fulks Antwort gelautet. Wenn sie Nadims Wortgewandtheit mit der Wortkargheit ihres Ehemanns verglich ... Aber nein!

Diese Gedanken schmerzten nur und führten ins Leere. Sie schob alle Überlegungen beiseite und lauschte Nadims Geschichte.

Der Sarazene schenkte Tee ein und lehnte sich in die Kissen zurück, die auf den Teppichen verteilt lagen, mit denen der Zeltboden ausgekleidet war. Trotz ihrer inneren Unruhe konnte Leonore nicht umhin, die edle Knüpfarbeit zu bewundern. Die Teppiche leuchteten in bunten Farben und mit einer Kraft, wie sie es in ihrer Heimat nie gesehen hatte.

«Unsere erhabensten Pferde stammen von den fünf Stuten des Propheten ab», begann Nadim und schaute Leonore an. «Nur Trinker des Windes, die ihre Linie lückenlos auf eine der Stammmütter zurückführen, nennen wir reinrassig.»

Er legte eine Pause ein, um Gottfried Zeit für eine Frage zu geben. «Warum gerade fünf Stuten?»

«Weil sie die edelsten von allen waren, nicht nur im Aussehen, sondern auch in ihrer Treue zu Mohammed, der Friede sei mit ihm.» Nadim trank einen Schluck Tee. «Nach einem schweren Kampf ließ der Prophet die erschöpften Pferde frei, damit sie in einer Oase ihren Durst stillen konnten. Als die Herde in vollem Galopp zur teuren Quelle stürmte, drohte ein weiterer Angriff, und Mohammed, der Friede sei mit ihm, rief seine Pferde wieder zu sich.»

Nadim nahm noch einen Schluck Tee, um die Spannung zu steigern. Leonore trommelte mit den Fingern. Auch Adelheid und Gottfried lauschten erwartungsvoll. Schließlich lächelte der Sarazene und fuhr mit seiner Geschichte fort. «Er rief jedes von ihnen beim Namen, doch nur Abayyah, Saqlawiyah, Kuhaylah, Hamdaniyah und Hadbah folgten seinem Ruf und galoppierten zurück zu ihm, ohne ihren Durst gestillt zu haben. Mohammed, der Friede sei mit ihm, segnete die fünf treuen Stuten und legte jeder seinen Daumen in den Nacken und zeichnete sie mit dem Daumenzeichen des

Propheten. Bint al Hawa, die Euch heute erwählte, ist eine Tochter der Stammmütter und eine der wenigen, die das Zeichen aufweisen.»

«Habt Dank. Doch dann ist sie viel zu edel für mich.» Leonore spürte, wie ihre Wangen sich röteten. Fulk würde nie zulassen, dass sie ein so kostbares Geschenk von einem fremden Mann annahm. Entweder würde ihr Gemahl ihr unterstellen, dass sie eine Sünde begangen hätte, um das Pferd zu bekommen. Oder Fulk würde ihr die Stute wegnehmen und sie dem Meistbietenden verkaufen. Das Pferd, das ein Geschenk des geliebten Sarazenen war. Nein, das durfte sie nicht zulassen. Bint al Hawa war viel zu kostbar, um sie Fulks rohen Händen zu überlassen, gehörte sie doch sicher zu den edelsten Besitztümern von Nadims Familie. Leonore schüttelte den Kopf. «Ich kann das Geschenk nicht annehmen. Wirklich nicht.»

Adelheid versetzte ihr einen Rippenstoß und schüttelte den Kopf. Auch Gottfried tat durch ein Stirnrunzeln sein Missfallen kund.

«Dann würdet Ihr mich beleidigen.» Die Kälte in Nadims Stimme ließ Leonore aufschrecken. Warum war es ihm so wichtig, dass sie sein Geschenk annahm? Warum konnte er ihr nicht vertrauen, dass sie gute Gründe für ihre Ablehnung hatte? Wie wenig sie einander doch kannten.

«Verzeiht. Das wollte ich nicht.»

«Bitte, Ihr habt meinen Bruder vor dem Franken gerettet.» Nadims Stimme klang versöhnlicher. «Ein Pferd ist ein geringer Preis für sein Leben.»

Leonore horchte erstaunt auf. Wadjid war Nadims Bruder? Sie hatte den Jungen für einen Diener gehalten. Nicht auszudenken, wenn die Ritter den Knaben getötet hätten. Dann hätte Nadim sich in einen Kampf gestürzt, den er nicht hätte gewinnen können. Ihr Herz klopfte bei der Erinnerung an die furchtbare Gefahr, der sie entronnen waren. Gedanken rasten durch Leonores Kopf wie Mohammeds Stuten. Durch Nadims großzügiges Geschenk könnten sie nach Jerusalem gelangen und in wenigen Tagen bei Blanche sein. Für ihre Tochter musste sie Nadims Gabe annehmen, auch auf die Gefahr hin, dass sie das wunderschöne Pferd später Fulks Gier würde opfern müssen. Also senkte sie den Kopf, damit ihre Augen nichts von ihren Überlegungen verrieten. «Entschuldigt, Herr Nadim. Ich wollte Euch nicht beleidigen.»

Als sie hochsah, entdeckte sie, wie sehr sie Nadim durch die Förmlichkeit ihrer Worte verletzt hatte. Sein Schmerz schnitt ihr ins Herz, doch auf seine und auch auf ihre Gefühle konnte sie nun keine Rücksicht nehmen. Nur Blanches Leben durfte für sie zählen. Erst musste sie ihre Tochter wiederfinden, dann könnte sie den Rest ihres Lebens wieder in die Hand nehmen.

Nadim erhob sich und verbeugte sich förmlich. «Ich habe Bint al Hawa für Euch satteln lassen und wünsche Euch und Euren Begleitern eine gute Reise.»

Auch Leonore verbeugte sich, obwohl ihr Herz danach schrie, ihn zu berühren, sich bei Nadim für ihre Kälte zu entschuldigen. «Ich danke Euch und werde Eure Großzügigkeit preisen.»

Er ging, ohne ein weiteres Wort zu verlieren oder sich auch nur nach Leonore umzudrehen. Sie wäre ihm gern hinterhergelaufen, wollte ihm alles erklären, doch wozu? Wenn sie Blanche und Fulk in Jerusalem gefunden hätte, würden sie als Familie nach Braunschweig zurückkehren und dort leben wie vor ihrem Wüstenabenteuer. In der Ruhe und Beschaulichkeit ihres Lebens würde sie sich an ihre Reise mehr und mehr erinnern wie an einen Traum, und mit jedem vergangenen Jahr würde ihr alles unwirklicher vorkommen. Leonore seufzte. Was hätte alles geschehen können, wenn sie mutiger wäre oder klüger? Doch sie war, wer sie war, und musste sich ihrem Schicksal stellen.

«Ein wahrlich edler Mann.» Gottfried klopfte ihr auf die Schulter. «Dank seiner Großherzigkeit haben sich all unsere Probleme gelöst. Ich werde heute zwei Pferde für Adelheid und mich kaufen, dafür wird unser Besitz eben reichen, und wir können schon morgen abreisen.»

Er nickte ihr zu, griff nach dem Zaum der Araberstute und ging voran. Leonore sah ihm nach und wandte sich dann zu Nadims Zelt um, doch der Sarazene war im Gewimmel der Händler verschwunden. Ihre Schultern sanken herab, und sie begann, still zu weinen. Adelheid strich ihr sanft über die Wange und nahm sie in den Arm.

«Wenn es dein Schicksal ist, wirst du ihn wiedersehen.»

«Ich will ihn nicht wiedersehen», stieß Leonore hervor. «Ich bin ihm nur dankbar, dass er mein Leben gerettet hat.»

«Dankbarkeit kann viele Gesichter annehmen.» Adelheid lachte leise. Leonore lehnte sich an die Schulter ihrer Freundin und vergoss die Tränen, die sich so lange in ihr aufgestaut hatten.

Teil 3

Die Entscheidung

Jerusalem

21

Der Ritt durch die Wüste kam Leonore endlos vor. Ihr Körper musste sich erst wieder an den Schritt eines Pferdes gewöhnen, und am ersten Abend schmerzten ihr die Glieder, als ob sie noch nie auf einem Ross gesessen hätte. Doch bereits am nächsten Tag begann Leonore die Ausdauer und Geschmeidigkeit Bint al Hawas schätzen zu lernen. Die Araberstute schien unermüdlich und nicht bereit, sich von Hitze und Wüste besiegen zu lassen. Stetig schritt sie voran und hätte Leonore sicher viel schneller ans Ziel gebracht, wenn sie allein gereist wären. Doch Gottfried hatte darauf bestanden, sich einer Pilgergruppe anzuschließen, und die kam nur langsam voran. Zu Leonores Verdruss reiste sie mit einigen sehr gottesfürchtigen Menschen, die ihr viele unerwünschte Ratschläge erteilten. Nur dank Adelheid, die immer freundlich blieb und durch nichts aus der Ruhe zu bringen war, konnte Leonore die Reise ertragen. Je näher sie der Stadt kamen, desto mehr wuchs ihre Anspannung. Blanche. Sie versuchte, sich nicht zu viele Sorgen zu machen, und gleichzeitig quälten sie Bilder, wie Blanche auf dem Sklavenmarkt verkauft wurde oder todkrank darniederlag.

Endlich tauchten die Mauern Jerusalems in der Ferne vor ihnen auf. Die Stadt und die sie umgebenden Dörfer erstreckten sich vor ihren Augen. Eine riesige Kuppel schimmerte goldfarben im Licht der Sonne, eine etwas kleinere glänzte silbern.

Zu Leonores Erstaunen war die Heilige Stadt von Hügeln, Zypressenbäumen, Getreidefeldern, Oliven- und Feigenhainen umgeben, nicht von Wüste, wie sie es erwartet hatte.

In der sanften Landschaft wirkte die Wehrhaftigkeit, die die Stadt mit ihren gewaltigen Mauern und mächtigen Türmen zeigte, fehl am Platz und bedrohlich.

«Jerusalem.» Gottfried wies auf die Stadt und lächelte Leonore an.

«Endlich», antwortete sie und sandte ein kurzes Dankgebet zum Himmel. Endlich hatte sie die Stadt erreicht, in der ihre kleine Tochter gefangen gehalten wurde. Am liebsten hätte sie Bint al Hawa die Hacken in die Seite geschlagen und die Stute zu einem schnellen Galopp aufgefordert. Doch ihr Pferd und mehr noch die Tiere von Adelheid und Gottfried waren nach der Reise erschöpft und konnten nicht über Gebühr beansprucht werden. Außerdem gewährleistete die Pilgergruppe, dass sie ohne größere Verzögerungen in die Stadt einreiten konnten. Ein Ritter in Begleitung von zwei Frauen erregte mehr Aufmerksamkeit und möglicherweise auch Misstrauen als eine große Schar von Menschen, die die heiligen Stätten besuchen wollten.

Der Pilgerführer brachte die Gruppe zum Löwentor. Aus der Nähe wirkten die Stadtmauern noch gewaltiger und furchteinflößender. Der helle Sandstein schien für die Ewigkeit gebaut zu sein und wirkte, als ob er jedem Angriff standhalten könnte.

«Eine Stadt mit vielen Feinden?», fragte Leonore und hob den Kopf, um die Zinnen sehen zu können.

«Eine Stadt, die vielen Menschen als heilig gilt, sodass ihre Herrscher sie wehrhaft bauten. Jerusalem musste sich in seiner langen Geschichte immer wieder gegen Angreifer verteidigen.» Gottfried deutete auf die Wehrtürme. «Vieles davon haben die Christen erbaut, seitdem sie die Herren der Stadt sind.»

Menschen strömten auf das Tor zu. Händlerkarawanen auf Kamelen, bepackt mit Waren aus aller Herren Länder, die sie auf den Märkten der Stadt verkaufen wollten. Als sie an ihnen vorbeiritten, kitzelte der Duft von Pfeffer Leonores Nase. Zimt roch sie und ein Gewürz, das die Sarazeninnen häufig verwendet hatten. Kardamom hatten sie es genannt.

Wie eine Mauer aus hellen Gewändern versperrten ihnen eingeborene Bauern, die ihre Esel mit Stöcken vor sich hertrieben, den Weg. Gottfried rief ihnen etwas auf Arabisch zu, und hastig führten die Männer ihre Tiere zur Seite. Die Körbe auf den Rücken der Esel, bis über den Rand gefüllt mit Datteln, Feigen und Pfirsichen, wackelten bedenklich.

Vor dem Tor standen Wachen, die alle Ankommenden aufmerksam in Augenschein nahmen. Leonore spürte, wie ihr das Blut in die Wangen stieg. Was würde geschehen, wenn die Männer erkannten, dass sie keine wahren Pilger waren? Würde ein edles Pferd wie Bint al Hawa den Wachen verraten, dass Leonore sich mit Hilfe einer Lüge in die Stadt schmuggeln wollte? Oder sollte sie die Wachen um Hilfe bei ihrer Suche bitten? Leonore knabberte an ihrer Unterlippe und blickte Gottfried hilfesuchend an.

«Schaut!» Er wies sie auf zwei Löwen hin, die den Eingang in die Stadt bewachten, und lächelte ihr beruhigend zu.

Leonore freute sich, als sie die steinernen Raubkatzen sah. Der Braunschweiger Löwe, der Markuslöwe in Venedig, und nun erwarteten sie zwei Löwen beim Einzug in Jerusalem – das konnte nur ein Glückszeichen sein. Ihre Suche nach Blanche musste einfach Erfolg haben. Als sie das Tor ohne Zwischenfälle passiert hatten, stieß Leonore einen Seufzer der Erleichterung aus. Endlich war sie am Ziel ihrer Reise angekommen und in die Heilige Stadt gelangt. Die Hufe der Pferde trommelten einen Takt auf den schmalen Straßen, die mit Steinplatten gepflastert waren.

Aber bald schon spürte Leonore erneut Unruhe in sich aufsteigen, und Bint al Hawa begann zu tänzeln, als ob der

Gemütszustand ihrer Reiterin sich auf sie übertragen hätte. Wie sollte sie nur ihre Tochter in diesem fremden Land finden, das den Menschen so viele Hindernisse in den Weg legte? Sie schien auch besser darin zu sein, Menschen, die sie liebte, zu verlieren, als zu finden. Ihr Herz wurde schwer, als sie an Nadim dachte, den sie in Akkon verlassen hatte. Sie schüttelte den Kopf, um das Bild ihres Abschieds zu vertreiben. Wie kühl er sie angesehen hatte. Hatte sie sich in seinen Gefühlen getäuscht? Leonore schüttelte den Kopf. Nicht dem Sarazenen sollten ihre Gedanken gelten, sondern der Rettung ihrer Tochter. Außerdem würde sie Nadim nie wiedersehen. Traurigkeit erfüllte sie, als sie an ihren Abschied dachte. Doch so war es am besten, für sie beide.

«Wo werden wir mit der Suche beginnen?» Sie wandte sich Gottfried zu. In Jerusalem würde sich im Letzten erweisen müssen, ob sie sich den richtigen Begleiter erwählt hatte. Ohne den Ritter wäre sie verloren in einer fremden Stadt, in der wohl nur wenige Menschen ihre Sprache verstanden.

«Erst reiten wir zu unserer Unterkunft, dann überlegen wir weiter. Heute werden wir wohl nichts mehr erfahren.» Erschöpfung zeichnete sein Gesicht. Die Reise hatte ihn um Jahre altern lassen, schien es. Oder gab es andere Gründe, dass der Ritter so überanstrengt wirkte? Je näher sie Jerusalem gekommen waren, desto verbissener war seine Miene geworden. Leonore schob diese Fragen beiseite, um sich wichtigeren Dingen zu widmen. «Haben wir noch Mittel für eine Herberge, oder können wir Unterkunft bei den Templern finden?»

«Nein! Nicht bei den Templern.» Die Schärfe seiner Antwort überraschte Leonore. Sie blickte ihn an und erschrak über den Zorn, den sie in seinem Gesicht entdeckte. Eine steile Falte hatte sich über seiner Nasenwurzel gebildet und verlieh seiner Miene Härte. «Solange wir nicht wissen, wer

Euren Mann und Eure Tochter entführte, sollten wir uns besser verborgen halten. Der Ritterorden steht zu sehr im Licht der Aufmerksamkeit.»

Leonore nickte, obwohl sie seine Bedenken nicht verstehen konnte. «Wo wollen wir dann hin?»

«Wir werden uns im jüdischen Viertel verbergen», antwortete Gottfried, als ob es das Selbstverständlichste von der Welt wäre. «Ich kenne einen jüdischen Goldschmied und Händler, der uns aufnimmt.»

Leonore sog scharf die Luft ein. «Einen Juden?» Sie starrte Gottfried mit aufgerissenen Augen an. «Die Juden haben unsern Herrn Jesus Christus ermordet. Ich kann nicht bei einem von ihnen leben. Das … das könnt Ihr nicht von mir verlangen!»

Niemals würde sie das Haus eines Juden betreten, geschweige denn dort nächtigen. Leonore sah Mutter Hildegard vor sich, die ihre Schäfchen stets daran erinnert hatte, dass der Verrat der Juden zum Kreuzestod des Herrn geführt hatte. Juden waren Heiden wie Sarazenen, nein, sogar noch schlimmer.

«Leonore, bitte.» Adelheid blickte sie an. Den Gesichtsausdruck der Freundin konnte Leonore nicht deuten, doch den Zorn in Gottfrieds Gesicht erkannte sie, zeichnete er sich doch überdeutlich ab.

«Juden töteten den Sohn Gottes und verdienen unsere Verachtung. Sarazenen folgen heidnischen Riten und verdienen den Tod.» Er schüttelte den Kopf und hob die Hände in einer Geste der Verzweiflung. «Habt Ihr auf Eurer Reise denn gar nichts gelernt? Plappert Ihr immer noch nach, was die Priester Euch vorbeten?»

Leonore erstarrte, als ob er ihr mit der Hand ins Gesicht geschlagen hätte. Was bildete Gottfried sich ein? Wie konnte ein christlicher Ritter nur ansatzweise darüber nachdenken, bei einem Angehörigen des Glaubens zu nächtigen, der Jesu Tod zu verantworten hatte? Sie schüttelte den Kopf und holte tief Luft, um dem Mann die passende Antwort entgegenzuschleudern. Gottfried starrte sie voller Wut an. Einer Wut, die Leonore nicht verstehen konnte und die sie erschütterte.

Adelheid legte dem Ritter eine Hand auf den Arm und brach die Spannung. «Bitte, Herr Gottfried, lasst mich mit Leonore reden.»

«Nein, Frau Adelheid …», begehrte er auf, doch sie lächelte ihm zu und bat ihn mit einem Kopfnicken, sie allein zu lassen.

Wütend trieb der Ritter seine braune Stute an und ritt ein Stück vor ihnen. Leonore blickte ihm nach, wie er in der Menge, die sich durch die schmalen Gassen der Stadt drängte, verschwand. Hoffentlich würde sie niemand überfallen, so schutzlos, wie sie als Frauen waren. Bint al Hawa machte einen Satz zur Seite, als ein Mann, der Wassereimer trug, gegen sie prallte und etwas in einer fremden Sprache zischte. Leonore zügelte die Stute und trieb sie an den Rand der Straße, damit die eilenden Händler an ihr vorbeiziehen konnten.

«Auch du wirst mich nicht überreden können, bei einem Juden zu wohnen», begann Leonore, doch Adelheid bat sie mit erhobener Hand um Schweigen.

«Bevor du weitersprichst, hör mich bitte an.» Adelheid wandte sich Leonore zu und zog den Mantel von ihrem zerstörten Gesicht. Im hellen Licht der Sonne leuchteten ihre Narben blutrot. Leonore schluckte. «Ich habe gelogen, als ich von einem Unfall sprach, dem ich diese Narben und Schmerzen verdanke.» Adelheid kniff die Augen zusammen und holte tief Luft.

«In Wahrheit heiße ich nicht Adelheid. Mein wirklicher

Name ist Ruth. Ich bin in Trier geboren.» Ruth schwieg und blickte Leonore auffordernd an.

Leonore hob fragend die Augenbrauen. Sie hatte von der Stadt gehört, doch warum war Ruth ihr Herkunftsort so wichtig? Warum hatte die Freundin ihren Namen geändert? Ruth war kein so geläufiger Name, konnte es etwa sein, dass …? Nein, der Gedanke schien ihr so ungeheuerlich, dass sie ihn wieder beiseiteschob.

«Ich bin in Braunschweig geboren. Du in Trier. Nun sind wir in Jerusalem.» Leonore hob die Schultern und blickte Ruth an. «Hat das Bedeutung für unsere Freundschaft?»

Ruth seufzte. «Als die ersten selbsternannten Ritter den Weg des Kreuzes gingen, begannen sie mit dem Kampf für ihren Gott im eigenen Land.» Sie ballte die Fäuste. «Sie verfolgten und ermordeten alle Juden, deren sie habhaft werden konnten, oder zwangen sie, sich zum christlichen Glauben zu bekennen. In meiner Heimatstadt wüteten sie besonders schlimm.»

Ruths Geschichte erinnerte Leonore an Nadims Erzählung, wie die Pilger in Waffen vor beinahe einhundert Jahren Jerusalem eingenommen hatten. Noch immer vermochte sie sich nicht vorzustellen, dass christliche Ritter so grausam vorgingen. Es konnte sich nur um Einzelne handeln, die derartig grässliche Verfehlungen begangen hatten. «Wie entsetzlich», flüsterte Leonore, «doch das ist so lange Zeit her. Warum erzählst du mir das?»

«Gib mir ein wenig Zeit. Meine Geschichte lässt sich nicht schnell erzählen.» Ruth lächelte und strich ihrer Fuchsstute beruhigend über die Mähne. «Nur wenige Juden überlebten in Trier, und viele flüchteten aus Angst vor dem, was noch kommen sollte. Mein Großvater jedoch liebte seine Heimat und wollte nicht wegen ein paar einzelner Angriffe davonlaufen.»

Leonore zuckte zusammen. Ruths Großvater. War ihre Freundin etwa – nein, wieder schob sie diesen Gedanken weit von sich. Wenn sie mit einer Jüdin zusammen gereist wäre, hätte sie sie bestimmt als solche erkannt. Leonore beugte sich vor und tätschelte Bint al Hawa zerstreut den Hals.

Ruth fuhr fort: «Manchmal frage ich mich, wie es meinem Großvater gelang, ein erfolgreicher Händler zu sein, bei der geringen Menschenkenntnis, die er hatte. Er glaubte stets an das Gute.» Ruth lächelte immer noch, obwohl Tränen in ihren Augen standen. «Ich erinnere mich, dass er sagte, wir müssten den Menschen vertrauen. Nur wenige Verblendete würden den bösen Reden folgen, die sie gegen unser Volk aufstachelten.»

Leonore fürchtete den Fortgang von Ruths Geschichte. Die Narben ihrer Freundin sprachen eine deutliche Sprache. Und sie fürchtete sich, dass Ruth sich offenbarte und Leonore damit vor eine Entscheidung stellte, die sie scheute. Könnte sie mit einer Jüdin befreundet sein?

«Auch mein Vater glaubte, dass unsere Nachbarn uns wohlgesonnen wären. Aber als erneut eine Handvoll Männer aus Trier den Weg des Kreuzes ging, begannen sie ihre Reise mit Mord. Mit Mord und Feuer.» Ruth holte tief Luft. Der Schmerz in ihren Augen erschütterte Leonore. «Sie töteten meine Eltern und brannten unser Haus nieder. Nicht bevor sie allen Schmuck und alles Gold geraubt hatten. Ich war damals ein Kind, kaum älter als deine Tochter.»

Leonore beugte sich zu Ruth hinüber und griff nach der Hand ihrer Freundin. Tränen schimmerten in Leonores Augen, und sie legte in einer Geste stummen Mitgefühls die Hand ans Herz. Ruth dankte ihr mit einem leichten Nicken. «Mich schlugen die Mordbrenner nieder und warfen mich ins Feuer. Ein Kind zu erdolchen – davor schreckten wohl selbst sie zurück. Vor Schmerzen fiel ich in Ohnmacht und wäre sicher gestorben. Aber durch ein Wunder überlebte ich.» Sie neigte den Kopf. «Nein, kein Wunder. Durch einen guten Christen. Hätte mich nicht ein Nachbar aus den Flammen gezogen … So muss ich nur mit diesen Narben leben.»

Ruth verstummte. In ihren Augen konnte Leonore lesen, dass ihre Freundin sich an den Tag erinnerte, an dem ihr das Schreckliche angetan worden war. Sanft strich Leonore ihrer Freundin über die verbrannte Hand. Welchem Glauben Ruth angehörte, hatte in diesem Augenblick keinerlei Bedeutung. Leonore konnte sich keinen Grund vorstellen, ein kleines Kind in die Flammen zu werfen und seine Eltern zu ermorden. Entsetzen schnürte ihr die Kehle zu.

«Der Mann brachte mich zu Freunden meiner Eltern, christlichen Freunden, da keine Juden mehr am Leben waren.» Ruth schauderte. «Unsere Freunde sprachen lange mit mir, nachdem ich genesen war. All meine Verwandten und jüdischen Freunde waren tot, ermordet. Aber sie versprachen mir, sie würden mich als ihr Kind annehmen. Ich musste einen hohen Preis zahlen, um uns alle zu schützen. Wir alle mussten einen hohen Preis zahlen.» Ruth stieß die Luft aus. «Wir zogen von Trier nach Magdeburg, damit mich niemand erkennen würde. Doch selbst Magdeburg schien meinen neuen Eltern nicht sicher. Ich lebte eine Lüge. Um zu überleben, gab ich mich in Magdeburg als Christin aus und –»

«Warum haben sie dich nicht zu anderen Juden gegeben?» Die Frage drängte sich auf Leonores Lippen. Ihren Glauben aufgeben, um zu überleben? So etwas Furchtbares wollte sie sich nicht vorstellen.

Ruth zuckte die Achseln. «Erst war ich zu krank. Dann fürchteten sie wohl, dass es zu erneuten Übergriffen käme.» Wieder hob sie die Hände in einer hilflosen Geste. «Ich weiß es nicht. Ich weiß auch nicht, warum sie so viel für mich wagten.»

Leonore nickte. Gern hätte sie die mutigen Menschen kennengelernt, die für das Leben der kleinen Ruth so viel auf sich genommen hatten.

«Ich lebte als Christin und vergaß mehr und mehr von meinem Glauben. Du kannst dir mein Erstaunen vorstellen, als eines Tages Herr Gottfried an unsere Tür klopfte und mir ein neues, ein wahres Leben anbot. Endlich kann ich dem Glauben meiner Vorväter folgen und muss mich nicht mehr verleugnen.»

Leonore schwieg, erschüttert von Ruths Beichte, und doch … Voller Zweifel blickte sie die Frau an, die sie eine so weite Strecke begleitet hatte, und schüttelte den Kopf. «Nein, nein, das kann einfach nicht sein», platzte es aus ihr heraus.

«Du hättest merken müssen, dass ich eine Jüdin bin, meinst du?», spottete Ruth. Sie klang nun zornig – zornig und zutiefst verletzt. «Woran denn? Glaubst du wirklich, dass mein Volk sich von deinem unterscheidet?»

«Ich weiß nicht. Ich fürchte, ich habe mir diese Frage nie gestellt», musste Leonore zugeben, und selbst in ihren Ohren klang ihre Antwort lahm wie ein alter Gaul. Alles, was sie über Juden wusste, hatte sie von anderen gehört. Von den Nonnen, die in den Juden nur die Mörder Jesu sahen. Von ihrem Vater und von ihrem Ehemann, die beide über die Juden schimpften, weil sie gewiefte Händler waren. Von Herburgis, die alle Menschen anderen Glaubens zutiefst verdammte und behauptete, dass Juden Christenkinder für ihre gottlosen Riten mordeten. Doch nie hatte sie mit einem Juden persönliche Worte gewechselt. Tatsächlich wusste sie inzwischen mehr von Nadims Glauben als von dem der Menschen, die in Braunschweig Handel trieben. Bisher hatte sie blind geglaubt, was andere ihr sagten. Durfte man Menschen einzig als Angehörige ihrer Religion sehen? Kam erst der Glaube und dann die Menschlichkeit? Wenn alle Menschen so dächten, hätte Nadim sie in der Wüste verrecken lassen müssen. Leonore knetete die Unterlippe mit den Zähnen. Wie einfach war ihr Leben als Kaufmannsgattin gewesen, nie hatte sie sich mit derartigen Fragen herumschlagen müssen. Musste sie eine endgültige Antwort finden? Nein. Sie war nur eine einfache Frau, mit diesen schwierigen Fragen sollten sich Prediger und Philosophen beschäftigen. Für sich selbst konnte sie nur für den Einzelfall eine Entscheidung treffen. Nadim und Ruth hatten sich beide als gute Freunde erwiesen, ungeachtet ihres Glaubens.

«Ich … ich habe zu wenig nachgedacht. Es tut mir leid.» Leonore senkte den Kopf und knetete ihre Hände. «Ich wollte dich nicht verletzen.»

Ein bitteres Lachen antwortete ihr. «Das haben deine Glaubensbrüder bereits zur Genüge erledigt.» Ruth strich sich über die Feuermale.

«Wirf mich nicht mit diesen Halunken in einen Topf, nur weil sie ebenfalls Christen waren!», brauste Leonore auf. «Nach unserer langen Reise sollte man meinen, dass du mich besser kennst.» Kaum waren ihr die Worte entschlüpft, als sie ihre Vorurteile erkannte. Sie blickte Ruth in die Augen. «Bitte entschuldige. Ich habe dummes Zeug geplappert und nicht nachgedacht. Kannst du mir verzeihen?»

«Nächstenliebe gehört auch zu den Pflichten meines Glaubens», antwortete Ruth. Ihre Stimme klang versöhnlich. «Lass uns unsere Reise zu einem guten Ende bringen und hoffen, dass wir sie alle als klügere und bessere Menschen beschließen.»

«Amen», antwortete Leonore und lächelte der Freundin zu. Zu ihrer Verwunderung schätzte sie Ruth nach deren Geständnis noch mehr als zuvor.

Sie schaute sich nach dem Ritter um. Gottfried wartete an einer Straßenkreuzung und sah ihnen entgegen, voller

Neugierde, wie es Leonore schien. Ungeduldig winkte sie ihn heran.

«Wie kommt Ihr ins Spiel?» Leonore runzelte fragend die Stirn. «Warum habt Ihr Ruth aus Magdeburg geholt? Ihr als christlicher Ritter?»

«Mein Freund Salomon ist Ruths Onkel. Als er erfuhr, dass ich zurück in meine Heimat reisen wollte, bat er mich darum, etwas über den Verbleib seiner Nichte ausfindig zu machen. Er hatte von dem Feuer in Trier gehört und sie für tot gehalten. Doch dann hörte er von einem Mädchen, das überlebt hätte …»

«Wie kann das sein?» Leonore wandte sich zu ihrer Freundin. «Ich denke, ihr habt alles geheim gehalten.»

«Manche Geheimnisse lassen sich schwer verbergen.» Gottfried antwortete an Ruths Stelle. «Die Jüdische Gemeinde achtet genau auf ihre Angehörigen.»

«Niemals haben sie mich in Magdeburg angesprochen, aber ich hatte immer das Gefühl, dass jemand über mich wachte.» Ruth nickte.

«Es dauerte, bis Salomon vom Schicksal seiner Nichte erfuhr, und er bat mich, sie zu ihm nach Jerusalem zu bringen, wenn sie es wünschte.» Er lächelte Ruth an. «Mein Freund hat keine Kinder und spürt langsam das Alter.»

«Wie kommt es, dass ein Templer und ein Jude befreundet sind?» Leonore legte dem Ritter eine Hand auf den Arm, um ihre Worte abzumildern. «Verbergt Ihr noch mehr Geheimnisse vor mir?»

«Jeder Mensch hat Geheimnisse.» Gottfried blickte ihr tief in die Augen. «Wenn Ihr gesehen hättet, was ich gesehen habe, würdet Ihr Menschen mehr nach ihren Taten und nicht nach ihrem Glauben beurteilen.» Sein Gesicht verdüsterte sich. «Glaubt mir, Frau Leonore, die Juden und Sarazenen haben mehr Anlass, uns Christen zu hassen, als wir sie. Hat Euer Sarazene Euch nicht berichtet, wie die Christen Jerusalem eroberten? Und wie sich einige von ihnen heute noch aufführen?»

Leonore nickte. Schlagartig fiel ihr der Überfall auf die Karawane ein. Der dunkle Ritter, der bereit gewesen schien, alle Sarazenen niederzumetzeln, und dabei sicher noch Vergnügen empfunden hätte. «Ich dachte immer, dass die Ritter eine friedliche Herrschaft über Jerusalem ausüben.»

Gottfried zog eine Grimasse, die man für ein Lächeln hätte halten können, wäre da nicht die Kälte in seinen Augen gewesen. «Es gibt mehr Falken, die einen erneuten Krieg wünschen, als Tauben, die an ein friedliches Zusammenleben der Menschen in Jerusalem glauben.» Er seufzte. «Die Muslime haben uns nicht verziehen, dass wir Tausende von ihnen, Frauen und Kinder, erschlugen. Die blindwütigen Pilger wollen alle Andersgläubigen aus dem Heiligen Land vertreiben.»

«Ist es nicht gefährlich, dass Christen und Juden befreundet sind?», sprach Leonore ihre Befürchtung aus. Die Worte des Ritters hatten ihre Sorgen noch gesteigert. Wenn die Religionen sich so unversöhnlich gegenüberstanden, begaben sie sich nicht geradewegs in Teufels Küche?

«Wir sollten unserem Gastgeber und auch uns einen Gefallen tun und nicht zu viel darüber reden.» Der Ritter trieb seine Stute an, und Leonore und Ruth mussten ihm rasch folgen, wenn sie ihn nicht aus den Augen verlieren wollten.

22

Dort hinten ist es, das letzte Haus.» Gottfried wies in eine der vielen kleinen Seitenstraßen Jerusalems, die wie die Gassen in Braunschweig vor Unrat überquollen.

Kameldung und Pferdeäpfel zierten das Pflaster und vermischten ihre Düfte mit denen alten Abfalls, der vor sich hin rottete. Leonore versuchte ihre Enttäuschung zu verbergen. Jerusalem hatte sie sich sauberer und schöner vorgestellt, mehr wie Venedig, weniger wie ihre Heimatstadt. Sollte eine heilige Stadt nicht aus Marmor und Gold bestehen, so wie die prachtvolle Stadt der Kaufleute? Wenn Sarazenen, Juden und Christen die Stadt für heilig erachteten, warum sorgten sie nicht für saubere Straßen und ordentliche Märkte?

«Hoffentlich ist mein Onkel nicht betrübt, wenn er mich sieht», flüsterte Ruth. Ihre Finger flatterten, als sie sich das Gewand zurechtzupfte.

«Warum sollte er?» Leonore lächelte ihre Freundin an. «Eine bessere Nichte als dich kann er sich gewiss nicht wünschen.»

«Aber …» Ruth deutete auf ihr zerstörtes Gesicht. «Ich habe so viele Anfeindungen erlebt. Die Enttäuschung … ich, ich …»

Leonore beugte sich zu ihr und strich ihr über die Schulter. «Falls dein Onkel dumm genug ist, dich abzulehnen, kommst du mit uns nach Braunschweig. In meiner Stadt können Juden ihrem Handel und Wandel nachgehen und haben nichts zu befürchten.»

«Wirklich?», fragte Ruth ungläubig.

«Ich verspreche es dir.» Leonore gab ihr Wort in aller Ernsthaftigkeit, aber fand es klüger, nicht darüber nachzugrübeln, wie sie dieses Versprechen Fulk gegenüber durchsetzen sollte. Sie war nicht mehr die kleine Frau, die Angst vor ihrem Gatten hatte. Durch die Reise hatte sie Mut und Kraft gewonnen und würde für Ruth kämpfen, wenn es sein musste.

Sie stiegen von den Pferden, und Gottfried klopfte an die Tür. Als ein rundlicher Mann mit freundlichen Augen öffnete und sie voller Herzensgüte anlächelte, erkannte Leonore, dass Ruths Sorgen sicher unberechtigt waren. Salomon schien niemand zu sein, der auf Äußerlichkeiten Wert legte. Seine Kleidung wirkte sauber, aber abgetragen. Tintenflecken zierten seine Finger. Sein grauweißes Haar strubbelte in alle Richtungen, so als ob er gerade eben aus dem Bett gefallen wäre.

«Herr Gottfried.» Er nickte dem Ritter zu. «Und Ruth! Endlich.» Sein Lächeln erstrahlte noch breiter, und er zog seine Nichte in die Arme. «Willkommen zu Hause.»

Leonore wischte sich die Augen.

«Und Ihr seid …?» Salomon entließ Ruth aus seinen Armen und nickte Leonore zu.

«Leonore von Calven.» Sie nickte ihm zu und schenkte ihm ein ehrliches Lächeln. «Ich habe Ruth auf der Reise begleitet.»

«Seid Ihr eine Pilgerin?»

«Nein. Ja. Nicht nur. Eine einfache Antwort kann ich nicht geben.» Leonore hob die Hände. «Sarazenen entführten meine Tochter, und ich hoffe, sie hier in Jerusalem zu finden. Herr Gottfried wird mir bei der Suche helfen.»

«Seid willkommen. Das scheint eine längere Geschichte zu sein.» Salomon nickte bedächtig. «Kommt, ich zeige Euch den Stall für die Pferde, und dann lasst uns ein Nachtmahl zu uns nehmen.»

«Was ist das für ein seltsamer Gesang?» Leonore hob verblüfft den Kopf und schaute von ihrem Teller auf. Erst nachdem die Dienerinnen das Essen aufgetragen hatten, hatte sie bemerkt, wie hungrig sie gewesen war. Die fremdartigen Speisen, deren Namen und Zusammensetzung Salomon ihnen erklärte, schmeckten ihr besser als vieles, was sie bisher gekostet hatte. Während des Essens hatten Gottfried, Ruth und Leonore dem gespannt lauschenden Salomon die Abenteuer ihrer Reise erzählt. Nun saßen sie zurückgelehnt auf den bequemen Stühlen, als der laute Gesang sie überraschte.

Salomon lächelte ihr zu. «Das ist der Muezzin, der die gläubigen Muslime fünfmal am Tag zum Gebet ruft.»

Und das in der heiligsten Stadt der Christen, dachte Leonore. In was für eine seltsame Welt hatte sie ihr Abenteuer nur geführt? Sie nutzte die Gastfreundschaft eines Juden und hörte am Abend den Ruf eines Predigers der Sarazenen. Was würde sie noch erwarten?

«Leben viele von ihnen in Jerusalem?» Leonore lauschte noch immer dem fremdartigen Gesang.

«Deutlich weniger als zur Zeit der islamischen Herrschaft.» Salomon zuckte die Schultern. «Nach der Eroberung der Stadt hatten die Franken den Sarazenen verboten, hier zu wohnen. Bald jedoch merkten sie, dass sie nicht genug Christen fanden, die hier leben wollten, und sie öffneten die Stadttore für Juden und Muslime.»

Leonore nickte. Da sie nicht unhöflich erscheinen wollte, stellte sie Salomon eine weitere Frage. «Gibt es viele Juden in Jerusalem?»

«Nicht mehr so viele wie früher.» Seine Stimme klang dunkel vor Traurigkeit. «Die ersten Ritter, die den Weg des Kreuzes beschritten, ermordeten nahezu alle Einwohner unserer Stadt. Auch mein Volk.»

Leonore erinnerte sich an die furchtbaren Geschichten, die Nadim ihr über die Eroberung der Stadt erzählt hatte. Obwohl beinahe einhundert Jahre vergangen waren, schien die Einnahme der Heiligen Stadt bei niemandem vergessen zu sein. Wie grausam mussten die Christen gewütet haben, dass Juden und Morgenländer sich heute noch voller Zorn und Trauer daran erinnerten.

«Nur wenige von uns leben noch in Jerusalem. Die meisten denken inzwischen darüber nach, die Stadt zu verlassen.» Nun schlich sich Zorn in Salomons Stimme. «Und ja, was hält uns noch in der Stadt? Verbieten die herrschenden Christen uns doch, Kotel ha-Maaravi aufzusuchen.»

«Was ist das?» Wieder einmal unterlag Leonore dem Gefühl, dass sie kaum etwas über die Welt wusste. Ohne Ruth und Gottfried, ohne die Hilfe der Sarazenen hätte sie es nie bis nach Jerusalem geschafft.

Ruth und Salomon blickten sich an und lächelten. Die Jüdin beugte sich vor und strich Leonore mit der Hand über den Arm. «Ihr Christen nennt es die Klagemauer, wir nennen es die westliche Mauer. Sie ist unser größtes Heiligtum.»

«Die mächtigen Steinblöcke sind die verbliebenen Reste des Zweiten Tempels, den die Römer zerstörten», fügte Salomon hinzu. «Dort beten zu können ist für uns sehr wichtig. Dass die Christen es verbieten …»

«Warum verwehren die Herrscher Euch das Gebet?» Leonore konnte beim besten Willen nicht verstehen, weshalb die Ritter den Juden ihre Heiligtümer verboten. Gottfried hatte ihr berichtet, dass selbst die Templer einen *minbar*, einen Gebetsraum, für muslimische Gäste bereithielten. Warum also diese Tücke gegenüber den Juden?

«Weil sie es können», zischte Gottfried. Wieder einmal verzerrte Wut sein Gesicht zu einer Grimasse. «So wie sie alle heiligen Stätten des Islams in Kirchen umwandelten.»

«Gab es so viele davon?», fragte Ruth, sichtlich bemüht, einen Streit zu vermeiden.

«O ja.» Gottfried nickte und trommelte mit der Hand auf den Tisch. «Die Al-Aqsa-Moschee haben sie erst zu ihrem Königspalast gemacht und dann den Templern geschenkt.»

«Immerhin haben sie die Heiligtümer nicht zerstört, so wie es frühere Eroberer taten», warf Salomon ein. Mit Erstaunen bemerkte Leonore, dass ihr jüdischer Gastgeber den christlichen Herrschern der Stadt freundlicher gesinnt war als Gottfried, der Tempelritter.

«Ja, das muss man den Rittern lassen. Sie handeln sehr sparsam.» Gottfried schlug mit der Faust auf den Tisch. «Den Felsendom wandelten sie in die Kirche der Kreuzritter um. Einfach einen Marmoraltar bauen und auf der Spitze ein goldenes Kreuz aufstellen, und schon gibt es eines der wichtigsten islamischen Heiligtümer nicht mehr.»

«Nun, ganz so einfach ist es nicht», wagte Salomon zu widersprechen. Leonore bekam den Eindruck, dass die beiden Männer diesen Streit nicht zum ersten Mal führten. «Die Muslime errichteten den Felsendom an einer Stelle, die auch für das Christentum und für uns Juden hohe Bedeutung hat.»

«Wie kann das sein, dass eine Stadt für Gläubige und Ungläubige so eine hohe Bedeutung einnimmt?» Leonore neigte fragend den Kopf. Sollten die Männer doch erkennen, wie wenig sie wusste. Wenn sie nicht fragte, würde sie nie etwas über die Heilige Stadt erfahren.

«Und Euer Glaube ist also der einzig wahre? Alle anderen sind ungläubig?» Gottfried zog spöttisch eine Augenbraue hoch.

«Ist mein Glaube nicht auch der Eure?» Leonore reckte kampfeslustig das Kinn vor.

«Haltet ein.» Salomon hob beschwichtigend die Hände. «Lasst mich Euch eine alte Geschichte erzählen, die ich von einem weisen Muslim erfahren habe.»

Gottfried und Leonore starrten sich mit zusammengekniffenen Augen an, bereit, den Streit fortzusetzen, doch die Höflichkeit gebot es, dem Gastgeber zuzuhören.

Salomon lehnte sich zurück, trank einen Schluck Wasser und begann seine Geschichte.

«Vor langer Zeit besaß ein reicher Mann einen besonders kostbaren Ring, den er dem würdigsten seiner Söhne vererben sollte. Auf diese Weise sollte das Oberhaupt der Familie bestimmt werden. So geschah es, und auch die Kinder und Kindeskinder des Mannes lebten mit dem Brauch der Ringweitergabe. Doch schließlich geriet das Schmuckstück in die Hände eines Vaters, der seine drei Söhne alle gleichermaßen liebte.» Salomon hielt inne und trank noch einen Schluck Wasser.

Leonore und Gottfried hatten ihren Streit vergessen und warteten voller Spannung auf die Fortsetzung der Fabel.

«Sosehr der gute Mann sich auch bemühte, es gelang ihm nicht, einen seiner Söhne zum würdigsten zu erklären. Stets fand er alle drei gleich geeignet, sein Nachfolger zu werden. Schweren Herzens ging er zu einem Goldschmied und ließ zwei haargenau gleiche Ringe anfertigen, die dem ersten so täuschend ähnlich gerieten, dass nicht einmal mehr der Vater den wahren Ring herausfinden konnte.»

Salomon winkte der Dienerin, allen noch Wein und Wasser nachzuschenken. «Nach dem Tod des Vaters entdeckte jeder der Söhne in seinem Erbe einen Ring. Erst als sie zusammentrafen, stellten sie fest, dass jeder von ihnen das Oberhaupt der Familie sein könnte. Sie stritten lange, doch niemand vermochte eine Lösung zu finden, da die drei Ringe einander so sehr glichen, dass jeder der wahre sein konnte.»

Salomon erhob sich von seinem Stuhl und verbeugte sich ein wenig, so wie es gute Geschichtenerzähler zu tun pflegten. «Genauso verhält es sich mit den Religionen.»

Gottfried, Ruth und Leonore lächelten sich an.

«Selbst wenn es sich nur um ein Gleichnis handelt, habt Ihr eine schöne Geschichte erzählt.» Leonore erhob ihren Kelch. «Ich danke Euch.»

Nachdem die Dienerinnen das Essen abgetragen hatten, verabschiedeten sich Ruth und Salomon. Gottfried und Leonore blieben am Tisch zurück und tranken schweigend ihren Wein.

«Was werden wir als Nächstes tun, um Blanche zu finden?» Leonore lehnte sich zurück und schloss die Augen. Das üppige Mahl nach der langen Reise hatte sie müde gemacht. Bevor sie sich zurückzog, wollte sie vom Ritter erfahren, was der morgige Tag bringen würde.

«*Ihr* werdet gar nichts tun. Jerusalem ist eine gefährliche Stadt», entgegnete er scharf. «Ihr werdet mit Ruth bei Salomon bleiben und mir die Suche überlassen. Wenn Ihr wollt, könnt Ihr eine Kerze für Eure Tochter anzünden.»

«Nein! Ihr müsst mich mitnehmen.» Schlagartig war Leonore hellwach. Sie ballte die Fäuste und hieb auf den Tisch. Beinahe erschrak sie selbst vor dem Zorn in ihrer Stimme. «Ich werde Blanche finden. Ich habe nicht alle Gefahren überstanden, um hier brav im Haus zu warten.»

«Aha. Und wie wollt Ihr das anstellen? Wen kennt Ihr in Jerusalem? Sprecht Ihr die Sprache der Einheimischen? Wollt Ihr auf den Markt laufen und nach Sarazenen fragen, die Franken entführten? Wollt Ihr zum König und seinen Rittern laufen?» Gottfried sprach mit leiser, schneidender Stimme, die Leonore mehr ängstigte, als wenn er seinen Grimm herausgebrüllt hätte. «Alles, was Ihr unternehmt, wird die Sarazenen aufmerksam machen, und sie werden mit

Eurem Gemahl und Eurem Kind flüchten. Wohin, werden wir nie erfahren. Wollt Ihr das?»

Kleinlaut schüttelte Leonore den Kopf. Doch wie sollte sie die Tage durchstehen? Bei Ruth und Salomon sitzen und warten, während Gottfried nach ihrer Tochter suchte? Nein!

«Bitte», versuchte sie es noch einmal. «Bitte. Ich muss auch etwas tun, um mein Kind zu finden.»

«Und Euren Gemahl?» Der Ritter zog die Augenbrauen zusammen und blickte ihr forschend ins Gesicht. «Ihr sprecht stets nur davon, Eure Tochter retten zu wollen ...»

Sollte sie ihm die Wahrheit sagen, auf die Gefahr hin, dass er es ablehnte, ihr weiterhin zu helfen? Nein, dachte Leonore und lächelte ihn offen an. «Natürlich sorge ich mich um Fulk. Doch er ist ein kluger Mann, der auf sich aufpassen kann. Blanche ist nur ein Kind. Noch immer verstehe ich nicht, warum die Sarazenen sie überhaupt mitnahmen.» Tränen traten ihr in die Augen, als sie erkannte, dass sie nun zwar in derselben Stadt war wie ihre Tochter, ihr aber letztlich noch kein Stück näher gekommen war. Und dass mit jedem Tag, der verstrich, die Gefahr für Blanche wuchs.

Gottfried hob die Hand, wie um ihr über die Wange zu streicheln. Doch plötzlich hielt er inne, und ein gequälter Ausdruck huschte über sein Gesicht. «Gute Nacht», murmelte er, dann sprang er auf und flüchtete aus dem Zimmer.

Leonore fühlte sich überrumpelt und schüttelte verwundert den Kopf. Was hatte diese Geste zu bedeuten? Woher kam diese plötzliche Freundlichkeit? Oder, dieser Gedanke erschütterte sie zutiefst, verbarg sich dahinter womöglich mehr als bloßes Mitgefühl mit ihr? Hatte sich der Ritter etwa in sie verliebt? Hatte sie ihm während der gefahrvollen Reise ein falsches Bild ihrer Gefühle vermittelt, verwechselte er ihre Dankbarkeit mit ...? Nein, sie hatte sich stets innerhalb der Grenzen der Schicklichkeit bewegt und musste sich keine Vorwürfe machen. Und ganz davon abgesehen, war Gottfried doch viel zu alt für sie … so alt, dass er ihr Vater sein könnte.

Aber vielleicht verstanden Männer manche Worte anders, als sie gemeint waren? Oh, hätte sie doch nur mehr Erfahrung mit dem Leben. Angst kroch ihren Nacken hoch, und sie fröstelte trotz der milden Abendluft. Wie sollte sie sich verhalten, wenn sie dem Ritter morgen begegnete? Wenn sie seine Zuneigung ablehnte, würde er sie vielleicht im Stich lassen und ihre Suche nach Blanche wäre zum Scheitern verurteilt. Leonore schluckte. In ihrem Mund bildete sich ein übler Geschmack, der sich auch durch den Wein nicht übertönen ließ. Mit Sorge im Herzen ging sie in das Zimmer, das Salomon ihr als Schlafgemach überlassen hatte, und legte sich auf die Felldecken. Erst nach langem Grübeln fiel sie in einen unruhigen Schlaf.

23

Das Geräusch klappernder Teller weckte sie, und der Duft frischgebackenen Brotes kitzelte ihre Nase. Frühstück. Trotz des üppigen Mahls am Abend zuvor verspürte Leonore bereits wieder Hunger. Hastig wusch sie sich und eilte in die Küche. Gestern Nacht hatte sie einen Entschluss gefasst. Sie würde dem Ritter deutlich zu verstehen geben, dass sie verheiratet war und dass sie ihren Gemahl nie verlassen würde. Für keinen anderen Mann. Selbst für Nadim nicht. Nur leise fragte sie sich, ob ihre Treue zu Fulk wirklich eine ehrliche war oder nicht nur dem Versprechen eines Sandsturms geschuldet. Zu ihrer Erleichterung saß nur Adelheid, nein, Ruth am Tisch und genoss das ausgiebige Frühstück, das eine alte Dienerin ihnen bereitstellte.

«Guten Morgen.» Leonore nickte ihrer Freundin zu. «Weißt du, dass ich dich in Gedanken immer noch Adelheid nenne?»

Ruth lächelte. «Namen sind Schall und Rauch, solange du mich noch als deine Freundin betrachtest.»

Leonore nickte und widmete sich dann den köstlichen Speisen, die auf dem Tisch standen. Der Honig in diesem Land schmeckte viel süßer als der in Braunschweig. Vielleicht, weil die Blüten mehr Sonne erhielten.

Ruth schob ihr einen tönernen Topf mit einer gelbbraunen Masse zu. «Hier, probier das. Man nennt es Homus.»

Leonore runzelte die Stirn, nahm einen Löffel der festen Paste und schnupperte vorsichtig daran. «Was soll das sein?»

«Gekochte Kichererbsen mit Olivenöl.» Ruth kicherte. «Vertrau mir. Es schmeckt besser, als es aussieht.»

Leonore kostete und musste ihrer Freundin zustimmen. Die wenig ansprechend gefärbte Paste war sehr lecker.

«Blanche würde Homus auch mögen», sprach sie das Erste aus, das ihr in den Sinn kam. Leonore ließ den Löffel sinken, den sie zum Mund führen wollte, und schluckte.

«Gottfried wird sie finden, ganz bestimmt.» Ruth griff nach Leonores Hand und drückte sie fest. «Er kennt die Stadt und weiß, wen er fragen muss.»

«Ich weiß.» Leonore kniff die Lippen zusammen. «Doch hier zu warten, ohne etwas tun zu können, ist schlimmer als die Stürme, die ich durchgestanden habe.» Sie versuchte ein Lächeln, das zu einer Grimasse geriet. «Nun, wo ich Ruhe habe, schlagen die Ängste über mir zusammen. Wenn Blanche als Sklavin verkauft wurde … wenn sie schwer erkrankt ist … wenn sie …» Leonore konnte das Schreckliche nicht aussprechen.

Wieder drückte Ruth ihre Hand. «Nein, ich glaube nicht, dass du all diese Prüfungen durchlitten hast, nur um in Jerusalem zu scheitern. So grausam kann dein Gott nicht sein.»

Leonore nickte und hoffte aus vollem Herzen, dass die Jüdin sich nicht irrte und dass es Blanche gutging.

«Komm, beeil dich.» Ruth sprang auf. «Ich habe eine Überraschung für dich.»

Leonore lächelte über den Versuch ihrer Freundin, sie aufzumuntern, aber sie konnte sich nichts vorstellen, das sie aus ihren Grübeleien retten konnte.

«Onkel Salomon stellt uns für heute einen Diener zur Verfügung.» Ruth strahlte wie ein Kind, das gerade ein Spielzeug bekommen hatte. «In seiner Begleitung können wir die Stadt erkunden, auf eigene Faust.» Ihr Gesicht nahm einen ernsteren Ausdruck an. «Vielleicht entdecken wir ja etwas, das Herr Gottfried übersieht. Und du kannst deine Kerze in der

Grabeskirche anzünden.» Wieder das schelmische Lächeln. «Und ich auch.»

«Du …?» Nun war Leonores Aufmerksamkeit geweckt. «Du hast das in Venedig ernst gemeint?»

Ruth nickte. «Ich habe lange genug als Christin gelebt und lügen müssen. Als Sühne habe ich eine Kerze und ein Opfer versprochen, wenn wir Jerusalem lebend erreichen.»

In ihren dunklen Augen entdeckte Leonore einen tiefen Schmerz, und sie erkannte, was es für ihre Freundin bedeutet haben musste, den eigenen Glauben so lange zu verleugnen. Sie sprang auf, lief zu Ruth und umarmte sie. «Dann lass uns nicht länger warten.»

«Du musst dich noch umziehen. So nehme ich dich nicht mit.» Ruth lachte lauthals, als sie Leonores erstauntes Gesicht sah. «Mein Onkel hat dir ein Gewand in dein Zimmer bringen lassen, das für diese Stadt passender ist als deine alten Kleider. Komm, beeil dich.»

Nun doch neugierig, ging Leonore zurück in ihr Zimmer und entdeckte ein seidenes Kleid und einen Schleier auf ihrem Bett. Sie strich über den edlen Stoff, der sich kühl anfühlte. Das helle Blau des Kleides erinnerte sie an den Himmel über der Wüste. Den Himmel, den sie mit Nadim geteilt hatte. Die Stickereien in einem etwas dunkleren Blau ließen das Gewand nahezu königlich wirken. Auch der Schleier, ein breiter Schal aus silberfarbener Seide mit glockenblumenblauem Futter, war über und über mit Mustern bestickt. «Das kann ich nicht annehmen», rief Leonore. «Das ist ein Gewand für eine Königin und viel zu edel für mich.»

«Ein kleiner Dank für deine Freundschaft.» Ruth war ihr auf leisen Sohlen in die Kammer gefolgt.

Leonore umarmte ihre Freundin. «Ich danke dir und deinem Onkel.»

Neu eingekleidet, fühlte sie sich besser und bereit, die

Stadt zu erkunden. Vielleicht könnte sie ja doch Erkundigungen über den Verbleib von Blanche einziehen. Man musste ihr die Absicht an der Nasenspitze ansehen können, denn Salomon schüttelte den Kopf, als er Ruth und Leonore sah.

«Seid vorsichtig.» Er schaute sie mit ernstem Gesicht an. «Gottfried würde es nicht gern sehen, dass ihr allein in der Stadt unterwegs seid.» Er nickte ihnen zu. «Ich habe Djabal befohlen, euch nur bis zur Grabeskirche zu bringen und keinen Umweg zu gehen.»

«Als ob wir kleine Kinder wären», flüsterte Ruth Leonore zu.

«Ich sorge mich nur um eure Sicherheit.» Trotz seines Alters schien Salomon über ein gutes Gehör zu verfügen. «Jerusalem ist eine gefährliche Stadt, vergesst das nicht. Bitte seid vorsichtig.»

Ertappt, versprachen die beiden, sich an die Anweisungen zu halten und nicht vom Weg abzukommen. Wenn sowohl Gottfried als auch Salomon so viele Sorgen äußerten, schien es klüger, keine Wagnisse einzugehen. In einer Mischung aus Neugier und Angst begaben sich Leonore und Ruth auf den Weg, Jerusalem für sich zu entdecken.

Hinter dem Diener, einem Sarazenen, der einige Worte ihrer Sprache verstand, gingen sie durch die schmalen Gassen und dankten der Weisheit von Salomon, dass er ihnen einen kundigen Führer mitgegeben hatte. Ohne Djabal hätten sie sich in dem Gewirr der Gassen und zwischen den vielen Menschen, die durch die Straßen eilten, sicher hoffnungslos verirrt. Leonore schüttelte wieder und wieder den Kopf über die Bilder, die sich ihr boten. Männer mit hellen Haaren und blauen Augen, sicher Christen, die sich kleideten wie Sarazenen. Gruppen von Reitern, deren rote oder schwarze Kreuze sie als geistliche Ritter auswiesen, ritten auf ihren kräftigen Pferden durch die Gassen und würdigten die Menschen um sie herum nicht eines Blickes. Ein Sprachengemisch erklang, das sie an Akkon erinnerte und an die Geschichte vom Turmbau zu Babel. Die Menschen, die an ihnen vorbeieilten, wiesen Schattierungen von Hautfarben und Haarfarben auf, die Leonore vorher noch nie gesehen hatte. Neben blonden Nordmännern entdeckte sie baumlange Kerle mit beinahe schwarzer Haut. Nubier nannte der Diener die bedrohlich aussehenden Gestalten. Leonore duckte sich, zog den Kopf ein und konnte verstehen, dass Salomon sich um ihre Sicherheit sorgte. Ab und an stieß sie Ruth an und deutete verstohlen auf etwas, das ihr besonders fremdartig erschien.

Nach kurzer Zeit schwirrte ihr der Kopf von den vielen Eindrücken und seltsamen Begebenheiten, die auf sie einprasselten wie Hagelschauer. Wie wenig entsprach die Heilige Stadt ihren Vorstellungen. Leonore hatte eine getragene und fromme Stimmung erwartet. Stattdessen offenbarte sich Jerusalem als laute, aufregende Stadt, in der Christen, Juden und Sarazenen Handel trieben und nebeneinander lebten. Jerusalem erschien Leonore fremd und aufregend, angsteinflößend und gleichzeitig wunderbar. Die Stadt wirkte so viel – Leonore überlegte und suchte nach den passenden Worten –, so viel lebendiger als alle christlichen Städte, die sie bisher gesehen hatte. Und dennoch war sie ein wenig enttäuscht. Jerusalem, der Mittelpunkt der christlichen Welt. Marmor hatte sie erwartet, Gold, Prunk und vor allem Sauberkeit. Doch wie in jeder anderen Stadt verunzierten Abfälle die Straßen. Der Geruch, der in den Gassen hing, entsprang einer Mischung aus feinen Gewürzen, Suppen und Eintöpfen, die in Kesseln vor sich hin köchelten, und edlen Ölen, mit denen die Menschen sich pflegten, aber auch Kot und Abfällen. Leonore rümpfte die Nase und musste schließlich anerkennen, dass auch die Heilige Stadt nur eine Stadt war.

«Was hältst du von Jerusalem?», fragte Ruth und schaute sie forschend an.

Leonore lächelte. «Es wirkt lebendig, fremdländisch und so gar nicht heilig!»

«Warte es nur ab, gleich kommen wir in das Viertel, in dem die Kirchen stehen.» Ruth zwinkerte Leonore zu. Seitdem sie in Jerusalem angekommen und freundlich von Salomon aufgenommen worden waren, wirkte die Jüdin entspannter und fast glücklich.

Eine Jüdin. Schlagartig drang Leonore die Gottlosigkeit ihres Handelns wieder ins Bewusstsein. Sie war auf dem Weg zu einer der heiligsten Stätten der Christenheit, um dort mit einer Frau mosaischen Glaubens gemeinsam eine Kerze anzuzünden. Ihr Hals fühlte sich plötzlich so an, als ob ihr jemand die Kehle zuschnürte und langsam, sehr langsam alle Luft abpresste. Sie blieb stehen. Durfte sie so etwas wagen? Würde der Herr sie strafen, wenn sie gemeinsam mit einer Jüdin sein Gotteshaus betrat?

Ruth blieb ebenfalls stehen. «Was ist mit dir? Du bist ganz bleich. Die Sonne? Komm, setzen wir uns kurz in den Schatten.»

Leonore schüttelte den Kopf. «Ich … ich», begann sie und vermochte keine Worte zu finden. Würde Ruth, ihre Freundin Ruth, beleidigt sein, wenn sie sich weigerte, mit ihr gemeinsam in die Grabeskirche zu gehen? Leonore rang nach Luft, nahm ihren Mut zusammen und sprach ihre Sorgen offen aus. «Ich frage mich nur – darf ich mit dir in eine christliche Kirche gehen?»

«Ich weiß es nicht. So gut kenne ich deinen Glauben doch nicht.» Ruth hob die Schultern. «Wenn du allein sein willst, werde ich auf dich warten.»

Leonore presste die Lippen zusammen, kämpfte mit sich und wog ihre Freundschaft zu Ruth und die Jahre ihrer Erziehung im Kloster gegeneinander ab. Nie hätte sie vermutet, dass sie sich mit derartigen Fragen beschäftigen müsste. Wie einfach war ihr Leben vor ihrer Reise gewesen.

Wie einfach und wie unglücklich. Wenn der Herr sie auf diese Reise gesandt hatte, dann musste er ihr auch Ruth als Begleitung ausgewählt haben. Leonore erinnerte sich an Salomons Märchen von den drei Ringen und musste plötzlich über ihre Bedenken lachen. «Nein. Bitte begleite mich. Ich will nicht glauben, dass unser Herr nicht auf den guten Willen achtet, sondern ausschließlich auf den Glauben desjenigen, der die Kerze entzündet.»

Zu Leonores Erstaunen begann Ruth zu weinen. Ihre Unterlippe zitterte, und Tränen liefen über ihr Gesicht.

«Bitte, entschuldige, habe ich etwas Falsches gesagt? Ruth?» Leonore eilte zu ihrer Freundin. Der Diener Djabal beobachtete das Geschehen argwöhnisch.

«Nein. Nein.» Ruth schniefte und umarmte Leonore. «Ich war mir nur nie sicher, ob du über deinen Schatten springen kannst.»

«Hier Kirche», unterbrach sie der Diener und wies auf ein riesiges Gebäude, dessen hellgraue Steine sich zu prächtigen Bögen schwangen. Leonore schlug ein Kreuzzeichen, als sie das Heiligtum vor sich aufragen sah.

«Ich warte auf dich.» Ruth lächelte ihr zu.

«Nein.» Leonore schüttelte den Kopf und zog ihre Freundin hinter sich her in die Kirche. «Du hast schließlich ein Gelübde zu erfüllen.»

Leonores Hände zitterten vor Aufregung, als sie gemeinsam die Kirche betraten. Nie hätte sie sich in Sankt Marien vorstellen können, dass sie einmal den Ort aufsuchen würde, an dem Jesus Christus begraben war. Sie konnte es kaum erwarten, das Heilige Grab zu sehen und dort ein stilles Gebet zu sprechen.

Ihre Augen mussten sich erst an die Dunkelheit im Inneren des Gewölbes gewöhnen. Sie fröstelte in der Kühle des Gotteshauses. Der Geruch von Weihrauch zog an ihr vorbei und weckte Erinnerungen an Sankt Marien und Braunschweig und auch an die Pilgermesse in Venedig. Doch bald verdrängte der Eindruck der Grabeskirche alle anderen Gedanken. So riesig hatte sie sich das Gotteshaus nicht vorgestellt. Größer als der Markusdom und genauso prunkvoll wirkte das Heiligtum. Farbiger Marmor, Mosaike, Ornamente und Skulpturen fingen ihren erstaunten Blick ein. Ständig entdeckte sie neue, immer prächtigere Bilder und Statuen, die ihre Aufmerksamkeit forderten. Leonore schloss überwältigt die Augen und atmete tief ein, um ein stilles Gebet zu sprechen. Doch ein vielstimmiges Flüstern und Murmeln störte ihre Andacht. Jemand stieß ihr den Ellenbogen in die Seite, damit sie aus dem Weg ginge. Leonore öffnete die Augen und schüttelte den Kopf. Was für ein unziemliches und unchristliches Verhalten in einem Gotteshaus. Vielleicht würde sie vor dem Altar oder am Grab Christi Ruhe für ein Gebet finden. Ihr Weg führte sie eine kurze Treppe hinauf zur Golgatha-Kapelle. Inzwischen hatten sich ihre Augen an das Dämmerlicht gewöhnt, und sie sah mit Staunen die Vielzahl von Pilgern, die sich vor dem Altar zu Boden warfen und die heilige Stätte küssten. Doch keinem von ihnen blieb viel Zeit für seine Andacht, da hinter ihm bereits weitere Pilger warteten und mit Macht nach vorn drängten. Leonore erhielt einen Stoß in den Rücken und stolperte. Was waren das nur für Menschen, die in der Grabeskirche, einem der heiligsten Orte der Christenwelt, drängelten wie auf dem Braunschweiger Markt? Empört drehte sie sich um und erblickte Ida Moller, die verzückt auf den Altar schaute. Die Aachener Witwe schien am Ziel ihrer Reise angekommen zu sein und nahm Leonore vor lauter Glückseligkeit gar nicht wahr. Leonore schüttelte den Kopf und kehrte zurück zu Ruth, die vor der Rotunde auf sie wartete.

«Komm, lass uns unsere Kerzen in einer anderen Kirche anzünden.» Leonore schüttelte enttäuscht den Kopf. «Hier finde ich doch keine Ruhe für ein Gebet.»

«Willst du nicht einmal das Grab Christi besuchen?», fragte Ruth.

«Vielleicht später.» Leonore zuckte mit den Achseln. «Zu viele Pilger für mich. Für meinen Glauben brauche ich kein Abzeichen an meinem Pilgerhut.»

Ruth nickte, und gemeinsam gingen sie hinaus. Als Leonore im Licht der Straße stand, stieß sie laut die Luft aus. «Ach, ich habe mir die Grabeskirche viel weihevoller vorgestellt, nicht so, so voller Menschen, die schubsen und schieben.»

Ruth lächelte und hob ratlos die Schultern. «Vielleicht kennt Djabal eine andere Kirche, die uns Ruhe und Frieden bietet.»

Nach einigem Hin und Her erklärte sich der Diener bereit, sie zur Kirche der heiligen Anna zu führen, die nahe dem Löwentor lag. Djabal trieb sie mit Gesten zur Eile an, da sie ein gutes Stück Weg zurücklegen mussten. Sankt Anna in ihrer strengen Schönheit erschien Leonore angemessener, um mit ihren Gedanken ins Reine zu kommen, als die riesige und leicht protzige Grabeskirche. Zu ihrem Glück pilgerten weniger Menschen zur Mutter der Jungfrau Maria als zum Grab Christi. Hier konnten Leonore und Ruth in Ruhe ihre Kerzen entzünden und ihre Opfergaben darbringen. Leonore dankte dem Herrn dafür, dass er sie alle Gefahren der Reise hatte überstehen lassen, und betete für die Sicherheit ihrer Tochter. Nach kurzem Überlegen schloss sie ein weiteres Gebet für das Überleben ihres Mannes an. Auch wenn sie Fulk nicht liebte, so war sie ihm doch vor Gott und den

Menschen angetraut und würde für immer seine Ehefrau bleiben. Nichts könnte sie von ihrem Gemahl trennen, nicht einmal … Nein, an den Sarazenen durfte sie nicht denken, nicht in der Kirche, nicht während der Fürbitte für ihre Familie.

24

Gestärkt trat Leonore aus der Kirche der heiligen Anna ins Freie, bereit, sich dem Willen des Herrn zu unterwerfen und ihr Schicksal anzunehmen. Die Hoffnung, dass Blanche lebte und gesund war, behielt sie in ihrem Herzen. Ruth ging still neben ihr her, und Leonore fragte sich, was die Jüdin wohl empfand. Wie kam sie damit zurecht, ein Leben als Christin geführt zu haben und nun im Heiligen Land als Jüdin offen leben zu können? Beim besten Willen konnte Leonore sich nicht vorstellen, was dieser Schritt für ihre Freundin bedeutete.

«Geht es dir gut?», fragte sie und legte Ruth eine Hand auf die Schulter.

«Ich kann einfach noch nicht glauben, dass sich mein Schicksal hier erfüllt und ich endlich meinem Glauben ohne Angst folgen kann.» Das kleine Lächeln geriet etwas schief. «Nach all dem, was ich über Jerusalem und seine Geschichte erfahren habe, frage ich mich allerdings, ob Juden hier wirklich sicher leben können.»

Leonore hoffte für ihre Freundin, dass Ruth hier eine gute Heimat finden würde, aber Gottfrieds und Nadims Worte ließen Jerusalem nicht eben als friedliche Stadt erscheinen. Noch immer schwelte der Streit zwischen Sarazenen und Christen, ein Krieg, zwischen dessen Fronten die Juden schon einmal aufgerieben worden waren. So aufregend Leonore die Heilige Stadt auch fand, sie konnte sich nicht vorstellen, mit ihrer Familie hier zu leben, an einem Ort, der ständig von Kriegen bedroht schien. Doch konnte sie Ruth dies sagen?

«Komm, lass uns die dunklen Gedanken vergessen.» Ruth schüttelte sich, als ob sie damit alle Zweifel abstreifen könnte. «Ich werde Djabal bitten, dass er uns den Markt zeigt. Onkel Salomon hat mir so viel darüber erzählt.»

Obwohl der Diener sich mit Kopfschütteln und ausladenden Handbewegungen wehrte, gelang es Ruth, ihn dazu zu überreden, sie auf dem Heimweg an einem Suq, wie man hier die Märkte nannte, vorbeizuführen. Leonore staunte mit großen Augen. Der Markt in Jerusalem war kein offener Platz, auf dem Händler ihre Stände aufgebaut hatten, so wie in Braunschweig oder Venedig, sondern wirkte wie eine kleine Stadt in der Stadt. In den überdachten Ladenstraßen boten Bauern, Fernhändler und auch Handwerker ihre Waren feil. Gewürze aus dem Orient, Stoffe in leuchtenden Farben, Schuhe aus Leder und Tuch, Früchte und Gemüse, all das breitete sich vor ihren staunenden Augen aus und schien nur darauf zu warten, dass die Frauen sich der schönen Dinge annahmen. Leonore musste lächeln, als sie sich wieder erinnerte, dass Königin Melisande die Straßen hatte überdachen lassen. So etwas kann nur einer Frau gefallen, hatte Gottfried bemerkt, als Salomon ihnen die Geschichte erzählte.

Djabal drängte Leonore und Ruth, schnell weiterzugehen, doch beide Frauen konnten sich an dem Marktgeschehen und dem bunten Angebot einfach nicht sattsehen. Erst ein Aufruhr lenkte ihre Aufmerksamkeit von den Seidenstoffen ab, die ein Händler lauthals anpries. Schimpfend zerrte Djabal sie zur Seite und winkte, ihm zu folgen. Doch Leonores Neugier ließ sie stehen bleiben. Vor ihr sammelten sich Menschen und schauten auf etwas in ihrer Mitte. Da Leonore sich fragte, was wohl die Leute aufhielt, drängelte sie sich in die Gruppe. Sie fürchtete, dass jemand einen armen Menschen oder ein hilfloses Tier zum Vergnügen der Menge quälte, und schwor sich, einzuschreiten. Zu ihrer Überraschung erwartete sie ein anderes Bild.

Auf dem Boden lag eine hochschwangere Frau, die wahrscheinlich in der Hitze des Tages das Bewusstsein verloren hatte. Ein junger Ritter, wohl ihr Begleiter, rannte wie ein aufgescheuchtes Huhn umher und rief nach Hilfe.

«Einen *hakim*! Schnell, holt einen *hakim* für Sibylla!», rief er. Seine Stimme kippte, und mit Angst in den Augen kniete er sich neben die Frau.

Besonders hilfreich war sein Handeln nicht, dachte Leonore. Die junge Frau benötigte Schatten und Wasser, keinen aufgeregten Begleiter. Wer oder was ein *hakim* war, konnte Leonore nicht erahnen, doch sie erkannte die Sorgen und Nöte der Frau, hatte sie doch während der Schwangerschaft mit Blanche selbst häufig unter Schwindelanfällen gelitten.

«Bitte lasst mich durch!» Leonore drängte sich an den neugierigen Menschen vorbei, bis sie bei der Schwangeren stand. «Bringt sie in den Schatten! Die Hitze ist zu viel für eine Frau in ihrem Zustand!»

Unverständnis malte sich auf den Gesichtern ab, und Leonore fiel siedend heiß ein, dass nur wenige hier ihre Sprache verstanden. Nur der Ritter schaute überglücklich zu ihr auf, wohl erfreut, dass sie ihm Anweisungen gab. Umso erstaunter war sie, als sie aus der Menge hinter sich jemanden laut «Nein!» schreien hörte.

«Halt!», donnerte die Stimme, die Leonore mit Schrecken als die von Gottfried erkannte. «Nicht. Mischt Euch nicht ein!»

Leonore zögerte kurz. Wo kam der Ritter plötzlich her? War er nicht auf der Suche nach Blanche? Warum trieb er sich auf dem Markt herum, anstatt die Templer nach dem Verbleib ihrer Tochter zu fragen? Sie schüttelte den Kopf. Zeit für diese Fragen bliebe, wenn sie der Schwangeren beigestanden hatte. Einer werdenden Mutter in Not zu helfen war ihre Christenpflicht, wer immer diese Frau auch sein mochte. Davon konnte sie niemand abhalten, auch Gottfried nicht, ganz gleich, wie zornig seine Stimme klang.

«Nein! Kommt zurück!», rief ihr Reisebegleiter erneut, doch Leonore zog es vor, seine Worte zu überhören. Unter Einsatz ihrer Ellenbogen verschaffte sie sich Platz, und die Menge bildete eine Gasse, damit sie zu der Ohnmächtigen gelangen konnte. Hinter sich hörte sie Gottfried sich seinen Weg bahnen.

«Wasser! Bringt sie aus der Sonne und gebt ihr Wasser!» Niemand reagierte auf Leonores Worte. Sie blickte sich um und funkelte die Umstehenden wütend an. Erst der Ausdruck von Verwirrung auf den Gesichtern erinnerte sie erneut daran, wie unrecht sie den Menschen tat. Kaum jemand konnte sie verstehen. Hilflos schaute sie sich um, suchte mit flehenden Augen nach Unterstützung, um die Frau zu retten, deren Atem so flach ging. Endlich reagierte der junge Ritter, der bisher nur nach einem *hakim* gebrüllt hatte. Vorsichtig zog er die Schwangere in den Schatten eines Marktstandes und rief etwas auf Arabisch. Ein Junge eilte mit einer Schale voll Wasser herbei. Leonore tauchte ihren Schal in das Nass und legte der Frau das feuchte Tuch auf die Stirn. Sanft ließ sie einige Wassertropfen auf die vollen, rotgeschminkten Lippen fließen. Sie wischte mit dem Schal über das Gesicht der Ohnmächtigen und bewunderte deren ebenmäßige Gesichtszüge. Selten hatte sie eine so schöne Frau gesehen. Die orientalisch anmutende Kleidung und die starkgeschminkten Augen und Lippen ließen Leonore vermuten, dass sie die sarazenische Geliebte eines weltlichen Ritters wäre. O nein, dachte Leonore, eine … eine Hetäre, wie die Nonnen diese Frauen zu nennen pflegten, die Männer für Gold begleiteten.

Das Gewand aus einem buntbestickten Stoff in leuchtendem Rot, der Turban mit bunten Fransen und Perlen in

Braun und Gold sowie auffallend üppiger und prachtvoller Schmuck wiesen die junge Frau als Sarazenin aus, doch ihre helle Gesichtsfarbe ließ sie wie eine Fränkin wirken. Als die Schwangere endlich die hellblauen Augen aufschlug, schwanden Leonores Zweifel, und sie sprach die Frau in ihrer Sprache an.

«Bitte seid vorsichtig.» Vorwurf schlich sich in ihre Stimme. «Ihr seid zu weit fortgeschritten, um noch in der glühenden Mittagssonne spazieren zu gehen.» Leonore runzelte missbilligend die Stirn.

«Wer seid Ihr nur?» Trotz ihrer Schwäche lachte die Hetäre laut auf. «Ihr habt nicht die geringste Ahnung, mit wem Ihr es zu tun habt, nicht wahr?»

Leonore schüttelte den Kopf und spürte leichten Ärger in sich aufwallen. Warum machte die Frau sich über sie lustig, sie hätte ihr dankbar sein müssen. Aber nun ja, was konnte sie von einer … einer Hetäre schon erwarten? Mutter Hildegard hatte stets gewarnt, wie unverschämt diese Frauen auftraten.

Die Schöne setzte sich langsam auf und erhob sich trotz ihrer Schwangerschaft sehr graziös. Sie nahm Leonores angebotenen Arm und nickte ihr freundlich zu.

«Bitte nennt mir Euren Namen. Ich möchte wissen, wem ich mein Leben verdanke.» Bevor Leonore antworten konnte, wandte sie sich dem jungen Ritter zu und zischte: «Ihr hingegen habt Euch als untaugliche Leibwache erwiesen. Ich werde meinen Bruder bitten, Euch aus Jerusalem zu verbannen. Nun holt mein Pferd, damit Ihr wenigstens zu irgendetwas nutze seid.»

Der Jüngling erbleichte, verbeugte sich und ging davon, ohne ein Wort zu sagen.

«Leonore von Calven bin ich, aus der Stadt Braunschweig.» Leonore neigte den Kopf. Langsam beschlichen sie

Zweifel, ob die Frau wirklich eine einfache Hetäre war. Bewachten Ritter die Geliebten anderer Ritter? Sprachen käufliche Frauen so unverschämt mit Rittern? Und welche Rolle spielte der Bruder der Schwangeren? Leonore schwirrte der Kopf. Jerusalem erschien ihr fremder und fremder, je länger sie in der Stadt weilte. Ein heftiger Ruck an ihrem Arm zog sie aus ihren Gedanken. Eine Hand legte sich schwer auf ihre Schulter, und Finger bohrten sich in ihr Fleisch. Leonore fuhr herum und erkannte Gottfried, der mit finsterer Miene auf sie herabsah. Was hatte sie Schlimmes getan, um seinen Zorn auf sich zu ziehen? Leonore schüttelte den Kopf. Was war das nur für eine seltsame Stadt, in der es Gelächter oder Grimm auslöste, wenn man einer werdenden Mutter half?

Da entdeckte die Schwangere den Ritter. Ihre Wangen röteten sich, ob vor Zorn oder vor Angst, vermochte Leonore nicht zu sagen. «Ihr? Ich dachte, Ihr seid tot.»

Leonore fürchtete, dass die Frau erneut zusammenbrechen würde, so erschüttert, wie sie nach Gottfrieds Anblick wirkte. Die Schwangere starrte den Ritter an, als ob ihr ein Geist erschienen wäre. Auch Gottfried reagierte heftig. Leonore beobachtete, wie seine Kiefer sich spannten und die Muskeln seiner Wangen hervortraten. Trotzdem nickte er der Schwangeren höflich zu und verneigte sich tief, bevor er Leonore hinter sich her zurück in die Menge zerrte. Ihre Anspannung machte sich in einem Kichern Luft, weil sie sich an Braunschweig erinnerte, wo sie der Ritter bereits einmal hinter sich hergezogen hatte. Warum floh er vor einer schwangeren Frau mit mehr Eile als vor einer Horde Betrunkener aus einer Braunschweiger Schenke? An einem Brunnen hielt Gottfried an und schöpfte sich mit beiden Händen Wasser ins Gesicht.

Leonore wartete, bis er sich ihr zuwandte, bevor sie ihm

die Fragen stellte, die ihr auf der Zunge brannten. «Was ist da eben geschehen? Wo sind Ruth und Djabal geblieben?»

«Ich weiß es nicht. Ich konnte sie nicht auch noch schützen.» Mit einem Seufzer sah er sie an. «Schlimm genug, dass ich auf Euch aufpassen muss wie auf ein kleines Kind.»

Leonore spürte einen Anflug von Zorn über diese Frechheit, doch eine Mischung aus Neugierde und Besorgnis verdrängte den Ärger. Wer war diese Frau, vor der Gottfried davongelaufen war?

«War diese Frau Eure …» Sie zögerte, so ein Wort auszusprechen, doch ihre Wissbegier siegte. «Eure Geliebte?»

Seine Antwort war ein grollendes Gelächter, das Leonore verunsicherte. Mit Zorn hatte sie gerechnet, vielleicht auch mit Verlegenheit. Aber nicht damit, dass der Ritter seinen Kopf in den Nacken legte und lauthals losprustete. Nachdem er sich wieder gefangen hatte, blickte er Leonore spöttisch an.

«Die Frau, der Ihr gegen meinen Rat geholfen habt und die Ihr für meine Geliebte haltet …» Erneut unterbrach Lachen seine Erklärung. «Die Frau ist Sibylla von Jerusalem, Gräfin von Askalon und Jaffa, die Schwester des Königs Balduin von Jerusalem.» Sein Blick wurde ernst, und er beugte sich zu Leonore hinab. «Und seid versichert, sie ist die gefährlichste Frau der Stadt.»

Leonore riss die Augen auf und sog scharf die Luft ein. Wie konnte ihr nur so etwas geschehen? Erst einen Tag weilte sie in Jerusalem und war bereits über die Herrscherfamilie gestolpert. Aber, wenn sie es sich recht überlegte, dann war dies doch sicher gut für sie. Wer könnte ihr besser bei der Suche nach Blanche helfen als die Prinzessin von Jerusalem? Warum nannte der Ritter sie gefährlich? Bei ihrer kurzen Begegnung hatte Leonore die Schwester des Königs als freundlich und heiter erlebt und sie gern näher kennengelernt.

«Was ist denn eigentlich in Euch gefahren?» Gottfrieds Stimme, die vor Zorn bebte, holte Leonore aus ihren Gedanken. «Ich hatte Euch doch gebeten, bei Salomon zu bleiben.»

«Warum seid Ihr nur so wütend?» Leonore rollte die Augen. «Ich habe einer Schwangeren geholfen, wie es meine Christenpflicht ist. Ich wusste nicht, dass sie die Prinzessin von Jerusalem ist. Ich hätte ihr geholfen, auch wenn sie nur eine Magd gewesen wäre.» Sie stampfte mit dem Fuß auf. Warum vermochte Gottfried nicht zu erkennen, welche Gelegenheit sich ihnen bot. «Es wird uns doch nützen, wenn die Prinzessin mir verpflichtet ist, oder? Sie wird mir sicher bei der Suche nach meiner Tochter helfen können.»

Jäh blieb er stehen und drehte sich zu ihr um. «Verflucht, wie hättet Ihr nur ohne mich überleben wollen?» Er beugte sich zu ihr und flüsterte ihr drohend ins Ohr: «Wir wissen nicht, wer Euren Gemahl entführte und warum. Anstatt versteckt und im Geheimen zu reisen, habt Ihr nichts Besseres zu tun, als Euch auf dem Marktplatz zur Schau zu stellen.» Er schüttelte den Kopf und betrachtete sie wie ein dummes kleines Mädchen, das zum wiederholten Mal den gleichen Fehler begangen hatte.

«Ich wusste nicht, wer sie ist, als ich ihr zu Hilfe eilte», beteuerte Leonore und reckte sich zu ihrer vollen Größe, um Gottfried die Stirn zu bieten. «Ich sah nur eine Schwangere, angemalt wie eine … wie eine Hetäre.»

«Selbst wenn sie nur eine Hetäre gewesen wäre, hättet Ihr gut daran getan, Euch nicht einzumischen.» Gottfried seufzte. «Zu spät. Bald wird ganz Jerusalem von Eurer Heldentat erfahren. Die Entführer Eurer Familie werden sicher auch davon hören.»

Der Schreck durchfuhr Leonore siedend heiß. Wenn der Ritter recht behalten sollte, hatte sie durch ihr unbedachtes

Handeln gerade ihre Aussichten geschmälert, Blanche zu finden. Sie hob die Hand vor den Mund und schluckte trocken. Das konnte der Herr nicht zulassen. Sie hatte der Frau doch nur helfen wollen. Hieß es nicht in der Heiligen Schrift: «Was du dem geringsten unter meinen Brüdern angedeihen lässt, das lässt du mir angedeihen?» Ein gerechter Gott würde nicht zulassen, dass ihre barmherzige Tat schlimme Folgen hätte. Leonore war verwirrt und verschreckt.

«Entschuldigt», flüsterte sie und kämpfte gegen die Tränen. «Ich habe gegen Euren Rat gehandelt, und unbedacht!»

Der Kummer ließ sie in sich zusammensinken. Ihr Anblick schien das Herz des Ritters zu erweichen. Verlegen tätschelte Gottfried ihr die Schulter. «Noch ist nicht alles verloren. Doch versprecht mir, dass Ihr zukünftig erst nachdenkt, bevor Ihr handelt. Und dass Ihr meinen Anweisungen Folge leisten werdet.»

25

Leonore erinnerte sich nicht mehr, wie sie zurück zu Salomon gekommen war. Ihr Denken kreiste um Gottfrieds Vorwurf. Hatte sie durch ihr gutgemeintes Handeln wirklich die Rettung ihrer Tochter gefährdet? War es nicht von Vorteil, wenn die Herrscherin der Stadt ihr einen Gefallen schuldete? Und doch, Gottfried kannte Jerusalem. Er hatte lange in der Stadt gelebt, und sie hätte seinen Worten vertrauen müssen. Und was hatte es damit auf sich, dass Sibylla den Ritter für tot gehalten hatte und erschüttert schien, als sie ihn lebend sah? Ganz zu schweigen von dem Zorn, der sich auf Gottfrieds Gesicht abgezeichnet hatte, als er Sibylla von Jerusalem erkannt hatte. Was für eine furchtbare Stadt. An jeder Ecke lauerten Geheimnisse und Gefahren, und sie schien nichts Besseres zu tun zu haben, als mitten hineinzustolpern.

Ruths und Salomons sorgenvolle Gesichter, als Gottfried ihnen in dürren Worten von der Begegnung berichtete, trugen nicht dazu bei, Leonores Sorgen zu mildern. Sie ertrug den Schrecken nicht mehr, entschuldigte sich kleinlaut und floh in ihre Kammer. Dort vergrub sie sich unter der Decke und weinte. Sie wünschte, sie könnte ihre Samaritertat ungeschehen machen.

Zum Abendessen erwarteten sie nur Ruth und Salomon. Leonore schluckte.

«Wo – wo ist Herr Gottfried?», brachte sie mühsam heraus und fürchtete die Antwort. «Ist er so wütend, dass er mich meidet?»

«Wir sollen dich grüßen. Er kommt später, weil er noch einem Hinweis nachgehen will.» Beruhigend strich ihr Ruth über den Arm. Sie und Salomon wechselten einen Blick, den Leonore nicht deuten konnte. «Er wird dir sicher verzeihen.»

«Warum nur ist er so harsch zu mir?» Leonore schniefte erneut. «Ich konnte die Frau doch nicht verenden lassen.»

Ruth blickte auf den Tisch und spielte mit ihren Fingern. «Ich kann dich verstehen, aber …»

«Da meine Nichte Euch zu sehr mag, um die Wahrheit auszusprechen, muss ich in den sauren Apfel beißen und Euch den Spiegel vorhalten.» Salomons Lächeln, bei dem sich Fältchen um seine Augen bildeten, milderte seine strengen Worte. «Herr Gottfried hat Euch gewarnt. Er kennt die Stadt. Besser als Ihr. Selbst besser als ich. Ihr hättet auf ihn hören sollen. So gefährdet Ihr vielleicht die Suche nach Eurem Kind.»

Leonore wusste, dass er recht hatte, doch in ihrer Verzweiflung wehrte sie sich gegen die Wahrheit in seinen Worten. «Wer ist er, dass er mir Befehle geben will? Er ist weder mein Ehemann noch mein Vater.»

Wieder wechselten Ruth und Salomon einen schnellen Blick, den Leonore nicht deuten konnte.

«Was verschweigt Ihr mir?» Leonore musterte die beiden mit zusammengekniffenen Augen. Keiner von ihnen wollte ihr in die Augen sehen, und Ruth zupfte mit den Fingern am Saum ihres Ärmels.

«Das Beste wird sein, wenn wir dich und Herrn Gottfried allein miteinander reden lassen», schlug Ruth vor. Sie hatte Leonore den Arm um die Schultern gelegt und strich ihr tröstend übers Haar. «Dann kannst du ihn alles fragen, was dir auf dem Herzen liegt. Auch ich kann mir nicht vorstellen, dass er dich täuscht.»

Gemeinsam aßen sie zu Abend. Leonore hing ihren Gedanken nach und lauschte den Geschichten, mit denen

Salomon sie wohl ablenken wollte, nur halbherzig. Wieder und wieder kreisten ihre Gedanken um die Frage, ob sie heute Nachmittag alle Möglichkeiten vertan haben sollte, ihre Tochter bald wiederzusehen.

Nachdem Salomon und Ruth sich verabschiedet hatten, saß Leonore wie angewurzelt am Tisch. Ungeduldig trommelten ihre Finger auf das harte Holz, und sie bat die Dienerin, eine junge Frau mit dunkelroten Haaren und auffallenden rotbraunen Mustern auf den Händen, um einen Krug Wein. Sie stürzte den ersten Becher hinunter wie Wasser, um ihre zitternden Hände zu beruhigen, und betrachtete dabei die seltsamen Muster auf den Händen der Magd.

«Henna. Die Haare und die Hände», erklang Gottfrieds Stimme. Er musste leise wie ein Kater eingetreten sein, als sie über die Farben und Linien sinniert hatte. «Eine Pflanze, mit der einheimische Frauen sich die Haare färben und Verzierungen auf die Haut malen.»

Leonore war aufgesprungen. Mühsam zügelte sie ihren Groll, der sich aus der Angst um Blanche nährte, und setzte sich wieder auf die Bank. «Ihr wisst gut Bescheid über die Sitten und Gebräuche in Jerusalem.»

«Ja, das wisst Ihr doch.» Gottfried hob fragend eine Augenbraue und musterte sie mit Zweifeln in den Augen. «Darum habt Ihr mich als Euren Begleiter gewählt.»

«Habt Ihr etwas über Blanche herausgefunden?» Leonore hielt den Atem an und sandte ein kleines Stoßgebet zum Himmel. «Wo ist meine Tochter?»

Aber Gottfried schüttelte nur den Kopf. «Die Sarazenen sind mir gegenüber nicht sehr gesprächig.»

«Habt Ihr die Templer gefragt?»

«Nein.» Seine Augen verdunkelten sich. «Dort können wir nichts erfahren. Glaubt mir. Sie wissen nichts von den Belangen der Sarazenen.»

Der Tonfall seiner Stimme riet ihr, nicht weiter in ihn zu dringen. Leonore schwieg und wartete, bis der Ritter sein Abendmahl beendet hatte. Sie holte tief Luft. «Ruth und Salomon sprachen von einem Geheimnis, das Ihr mir gegenüber lüften wollt.»

Gottfried lehnte sich zurück, seufzte und winkte der Dienerin, ihm noch einen Becher Wein zu bringen. Der Ritter wartete, bis die Frau außer Hörweite war, trank einen tiefen Schluck und stieß langsam die Luft aus. Leonore kam es so vor, als ob er absichtlich die Zeit dehnte, bis er ihr endlich antwortete.

«Ich habe viele Jahre in dieser Stadt gelebt. Ich diente bei den Templern und machte mir nicht nur Freunde. Für Euren Mann und Euer Kind kann es gefährlich sein, wenn ich mich zu eindringlich nach ihrem Schicksal erkundige.»

Das war das große Geheimnis? Leonore runzelte die Stirn. «Das habt Ihr mir bereits gesagt. Eure Händel mit den Templern gehen mich nichts an. Ich möchte nur meine Tochter finden.»

Gottfried seufzte und schien durch Leonore hindurchzusehen. Er strich mit einer Hand über Kinn und Wangen, öffnete den Mund und schloss ihn wieder. Mit beiden Händen fuhr er sich durch die Haare und blickte an Leonore vorbei.

«Nun gut. Kein Verstecken mehr.» Der Ritter sprang auf und lief vor Leonore auf und ab. So außer Fassung hatte sie ihn bisher noch nicht gesehen. Angst wallte in ihr auf. Hatte Gottfried etwas über Blanche und Fulk herausgefunden, das er kaum zu sagen wagte? Nein, nein, beruhigte sie sich. Dann hätte Ruth sich bestimmt tröstend an ihre Seite gestellt.

«Erinnert Ihr Euch, als wir über Eure Familie sprachen? Ihr habt Euch sicher gefragt, warum ich so viel über Eure Mutter wissen wollte.» Gottfried blieb stehen, verschränkte die Hände und sah Leonore tief in die Augen. «Nun – ich kannte Eure Mutter. Sehr gut sogar.»

Leonore erstarrte. Was hatte der Ritter gerade zugegeben? Sie musste sich verhört haben. Ihr Reisegefährte, der grimmige Gottfried, hatte ihre Mutter gekannt. Ihre Mutter, von der ihr nur eine Kette zur Erinnerung blieb. Unwillkürlich fuhr Leonore sich an den Hals, streichelte das silberne Kreuz. Mit großen Augen und offenem Mund starrte sie den Ritter an. Endlich ein Mensch, der ihr von ihrer Mutter erzählen konnte, der sie geliebt hatte und hoffentlich bereit war, seine Erinnerungen mit Leonore zu teilen. Ihr Vater hatte stets abgewehrt, wenn sie mehr über ihre Mutter wissen wollte. «Vergangen ist vergangen», hatte Bernardus gesagt und Leonore sehr deutlich zu verstehen gegeben, dass sie schweigen sollte. Tausend Fragen gingen ihr durch den Kopf, die sie Gottfried am liebsten alle auf einmal stellen wollte. Doch alles, was sie herausbringen konnte, war: «Ihr kanntet sie?»

«Mehr noch. Ich … ich liebte Elke.» Gottfried beendete sein Wandern, blieb vor ihr stehen und lächelte auf sie herab. «Ja, Leonore, ich liebte Eure Mutter. Elke war eine wunderbare Frau.»

«Bitte, bitte, erzählt mir von ihr.» Leonore traten Tränen in die Augen. Widerstrebende Gefühle rangen in ihr. Freude über das Gehörte und Hoffnung, dass Gottfried ihr alles, wirklich alles über ihre Mutter erzählen würde. Angst vor dem, was sie vielleicht erfahren könnte. Ein wenig Sorge, dass die Worte des Ritters das schöne Bild, das sich Leonore von ihrer Mutter gemalt hatte, zerstören könnten. Verwunderung darüber, dass der grimmige Gottfried ihre Mutter nicht nur gekannt, sondern auch geliebt hatte. Ein Anflug von Ärger, dass er so lange gewartet hatte, bis er ihr endlich davon erzählte. Und Neugierde, vor allem Neugierde auf das, was er ihr noch zu sagen hätte.

«Später. Gern werde ich Euch von ihr erzählen. Doch erst …» Gottfried hob die Hände. «Erst muss ich Euch die Wahrheit beichten. Ich bitte Euch, unterbrecht mich nicht. Hört mir einfach nur zu. Bitte.»

Nein, wollte sie ihm antworten. Eure Geschichte kann nicht wichtiger sein, als endlich von meiner Mutter zu hören. Und nein, ich habe das Recht, Euch alle Fragen zu stellen, die mir auf dem Herzen brennen. Doch der Ausdruck in seinen Augen hielt sie zurück, und so folgte sie seinen Worten schweigend.

«Elke und ich, wir liebten uns vom ersten Augenblick an, doch … Für ihren Vater war ich nicht gut genug. Ich war nur ein dritter Sohn eines kleinen Adligen, der sein Leben im Kloster fristen oder sein Glück in der Fremde suchen sollte. Ich war auf dem Weg ins Heilige Land, als ich Eurer Mutter begegnete. Ein Blick in ihre Augen, und ich gab meine Reiseabsichten auf.»

Die Erinnerung ließ seine Gesichtszüge weicher werden, und Leonore konnte ihn sich als jungen Mann vorstellen, wie er der Liebe seines Lebens begegnete. Ein Lächeln huschte über ihr Gesicht. Gespannt beugte sie sich vor und lauschte seiner Geschichte.

«Also blieb ich in Braunschweig und suchte mir eine Arbeit. Als Schreiber bei einem Händler kam ich unter, nicht die Partie, die dein Großvater sich für sein einziges Kind wünschte. Elke hielt zu mir, obwohl ihre Familie drohte, sie in ein Kloster zu schicken.»

Er strich mit dem Finger über den Rand seines Weinbechers und schien in Gedanken versunken. Gedanken an eine Frau, von der Leonore so wenig wusste. Wieder fasste sie nach dem kleinen Kreuz, der einzigen Erinnerung an ihre Mutter.

«Jedoch konnte ich in Braunschweig keinen Erfolg erzielen. Euer Großvater legte mir Steine in den Weg, wo er nur konnte. Mit schwerem Herzen musste ich mich nach Magdeburg begeben, um dort mein Glück zu finden. Zum Abschied schenkte ich Elke das silberne Kreuz, das Ihr nun tragt. Ich habe es sofort erkannt, als ich es zum ersten Mal sah.»

Wieder griff sich Leonore an den Hals. Das einzige Andenken an ihre Mutter, und nun endlich erfuhr sie seine Geschichte. Sie schluckte.

«Ich versuchte mich in vielen Dingen und scheiterte», fuhr Gottfried fort. «Endlich wendete sich mein Schicksal. Als ich mit Hilfe eines jüdischen Händlers zu etwas Vermögen gekommen war, kehrte ich im Triumph zurück nach Braunschweig. Dort erfuhr ich, dass Elke im Kindbett gestorben war. Da brach meine Welt zusammen. Nichts bedeutete mir mehr etwas.» Er blickte in seinen Wein und schluckte. ‹Warum hat sie nicht auf mich gewartet?›, habe ich mich wieder und wieder gefragt. Warum konnte sie nicht auf mich vertrauen und hat stattdessen einen anderen geheiratet?»

«Habt Ihr es je herausgefunden?» Leonore wagte nicht, ihre Hand auf die Gottfrieds zu legen, um ihr Mitgefühl zu zeigen. Kein Wunder, dass er stets grimmig wirkte. Von der großen Liebe verlassen worden zu sein musste sehr schmerzen. Flüchtig ging Leonore der Gedanke durch den Kopf, ob Nadim auf sie warten würde oder ob sie auf den Sarazenen gewartet hätte. Sie spürte ein leises Bedauern über den Verrat ihrer Mutter. «Ahnt Ihr, warum sie nicht auf Euch wartete?»

Ein Schnauben wie das eines zornigen Pferdes war die Antwort. Gottfried hieb mit der Faust auf den Tisch, trank einen weiteren Becher Wein und sprach mit stockender Stimme. «Euer Großvater erzählte mir die bittere Wahrheit. Wir teilten die Trauer um Elke, und so erfuhr ich alles.»

Erneut sprang er auf und lief auf und ab. Dabei hieb er

sich mit der rechten Faust in die linke Hand. «Der Mann, der ihr Gemahl geworden war, hatte ihr erzählt, dass Räuber mich ermordet hätten. In ihrem Gram ist sie auf den Lügner Bernardus hereingefallen.»

«Was für ein Schurke!», rief Leonore. «Ich kann Euren Zorn verstehen.» Kaum hatte sie die Worte ausgesprochen, als sie die bittere Wahrheit schmeckte wie Galle. «Der Schuft ... das, das war mein Vater.»

Sie fühlte, wie sie erbleichte. Ihr Mund trocknete aus, und ihre Hände begannen zu zittern. Ihr Vater. Der Mann, vor dem sie sich fürchtete und der sie im Stich gelassen hatte, als sie ihn um Hilfe gebeten hatte. Nun stellte sich heraus, dass er ihre Mutter durch eine böse Intrige gewonnen hatte. Wie entsetzlich. Leonore fröstelte. Warum musste sie gerade so einen üblen Gesellen zum Vater haben?

«O ja, Bernardus ist ein Halunke. Er hat Elke belogen, und auch mich hat er belogen und mir so mein Leben geraubt. Ich suchte ihn auf und forderte eine Erklärung. Da lachte er mir einfach ins Gesicht. Ich hätte ihn umbringen können. Ja, wenn seine Knechte ihm nicht geholfen hätten, hätte ich ihn mit bloßen Händen getötet.» Gottfried stieß den Atem stoßweise aus und rang sichtlich um Fassung.

«In Braunschweig hielt mich nichts mehr. An meinem Leben lag mir nichts mehr.» Die Trauer in Gottfrieds Stimme ließ Leonore milder über den Ritter denken. Sie nahm seine Hand und drückte sie sanft. Er lächelte ihr zu. «Die Templer warben um Männer und waren bereit, mich aufzunehmen. Für sieben Jahre Dienst im Heiligen Land verpflichtete ich mich. Dann wollte ich zurückkehren.» Gottfried schwieg und schien in seinen Erinnerungen gefangen. «Dreimal sieben Jahre bin ich geblieben.»

Leonore wagte nicht, ihn zu unterbrechen. Was mochte er alles erlebt haben während der Zeit im Heiligen Land?

Sie konnte es sich kaum vorstellen, war sie doch behütet bei ihrer Amme in Mackenthorpe und dann bei den Benediktinerinnen in Sankt Marien aufgewachsen. Endlich schüttelte er sich, wie aus einem bösen Traum erwacht, und sprach weiter: «Lange Zeit glaubte ich, bei den Rittern meinen Platz gefunden zu haben. Doch dann musste ich für eine Weile aus Jerusalem fliehen ...»

«Warum?», flüsterte Leonore und hoffte, dass er die Anspannung in ihrer Stimme nicht bemerkte. Hatte sein Geheimnis etwas mit dem Streit in Venedig zu tun, dessen Zeugen sie ungewollt gewesen war? Wer war der geheimnisvolle Fremde in Venedig gewesen, mit dem sie den Ritter kurz gesehen hatte? Wie viele Geheimnisse mochte Gottfried noch vor ihr verbergen?

«Das ist eine andere Geschichte, die ich Euch vielleicht später einmal erzählen werde.» Gottfried hob abwehrend die Hände. «Salomon bat mich, Ruth für ihn zu suchen. Und dann wollte ich nach Braunschweig, das Grab meiner Liebe ein letztes Mal sehen. Genügend Zeit war verstrichen, sodass ich Abschied nehmen wollte. Dort erfuhr ich dann endlich die Wahrheit.»

Leonore legte fragend den Kopf schief. Das Geheimnis ihrer Mutter war doch gelüftet, die tragische Geschichte einer unerfüllten Liebe erzählt und die unerfreuliche Rolle ihres Vaters in diesem Trauerspiel bereits entlarvt. Welche Lüge hatte Gottfried in Braunschweig noch aufdecken können? Sie war verwirrt. «Aber ... aber kanntet Ihr denn nicht bereits alle Geheimnisse?»

«Ich hatte nicht damit rechnen können, was für ein Schuft Bernardus wirklich war. Welch unsägliche Tiefe seine Gemeinheit annehmen kann.» Er blickte sie geradeheraus an. Wut wechselte sich auf seinem Gesicht ab mit etwas, das Verzagtheit zu sein schien. «Bernardus hatte mir nach meiner

Rückkehr aus Magdeburg gesagt, dass Elke und ihr Kind gestorben waren. Dass du am Leben warst, erfuhr ich erst, als ich aus Jerusalem zurückkehrte.»

Leonores Verwunderung wuchs. Warum hatte es für den Ritter Bedeutung, ob sie lebte oder nicht? Vielleicht, suchte sie nach einer Erklärung, vielleicht weil sie ihn an ihre Mutter erinnerte. Doch warum hatte Bernardus auch hier gelogen? Die ganze Geschichte erschien ihr wie ein Wollknäuel, das stets neue Verstrickungen offenbarte, wenn man meinte, es aufwickeln zu können.

Gottfried ballte die Fäuste und knirschte mit den Zähnen. «Als ich ihn aufsuchte, um nach Elkes Grab zu fragen, hat mir Bernardus lachend ins Gesicht gespuckt, dass er meinen Wechselbalg gut verheiratet hatte. Auf diese bittere Art erfuhr ich von meiner Tochter.»

Leonore schwieg. Sie hatte seine Worte gehört, aber vermochte den Sinn nicht zu begreifen. Langsam, wie durch zähen Sirup, sickerte die Bedeutung seiner letzten Sätze in ihr Herz. «Eure Tochter?», flüsterte sie. «Ihr, Ihr seid mein Vater?»

Ihre Finger tasteten nach dem Krug. Mit zitternden Händen goss sie sich ein Glas des schweren Roten ein, den sie hinunterstürzte wie Wasser. Nein, nein, sie musste träumen oder sich verhört haben. Sie kannte nur einen Vater. Bernardus, selbst wenn er selten ein freundliches Wort für sie übrighatte, war er der Mann, den sie Vater genannt hatte. Es konnte nicht sein, dass ihr Leben auf einer Lüge gründete, dass alles, was sie sicher geglaubt hatte, sich plötzlich als Täuschung erwies. Als Luftspiegelung, wie Leonore sie in der Wüste erlebt hatte.

«Glaub mir, Leonore, auch mich hat die Nachricht überrascht. Und ich wollte sie erst nicht glauben, hatte Bernardus doch schon so oft gelogen.» Gottfried lächelte schief. «Nach und nach jedoch passten alle Stückchen ineinander wie die Scherben eines zerbrochenen Kruges. Als ich nach Magdeburg ging, war Elke bereits schwanger. Ich weiß nicht, warum sie es mir verschwiegen hat. Vielleicht, weil sie meine Pläne nicht gefährden wollte. Vielleicht, weil sie es selbst noch nicht bemerkt hatte. Als ich nach Monaten nicht zurückkehrte, witterte der widerliche Emporkömmling Bernardus Morgenluft. Mit Engelszungen konnte er deinen Großvater überreden, ihm Elke zur Frau zu geben, damit sie nicht mit der Schande eines unehelichen Kindes leben musste.»

Leonore schwankte unter der Wucht der Gefühle, die auf sie einstürmten. Verwunderung, weil der Ritter, den sie auf der Reise schätzen gelernt hatte, ihr Vater war. Erleichterung, dass der ungeliebte Bernardus niemals ihr Vater gewesen war. Entsetzen über die bösen Intrigen, die ihr vermeintlicher Vater gesponnen hatte. Und Erstaunen, dass Gottfried diese Nachricht so lange zurückgehalten hatte. All diese Gefühle durchflossen sie wie ein reißender Strom, und Leonore drohte darin zu ertrinken. Am liebsten wäre sie einfach davongelaufen. Dann wieder wollte sie den Ritter schütteln, wollte ihm alle Geheimnisse entreißen, die er ihr sicher noch vorenthielt. Schließlich blieb eine Frage offen, die sich ihr wieder und wieder stellte.

«Warum nur … warum habt Ihr mir nie etwas gesagt?» Leonore rang die Hände. «Weder in Braunschweig noch auf unserer Reise?»

«Ich wagte es nicht.» Gottfried presste die Lippen zusammen. «Hätte ich in Braunschweig zu dir kommen und geradeheraus sagen sollen, dass ich dein Vater bin? Wahrscheinlich hätte dein Gemahl mich aus dem Haus gejagt.»

Leonore nickte. Ja, der Ritter, ihr Vater, schätzte Fulk richtig ein. Einen Schwindler hätte er ihn genannt und ihn davongejagt wie einen räudigen Hund. Aber warum hatte

Gottfried sich ihr nicht offenbart, nachdem er ihr Leben gerettet hatte? Oder nach dem Wiedersehen nach ihrem Wüstenabenteuer? Oder – Leonore fielen so viele Gelegenheiten ein, bei denen er ihr die Wahrheit hätte sagen können. Ihre Verwunderung wich einem leisen Zorn. «Und auf der Reise? Warum habt Ihr es mir weiter verschwiegen? Und Ruth wusste die ganze Zeit davon?»

Gottfried zuckte die Schultern. «Ich habe es als einen Wink des Schicksals gesehen, dass du nach Jerusalem reisen wolltest.» Er blickte zu Boden und strich sich mit zwei Fingern über die Wange. «Ich …» Dann schaute er sie geradeheraus an. «Ich fürchtete, dass du so wärst wie dein Stiefvater und nur wenig von deiner Mutter in dir geblieben wäre. Das hätte ich nicht ertragen können. Und dann wurde eine Beichte immer schwieriger, je länger die Reise dauerte.»

Beide schwiegen. Die Dienerin kam herein und bot ihnen Früchte an, doch Leonore lehnte dankend ab. Langsam begannen seine Worte in ihre Gedanken einzudringen und sich festzusetzen. Nach der ersten Überraschung begannen ihre Hände zu zittern. Ihr Magen litt unter dem Wein. Übelkeit stieg in ihr hoch, und sie verspürte den Wunsch, weit wegzulaufen. Nur fliehen vor dem, was der Ritter, was ihr Vater ihr gesagt hatte. Ein anderer Teil von ihr wünschte sich, dass Gottfried sie einfach in den Arm nähme. Von sich aus auf ihn zuzugehen, traute sie sich jedoch nicht. Zu fremd schien ihr der Ritter. Selbst in Gedanken wagte sie es nicht, ihn Vater zu nennen.

«Erzählt mir mehr von meiner Mutter. Wie war sie?»

«Dir sehr ähnlich und doch anders. Als ich sie kennenlernte, als wir uns kennenlernten, waren wir beide so jung, viel jünger als du heute.» Gottfried versank in Erinnerungen, und Leonore lauschte ihm voller Spannung.

Erst als die Kerzen mit einem Zischen niederbrannten,

erwachte sie aus dem Bann, in den sie die Erzählungen ihres Vaters gezogen hatten.

Sie gähnte. «Bitte entschuldigt. Ich würde gern noch so viel mehr erfahren, aber ...»

Gottfried lächelte sie an. «Ich bin auch müde. Und nun, da ich dir endlich die Wahrheit gestanden habe, bleibt uns noch viel Zeit, einander kennenzulernen.»

Er stand auf und ging um den Tisch. Sanft zog er sie hoch und nahm sie dann ein wenig unbeholfen in den Arm. Leonore legte ihren Kopf an seine Schulter und schloss für einen Augenblick die Augen.

26

Am Morgen erwartete nur Gottfried sie zum Frühstück. In seinem Lächeln entdeckte Leonore eine Unsicherheit, wie auch sie selbst sie verspürte. Dem Ritter als Reisegefährten gegenüberzusitzen, war das eine, ihn plötzlich als Vater anzusehen, etwas ganz anderes. Sie konnte sich vorstellen, dass auch er seine Zeit brauchen würde, sich damit anzufreunden. Obwohl, und hier zog ein Schatten über ihr Gesicht, Gottfried deutlich mehr Zeit gehabt hatte als sie, sich mit dem Gedanken vertraut zu machen, dass sie Vater und Tochter waren. Sie nickte ihm zu und setzte sich ihm gegenüber.

«Ruth und Salomon sind bereits unterwegs. Ich glaube, Salomon möchte Ruth stolz all seinen Freunden vorstellen.» Beherzt nahm er sich einen Weizenfladen und bestrich ihn dick mit Honig. «Gerade als ob er eine verlorene Tochter wiedergefunden hätte.»

Als ihm diese Worte entglitten waren, schoss ihm die Röte ins Gesicht – genauso schnell, wie es ihr selbst oft widerfuhr, stellte Leonore erstaunt fest. Sie lächelte ihrem Vater zu, der verlegen auf die Tischplatte schaute.

«Ach, du musst doch nicht jedes Wort auf die Goldwaage legen.»

«Ich weiß. Aber …» Er hob die Schultern und verzog den Mund. «Vorher schien alles so einfach. Du suchtest nach deiner Tochter, ich habe dich begleitet …»

«Ja, und die Suche nach Blanche bleibt auch das Wichtigste für mich.» Leonore sah ihrem Vater geradeheraus ins Gesicht. In der Nacht hatte sie einen Entschluss gefasst, den sie heute in die Tat umsetzen wollte. Die Sorge, was Gottfried zu ihrem Wunsch sagen würde, raubte ihr den Hunger. «Bitte, nehmt mich – nimm mich auf die Suche mit. Ich kann nicht hier sitzen und untätig bleiben. Noch länger zu warten zerreißt mein Herz.» Leonore blickte ihn flehend an. Er musste sie doch verstehen können. Er musste doch wissen, wie es sich anfühlte, verzweifelt auf die eigene Tochter zu warten und sie nicht erreichen zu können. Oder irrte sie sich? Vielleicht konnte gerade ihr Vater sie nicht verstehen, weil er so viele Jahre ohne sie zugebracht und sie auch nicht vermisst hatte. Nun – nicht vermissen konnte, da er ja nicht wusste, dass er eine Tochter hatte.

Gottfried hob die Hände. «Gut, aber du sagst wenig und hältst dich im Hintergrund. Noch wissen wir nicht, warum Fulk entführt wurde. Und warum er eure Tochter mit sich nahm.»

Leonore nickte. Alles würde sie versprechen, wenn sie nur nach Blanche suchen dürfte. Wie würde ihre Tochter staunen, wenn sie einen zweiten Großvater vorgestellt bekäme. Leonore lächelte bei dem Gedanken, wie sie drei nach Braunschweig zurückkehren würden. Nein, vier, schließlich war da ja auch noch Fulk. Wie würde ihr Ehemann wohl die Neuigkeit aufnehmen, dass sein guter Freund Bernardus gar nicht sein rechtmäßiger Schwiegervater war? Und was würde Herburgis sagen, wenn sie die ganze Geschichte erführe? Leonore zuckte die Achseln und seufzte. Es würde sich schon zeigen. Jetzt erst einmal kam es darauf an, ihre Tochter zu finden, Gottfrieds Enkelin.

«Ihr seid nicht nur Vater, sondern auch Großvater», platzte sie heraus, als sich dieser Gedanke in ihrem Kopf verdichtete. Ihr fiel es schwer, das vertraute Du gegenüber Gottfried zu benutzen, der ihr trotz der geteilten Reiseabenteuer immer noch fremd war. «Und du kennst deine Enkelin noch nicht einmal.»

«Darum suche ich ja so verzweifelt nach Blanche.»

«Glaubt Ihr ... glaubst du wirklich, dass ich durch mein Handeln gestern ... dass ich durch meine Hilfe für Prinzessin Sibylla ... dass ich dadurch Blanches Sicherheit gefährdet habe?» Leonore musste ihm diese Frage stellen, auch wenn sie die Antwort fürchtete.

«Vielleicht. Vielleicht bekommen wir dadurch aber auch Hilfe von unerwarteter Seite.» Gottfried lächelte ihr aufmunternd zu. «Wir wissen einfach zu wenig, noch immer. Warum Fulk und Blanche entführt worden. Warum die Sarazenen auch dein Kind raubten. So viele Fragen ... und ich bin noch keinen Schritt weiter.»

Er hieb die Faust auf den Tisch, voller Verzweiflung über sein Scheitern. Leonore erschrak und hätte ihm gern etwas Tröstendes gesagt, doch die wiedererwachte Angst um Blanche raubte ihr alle Kraft.

Selbst der Duft des Honigs konnte keinen Hunger in ihr wecken. Die halbe Nacht hatte sie sich von einer Seite auf die andere gewälzt und versucht, die Gedanken, die durch ihren Kopf hetzten, zu ordnen. «Gottfried ist mein Vater», hatte sie sich mehrmals laut vorgesprochen, doch die Worte klangen seltsam hohl. Ich habe meine Tochter gesucht und einen Vater gefunden – mit diesem Gedanken war sie in einen unruhigen Schlaf gefallen. Dunkle Träume hatten sie gequält. Träume, in denen Blanche versklavt war, in denen Fulk ihren Vater davonjagte und als Schwindler beschimpfte. Und schließlich hatte sie geträumt, dass ein Sarazene ihre Tochter und ihren Vater rettete. Am Morgen war sie schweißgebadet erwacht, mit Nadims Namen auf den Lippen.

Eine innere Unruhe war ihr aus den Träumen gefolgt, und sie drängte Gottfried zum Aufbruch.

«Warte noch einen Moment. Wir wollen Djabal mitnehmen, er müsste gleich hier sein.»

«Warum?» Leonore knetete ihre Unterlippe mit den Zähnen. Ungeduld hatte sie ergriffen wie ein Fieber, und sie wollte sofort aufbrechen, um nach ihrem Kind zu suchen. Endlich, endlich kam der Diener, und sie konnten sich auf den Weg zum Markt begeben. Dorthin, wo laut Gottfried alle Jerusalemer zusammenkamen und Neuigkeiten tauschten wie Waren.

«Wo gehen wir zuerst hin?» Lag es an den Träumen oder an der Schwüle des Jerusalemer Morgens, dass sich Schweißperlen auf Leonores Stirn bildeten? Mit einer hastigen Geste wischte sie sie ab, bevor Gottfried misstrauisch wurde. Wenn sie jetzt erkrankte, würde sie Blanche nicht finden können. Leonore kämpfte gegen die Übelkeit an, die mit einem Mal in ihr aufstieg. Sicher hatte sie etwas Falsches gegessen. Das Homus vielleicht.

«Was ist mit dir?» Gottfried hielt an und musterte sie sorgenvoll. «Du siehst nicht gesund aus.»

«Es ist nichts, bitte lass uns weitergehen.» Leonore drängte den Würgereiz zurück und richtete ihren Blick starr auf die Straße. Gottfried eilte mit langen Schritten voraus, und ihr fiel es schwerer und schwerer, ihm zu folgen. Ihre Knie zitterten plötzlich vor Anstrengung, sich auf den Beinen zu halten. Die Sonne brannte ihr ins Gesicht und trocknete Leonores Kehle aus. Sie taumelte und musste sich an der Wand einer Arkade abstützen, die etwas Schatten spendete. Sofort war Gottfried neben ihr und stützte sie. Nun bemerkte er auch die Schweißtropfen, die sich wieder auf ihrer Stirn gebildet hatten.

«Deine Stirn ist ja ganz heiß! Du bist krank, so kann ich dich nicht mitnehmen. Djabal bringt dich nach Hause.» Sorge und Ärger hielten sich in seiner Stimme die Waage.

«Nein, nein. Bitte, nimm mich mit. Bitte», flehte sie, erschrak aber selbst vor dem dünnen Klang ihrer Stimme. Sie musste einsehen, dass sie in ihrem Zustand nicht imstande war, Gottfried zu begleiten. «Bitte, finde Blanche», flehte sie ihren Vater an und brach in Tränen aus.

Nachdem sie sich wieder gefasst hatte, folgte sie Djabal auf wackligen Beinen zurück zu Salomons Haus. Leonore nahm nichts um sich herum wahr und zuckte zusammen, als jemand ihren Namen nannte und ihre Schulter berührte. Erschrocken drehte sie sich um.

«Frau Leonore. Wie schön, Euch zu sehen. Von Eurer guten Tat spricht ganz Jerusalem.» Vor ihr stand Gérard de Ridefort und lächelte. «Habt Ihr Euren Gemahl schon gefunden?»

«Nein. Nein, habe ich nicht.» Leonore bemühte sich, das Zittern in ihrer Stimme zu unterdrücken und den Grundregeln der Höflichkeit Genüge zu tun. «Seit wann seid Ihr in Jerusalem?» Und hastig ergänzte sie: «Auch ich freue mich, Euch zu sehen.»

«Wir kamen vor drei Tagen an.» In gespielter Verzweiflung schüttelte er den Kopf. «So eine langsame Gruppe von Pilgern hatten wir noch nie. Da war diese Frau, die uns besonders aufhielt, Ihr kennt sie, die Pilgerin mit ihren schier unzähligen Kleidertruhen. Aber sagt, wie ist es Euch ergangen?»

«Ich fühle mich nicht gut … Bitte entschuldigt.» Leonore wandte sich um.

«Bitte wartet!» Gérard de Ridefort legte seine Hand auf ihren Arm. «Wenn Ihr Hilfe braucht, findet Ihr mich im Haus der Templer.»

Leonore neigte den Kopf. «Ich danke Euch und hoffe auf ein Wiedersehen.»

Mit zitternden Knien und einem flauen Gefühl im Magen kam sie bei Salomon an. Ihre Gedanken kreisten um die Frage, ob sie das freundliche Angebot Gérard de Rideforts annehmen sollte. Falls Gottfried heute Abend immer noch nichts über Blanche erfahren hätte, würde sie sich mit der Bitte um Unterstützung an den Ritter wenden. Nur eine Erinnerung nagte an ihr und versetzte sie in Zweifel. Wieder und wieder musste sie daran denken, wie Renaud de Châtillon und Gérard de Ridefort die Menschen der Karawane gejagt hatten wie Wild.

«Was ist mit dir?» Aus Ruths Stimme klang tiefe Sorge, als Leonore in die Küche stolperte.

«Ich weiß nicht. Mir ist kalt. Und heiß. Und wieder kalt.» Leonores Zähne klapperten, wie um ihre Worte zu unterstreichen. Prüfend legte Ruth ihr eine Hand auf die Stirn. «Du hast Fieber. Schnell, hole einen *hakim*», wandte sie sich an Djabal und stützte Leonore auf dem Weg in ihre Kammer.

«Was ist ein *hakim*?» Leonore zitterte trotz der Decken, die Ruth über sie ausbreitete. «Bitte, kann ich etwas Wasser haben?»

«Ein sarazenischer Arzt, besser als die fränkischen Schlachter.» Ruth schüttelte besorgt den Kopf. «Du hättest heute Morgen gar nicht aufstehen dürfen.»

«Muss doch Blanche finden», flüsterte Leonore und fiel in einen leichten Schlaf, aus dem sie immer wieder fröstelnd erwachte.

Den Mann, der sie untersuchte und mit Salomon und Ruth sprach, nahm sie nur wie durch einen Schleier wahr. Sie schluckte das bittere, heiße Getränk, das Ruth ihr reichte, ohne Murren und glitt dann wieder in die Dunkelheit des Schlafs. Als sie erwachte, fühlte sie sich erfrischt und hatte sogar ein wenig Hunger. Vorsichtig setzte sie sich auf, was Ruth in die Kammer rief.

«Wie geht es dir?»

«Besser, nein, gut.» Leonore nickte eifrig. «Morgen bin ich bestimmt wieder genesen und kann mit meinem Vater nach Blanche suchen.»

«O nein.» Ruth stemmte die Hände in die Hüften wie eine Marktfrau. «Der *hakim* hat befohlen, dass du wenigstens zwei Tage das Bett hütest.»

«Nein, du verstehst das nicht. Etwas Furchtbares wird geschehen. Ich habe Schreckliches in meinen Träumen gesehen.» Leonore wollte aufstehen, doch ihr Körper wehrte sich gegen die Anstrengung. Zitternd fiel sie zurück aufs Bett.

«Ich hole dir jetzt erst einmal Brot und Suppe, und dann schläfst du weiter.» Ruth ließ nicht mit sich reden. «Dein böser Traum kommt vom Fieber, und das wird nur schlimmer, wenn du zu früh aufstehst.»

Leonore nickte ergeben und ließ sich wieder auf die Kissen sinken. Sie aß die Suppe, ohne sie zu schmecken. Der Schlaf wolle nicht wiederkommen, und so lauschte sie angespannt auf Gottfrieds Rückkehr. Endlich, endlich kam ihr Vater in die Kammer. Er wirkte erschöpft. Auf seinen Kleidern entdeckte sie Spuren der Straße, sein Gewand war staubig und dreckbespritzt.

«Selbst Djabal konnte nichts erfahren. Mir gegenüber schweigen die Händler, jedenfalls die Sarazenen.» Er schüttelte bedauernd den Kopf. «Und die Christen wissen von nichts. Sie hören nur die Gerüchte ihrer eigenen Welt. Deine Tat der Barmherzigkeit ist übrigens in aller Munde.» Schwer ließ er sich auf eine Truhe sinken und stützte den Kopf in die Hände. «Leonore, es tut mir so leid.»

«Es ist nicht deine Schuld.» Sie schüttelte den Kopf. So sehr hatte sie gehofft, dass der heutige Tag ihr die ersehnte Nachricht brächte. Sie bemühte sich, ihre Enttäuschung zu verbergen, um ihrem Vater das Leben nicht noch schwerer zu machen. Doch dann erinnerte sie sich an die Ängste, die sie am Nachmittag geplagt hatten. «Ich sorge mich nur so sehr. Heute Nacht verfolgten mich düstere Träume. Bitte gib nicht auf und such weiter.»

Gottfried nickte und nahm ihre fiebrigen Hände in seine kühlen. Sie musste gähnen. Die Krankheit forderte ihren Tribut, und nach einer weiteren Schale des bitteren Gebräus versank Leonore wieder in den Tiefen des Schlafs.

Zwei Tage hielt das Fieber sie in seinen Krallen, zwei Tage, in denen sie zwischen Wachen und Schlafen dahindämmerte und kaum sprechen konnte. Sie wusste nicht, ob sie geträumt hatte, dass Gottfried in ihrer Kammer stand und überschwänglich von einem Erfolg berichtete. Genauso wenig, wie sie wusste, ob die Bilder von Nadim, die sie heimsuchten, ihrem Fieber oder ihrer Sehnsucht geschuldet waren. Am dritten Morgen endlich konnte sie aufstehen, und nach dem Frühstück fühlte sie sich kräftig genug, um mit Gottfried auf den Markt zu gehen.

«Du hast nicht geträumt.» Gottfried nickte ihr aufmunternd zu. Die Dunkelheit, die ihn stets umgeben hatte, schien endlich gewichen zu sein. Er wirkte beinahe fröhlich, als er Leonore die gute Kunde überbrachte. Ein sarazenischer Junge hatte ihn angesprochen und gesagt, dass er wüsste, wo seit kurzem ein blondes Frankenmädchen wohnte, und dass er ihn zu dem Haus führen könne.

«Ich komme mit.» Leonore sprang auf. «Ich bin stark genug. Bitte.»

Gottfried schüttelte den Kopf. «Leonore, sei vernünftig. Es ist besser, wenn du noch einen Tag gesundest.»

«Wann treffen wir den Jungen und wo?» Sie lief auf und ab und kämpfte gegen das Zittern ihrer Beine an. Sie würde nicht warten, nicht heute. Die Erinnerung an ihre dunklen Träume peinigte sie noch immer, auch wenn die Bilder langsam verblassten.

«Heute. Er wartet an der Maria-Magdalena-Kirche auf uns.»

«Hmm», ließ sich Salomon vernehmen. Er strich sich den Bart. «Ein seltsamer Platz für ein Treffen, so weit abgelegen.»

«Glaubt Ihr, es ist eine Falle?» Leonore biss sich auf die Fingerknöchel und versuchte, die aufwallende Angst zu unterdrücken. «Wer sollte uns eine Falle stellen wollen?»

Ein Blick in das Gesicht ihres Vaters zeigte ihr, dass auch er gewisse Zweifel an der Ehrlichkeit des Jungen hatte. Gottfried zuckte die Schultern. «Vielleicht Räuber, die sich ein Lösegeld erhoffen. Schließlich giltst du nun als Freundin der Prinzessin.»

«Vielleicht sagt der Junge ja auch die Wahrheit.» Leonore war nicht bereit, die Hoffnung aufzugeben. Der einzige Hinweis auf Blanche, den sie in all den Tagen erhalten hatten, durfte sich einfach nicht in Luft auflösen oder als Täuschung erweisen. «Bitte nimm mich mit. Vier Augen sehen mehr als zwei.»

Gottfried nickte. «Na gut. Aber wir müssen vorsichtig sein. Djabal soll uns mit ein wenig Abstand folgen und uns warnen, wenn ihm etwas Verdächtiges auffällt.»

27

Am frühen Morgen waren nur wenige Menschen auf den Straßen unterwegs. Schweigend und in Gedanken versunken eilte Leonore hinter Gottfried her. Ab und zu blickte ihr Vater sich um, ob sie ihm noch folgen konnte. Sie lächelte ihm zu und nickte zur Bestätigung, dass es ihr gutgehe. Wie friedlich die Stadt im Licht der Morgensonne wirkte. Leonore schöpfte neuen Mut und ging schneller, um ihren Vater einzuholen.

Die beiden vermummten Reiter, die plötzlich aus einer Seitengasse auf sie zugaloppiert kamen, überraschten sie so sehr, dass sie nicht einmal aufschrie. Nadim, war ihr erster Gedanke, als sie den verschleierten Mann auf dem Rappen entdeckte. Doch nein, das Pferd wirkte nicht so edel wie Fahkir, und sein Reiter zerrte roh an den Zügeln. So hätte der Sarazene seinen Hengst niemals behandelt. Räuber, schoss es ihr dann durch den Kopf. Wie von selbst flog ihre Hand zum Hals, schützte das silberne Kreuz, den einzigen Schmuck, den sie besaß und der nun noch kostbarer war, seit sie wusste, dass die Kette ein Geschenk ihres Vaters war. Ihr Vater. Gottfried war stehen geblieben und hatte sein Schwert gezogen, bereit, sich den Angreifern entgegenzustellen. Unfähig, sich zu rühren, starrte Leonore den schwarzverhüllten Reitern entgegen, die nun Krummsäbel zückten und auf sie losstürmten. Ihr Herz schlug wie wild, ihr Verstand schrie, dass sie um ihr Leben laufen sollte, doch ihre Beine verweigerten den Dienst. Selbst als sie erkannte, dass sie es mit Mördern zu tun hatte, vermochte Leonore sich nicht zu bewegen. Sie stand wie gelähmt und sah aus schreckgeweiteten Augen, wie einer der Angreifer geradewegs auf sie zukam. Er schwang einen Krummsäbel über dem Kopf und würde sie kaltblütig töten. Dieses Grauen übertraf selbst ihre schlimmsten Albträume. Sie bekam Todesangst, konnte sich aber noch immer nicht rühren. Blanche, dachte sie nur, Blanche!

In ihrer Angst konnte sie nicht einmal die Augen schließen und starrte dem Mann hilflos entgegen. Da plötzlich tauchte aus einer Seitengasse ein weiterer Reiter auf, in das Weiß der Beduinen gekleidet. In weiten Sprüngen trieb er seinen Rappen auf die Angreifer zu. Der Schwarzvermummte ließ die Waffe zum tödlichen Streich niedersausen, als ein Krummsäbel die Klinge zur Seite riss. Der Beduine stach blitzschnell zu und tötete den Gegner mit einem Hieb. Dann sprang er mit einem Satz von seinem Pferd und lief auf Leonore zu. Sie erwachte aus ihrer Starre und flog in seine Arme.

«Nadim», flüsterte sie, und ihr Herz tat einen Sprung vor Freude und Erleichterung. Sie schien aus einem bösen Traum zu erwachen, jetzt, wo sie den Sarazenen an ihrer Seite wusste. Er würde sie beschützen und retten, so wie in der Wüste.

«Geht es Euch gut?» Er schob sie vorsichtig ein Stück von sich und schaute ihr in die Augen.

Sie antwortete mit einem Nicken, weil ihr Mund zu trocken schien, um Worte formen zu können. Ihre Hände zitterten, und ihr Magen schmerzte. Dann wurde ihr wieder übel, und sie griff sich an die Kehle, um den Würgereiz zu unterdrücken. Der Ausdruck in Nadims Augen ließ sie zusammenzucken. Der Sarazene starrte auf etwas hinter ihrem Rücken, und ein Schatten zog über sein Gesicht. Gottfried! Was war mit ihrem Vater? Hastig drehte Leonore sich um und stolperte vor Schwäche und Schrecken.

«Nein! Nein!» Ihrer Kehle entkam nur ein heiseres Krächzen. Ein entsetzlicher Anblick bot sich ihr. Der zweite Reiter hatte Gottfried mit einem Hieb zu Boden geschlagen und preschte nun auf Leonore und Nadim zu. Leonore duckte sich und lief an die Seite ihres Vaters, der im Dreck der Straße lag. Eine Blutlache bildete sich unter ihm, und er hielt die Augen geschlossen. Nein, das konnte nicht sein. Das durfte einfach nicht sein. Hilfesuchend wandte sie sich zu Nadim um.

Der Sarazene hatte sich blitzschnell wieder in den Sattel seines Rappens geschwungen. Ein Hieb seines Krummsäbels traf den erhobenen Arm des vermummten Angreifers. Mit einem lauten Schrei wendete der Mörder sein Pferd und raste davon. Nadim wollte ihm hinterherjagen, doch Leonores Ruf ließ ihn innehalten.

«Nadim! Bitte, helft mir.» Sie kniete neben Gottfried, der vor Schmerzen röchelte. Blut pulsierte aus einer Wunde in seiner Brust und sickerte in den Sand der Straße. «Holt einen *hakim*, bitte. Es eilt!»

«Nein», flüsterte Gottfried mit ersterbender Stimme und öffnete die Augen. «Nicht. Er soll dich nicht allein lassen.»

Unter Tränen nickte Leonore. Sie merkte voller Traurigkeit, selbst der beste *hakim* würde ihren Vater nicht retten können. In Sankt Marien hatte sie einige Menschen sterben sehen und erkannte den Ausdruck in Gottfrieds Augen. Vorsichtig rollte sie seinen Umhang zusammen und schob ihn ihrem Vater unter den Kopf. Sie hielt seine Hand und bemühte sich, gegen die Tränen anzukämpfen. Für Gottfried musste sie jetzt stark sein. Mit einem Blick versuchte sie Nadim zu vermitteln, dass Gottfried sterben würde und dass sie ihn auf seinem letzten Weg begleiten wollte. Nadim nickte ihr zu, als Zeichen, dass er ihre Botschaft verstanden hatte. Er stieg von Fahkir und kniete sich schweigend neben sie.

«Leonore», flüsterte der Ritter und kämpfte sichtlich gegen die Schmerzen an. «Bitte, hör mir zu.»

«Nein, sprich nicht. Du wirst zu viel Blut verlieren.»

«Leonore!» Trotz der Schmerzen, die sein Gesicht verzerrten, gelang Gottfried ein Lächeln.

Nun konnte sie die Tränen nicht mehr zurückhalten. Warum nur musste sie heute ihren Vater verlieren, den sie erst vor wenigen Tagen kennengelernt hatte? Nein, sie kannte ihn schon länger. Leonore erinnerte sich an ihre erste Begegnung, als er sie aus dem Wirtshaus gerettet hatte. Sie erinnerte sich an die Freundlichkeit, die er ihr während der langen Reise hatte zuteilwerden lassen, an seine Fürsorglichkeit, als Ruth seekrank gewesen war. An seine Unsicherheit schließlich, als er ihr seine Geschichte erzählt hatte. Wie gern hätte sie mehr Zeit mit ihm verbracht und ihn besser kennengelernt. Warum nur strafte der Herr sie so? Erst schenkte er ihr einen guten Vater, nur um ihn ihr kurze Zeit später wieder zu nehmen.

Gottfried stöhnte und rang nach Luft. Leonore erschrak und schämte sich für ihre Gedanken. Ihr Vater lag im Sterben, und sie dachte nur an den Verlust, den sie erlitt, anstatt ihm in seiner letzten Stunde beizustehen. Sie drückte seine Hand und strich ihm mit der Linken über die Stirn. Dann beugte sie sich tiefer zu ihm hinab, um seine Worte verstehen zu können.

«Leonore, Salomon bewahrt mein Erbe, das nun deines ist, auf.» Er öffnete die Augen und blickte sie an. «Er kennt all meine Geheimnisse. Du kannst ihm vertrauen.»

«Bitte, wir bringen dich zu einem *hakim.*» Leonore wollte einfach nicht wahrhaben, dass Gottfried ihr mehr und mehr entglitt und sie rein gar nichts dagegen tun konnte. Sie nahm seine Rechte zwischen ihre Hände und betete für ihn. «Du musst leben, für Blanche und für mich. Bitte.»

Gottfried hustete erneut, und sie schob ihren Arm unter seinen Rücken, damit er sich etwas aufrichten konnte und weniger Schmerzen litt. Sein Atem ging nun stoßweise, und

Leonore erkannte die Zeichen des nahenden Todes. «Ich hätte mir mehr Zeit gewünscht …»

Er bäumte sich noch einmal auf. Dann lag er ganz ruhig, sein Röcheln war verklungen.

«Ich liebe dich.» Sie beugte sich vor und küsste ihren Vater auf die Stirn. Mit der linken Hand, der Hand des Herzens, schloss sie die Lider über seinen nun blicklosen Augen. Leonore strömten die Tränen übers Gesicht, und sie meinte den Schmerz nicht ertragen zu können. Warum spielte das Schicksal ihr so mit? Nach Jahren der Einsamkeit hatte sie ihren Vater gefunden und sogleich wieder verloren. Ohne die heiligen Sakramente hatte Gottfried sterben müssen und ohne seiner Enkelin auch nur ein Mal begegnet zu sein.

«Mein Herz leidet mit Euch.» Leonore spürte Nadims Hand auf ihrer Schulter. Sie tastete danach und drückte sie. Wenn Nadim nicht gewesen wäre, läge sie nun ebenfalls tot neben ihrem Vater. In all ihrer Verzweiflung war sie auch ein wenig verwundert. Wieso war er zur rechten Zeit zur Stelle gewesen?

«Warum wart Ihr hier?», fragte sie unter Tränen. «Ich, ich danke Euch für meine Rettung, doch was sucht Ihr in Jerusalem?»

Nadim schlug die Augen nieder. «Ich erkläre es Euch später. Nun müssen wir den Ritter …»

Leonore unterbrach ihn. «Meinen Vater.»

Nadim sog hörbar die Luft ein. «Wir müssen ihn zu Eurer Herberge bringen.» Seine Stimme klang drängend. «Schnell, bevor wir zu viel Aufmerksamkeit wecken und unliebsame Fragen beantworten müssen.»

«Aber die Angreifer?» Leonore wünschte sich Gerechtigkeit für ihren Vater und wollte die Mörder bestraft sehen. «Jemand muss sie zur Verantwortung ziehen.»

Nadim zuckte die Achseln. «Es tut mir leid, aber einen

vermummten Mörder zu finden wird kaum möglich sein. Bitte kommt. Jetzt müssen wir Euch schützen.»

Leonore verstand nicht, warum Nadim so schnell fliehen wollte. «Was verbergt Ihr vor mir?» Schon wieder ein Geheimnis. Davon hatte sie in den letzten Tagen zu viele gehört und war nicht bereit, einfach die Augen davor zu verschließen. Wusste sie denn überhaupt, ob sie dem Sarazenen trauen konnte? Hatten nicht seine Landsmänner ihren Vater ermordet? Leonore zerrte ihren Arm aus Nadims Hand und trat einen Schritt zurück. «Was verschweigt Ihr?»

«Assassinen.» Nadim spuckte das Wort aus, und sein Gesicht verzerrte sich dabei vor Abscheu. «*Hashishin*. Gedungene Mörder. Jemand muss sie geschickt haben.»

Leonore erbleichte. Wer um Himmels willen sollte den Wunsch hegen, sie und ihren Vater zu töten? Nadims Gesicht wirkte dunkel vor Zorn, als er weitersprach.

«Sie leben in der Burg Misyaf und werden von ihrem Anführer, dem Alten vom Berge, losgesandt, um zu morden. Sie kennen weder Angst noch Skrupel.»

«Der Alte vom Berge? Wer ist das?» So viele Fragen jagten ihr durch den Kopf, dass sie nur die einfachste stellte. Alle anderen schienen ihr so erschreckend, dass sie die Antwort fürchten musste.

Nadim stieß ein bitteres Lachen aus. «So nennt man ihn. Sein wahrer Name ist Rashid ed-Din Sinan. Schätzt Euch glücklich, wenn Ihr ihn nie wieder hört.»

«Woher kennt Ihr diese Assas…?» Leonore stolperte über das seltsame Wort.

«Die *hashishin* sind gefürchtet. Sie schrecken vor niemandem zurück. Selbst auf Salah ad-Din haben sie schon Anschläge verübt.» Nadim blickte sie voller Ernst an. «Bitte, kommt. Ich werde all Eure Fragen später beantworten.»

Leonore nickte. Immer noch weigerte sich ihr Herz, zu begreifen, dass Gottfried, ihr Vater, tot war, dass sie nie wieder mit ihm reden konnte, dass all ihre Mühen vergebens waren. Ein letztes Mal strich sie ihm die Haare aus der Stirn und gab ihm einen Kuss. Dann stand sie auf und trat einen Schritt zur Seite.

Nadim wickelte Gottfrieds Leiche mit wenigen geschickten Handgriffen in seinen Mantel ein. Er stand auf, legte den Leichnam über seine Schulter und ging zu Fahkir. Der Hengst warf den Kopf zurück, als er das Blut roch, doch nach einigen beruhigenden Worten seines Herrn blieb er stehen. Leonore brach es das Herz, als Nadim die Leiche ihres Vaters auf Fahkirs Rücken legte wie ein totes Tier. Nein, wollte sie schreien. Nein, so kann man mit meinem Vater nicht umgehen. Doch ein Teil von ihr bewahrte genügend Vernunft und erkannte, dass der Sarazene das einzig Richtige tat. Leonore schluchzte auf.

«Bitte, kommt.» In Nadims Stimme erkannte sie Trauer und Mitleid.

Mit gesenktem Haupt folgte sie dem Sarazenen und dem Pferd durch die Gassen der Stadt. Ein Gedanke schoss ihr durch den Kopf. Wo war Djabal? Der Diener hätte sie warnen sollen. Stattdessen war er wohl beim ersten Anzeichen von Gefahr geflohen. Zorn über den Untreuen stieg in Leonore auf, und sie schwor, ihn später zur Verantwortung zu ziehen. Ihr Misstrauen musste sie jedoch bitter bereuen, als Nadim und sie an der Straßenecke auf die Leiche des Dieners stießen. Die Mörder mussten Djabal zuerst getötet haben, damit er Gottfried und Leonore nicht warnen konnte.

«Was machen wir mit ihm?» Leonore deutete auf Djabal und kniete nieder, um auch ihm die gebrochenen Augen zu verschließen. «Er ist der Diener von Salomon. Wir können ihn hier nicht liegen lassen.»

Nadim blickte sich um. Allmählich erweckten sie die Aufmerksamkeit der ersten Händler, die ihres Weges gingen und sich nach der weinenden Frau und dem Sarazenen umsahen. Er hob Djabal zügig auf Fahkirs Rücken. «Nun kommt. Eilt Euch. Bitte.»

Unter Tränen folgte sie Nadim und seinem Hengst mit der traurigen Last. Sie fühlte sich wie auf einem Trauerzug. Zwei Menschen, die zwei Ermordete begleiteten. Wieder und wieder stiegen bittere Gedanken in ihr auf. Warum nur hatten Gottfried und Djabal sterben müssen? Wer hatte die gedungenen Mörder beauftragt? Und warum war Nadim als Retter zur Stelle gewesen? Zwischen diese Fragen drängten sich Trauer über den Tod ihres Vaters und Unglauben. Fast erwartete sie, dass Ruth gleich zur Tür hereinkäme und sie aus diesem Albtraum weckte. Doch die Schweißperlen auf ihrer Stirn, der beißende Gestank der Straße, über den sich der Geruch von Blut legte, und die Sonnenstrahlen, die auf ihrer Haut brannten, machten ihr unbarmherzig klar, dass all dies kein Traum, sondern bittere Wirklichkeit war. Der Weg zu Salomons Haus erschien ihr endlos, während sie hinter Nadim und Fahkir herstolperte, und sie fürchtete, von einem Händler oder einer Wache aufgehalten zu werden. Würde man ihnen glauben, dass gedungene Mörder sie überfallen hatten? Endlich bogen sie in die kleine Gasse ein, und Leonore führte Nadim auf den Hof zu den Ställen, damit er Fahkir dort unterstellen konnte. Was sollte sie nun tun?

Kopflos lief sie ins Haus, suchte Ruth und Salomon, fand sie in der Werkstatt und stieß atemlos hervor: «Eine Falle. Mein Vater ist ermordet. Djabal tot.»

Erneut brach sie in Tränen aus, und unter Schluchzen konnte sie nur diese Worte wiederholen. Ruth schloss sie in ihre Arme und strich ihr sanft übers Haar. Salomon holte einen Krug gewürzten Wein und flößte Leonore einen Becher ein.

«Bitte, versucht Euch zu beruhigen. Wo sind die Toten?» Besorgnis und tiefe Trauer um seinen Freund färbten Salomons Stimme dunkel.

«Im Stall.» Nadim war eingetreten. «Wo können wir sie aufbahren?»

«Wartet. Ich komme mit Euch.» Salomon und der Sarazene gingen hinaus und ließen Leonore mit Ruth allein.

«Er starb ohne Beichte und Letzte Ölung», schluchzte Leonore. Wieder und wieder musste sie daran denken, dass ihr Vater keine Sterbesakramente erhalten hatte. Mit ihrer grausamen Tat hatten die Mörder ihm womöglich den Weg ins Himmelreich verwehrt?

«Er lebte sein Leben als gottesfürchtiger Mann, denke ich», sagte Ruth und reichte Leonore ein Tuch für ihre Tränen. «Sollen wir einen Pfarrer rufen lassen?»

Leonore nickte.

Den Rest des Tages nahm sie wie durch einen dunklen Schleier wahr. Die Begräbnisvorbereitungen überließ sie mit großer Dankbarkeit Salomon, der sie ab und zu nach ihren Wünschen fragte. Sie nickte zu allem, unfähig, eine Entscheidung zu treffen, und versank wieder in ihrer Verzweiflung. Wie wenig Zeit war ihr mit ihrem Vater vergönnt gewesen. Sie wusste so wenig von Gottfried und wünschte sehnlichst, sie hätte ihn mehr fragen können. Selbst ihre Sorge um Blanche konnte den Kummer aus ihrem Herzen nicht verdrängen. Nun würde ihre Tochter den Großvater gar nicht kennenlernen können. Leonore brach erneut in Tränen aus.

«Leonore», drang Ruths sanfte Stimme an ihr Ohr. «Nadim muss zurück zu seinen Leuten, aber er hat dir noch etwas zu sagen.»

Nadim. War er etwa die ganze Zeit in ihrer Nähe geblieben? Sie hatte ihm noch nicht einmal für ihr Leben gedankt. Warum war er zur rechten Zeit für sie da gewesen und hatte sie vor den Mördern gerettet? Leonore hob den Kopf und nickte Ruth zu.

«Ich bedaure Euren Verlust.» Nadim setzte sich ihr gegenüber und legte seine Hand sanft auf ihre. «Und ich bedaure, dass meine Nachricht Euch nicht zu einer besseren Zeit erreicht.» Nadim lächelte sie an, und Leonore fühlte ihr Herz klopfen. «Ein Händler berichtete von Gerüchten über ein Frankenkind, das bei einer Sarazenin lebt.»

«Blanche! Wo? Habt Ihr sie gesehen?» In Leonores Kopf blieb nur noch ein Gedanke. Endlich würde sie ihr Kind wieder in die Arme schließen können. «Kann ich zu ihr? Bitte!»

«Ich hatte Wadjid ausgeschickt, Erkundigungen einzuziehen, doch er hat noch nicht mehr herausfinden können.» Nadim zog bedauernd die Schultern hoch. «Er wird Euch holen, wenn wir etwas wissen.»

«Könnt Ihr nicht schneller etwas in Erfahrung bringen?» Leonore ballte die Fäuste und krallte die Fingernägel in die Handflächen. Durch den Schmerz versuchte sie, ihre Verzweiflung zu betäuben. Blanche erschien ihr langsam wie ein Geist, wie eine Fata Morgana. Immer wenn sie ihrer Tochter nahe gekommen zu sein schien, verschwand sie wieder wie Nebelschwaden in der Sonne. Vielleicht wollte der Herr sie strafen, weil sie sich nicht an das Versprechen gehalten hatte, das sie ihm im Sandsturm gegeben hatte, und den Sarazenen doch nicht aus ihrem Herzen verbannt hatte.

Nadim hob die Schultern. «Bitte glaubt mir, wir werden alles versuchen. Ich kann mir vorstellen, wie schwer es für Euch ist, doch fasst Euch noch etwas in Geduld.»

Warten, immer nur warten, dachte Leonore. Das ewige Schicksal der Frauen.

«Ich danke Euch. Für mein Leben und für meine Tochter.» Leonore sah ihn an, und trotz ihrer Trauer wünschte sie sich nichts mehr, als Trost in seinen Armen zu finden. Doch die nagende Frage wollte sich nicht verdrängen lassen, und sie sah dem Sarazenen geradeheraus in die Augen. «Bitte sagt mir, warum Ihr heute Morgen zur Stelle wart und mir ein weiteres Mal das Leben retten konntet.»

Nadim blickte auf den Tisch und schob einen Becher mit Wasser hin und her. «Ich bin Euch gefolgt. Seit Akkon schon. Ich habe mir Sorgen um Euch gemacht.»

Diese Antwort überwältigte Leonore, weil sie nur noch mehr Rätsel aufwarf, und sie verbarg ihre Verwirrung hinter sinnlosen Fragen. «Aber Euer Handel? Eure Karawane?»

«Unsere Waren können wir auch in Jerusalem verkaufen.» Er lächelte traurig. «Aber ich bin zu spät gekommen. Ich wünschte, ich hätte Euren Vater retten können.»

Sie neigte den Kopf und legte ihre Hand um seine, die immer noch den Becher über den Tisch schob. So saßen sie schweigend, bis Salomon mit einer weiteren Frage zu Leonore kam.

«Ich muss gehen.» Nadim stand auf und verneigte sich. «Ihr hört von mir.»

Leonore nickte und blickte ihm nach. Salomons Frage verstand sie erst, als er sie erneut stellte. Noch vollkommen benommen war sie von den Ereignissen dieses Tages. Wie viel war geschehen, das sie in ein Wechselbad der Gefühle gestürzt hatte – sie selbst knapp dem Tod entronnen, ihr Vater von Assassinen ermordet, Nadim, der ihr ein weiteres Mal das Leben gerettet hatte, und zu guter Letzt, kaum noch erhofft, eine Nachricht von ihrer Tochter. Leonore trank noch einen gewürzten Wein und ging in ihre Kammer. Zu erschöpft, um ihre Kleider auszuziehen, legte sie sich auf das Bett und fiel sogleich in einen unruhigen Schlaf.

28

Sie beerdigten Gottfried am nächsten Tag. Die Zeremonie, eine kleine Feier, an der nur Ruth, Salomon und Leonore teilnahmen, erlebte Leonore wie in einem Fiebertraum. Der Pfarrer hielt nur mit Widerwillen eine Liturgie für Gottfried ab und bemühte sich nicht, seinen Unmut darüber zu verhehlen, dass er einen Christen in einem jüdischen Haus vorgefunden hatte. Er sprach nur wenige Worte am Grab und schielte gierig auf das Silber, das Salomon ihm schließlich für seine Dienste in die Hand drückte.

Schweigend saßen sie danach am Tisch und hingen ihren Gedanken nach. Leonore starrte in ihren Wein. Noch immer schien ihr alles wie ein böser Traum. Warum hatte jemand Mörder ausgeschickt, um sie und ihren Vater zu töten? Wollten die Assassinen sie beide töten oder nur Gottfried? Oder gar sie? Leonore schüttelte den Kopf. Wen sollte sie sich schon zum Feind gemacht haben? Und doch … Sie erinnerte sich an Gottfrieds Warnung vor Sibylla von Jerusalem. Wer könnte so erpicht darauf sein, dass sie aus Jerusalem verschwanden? Die Sarazenen, die Blanche und Fulk entführt hatten, vielleicht. Oder hatte es mit den Geheimnissen zu tun, von denen ihr Vater gesprochen hatte? Oder, sie wagte es kaum, diesen Gedanken zu Ende zu denken, war sogar die Prinzessin von Jerusalem darin verwickelt? Nur zu gut erinnerte sich Leonore an Sibyllas Erschrecken, als sie Gottfried gesehen hatte.

«Ich möchte Gerechtigkeit für meinen Vater. Ich will die Mörder bestraft sehen. Ich will wissen, wer die Mörder geschickt hat.» Leonore wischte sich die Tränen ab. «Es darf nicht sein, dass diese furchtbare Tat ungesühnt bleibt.»

Salomon strich sich nachdenklich den Bart. «Gottfried war ein Ritter. Wir müssten den Mord an ihm vor den Haute Cour bringen.»

Leonore verstand nicht, was er ihr sagen wollte. Sie blickte ihn an und hob fragend die Augenbrauen.

«Den Gerichtshof des Adels. Hier behandelt man die Angelegenheiten der Ritter. Wir müssten den Mord melden, doch dann …» Er hob die Schultern. «Einem Juden würden sie nicht glauben. Einer Frau nur wenig. Vielleicht würden sie uns beschuldigen. Wollt Ihr das Wagnis eingehen?»

«Nadim kann die Wahrheit bezeugen.» Leonore hob den Kopf. «Er hat alles gesehen und die Assassinen erkannt.»

«Ein Sarazene vor dem christlichen Gericht?» Salomon wiegte bedächtig seinen Kopf. «Selbst wenn sie uns glauben, würde die Suche nach den Mördern lange dauern.»

Ruth strich ihr über den Arm. «Es waren gedungene Mörder. Wie willst du sie erkennen?»

«Nadim hat den Überlebenden verletzt.» Leonore schöpfte Hoffnung. «So müsste er sich finden lassen.»

«Wenn die Verletzung nicht zu schwer ist, wird er sie selbst verbinden. Wahrscheinlich ist er auch schon aus Jerusalem geflohen.» Salomon schaute sie bedauernd an. «Ihr könnt den Haute Cour anrufen, doch solche Verfahren können sich lange hinziehen. Und wir wissen nicht, ob wir die Mörder wirklich finden werden.»

«Leonore, denk an deine Tochter. Rette Blanche und verlass die Stadt, in der dein Vater ermordet wurde.» Ruth nickte ihr zu. «Schau in die Zukunft. Glaube mir, so ist es besser.»

Leonore nickte. Ruth hatte recht damit, dass erst einmal Blanches Rettung im Vordergrund stehen musste. Wenn sie sich an den Haute Cour wendete, würde sie nur wieder Aufmerksamkeit auf sich ziehen. Aufmerksamkeit, die Blanche eher schadete als nützte, wie Gottfried ihr so oft gepredigt hatte. Und dennoch konnte Leonore den Wunsch nach Rache und Gerechtigkeit nicht verleugnen. Zu tief saß der Schmerz, ihren Vater so früh verloren zu haben.

Zwei Tage später, die Leonore wie Wochen vorkamen und in denen sie in einer Mischung aus Trauer, Angst und Hoffnung gewartet hatte, klopfte Wadjid an die Tür von Salomons Haus.

«Kommt, Herrin. Nadim wartet.»

«Bitte warte, bis mein Onkel zurück ist, oder nimm wenigstens mich zu deinem Schutz mit», flehte Ruth, doch Leonore lehnte ab.

«Ich vertraue Nadim. Er wird mich beschützen.» Sie umarmte die Freundin und drückte sie fest. «Zu zweit ziehen wir weniger Aufmerksamkeit auf uns. Bitte bleib hier.»

«Pass auf dich auf.» Ruth hielt Leonore fest. «Nach allem, was geschehen ist …»

«Ich werde vorsichtig sein. Versprochen.» Leonore entzog sich ihrer Freundin. «Versteh doch. Ich werde endlich meine Tochter sehen, endlich.» Dann ging sie aus dem Haus.

An der nächsten Straßenecke wartete Nadim mit Sorge in den Augen. «Wir haben Euer Kind gefunden. Doch das Haus wird bewacht.»

«Wo ist sie? Wo? Geht es ihr gut?» Leonore konnte nicht mehr ruhig und gelassen bleiben. Was war mit ihrer Tochter geschehen? Warum schaute Nadim so besorgt?

«Ich weiß es nicht. Wir haben Euren Gemahl gesehen und …» Er schwieg und hob die Arme in einer hilflosen Geste. «Nur Gerüchte sprachen von Blanche. Ich hoffe, Eurer Tochter geht es gut.»

Seine Worte versetzten Leonore in Angst. Was verbarg er vor ihr? «Was ist mit Blanche?», schrie sie und ballte die Fäuste. «Was verschweigt Ihr mir?»

«Nichts. Glaubt mir.» Ruhig griff er nach ihren Handgelenken und hielt sie fest. «Kommt. Schnell. Ich weiß nicht, ob ihre Entführer Wadjid nicht entdeckt haben.»

Leonore ließ sich von ihm mitziehen. Ihr Herz pochte wie wild vor lauter Angst. Sie sah Blanche gefoltert, schwer krank und allein. Sie sah die Entführer, wie sie ihre Tochter erneut verschleppten, kurz bevor Leonore sie endlich in die Arme schließen konnte. Leonore hustete und atmete keuchend.

Nadim blieb stehen und nahm sie kurz in den Arm. «Alles wird gut. Glaube mir. Ich werde dich nicht verlassen.»

Leonore nickte zum Dank, doch sie brachte kein Wort hervor. So schnell sie konnte, lief sie Nadim nach, der sie sicher durch die Gassen führte. Endlich kamen sie zu einem Haus, dessen kunstvoll gedrechselte Holzgitter vor den Fenstern anzeigten, dass hier begüterte Muslime wohnten. Nadim nickte ihr zu. Leonore straffte sich und folgte ihm zur Tür.

Die öffnete sich auf Nadims Klopfen hin, und sofort ergoss sich ein arabischer Redeschwall über sie. Nadim sprach mit leiser und ernster Stimme auf den Diener ein, einen gigantischen Mann mit ebenholzfarbener Haut. Leonore wollte sich an ihm vorbei ins Innere des Hauses drängen, doch Nadim bedeutete ihr zu warten. Ungeduldig trippelte sie von einem Fuß auf den anderen, wollte nicht noch länger ausharren. Blanche. Wenn Nadim sich nicht irrte, dann trennte nur noch dieser dunkle Riese sie von ihrem Kind. So nah und gleichzeitig unerreichbar. Endlich, endlich wandte Nadim sich ihr zu.

«Er lässt nur dich ein. Im Haus leben Frauen, und er darf keinem fremden Mann Zutritt gewähren.» Voller Zorn ballte er die Hände zu Fäusten. «Ich kann versuchen, ihn im Kampf zu besiegen.»

«Nein.» Leonore schüttelte den Kopf. Sie wollte weder

Nadim noch Blanche gefährden. «Bitte warte. Ich werde hineingehen.»

Sie umarmte ihn hastig und folgte dem Diener in das Innere des Hauses. Der schweigende Schwarze führte sie in einen Innenhof, einen blühenden Garten mit einem kunstvoll geformten Brunnen, vor dem eine Bank zum Verweilen einlud. Dort entdeckte Leonore ihren Gemahl, der mit einem Jungen scherzte. So fröhlich hatte sie ihn in Braunschweig nie gesehen.

«Fulk!» Sie hob die Hand vor den Mund, um ihren Schrei zu ersticken. Doch da hatte ihr Ehemann sie bereits entdeckt und schob den Knaben von seinem Schoß. Dann stand er auf und starrte Leonore mit erstaunt aufgerissenen Augen an, ohne ein Wort zu sagen. Sie musterte das Kind und dann ihren Gatten. Die Ähnlichkeit zwischen Fulk und dem etwa zehnjährigen Jungen war nicht zu übersehen. Der Knabe wirkte wie ein kleineres Abbild ihres Mannes, nur mit dunklerer Haut und tiefbraunen Augen.

«Leonore!» Fulk stand wie eine Statue, seine Arme hingen bewegungslos herab. Überraschung prägte sein Gesicht. Überraschung und auch so etwas wie Angst. Leonore staunte. So hilflos hatte sie ihren Ehemann noch nie erlebt. Endlich trat Fulk zwei Schritte auf sie zu. «Was tust du hier? Wie hast du mich gefunden?»

«Wo ist Blanche? Und wer ist dieser Junge?» Leonores Angst und Unsicherheit entluden sich in einem Zornausbruch. Sie lief auf Fulk zu, hob die Arme und trommelte mit den Fäusten auf ihn ein. Ihr Ehemann stand reglos da und ließ ihre Wut auf sich einprasseln wie einen Sommerregen. Mit einem letzten Fausthieb gegen seine Brust brach Leonore schluchzend zusammen. «Was ist mit meiner Tochter? Wo ist Blanche? Warum haben die Sarazenen euch entführt? Warum hast du mein Kind mitgenommen? Jetzt sag mir die Wahrheit!»

Sie wagte kaum, Fulk in die Augen zu blicken, aus Angst, dort etwas zu entdecken, was ihren tiefsten Sorgen eine Festigkeit verlieh, die sie fürchtete. Ihre ganze Reise, alle Schrecken und Mühen hatte sie überstehen können in der Gewissheit, dass Blanche noch lebte und in Jerusalem auf sie wartete. Wenn Fulk diese Sicherheit zerstörte, wäre ihr Leben sinnlos. Leonore hielt den Atem an, während sie auf seine Antwort wartete. Fulk zögerte. Er hob die Hände und zeigte ihr die Handflächen. Die hilflose Geste erschreckte Leonore zutiefst. Sollten sich alle Sorgen, die sie bisher hinter ihrer Zuversicht hatte verbergen können, bewahrheiten? Ihre Lippen zitterten, und ihr kamen wieder die Tränen.

«Beruhige dich!» Fulk schien seine Fassung wiedergefunden zu haben und schüttelte sie. Hart, so wie er sie in Braunschweig stets behandelt hatte. Die Überraschung hatte ihn nur für eine kurze Zeit milder gestimmt. «Nun beruhige dich doch. Blanche lebt. Ich werde dich zu ihr bringen.»

«Sie lebt!» Leonore kamen Tränen der Erleichterung. Aber dann ergriff der nächste Schrecken ihr Herz. «Ist sie gesund? Bitte sag, ist sie gesund?»

«Ihr geht es gut. Sie ist ein starkes Kind.» Auf Fulks Gesicht zeichnete sich der abweisende Ausdruck ab, den sie in Braunschweig fürchten gelernt hatte. «Doch was tust du hier?»

«Deine Mutter wollte ja nichts tun, um euch zu retten. Auch sonst niemand.» Leonore ballte die Fäuste und reckte sich, um seinem Zorn standhalten zu können. «Da musste ich mich selbst auf den Weg machen. Ich kam als Pilgerin.»

Sie erwartete eine harsche Antwort. Doch zu ihrem Erstaunen strich Fulk ihr über die Wange. «Das hätte ich nicht von dir erwartet. In dir steckt doch mehr Mut, als man auf den ersten Blick glaubt.»

«Wo ist Blanche? Und wer ist der Junge?» Sie wies auf das

Kind, das sich hinter einem weiß blühenden Busch versteckt hatte und sie neugierig beobachtete. «Ist er … ist er etwa dein Sohn?»

«Später.» Fulk zog sie hinter sich her in das Innere des Hauses. Er schien es gut zu kennen und führte sie, ohne zu zögern, in ein kleines Zimmer und öffnete die Tür. Auf dem Boden saß ihre Tochter und spielte mit einer Puppe.

«Blanche!» Leonore beugte sich zu dem Kind hinunter, das sie verwundert anschaute. Wie sehr sich ihre Tochter in den Monaten, seitdem sie entführt worden war, verändert hatte. Schmaler und dunkler wirkte das Kind, nur die blonden Haare hatte die Wüstensonne noch heller werden lassen, sodass sie wie Gold glänzten. «Blanche!»

Leonore ging in die Knie. Sie breitete die Arme aus und lächelte ihre Tochter unter Tränen an. Blanche schaute zu ihr auf, und in ihrem Gesicht spiegelten sich widerstreitende Gefühle. Erstaunen wechselte sich ab mit Wiedererkennen und Freude.

«Mama! Mama!», rief sie und warf sich in Leonores Arme. «Wo bist du so lange gewesen?»

Leonore hielt ihre Tochter fest und bedeckte das kleine Gesicht mit Küssen. «Blanche! Meine allerliebste Blanche. Oh, wie hast du mir gefehlt.»

Tief atmete Leonore den Duft ihrer Tochter ein, spürte Blanches Wange an der ihren und sandte ein Dankgebet zum Herrn, der sie nun endlich zu ihrem Kind geführt hatte. Mutter und Tochter hielten sich eng umschlungen, bis Blanche zu zappeln begann. Sie löste sich aus Leonores Griff, nahm ihre Puppe auf und zeigte sie Leonore.

«Schau, die hat Mabruka für mich auf dem Karawanenmarkt holen lassen.» Dann runzelte das Mädchen plötzlich die Stirn vor angestrengtem Nachdenken. «Was ist eine Karawane?»

«Viele Menschen und Kamele und Esel, die Waren durch die Wüste befördern und hier auf dem Markt verkaufen. Sie trotzen vielen Gefahren, damit du deine Puppe bekommst.»

«Woher weißt du das?» Blanche legte den Kopf schief und schien nicht ganz überzeugt zu sein.

«Ich bin mit einer Karawane gereist …» Leonore lächelte bei der Erinnerung an ihre erste Begegnung mit Nadim und an die Zeit, die sie in der Wüste verbracht hatte. «Auf dem Rücken eines Kamels.»

«Du?!» Erst jetzt wurde sich Leonore wieder der Gegenwart ihres Gemahls bewusst. Sie drehte sich zu Fulk um, der sie argwöhnisch musterte. Seine Hände hatte er in die Hüften gestemmt, und auf seinem Gesicht mischten sich Verwunderung und Vorwurf. «Warum bist du nicht auf dem Seeweg gereist? Das wäre viel vernünftiger gewesen. Und sicherer.»

«Bin ich, bis ein Sturm mich von Bord spülte», antwortete Leonore knapp und genoss den Ausdruck des Erstaunens, der sich auf seinem Gesicht abzeichnete. Mit einem Lächeln wandte sie sich wieder Blanche zu. «Die Geschichte mit der Karawane erzähle ich dir heute Abend. Aber jetzt gehen wir erst einmal nach Hause.»

«Wie stellst du dir das vor? So einfach ist das nicht.» Fulk schüttelte den Kopf. «Wir sind nicht als Gäste hier, sondern als Gefangene. Wie hast du uns eigentlich gefunden? Wie bist du überhaupt hier hereingekommen?»

«Nicht vor dem Kind.» Leonore strich ihrer Tochter über den Kopf. «Ich muss mit deinem Vater etwas bereden. Kannst du so lange deine Sachen zusammenpacken, damit wir gehen können?»

Blanche nickte eifrig und begann, die Puppe, ein Holzpferdchen und einige andere Spielzeuge einzusammeln. Leonore schloss die Tür hinter sich und lehnte sich gegen das Holz. Nur mühsam konnte sie ihren Zorn zügeln. «Warum?

Was verschweigst du mir? Zum letzten Mal: Wer sind die Sarazenen? Warum hast du unser Kind hierhin verschleppt?»

Sie starrte ihren Mann wütend an, zorniger, als sie je in ihrem Leben gewesen war. Nicht nur, dass es Fulk hier gutzugehen schien, dass er seine angebliche Gefangenschaft genoss, nein, er hatte auch noch einen Sohn, von dem er ihr nie erzählt hatte. Fulk wich ihrem Blick aus und trat einen Schritt zurück. Er hob die Hände und schien sie um Verzeihung bitten zu wollen.

«Leonore», begann er und seufzte. «Leonore, ich … das ist nicht leicht. Die Geschichte ist verzwickt und nicht in kurzer Zeit erzählt.»

«Dann erzähle mir das Schwere. Mich erschüttert nichts mehr. Bitte.» Sie starrte ihn unbeirrt an, und das erste Mal in ihrer Ehe wandte Fulk seinen Blick ab. «Wem gehört dieses Haus, und wer hält euch gefangen?»

Bevor Fulk antworten konnte, tauchte eine junge Frau in den Kleidern einer Dienerin auf und sprach schnell auf Arabisch auf ihn ein. Er antwortete und schüttelte den Kopf. Sie deutete auf Leonore und sprach noch schneller, ihre Hände flatterten dazu. Fulk schüttelte nur noch heftiger den Kopf und erhob seine Stimme. Aber die Dienerin schien sich nicht vor ihm zu ängstigen. Sie deutete erneut auf Leonore und zupfte Fulk am Ärmel.

«Sie will, dass du mit ihr kommst.» Fulks Gesicht wirkte wie versteinert, und seine Wangenknochen traten deutlich hervor. Gleichzeitig schien er sich vor dem zu fürchten, was die Dienerin ihm gesagt hatte.

Leonore schluckte. «Wohin?», flüsterte sie mit ersterbender Stimme und bedauerte, dass Nadim nicht bei ihr sein konnte. Dem Sarazenen hätte sie ohne Nachdenken ihr Leben anvertraut. Fulk hingegen wirkte schwach und mutlos. «Werden sie mich töten?»

«Nein.» Fulk zog einen Mundwinkel hoch und gab ein bitteres Lachen von sich. «Mabruka möchte dich kennenlernen. Ich will das nicht.»

«Wer ist Mabruka?» Irgendetwas sagte ihr, dass sie die Antwort auf die Frage gar nicht kennen wollte. Doch auch ihre Neugierde war geweckt. «Sag ihr, ich komme mit, wenn sie Blanche freilassen.»

«Nun, ich konnte nicht erwarten, dass du dich für meine Freiheit einsetzt. Deinen Zorn habe ich wohl verdient.» Fulk lachte leise und übersetzte dann Leonores Antwort.

Die Dienerin überlegte kurz, sah Leonore an und nickte. Auch Leonore neigte den Kopf. Sie öffnete die Tür und wollte Blanche zuwinken. Ihre Tochter saß auf dem Boden und spielte selbstvergessen mit einem Kamel aus Holz. Leonore musste lächeln, weil das Spielzeug sie an ihre erste Begegnung mit dem Wüstenschiff erinnerte. Und an Nadim. Blanche hob den Kopf und lächelte sie an. Mit wenigen Schritten eilte Leonore zu ihr und nahm sie erneut in die Arme. Wie lange hatte sie ihr Kind missen müssen. Leonore drückte Blanche an sich, küsste sie und stand dann schweren Herzens auf.

«Ich treffe jetzt Mabruka und unterhalte mich mit ihr, aber dann gehen wir nach Hause, ja?» Leonore sprach mit fester Stimme, obwohl ihre Hände zitterten.

Blanche nickte und widmete sich wieder ihrem Spiel.

Ohne Fulk einen Abschiedsblick zu gönnen, folgte Leonore der jungen Frau in einen anderen Teil des Hauses. Wer immer Mabruka auch war, ihre Familie musste zu den reichen Muslimen gehören. Edle Teppiche an den Wänden und mit kostbaren Schnitzereien versehene Truhen säumten den Gang. Einmal blieb Leonore stehen und strich über einen Teppich, dessen leuchtendes Rot ihre Augen angezogen hatte. Er fühlte sich kühl und weich an, und am liebsten hätte sie ihr Gesicht in dem edlen Gewebe vergraben. Sie wollte nicht wissen, was sie am Ende des Weges erwartete.

«Herrin, bitte kommt.» Die Dienerin winkte Leonore zu sich heran.

«Du sprichst unsere Sprache?»

«Ja, doch der Herr muss das nicht wissen.» Sie zwinkerte Leonore zu und legte verschwörerisch einen Finger an die Lippen.

Leonore blieb stehen und zögerte. Konnte sie dem Mädchen trauen? Die Sarazenen hatten Fulk und Blanche verschleppt und wollten nun vielleicht sie in einen Harem zerren oder wie ihren Vater ermorden. Leonore schauderte. Doch was blieb ihr für eine Wahl? Sie würde den Weg zurück wohl ohnehin nicht ohne Hilfe finden.

«Bitte!» Die Stimme der Dienerin drängte. «Herrin Mabruka erwartet Euch.»

Wieder die geheimnisvolle Mabruka. Leonore schwankte zwischen Neugierde und dem Wunsch, vor dem Geschehen davonzulaufen. Sie stand wie angewurzelt, und Gedanken rasten ihr durch den Kopf. Wer mochte diese Mabruka sein? Vielleicht so eine böse Hausherrin wie Herburgis? Oder, und dieser Gedanke nagte an ihr, etwa die Mutter des Jungen, der Fulk so ähnlich sah? Wenn sie sich jetzt umdrehte und zurückging, müsste sie sich dieser Wahrheit nie stellen, könnte vor dem Wissen fliehen und Jerusalem hinter sich lassen wie einen Traum. Alles, was in den letzten Wochen geschehen war, könnte sie vergessen, wenn sie diesen Weg nicht zu Ende ging. Doch dann bliebe ihre Tochter hier. In der Gefangenschaft der Sarazenin. Die Wahrheit, und wäre sie noch so bitter, erschien Leonore ein geringer Preis für Blanches Freiheit.

Da legte sich die Hand der Dienerin sanft auf ihren Arm.

«Bitte, Herrin, folgt mir. Mabruka ist krank, und ihr bleibt nicht viel Zeit.»

Diese Worte gaben den Ausschlag. Leonores Mitgefühl siegte über ihre Furcht und ihre Zweifel. Sie nickte der jungen Frau zu und folgte ihr tiefer hinein in das palastähnliche Haus.

29

In einem Schlafgemach, in dem die Fenster mit Vorhängen abgedunkelt waren und nur einige Kerzen schummriges Licht spendeten, ruhte auf üppigen Kissen eine Frau, deren Schönheit Leonore überraschte. Das schwarze Haar lockte sich um ein herzförmiges Gesicht mit auffallend großen, dunklen Augen. Doch ihre Anmut wirkte zerbrechlich. Die helle, nahezu durchscheinende Haut deutete Leonore als Zeichen einer schweren Krankheit. Mitleid wallte in ihr auf. Als sie das Gemach betrat, richtete sich die Sarazenin ein wenig auf und winkte der Dienerin, die daraufhin Leonore zu einem Kissen führte.

«Bitte entschuldigt, dass ich Euch belästige», sprach die Sarazenin Leonore an, und ihre Stimme klang, wenn auch sehr leise, wie Gesang. «Der nahende Tod lässt mir keine Zeit, um höflich und rücksichtsvoll zu sein. Das Einzige, was für mich nun noch zählt, ist das Wohl meines Sohnes.» Sie hustete, und ihr Gesicht verzerrte sich vor Schmerz.

Leonore nickte ihr zu und schwieg. Auch sie würde alles für ihre Tochter aufgeben und jeden Kampf führen, um Blanche zu retten. Sie musterte die Frau und wartete, dass sie weitersprach. Warum hatte die Sterbende sie rufen lassen, und was hatte es mit dem Jungen auf sich? Der Augenschein ließ ihn wie Fulks Sohn aussehen, und doch … Sollte ihr Gemahl ein derartig großes Geheimnis vor ihr verborgen haben? Leonore biss sich unruhig auf die Unterlippe.

«Wisst Ihr, wer ich bin?» Trotz ihrer körperlichen Schwäche ließen die Augen der Sarazenin einen eisernen Willen erkennen. Vor ihrer Krankheit musste sie eine überwältigende Ausstrahlung gehabt haben.

Leonore schüttelte den Kopf.

«Mein Name ist Mabruka, und ich bin die erste Ehefrau Eures Gemahls.»

Leonore schnappte nach Luft. Sie hatte, wenn sie ehrlich war, damit gerechnet, dass der Junge Fulks uneheliches Kind war, der Spross einer Liaison im Morgenland, aber eine Ehe? Ein heiliges Sakrament mit einer Sarazenin?

«Wie bitte? Was soll das bedeuten?», platzte sie heraus.

«Fulk und ich haben geheiratet, als er in Jerusalem lebte.» Mabruka hustete. «Haidar ist unser Sohn.»

Leonore hatte das Gefühl, in einen bodenlosen Abgrund zu stürzen. Schlagartig wurde ihr heiß, Sterne tanzten vor ihren Augen, und sie stützte sich schwer auf die Kissen. Auf einen Wink Mabrukas hin reichte ihr die Dienerin einen Kelch voll Wasser. Hastig stürzte Leonore das kühlende Nass hinunter, doch es half nichts, in ihrem Inneren schien es zu brennen.

«Nein!» Leonore schüttelte heftig den Kopf. «Nein! Fulk hat mir nie etwas von Euch erzählt. Ich glaube Euch nicht.» Sie sprang auf und wollte aus der Kammer flüchten, vor dem davonlaufen, was sie noch alles erfahren mochte. Doch irgendetwas hielt sie zurück. War es Neugierde, endlich die Wahrheit zu erfahren, die Fulk ihr verschwiegen hatte, oder war es Mitleid mit der Sterbenden, die Leonore flehentlich anschaute – sie wusste es nicht. Aber sie ließ sich wieder zurück in die Kissen sinken, biss die Zähne zusammen und lauschte Mabrukas Worten.

«Warum sollte ich Euch anlügen? Ich kenne Euch nicht und liege nicht im Streit mit Euch. Außerdem werde ich nicht mehr lange leben.» Die Sarazenin blickte Leonore geradewegs in die Augen. Leonore staunte über die Gelassenheit, mit der Mabruka von ihrem Tod sprach. «Ich weiß, meine Worte müssen Euch treffen, doch bitte lasst mich Euch die Geschichte erzählen.»

Leonore ballte die Hände zu Fäusten und grub ihre Fingernägel in die Handflächen, um sich durch den Schmerz vom Aufruhr in ihrem Herzen abzulenken.

«Fulk und ich lernten uns hier in Jerusalem kennen», begann Mabruka. «Sein Vater und meiner trieben seit langem Handel miteinander. Als der Sohn des Kaufmanns aus Franken Al-Quds besuchte, gebot es die Gastfreundschaft, auch ihn in unser Haus zu laden.» Ein kleines Lächeln erhellte ihre ebenmäßigen Gesichtszüge. Wieder schimmerte der Liebreiz durch, der nun von der Krankheit überschattet war. «Wir verliebten uns. Gleich in dem Augenblick, da wir uns zum ersten Mal begegneten.»

«Bitte.» Leonore hob abwehrend die Hände. Auch wenn sie ihren Gemahl nicht liebte, fiel es ihr schwer, Mabrukas Beichte zu lauschen. Fulk hatte nicht einmal den Anstand besessen, ihr von seiner ersten Gemahlin zu erzählen. Und – wenn er bei ihrer Eheschließung bereits verheiratet gewesen war, zu was machte das sie? Und Blanche? Du sollst nicht ehebrechen, schoss es Leonore durch den Kopf. Unwissend hatte sie gegen das sechste Gebot verstoßen. Sie schluckte. In ihrem Kopf begann sich alles zu drehen. Nein, sie war schuldlos. Fulk war der Sünder. Ein bitteres Lachen stieg in ihr auf, als sie an Herburgis dachte. Was würde ihre Schwiegermutter wohl dazu sagen, dass sie nun auch Schwiegermutter einer Sarazenin und Großmutter eines kleinen Heiden war? Wie oft hatte Herburgis ihr in den Ohren gelegen, dass sie sich einen Enkelsohn wünschte. Oder, durchfuhr es Leonore, hatte Herburgis etwa von der unheiligen Vermählung ihres Sohnes gewusst?

Dann kam ihr ein Gedanke, der sie ruhiger werden ließ. Mabruka war Sarazenin, hing demselben Glauben an wie Nadim und konnte Fulk daher nur in einem heidnischen Ritus geehelicht haben. Erleichtert atmete Leonore auf.

«Entschuldigt.» Mabruka schien Leonores Seufzer misszuverstehen und neigte den Kopf. «Ich fasse mich kurz. Gegen den Willen meiner Familie habe ich Fulks Glauben angenommen und ihn geheiratet. Mein Vater hat mir das nie verziehen.»

O nein. Leonore presste die Lippen zusammen und versuchte, die Tränen zurückzuhalten. Ein saurer Geschmack stieg in ihrem Mund auf. Vor Fulks Frau, ja, sie musste es sich eingestehen, vor Fulks rechtmäßig angetrauter Gattin wollte sie keine Schwäche zeigen. Wie konnte ihr Gemahl ihr das nur antun? Wie hatte er es wagen können, sie zu heiraten, obwohl er bereits in Jerusalem vor Gott sein Wort gegeben hatte, Mabruka treu zu sein? Einer Sarazenin. Was war er nur für ein Mensch, der Frau und Kind zurückließ und in Braunschweig einfach ein neues Leben begann?

«Aber …» Leonore suchte nach Worten, die nicht verletzend klangen. «Aber warum hat er Euch nicht nach Braunschweig mitgenommen?»

Nun war es ganz offensichtlich an der Sarazenin, gegen Tränen anzukämpfen. Obwohl Fulk sie schon vor Jahren verlassen haben musste, schien sie ihn immer noch zu lieben. «Sein Vater starb, und Fulk musste unversehens zurück nach Brunswika. An unserem letzten Abend versprach er mir, Haidar und mich nachzuholen …» Die Sarazenin hustete erneut. «Ich hörte nie wieder von ihm. Zuerst sorgte ich mich, dass er auf der Reise gestorben wäre … Doch dann erfuhren meine Brüder von christlichen Händlern, dass Fulk in Brunswika geheiratet hatte. Eine Christin. Eine geborene Christin.» Härte zeichnete sich nun auf ihrem Antlitz ab. Härte und tiefe Enttäuschung über den Verrat des Geliebten. «Ich wollte aufbrechen, nach Brunswika reisen und ihn zur Rede stellen. Doch da erkrankte ich schwer.»

Ein Hustenanfall schüttelte sie und gab Leonore Zeit,

ihre Gedanken zu ordnen. Fulk nach christlichem Ritus in Jerusalem verheiratet und Vater eines Sohnes. Dann wäre folglich ihre eigene Ehe unrecht und weder vor Gott noch vor den Menschen gültig – und Blanche ein Bastard. Sie ballte die Fäuste. Wie konnte Fulk Blanche und ihr nur so eine Schmach zufügen? Sie fröstelte, als sie die Folgen von Fulks Verrat begriff. Rechtlos waren sie und ihr Kind, ohne Schutz eines Ehemanns. Nur mit Mühe konnte Leonore den Worten Mabrukas folgen.

«Als der *hakim* feststellte, dass meine Krankheit nicht mehr zu heilen war, entschieden sich meine Brüder, wenigstens meine Ehre zu retten. Sie reisten zu Fulk, um ihn an seine Pflicht mir und Haidar gegenüber zu erinnern. Weil er nicht einlenken wollte, haben sie ihn zu mir gebracht. Und Eure Tochter auch, was ich sehr bedaure. Ich hoffe, Ihr könnt meinen Brüdern verzeihen.»

Leonore blickte Mabruka an. Widerstrebende Gefühle stritten in ihr. Durch die Schuld der Sarazenin war Blanche entführt worden, und sie selbst hatte sich auf eine gefahrvolle Reise begeben müssen. Doch nein – Leonore zwang sich, der hässlichen Wahrheit ins Gesicht zu sehen. Fulks Fehler und seine Feigheit hatten Mabruka und sie ins Unglück gezogen. Ein gewaltiger Zorn auf den Mann, mit dem ihr vermeintlicher Vater sie verheiratet hatte, brandete in Leonore auf. War sie denn nur von Lügnern und Verrätern umgeben? Ihr Mann – bereits verheiratet. Bernardus – nur ihr Stiefvater, der ihre Mutter durch eine Intrige gewonnen hatte. Am liebsten wäre Leonore aufgesprungen, durch die vielen Räume des morgenländischen Palasts zu ihrem untreuen Ehemann gelaufen und hätte ihn zur Rede gestellt.

Doch ein erneuter Hustenanfall der Sarazenin hielt sie zurück. Mabrukas Leiden erinnerte sie daran, dass jetzt nicht die Zeit war, ihrem Zorn Luft zu machen. Die Sarazenin würde sterben und hatte Leonore sicher nicht nur aus Neugierde zu sich gerufen oder um sie mit Fulks Verrat zu quälen. Nach einem weiteren Blick in das schöne, von Verzweiflung und Schmerz gezeichnete Gesicht sprang Leonore über ihren Schatten. Sie lächelte der Sarazenin zu. «Bitte sprecht. Was wünscht Ihr von mir?»

«Ich habe Euch so viel zu sagen und zu erklären, aber ...» Mabruka hob die Hände. In der Geste lagen Hilflosigkeit und Erschöpfung, aber auch die Bereitschaft, für ihre Ziele bis zum Letzten zu kämpfen. «Glaubt mir, die Bitte fällt mir schwer, doch ...»

Die Sarazenin stockte. Auf ihrem Gesicht wechselten sich Sorge und Flehen ab. Leonore schluckte und fürchtete sich vor den nächsten Worten. «Ich flehe Euch an, nehmt mit Fulk meinen Sohn als Euer Kind an.»

Leonore fühlte, wie ihr alles Blut aus den Wangen wich. Sie sprang auf und holte tief Luft. «Entschuldigt, aber ...»

«Ihr braucht nichts zu sagen», unterbrach Mabruka sie. «Ich weiß, ich fordere viel. Meine Verzweiflung lässt mich allen Anstand beiseiteschieben.» Sie beugte sich vor und nahm Leonores Rechte in ihre schmalen Hände. «Bitte, in Brunswika wäre mein Kind sicher. So wie Fulk von ihr sprach, ist sie eine gute Stadt. Niemand weiß, wie lange der Frieden in Jerusalem noch währen wird. Ein Christenkind mit sarazenischem Namen ist hier nicht sicher. Ich bitte Euch, rettet meinen Sohn und bringt ihn nach Brunswika.»

Leonore schüttelte verwirrt den Kopf. Sie wollte sich nicht mit Mabrukas Bitte beschäftigen, wollte nicht über die Folgen von Fulks Tun nachdenken. Stattdessen kreisten ihre Gedanken um die Frage, was die Sarazenin nur mit Brunswika meinte. Erst nach kurzem Nachdenken verstand sie, dass Mabruka von ihrer Heimatstadt sprach. Beinahe wäre Leonore ein bitteres Lachen entschlüpft, als sie sich vorstellte, wie Fulk und sie gemeinsam mit Blanche und Haidar nach Hause zurückkehrten.

«Ich fürchte, Fulk wird den Jungen nicht mit nach Braunschweig nehmen.» Leonore biss sich auf die Unterlippe und fragte sich, wie sie Mabruka die Wahrheit schonend beibringen könnte. Die Sarazenin hatte nur noch kurze Zeit zu leben, und Leonore wollte sie nicht mit ihren Worten verletzen. Genau wie sie selbst, das war ihr nun klar, war Mabruka nur ein Opfer von Fulks Machenschaften. Und sie war eine Mutter, die sich Sicherheit für ihr Kind wünschte – etwas, das Leonore nur zu gut nachfühlen konnte.

Die Sarazenin lachte leise. «Ihr könnt offen mit mir reden. Ich bin nicht so naiv, dass ich Fulk noch für einen guten Menschen halte.» Ein Husten unterbrach ihr Lachen, und sie hob ein seidenes Tuch vor den Mund. «Ich hatte genug Zeit, über seine Fehler nachzudenken. Aber er ist und bleibt Haidars Vater.»

Leonore entdeckte winzige Blutströpfchen auf dem Tuch. Sie versuchte, ihr Erschrecken zu verbergen, und lächelte der Sarazenin ermutigend zu.

«Fulk verschwieg mir, dass er verheiratet ist und Haidar zeugte. Und …» Leonore holte tief Luft. Die folgenden Worte schmerzten sie und würden Mabruka sicher quälen. «… für Fulk zählt die Meinung anderer Menschen sehr viel. In seiner Heimatstadt würde er mit einem Sarazenenkind erheblich an Ansehen verlieren.» Aus Rücksicht auf Mabruka sprach Leonore die Gedanken nicht aus, die ihr durch den Kopf gingen. Herburgis würde ein dunkles Kind noch schlechter behandeln als Blanche. Wenzel Krämer und die anderen Kaufleute der Gilde hätten sicher nur Spott für einen der Ihren übrig, der den Reizen einer Sarazenin so sehr verfallen war, dass er sie geehelicht hatte. Oder wussten die Kaufleute gar von seiner ersten Braut? Schließlich gab es regen Handel zwischen dem Heiligen Land und Braunschweig. Doch nein, das konnte eigentlich nicht sein. Wenn jemand davon gewusst hätte, hätte sie es erfahren. Klatsch und Tratsch verbreiteten sich immer schnell in der Braunschweiger Kaufmannsgilde.

Mabruka senkte den Kopf. «Ich danke Euch für Eure Ehrlichkeit. Das habe ich meinen Brüdern auch prophezeit, doch sie glaubten, dass Fulk seine Meinung ändern würde, wenn er Haidar erst träfe ...» Ihr Blick verlor sich und schien sich nach innen zu wenden.

«Im Garten schien er sehr angetan von ... von dem Jungen», warf Leonore ein. Die Worte «von seinem Sohn» brachte sie nicht über die Lippen. Zu sehr schmerzte sie der Gedanke, dass Mabruka Fulks großen Wunsch nach einem männlichen Erben hatte erfüllen können, während sie ihm nur eine Tochter geboren hatte, an der ihrem Gemahl rein gar nichts lag. «Vielleicht braucht er nur ein wenig Zeit.»

Leonores Worte ließen Mabrukas Gesicht für einen Augenblick voller Hoffnung aufleuchten, doch dann verdunkelte wieder Traurigkeit ihre Züge.

«Ja, Zeit ... doch Zeit bleibt mir nicht mehr. Auch fürchte ich, dass Haidar Fulk immer an seinen Fehler, an seine kurze Leidenschaft für mich, erinnert.» Sie winkte der Dienerin und bot Leonore Tee und Gebäck an. Die schüttelte den Kopf und lehnte dankend ab. Nach diesen Offenbarungen fühlte sich ihre Kehle wie zugeschnürt an.

«Kann Eure Familie den Jungen nicht annehmen?» Leonore suchte nach einer Lösung, damit die Sarazenin nicht in der Angst sterben musste, ihr Kind unversorgt zu wissen. Wenn sie sich ausmalte, ihr würde etwas zustoßen und Blanche bliebe allein ... eine furchtbare Vorstellung. Leonore schauderte.

Mabruka nickte. «Meine Brüder werden Haidar wie ihr

Kind aufziehen, wenn ich sie darum bitte. Doch er würde meine Familie immer daran erinnern, wie tief ich sie enttäuscht habe.» Die Sarazenin blickte zu Boden und verschränkte die schmalen Finger. «Ich fürchte, dass ein Mischling es nicht leicht haben wird. Nicht in Al-Quds. Mein Volk und die Franken werden den Frieden brechen, dieser Tag wird gewiss bald kommen. Ich möchte nicht, dass mein Sohn in dieser Gefahr leben muss.»

Leonore nickte der Sarazenin zu. «Ich werde mit Fulk reden, doch versprechen kann ich Euch nichts.»

«Danke.» Ein neuer, noch heftigerer Hustenanfall schüttelte Mabruka. Sie schloss die Augen und rang nach Luft. Leonore rief nach der Dienerin.

«Schnell, bringt mir Wasser und Tücher und holt einen Heiler. Die Herrin braucht Kräuter, die ihr das Atmen erleichtern.»

Das Mädchen warf einen erschrockenen Blick auf Mabruka und eilte davon. Eine weitere Dienerin brachte Leonore das Gewünschte. Vorsichtig schob Leonore der Sarazenin zwei Kissen in den Rücken und wischte ihr sanft den Schweiß von der Stirn. Als ein erneuter Hustenanfall sie schüttelte, hielt Leonore die Frau, die sie doch als Nebenbuhlerin hätte hassen müssen, in den Armen und streichelte ihr sanft den Rücken.

«Was macht Ihr da?» Eine Männerstimme, in der Zorn und Sorge schwangen, gellte durch den Raum. Ein Sarazene, in dem Leonore einen der Männer erkannte, die mit Fulk in Braunschweig gestritten hatten, lief auf sie zu und versuchte, sie von Mabruka wegzuzerren. «Noch einmal, was tut Ihr hier?», stieß er zwischen den Zähnen hervor. Leonore verstand ihn nur mit Mühe. Er sprach ihre Sprache viel schlechter als Nadim.

«Ich helfe Eurer Schwester», schnappte Leonore zurück.

Zorn übermannte sie und verdrängte ihre Angst. «Bitte lasst mich aufstehen, damit ein Heiler sich ihr widmen kann.»

Mabruka zischte dem Mann etwas auf Arabisch zu, und der Sarazene zog seine Hand so schnell zurück, als ob eine Schlange ihn gebissen hätte. Mit bleichem Gesicht trat er zur Seite und verneigte sich kurz. «Entschuldigt. Ich handelte aus Sorge um meine Schwester.» Er verbeugte sich erneut. «Mein Name ist Ghazi. Ihr werdet verstehen, dass ich mich um meine Schwester ängstige.» In dem Blick des Sarazenen, mit dem er Mabruka bedachte, lag eine tiefe Liebe.

Doch Leonore war nicht bereit, den Mann von seiner Sünde freizusprechen. «So sehr, wie ich mich um das Schicksal meiner Tochter sorgte.»

Ghazi zuckte zusammen, als ob sie ihn geschlagen hätte, und sah betreten zu Boden. «Den Vorwurf habe ich wohl verdient. Ihr habt recht. Was mein Bruder und ich getan haben, ist kaum zu entschuldigen, aber …» Er hob die Hände und sah Leonore aus tiefbraunen Augen flehend an. «Wir hätten Euer Kind nicht entführen dürfen, doch Fulk …» Der Sarazene spuckte den Namen geradezu aus. «Fulk zeigte sich uneinsichtig und nicht bereit, Mabruka und Haidar zu begegnen. Wir mussten schnell handeln. Das Kind … wir dachten, er folgt uns besser.» Hilfesuchend wandte er sich an Mabruka. Seine Sprachkenntnisse schienen nicht ausreichend, um all das zu sagen, was ihm auf dem Herzen lag.

«Meine Brüder handelten, ohne nachzudenken.» Mit einem liebevollen Lächeln sah die Sarazenin Ghazi an. «Als sie Euch und Euer Kind sahen, flammte Zorn in ihnen auf: Zorn darüber, dass er Haidar und mich vergessen hatte.»

Nun war es an Leonore, zu Boden zu blicken, um ihre Gefühle zu verbergen. Was für ein Schreck musste ihr unerwartetes Eintreten für die Sarazenen gewesen sein. Wenn sie nur ihre Neugierde gezügelt hätte …

«Fulk weigerte sich, sie zu begleiten, und drohte, sie aus seinem Haus zu jagen», fuhr Mabruka fort. «Da haben sie sich von ihren Gefühlen leiten lassen und ihn verschleppt. Eure Tochter sollte als Pfand dienen, damit Fulk ihnen folgte.»

Leonore sah dem Sarazenen in die Augen. «Aber Blanche ist doch unschuldig. Warum?»

Ghazi hob die Schultern. Erneut schaute er Leonore flehend an. In seinen Augen lag eine Bitte um Vergebung. Sie blieb stumm und wartete ab. Mabruka verdiente ihr Mitgefühl und ihre Zuneigung. Die Sarazenin kämpfte wie eine Löwin für ihr Kind, so wie Leonore nie aufgegeben hatte, um Blanche zu kämpfen. Für Mabrukas Brüder jedoch konnte sie nur Zorn und Verachtung empfinden. Die Männer hatten Blanche entführt und sich keinerlei Gedanken gemacht, was sie Leonores kleiner Tochter zumuteten. Die Liebe zu Mabruka konnte keine Entschuldigung für so eine frevelhafte Tat sein. Mit zusammengekniffenen Lippen starrte sie den Sarazenen an, bis er den Blick abwandte. Ihr stummer Streit wurde unterbrochen, als der *hakim* das Gemach betrat. Er legte Mabruka einige Tücher auf die Stirn und verabreichte ihr eine Salbe, die würzig nach Kräutern duftete. Die Sarazenin rang immer noch nach Luft, doch ihr Atem rasselte nicht mehr so stark wie vorher. Mit einer matten Geste winkte sie Leonore heran.

«Ich habe bereits viel von Euch verlangt und muss nun doch noch mehr verlangen. Bitte vergebt meinen Brüdern. Sie handelten unvernünftig, aus Liebe zu mir.» Sie winkte Ghazi heran und strich sanft über seinen Arm. Ghazi lächelte seine Schwester an, obwohl die Sorge ihm eine scharfe Falte in die Stirn grub.

Leonore presste weiter die Lippen zusammen. Liebe sei nichts, das alle Untaten entschuldigte, wollte sie antworten, doch dann drängte sich das Bild von Nadim in ihre Gedanken. Vielleicht war Liebe doch stärker, als sie noch vor kurzer Zeit geahnt hatte. Und hatte nicht auch ihre Liebe zu Blanche sie alle Mühen und Gefahren der Reise überstehen lassen? So neigte sie den Kopf als Geste der Versöhnung.

Der *hakim* und Ghazi zogen sich schließlich zurück und ließen Leonore mit der ermatteten Mabruka allein. Die Frauen sahen sich lange schweigend an.

«Er war einmal anders. Fulk.» Mabrukas Augen leuchteten, als sie die Worte aussprach. «Ich habe nie zuvor einen Mann getroffen, der so voller Lebensfreude und Abenteuerlust war, so offen gegenüber der Welt. Was hat ihn so verändert?»

Leonore wollte die Schultern zucken und antworten, dass sie Fulk nur als hartherzigen Händler kannte, dass es ihr schwerfiele, ihn sich glücklich und ausgelassen vorzustellen. Doch Mabruka hatte ein Rätsel angesprochen, über das sie sich auch schon oft den Kopf zerbrochen hatte. Was nur hatte ihren Gemahl zu einem so harten Menschen werden lassen?

«Nun, Fulk trägt die ganze Verantwortung für den Handel, das ist nicht leicht für ihn. Sein Vater wirft einen mächtigen Schatten. Und sicher hat seine Mutter einen schlechten Einfluss auf ihn. Sie ist eine bittere, böse Frau, der er nie etwas recht machen kann.» Leonore runzelte die Stirn. Nachdem sie die Worte ausgesprochen hatte, wurde ihr bewusst, dass sie gar nicht über den Fulk von früher nachdenken wollte. Über einen lebenslustigen Mann, der eine Frau so sehr geliebt hatte, dass er sich über alle Gebote und Gepflogenheiten hinweggesetzt und sie geheiratet hatte. Am liebsten hätte sie Fulk gänzlich aus ihrem Gedächtnis verbannt, den Mann, der sie belogen hatte und die Schuld daran trug, dass sie hier in Jerusalem weilte und nicht in der Sicherheit Braunschweigs. So stark ihr Mitgefühl für die Sarazenin auch war,

Leonore wollte diesen Ort so schnell wie möglich verlassen. Sie erhob sich. «Ist meine Tochter noch eine Gefangene?»

Mabruka schüttelte den Kopf. «Nein, ihr seid frei und könnt gehen, wohin ihr wollt. Auch Fulk ist frei.»

«Ich verspreche, ich tue, was in meiner Macht steht, um einen sicheren Platz für Haidar zu finden, aber wie ich Euch sagte, ich kann nichts zusichern …»

Mabruka nickte und schloss die Augen. Sie winkte der Dienerin, die Leonore zurück zu Blanche und Fulk führte.

30

Ihr Mann lief vor Blanches Zimmer auf und ab wie ein gefangenes Raubtier. Er blickte Leonore schuldbewusst entgegen.

«Meinst du nicht, dass du mir die Wahrheit hättest sagen müssen?» Die Kälte in ihrer eigenen Stimme überraschte Leonore und auch Fulk, der zusammenzuckte.

«Ich ließ sie gut versorgt zurück und war sicher, nie wieder von Mabruka zu hören. Mit meiner Zeit im Outremer hatte ich abgeschlossen, als die Pflicht mich nach Braunschweig zurückrief.» Er zuckte die Schultern und blickte sie prüfend an. «Ein neuer Anfang. Oder glaubst du, ich hätte dort mit einer Sarazenin leben können?»

Was für eine armselige Ausrede, dachte Leonore. Ganz passend für einen Mann, der Frau und Sohn hinter sich ließ, ohne einen Gedanken an ihr Schicksal zu verschwenden.

«Und dein Kind?», fragte sie zornig. Mit vorgerecktem Kopf ging sie auf ihren Gemahl zu, der zurückwich, bis die Wand in seinem Rücken seine Flucht beendete. «Deine Ehe? Du hast ein Sakrament vor Gott geschlossen! Zählt das alles für dich gar nicht?»

«Mit einer Sarazenin? Ein Augenblick der Schwäche.» Fulk zuckte mit den Schultern. Immer wieder strich er sich mit der Hand durchs Haar. Sein Blick flackerte und wich Leonores Augen aus. «Niemand in Braunschweig sollte es je erfahren.»

«Warum bist du dann den Sarazenen bis hierher gefolgt?» Leonore ballte die Fäuste. Noch nie in ihrem Leben war sie so zornig gewesen. «Sage nicht, dass es allein wegen Blanche war. Wage nicht, mich anzulügen!»

Sein Fuß scharrte über den Boden. «Sie drohten mir, meine Ehe öffentlich zu machen. Die Schande …»

«Warum hast du nicht wenigstens Blanche gerettet?»

«Du kennst Ghazi nicht –»

«Doch. Ich hatte die Freude, ihn zu treffen, als ich deine Ehefrau kennenlernte.»

«Nun, Ghazi kann sehr überzeugend sein und ließ mir keine Wahl. Ich fürchtete um Blanches Leben …»

Leonore hob die rechte Hand, um ihn zum Schweigen zu bringen. Sie wollte keine Erklärungen, denen sie sowieso nur misstrauen würde.

«Unsere Ehe ist eine Lüge, unsere Tochter ein Bankert.» Leonore richtete sich auf. «Ich werde Blanche nehmen und gehen. Ohne dich.»

«Nein. Bitte!» Fulk versuchte, sie in seine Arme zu schließen, doch sie wehrte ihn ab. Nun wollte sie die Zärtlichkeit nicht mehr, die er ihr während ihrer Ehe verweigert hatte.

«Wage es nicht, mir zu folgen!», zischte sie ihrem Gemahl zu. Zusammengesunken, geradezu geschrumpft, lehnte Fulk an der Wand und nickte.

«Bitte», flüsterte er. «Lass mich erklären.»

«Heute nicht. Vielleicht morgen.» Leonore öffnete die Tür zu Blanches Kammer, nahm ihre Tochter an der Hand und folgte der Dienerin durch den Garten zur Tür. Als sie den Brunnen erreichten, sprang Haidar hinter einem Busch hervor und lief auf Blanche zu.

«Geh nicht. Bitte.» Die Verzweiflung im Blick und in der Stimme des Jungen rührten Leonore. Das Kind konnte nichts für seinen verantwortungslosen Vater und für seine Onkel, die falsch gehandelt hatten. «Geh nicht», sagte Haidar noch einmal. «Dann bin ich wieder allein …»

Sie beugte sich zu dem Knaben vor. «Es tut mir leid, Haidar. Blanche und ich werden nach Hause zurückkehren.»

«Und Vater?» Tapfer kämpfte der Kleine gegen Tränen an, die sich in seinen Augen sammelten. «Wird Vater auch wieder weggehen?»

Leonore hob die Schultern. «Ich weiß es nicht.»

«Komm zu mir, Haidar.» Ghazi war in den Garten gekommen und rief seinen Neffen zu sich. «Lass Blanche und ihre Mutter gehen.»

Mit hängendem Kopf folgte der Junge den Worten seines Onkels und stellte sich neben ihn. Vorsichtig schob er seine kleine Hand in die des Sarazenen.

Da riss sich Blanche von Leonore los und lief zu ihrem Halbbruder.

«Hier, er heißt Adler, wie das Pferd von Vater.» Ohne Zögern drückte sie dem Jungen ihr Holzpferdchen in die Hand. «Dann bist du nicht ganz allein.»

«Danke.» Haidar schaute zu Boden und malte mit der Fußspitze Muster in den Sand. Er schien zu überlegen, ob er für das Spielzeug nicht schon zu groß wäre.

«Komm, Blanche, wir müssen gehen.» Leonore brach es beinahe das Herz, als sie den traurigen Blick sah, den die Kinder tauschten. Ihre Tochter lief zu ihr zurück und griff nach ihrer Hand. Gemeinsam traten sie aus dem Haus in die Sonne des späten Nachmittags.

Vor der Tür wartete Nadim. In seinen Augen erkannte Leonore Sorge um sie und lächelte. Da entdeckte Nadim auch Blanche, die sich hinter Leonore versteckt hielt. Er ging in die Knie und sprach sie an: «Du bist sicher Blanche, die Frau Leonore so sehr gesucht hat.»

Das Kind lugte hinter Leonore hervor und nickte. «Wer bist du?»

Er stand auf und verneigte sich feierlich. «Nadim nennt man mich. Ich bin Karawanenführer und habe deine Mutter in der Wüste gefunden.»

Nun vergaß ihre Tochter alle Vorsicht und wagte sich hervor. «In der Wüste? Was hat Mama da getan?»

«Ich bin von einem Schiff gefallen und konnte mich mühsam an Land retten. Und dann hatte ich Angst, dass mich ein Kamel fressen wird.» Leonore strich ihrer Tochter über den Kopf. «Aber die Geschichte kann Herr Nadim dir sicher besser erzählen als ich.»

Das ließ Nadim sich nicht zweimal sagen. «Nun, deine Mutter hatte allen Grund, Angst zu haben, denn es war ein sehr großes und sehr gefährliches Kamel.» Schalk blitzte in seinen Augen, als er Blanche die Geschichte erzählte.

Leonore beobachtete lächelnd, wie gut sich ihre Tochter mit dem Mann verstand, der auch ihr eigenes Herz so schnell gewonnen hatte. Einen Augenblick lang verlor sie sich in Träumereien, wie ihr Leben sich nun ändern könnte. War sie durch Fulks Verrat nicht frei für eine neue Ehe? Endlich frei für das Leben mit einem Mann, den sie liebte? Sie könnte hier mit Blanche in Jerusalem bleiben und versuchen, mit Nadim das Glück zu leben, das sie mit Fulk nie erreichen würde. Über ihr Gesicht zog ein Lächeln, als sie diesen Träumen nachsann.

Aber viel zu schnell ergriff die Vernunft wieder die Oberhand. Wovon sollte sie leben? Sie hatte nicht einmal mehr genug Mittel, um die Rückreise nach Braunschweig zu bezahlen. Was dachte sie nur? Eine Christin, die einen Ungläubigen liebte und in der Heiligen Stadt lebte? Leonore schüttelte den Kopf über ihre eigene Torheit. Vielleicht war so etwas möglich in einer der Geschichten, die Nadim und Salomon so gut zu erzählen wussten, doch niemals im wahren Leben. Morgen oder in den nächsten Tagen würde sie Fulk schweren Herzens vergeben müssen und gemeinsam mit ihm nach Braunschweig zurückreisen. Eine andere Möglichkeit blieb ihr nicht. Schweigend folgte sie Blanche und Nadim, die fröhlich miteinander plauderten. Eine schöne Familie könnten wir sein, dachte sie ein letztes Mal und seufzte.

«Ich weiß nicht, wie ich Euch danken kann.» Leonore neigte ihren Kopf und wich Nadims Blick aus. Sie fürchtete, dass er sonst ihre geheimen Wünsche erkennen könnte. Wenn er sie jetzt in seine Arme zöge, würde sie alles vergessen und mit ihm davonlaufen, dessen war sie sich sicher. Mit ihm und Blanche in einer Karawane leben und von Markt zu Markt ziehen, um dort Waren zu verkaufen. Sie schüttelte den Kopf und zwang sich in die Wirklichkeit zurück. Niemals könnte sie so leben. Sie brauchte ein Haus, ein Heim, in dem ihre Tochter sicher und geborgen aufwachsen konnte.

Sanft nahm Nadim ihre rechte Hand und zog sie an sein Herz. «Ihr braucht mir nie zu danken. Für Euch würde ich alles tun, das wisst Ihr.»

Er beugte sich zu Blanche hinab. «Mein Versprechen gilt. Du musst nur deine Mutter überreden, es einzulösen.» Mit einem Augenzwinkern verabschiedete er sich von ihr.

Leonore blickte ihm lange nach. Sie öffnete die Tür und fand Ruth und Salomon wartend vor. Ihre Freundin sah besorgt aus, aber als sie die kleine Blanche sah, lächelte sie.

«Bist du Blanche?» Sie ging in die Knie und sah dem Mädchen in die Augen.

Leonore fürchtete, dass ihre Tochter vor Ruths zerstörtem Gesicht zurückschrecken würde und ihre Freundin damit verletzen könnte, doch Blanche hob nur eine Hand und legte sie vorsichtig auf Ruths Wange.

«Tut das sehr weh?», fragte ihre Tochter mit leiser Stimme. Mitgefühl malte sich auf ihrem Gesichtchen ab.

«Nein, schon lange nicht mehr. Ich bin Ruth.» Sie lächelte, und Leonore entdeckte Tränen in ihren Augen. «Ich bin mit deiner Mutter von Braunschweig bis hierher gereist, um dich zu finden.»

«Seid Ihr auch mit der Karawane geritten?»

«Nein.» Ruth lachte leise. «So ein Abenteuer hat nur deine Mutter erlebt.»

«Erzähl mir von der Karawane», bat ihre Tochter und neigte den Kopf zur Seite. «Waren es viele Kamele?»

Leonore lachte. «Heute nicht mehr, mein Schatz. Das ist eine lange Geschichte, die ich dir morgen erzählen werde, wenn wir beide munter sind. Du musst jetzt schlafen gehen.»

Nachdem Blanche eingeschlafen war, saß Leonore noch eine Weile am Bett und betrachtete ihre Tochter. Endlich. Endlich hatte sie ihr Kind wiedergefunden, und alles würde gut werden. Über Fulks Verrat wollte sie heute nicht mehr nachdenken, um sich die Freude nicht verderben zu lassen. Ein letztes Mal strich sie der schlafenden Blanche übers Haar und ging dann zu Ruth und Salomon, die sicher schon gespannt auf ihre Geschichte warteten.

«Eine Ehefrau in Jerusalem.» Salomon schüttelte den Kopf, nachdem Leonore geendet hatte. «Immerhin ist Euer Gemahl ein Ehrenmann. Viele Franken führen nur Liebschaften mit Sarazeninnen und lassen die armen Frauen ungesichert zurück.»

«Ein schöner Ehrenmann!», schnaubte Leonore. «Blanche ist ein Bastard und meine Ehe nicht gültig.»

«Vielleicht haben Ehen, die im Outremer geschlossen wurden, in Braunschweig keinen Bestand.» Ruth hielt Leonores Hand und schüttelte ebenfalls ungläubig den Kopf. «Wenn du mit deinem Gemahl nach Braunschweig zurückkehrst, muss doch niemand die Wahrheit erfahren.»

Empört hob Leonore den Kopf. «Aber ich weiß es, und der Herr weiß es.»

«Ihr könntet auch einfach hierbleiben und ein neues Leben beginnen. Gottfried hat Euch eine gute Erbschaft hinterlassen.» Salomon strich sich den Bart.

«Gebt etwas von dem Geld der Familie von Djabal», bat Leonore. «Er starb, als er uns beschützen wollte …» Ihre Kehle fühlte sich zugeschnürt an, als sie an den entsetzlichen Morgen dachte, an dem die Assassinen ihren Vater getötet hatten.

«Djabals Familie ist versorgt.» Salomon nickte ihr zu. «Ich würde mich jedenfalls freuen, wenn Ihr in Jerusalem bleibt.» Er hob den Weinbecher und prostete ihr zu.

Ruth nickte eifrig. «Das wäre wunderbar. Dann hätte ich eine gute Freundin in dieser Stadt.»

«Nein, das kommt nicht in Frage. Ich werde mit Fulk nach Braunschweig zurückkehren.» Leonore hob ihren Becher und lächelte schief. «Ich habe viel darüber nachgedacht, hierzubleiben, aber mir fehlt der Mut, in einer fremden Welt zu leben, noch dazu in einer derart gefährlichen Stadt.»

«Aber was willst du mit einem Mann, der dich belogen und betrogen hat?» Ruth schüttelte den Kopf. «Du wirst ihm auch in Zukunft nicht trauen können.»

«Wir haben eine gemeinsame Tochter!» Leonore hob abwehrend die Hände und gab mit der Geste zu verstehen, dass sie nicht bereit war, ihre Meinung zu ändern. «Begreif doch, ich muss danach entscheiden, was das Beste für mein Kind ist.»

31

Am nächsten Morgen schickte Salomon seinen Diener – einen Jungen namens Khalid, der die Stelle des armen Djabal eingenommen hatte – zu Mabrukas Haus, um Fulk zu holen. Mit schwerem Herzen und entgegen der nachdrücklich vorgetragenen Ratschläge ihrer Freunde hatte Leonore sich entschlossen, mit ihrem Mann nach Braunschweig zurückzukehren. Recht kleinlaut stand Fulk bald in der Tür und sah sich Salomon, Ruth und Leonore gegenüber, die ihn durchdringend musterten.

Noch regte sich wohl ein Rest von Widerstandsgeist in ihm. «Sollten wir nicht unter uns sein, um unsere Zukunft zu besprechen?», begehrte er auf. «Muss ich mein Leben vor … vor Juden ausbreiten?»

«Ruth ist eine gute Freundin, und Salomon hat mir seine Gastfreundschaft angedeihen lassen. Sie können ruhig hören, was du mir zu sagen hast. Ich habe nachgedacht und …»

Fulk unterbrach sie hastig. «Bitte, du brauchst nicht mehr sagen. Ich werde meine Ehe mit Mabruka aufheben lassen. Wenn du mir vergeben kannst, möchte ich so schnell wie möglich aus dieser Stadt abreisen, die mich an einen großen Fehler erinnert.» Fulk neigte den Kopf und blickte sie bittend an. «Bereits morgen früh könnten wir mit einer Karawane nach Jaffa reisen und uns dort einschiffen. Ich werde mich um alles kümmern. In Braunschweig können wir unser Leben neu aufbauen. Bitte, Leonore.»

«Und Haidar?» Leonore verfluchte sich für die schwache Stimme, mit der sie ihrem Gemahl die Frage stellte, die ihr so schwerfiel. Warum nur fürchtete sie sich immer noch vor ihm, obwohl sie so viele Gefahren durchgestanden und obwohl er sie belogen und verraten hatte. Doch die Macht, die er während ihrer Ehe über sie gewonnen hatte, konnte sie nicht einfach so abschütteln wie Wüstensand.

«Was meinst du?» Fulks Gesicht wurde hart. «Was soll mit dem Jungen sein?»

Leonore zuckte zusammen und bereute dieses Zeichen von Schwäche, als sie in Fulks Augen sah. Ihr Gemahl wusste, dass sie sich immer noch kaum gegen ihn wehren konnte. Am liebsten hätte sie geschwiegen und alles hinter sich gelassen. Doch sie hatte der sterbenden Mabruka ein Versprechen gegeben. Wenigstens einen Vorstoß wollte sie wagen, um ihre Ehrenschuld gegenüber der Sarazenin einzulösen. «Was wird aus deinem … deinem Sohn?»

«Ich habe alles geregelt.» Immer wenn Fulk diesen Ton anschlug, war es klüger, nicht weiter in ihn zu dringen.

Leonore fragte sich, wie aufrichtig seine Reue sein konnte, wenn er sie jetzt bereits wieder von oben herab behandelte. Doch ihre Entscheidung für ihn und das Leben in Braunschweig war nun einmal getroffen. Sie hatte lange mit sich gerungen und alle Möglichkeiten abgewogen, um immer wieder zum gleichen Ergebnis zu kommen. Nicht ihr eigenes Schicksal war von Bedeutung, nur Blanche zählte für sie. Und ihrer Tochter würde es in Braunschweig besser ergehen als in der Fremdheit der Heiligen Stadt. Leonore schob alle Gedanken an Herburgis und das triste Leben, das sie in Braunschweig geführt hatte, beiseite. Damit durfte sie sich nun nicht belasten, wenn sie an ihrem Entschluss festhalten wollte. Der Herr würde schon alles richten. Viel mehr blieb nicht zu sagen.

«Wann und wo treffen wir uns morgen?» Als sie die Worte ausgesprochen hatte, erinnerte sie sich an den letzten Morgen mit ihrem Vater. Leonore biss sich auf die Lippe, um nicht vor Fulk in Tränen auszubrechen. Nein, von ihrem

Vater würde sie ihm nie erzählen. Warum sollte nicht auch sie einmal ein Geheimnis hüten?

«Am Löwentor. Nach Sonnenaufgang.»

Fulk fragte nicht einmal, ob er bei Salomon nächtigen könnte. Sein Wunsch, so schnell wie möglich wieder mit Leonore zusammenzuleben, schien nicht gerade sonderlich stark zu sein. So enthob er Leonore einer Entscheidung zwischen ihren Freunden und ihrem Gemahl, denn Salomon hatte sich schlichtweg geweigert, Fulk die Gastfreundschaft angedeihen zu lassen, die er Leonore und Gottfried so großzügig gewährt hatte. Weder er noch Ruth hatten ein Wort an Leonores Gemahl gerichtet, sondern ihn nur abschätzig gemustert. Selbst der stolze Fulk hatte sich unter diesen Blicken unbehaglich gefühlt, wie Leonore an seinen zusammengezogenen Schultern erkannte.

«Möchtest du Blanche sehen?» Leonore sah ihren Ehemann fragend an. «Sie schläft noch.»

«Nein. Lass das Kind ruhen.» Unruhig hob er wieder die Schultern und starrte zur Tür. «Ich muss dich nun verlassen. Es sind noch etliche Vorbereitungen zu treffen.»

Als Fulk gegangen war, schien ein dunkler Schatten aus dem Haus zu weichen. Leonore schüttelte sich, Salomon wiegte bedächtig den Kopf, und Ruth hob fragend die Augenbrauen. Sie musste ihre Gedanken nicht in Worte fassen. Leonore wusste auch so, was ihre Freundin ihr sagen wollte, und hob abwehrend die Hände. «Ich habe mich entschieden. Für Blanche kehre ich in die Sicherheit von Braunschweig zurück.»

«Nun gut. Du weißt, was ich davon halte. Aber wenn du dir nicht helfen lässt …» Ihren harschen Worten zum Trotz legte Ruth Leonore einen Arm um die Schultern. «Komm, wir gehen Vorräte für eure Reise kaufen. Blanche kann sich die Werkstatt meines Onkels ansehen, wenn sie aufgestanden ist. Das Gold und die glitzernden Juwelen werden ihr bestimmt gefallen.»

Dankbar lächelte Leonore ihr zu, und sie gingen ein letztes Mal gemeinsam auf den Markt. Das bunte Gewimmel und Durcheinander von fremdartigen Gerüchen würde sie bestimmt vermissen, dachte Leonore wehmütig. Ruth hielt sich lange an einem Gemüsestand auf und prüfte das Angebot. Leonore zog es zu einem Gewürzhändler, der lautstark Safran und Zimt anpries. Zumindest eine kleine Prise davon wollte sie als Erinnerung an ihre Jerusalemer Erlebnisse in das Braunschweiger Leben mitnehmen, nahm Leonore sich vor und lächelte.

«Frau Leonore! Ich freue mich, Euch zu sehen.» Wie aus dem Nichts war Gérard de Ridefort vor ihr aufgetaucht. Galant verbeugte sich der Ritter vor ihr. «Wie schön. Ich hatte so gehofft, Euch noch einmal zu treffen, bevor meine Aufgaben mich wieder nach Akkon führen.»

«Die Freude ist ganz auf meiner Seite.» Leonore neigte den Kopf. Sie war dem Ritter zu Dank verpflichtet, hatte er sie doch nach Akkon begleitet und ihr geholfen, sich in der Stadt zurechtzufinden. Aber mehr als Pflichtgefühle vermochte sie für ihn nicht aufzubringen. Sie konnte nicht vergessen, dass er die Karawane überfallen hatte. «Erwartet Euch eine weitere Pilgergruppe?»

«Wenn es nur das wäre!» Gérard de Ridefort runzelte die Stirn und lächelte verschwörerisch. «Unser Auftrag ist viel gefährlicher. Erinnert Ihr Euch an die Karawane, die Euch gerettet hat?»

Leonore nickte und lächelte still in sich hinein. Die Zeit mit Nadim – wie sollte sie diese Zeit jemals vergessen können? Doch die nächsten Worte des Ritters rissen sie aus den glücklichen Erinnerungen wie ein Schwall kaltes Wasser.

«Nun, uns ist zu Ohren gekommen, dass der vorgebliche

Karawanenführer ein Großneffe unseres Gegners Saladin ist.» Der Ritter wiegte den Kopf. «Ärgerlich, dass er uns entkommen ist. Er gäbe eine wunderbare Geisel ab.»

«Saladin?», konnte Leonore nur flüstern und drohte die Fassung zu verlieren. Nadim war mehr als nur ein Karawanenführer? Hatte der Sarazene sie etwa auch belogen, so wie ihr Vater und ihr Ehemann? Leonore wiederholte den seltsamen Namen, um ihre Gedanken von dem Verrat abzulenken. «Wer ist dieser ... Saladin?» Der Name kam ihr vage bekannt vor. Hatte Nadim ihn nicht schon einmal erwähnt?

«Oh, verzeiht. Ich vergaß, dass Ihr erst seit kurzem in Jerusalem weilt. Saladin ist Sultan von Ägypten und Herrscher über Syrien. Ein Krieger, den wir im Auge behalten sollten. Vor acht Jahren hat er ein großes Heer bei Damietta besiegt ... Doch ich will Euch nicht mit diesen scheußlichen Dingen langweilen.»

«Nein, nein, Ihr langweilt mich nicht.» Leonore schüttelte den Kopf. Im Stillen flehte sie, dass der Ritter weitersprechen und noch mehr über Nadim offenbaren möge. «Und ich bin also mit einem wichtigen Mann gereist? Oder ... gewiss kann er nicht bedeutender sein als Ihr.» In ihren Ohren klangen ihre Worte hohl, doch Gérard de Ridefort richtete sich noch ein wenig mehr auf.

«Nun ja, so wichtig ist er auch nicht. Da habt Ihr recht. Doch das Gold, das er als Geisel einbrächte, käme uns gut zupass.»

«Habt Ihr ihn denn schon entdeckt?» Leonore wagte kaum zu atmen und fürchtete eine bejahende Antwort.

«Ich wünschte, dem wäre so.» Gérards Lächeln wurde noch grimmiger. «Was glaubt Ihr, was ich mir schon alles von Renaud anhören musste, weil ich den Sarazenen aus Galanterie Euch gegenüber entkommen ließ.»

Leonore nahm seine Worte wie durch ein Rauschen wahr. Nein. Der Ritter musste sich irren. Nadim war ein Beduine, ein Händler, kein Heerführer der Sarazenen. Und doch. Etwas an seinem Benehmen hatte ihr stets gesagt, dass er mehr sein musste, als er vorgab. Sein edles Wesen, seine Kenntnisse in ihrer Sprache, seine Fähigkeit, in der Gefahr schnell und klug zu handeln. Nadim hatte sie belogen. Doch ihr Zorn trat schnell hinter einer Sorge zurück. Der Mann, den sie liebte, war in Gefahr. Leonore schwindelte, ihr wurde plötzlich schwarz vor Augen.

«Frau Leonore! Frau Leonore!» Als sie wieder zu sich kam, sah sie das erschrockene Gesicht Gérard de Rideforts über sich gebeugt. «Soll ich einen *hakim* rufen lassen?»

«Nein, nein», wehrte sie ab und bemühte sich, wieder auf die Beine zu kommen. «Es ist nur die Hitze. Ich habe mich immer noch nicht an die grausame Sonne dieses Landes gewöhnt. Und der Schreck, dass ich in der Gastfreundschaft eines so gefährlichen Mannes reiste.»

«Ja, entsetzlich, nicht wahr?» Gérard nickte zustimmend. «Und die Sonne droht einem den Kopf auszutrocknen. Kein Wunder, dass die Menschen, die hier leben, so eigen sind.»

Leonore antwortete, ohne nachzudenken, und ließ den Rest seiner Worte an sich vorbeifließen, ohne richtig zuzuhören. In ihrem Kopf kreisten Fragen und Vermutungen, die sich zu Befürchtungen verdichteten. Wenn die Ritter Nadim fingen … Sie wagte es nicht, den Gedanken zu Ende zu führen. Nur zu gut erinnerte sie sich an das harte Gesicht Renaud de Châtillons, der den Sarazenen sicher, ohne zu zögern, töten würde. Sie musste Nadim vor den Häschern warnen, die ihn verfolgten. Warum nur hatte er das Wagnis auf sich genommen und war nach Jerusalem gekommen? Ihretwegen – alles nur ihre Schuld. Leonore stöhnte auf.

«Fühlt Ihr Euch schlecht?» In den blauen Augen von Gérard de Ridefort sah Leonore Sorge und Zuneigung. Warum nur musste sich der Ritter zu ihr hingezogen fühlen, mehr, als für sie beide gut war?

«Nein, nein», wehrte sie ab. Mit großer Mühe gelang ihr ein Lächeln. «Ich habe in den letzten Tagen nur so viel Aufregendes erlebt. Gestern habe ich endlich meinen Gemahl wiedergefunden, und bereits morgen reisen wir nach Braunschweig zurück.»

Sogleich verdüsterte sich die Miene Gérard de Rideforts. Leonore seufzte innerlich. Was hatte er denn gedacht? Dass sie in Jerusalem bleiben würde? Der Ritter wusste doch, dass sie verheiratet war. Von dem Makel ihrer ungültigen Ehe wussten hoffentlich nur sie, Fulk und Mabrukas Familie.

Leonore plapperte weiter und hoffte, noch einige Auskünfte gewinnen zu können. «Der Sarazene – wisst Ihr denn, wo Ihr ihn suchen müsst?»

Der Ritter lachte zur Antwort und klang dabei so siegessicher, dass es Leonore einen Schauer über den Rücken jagte. «Zum Glück kennen wir genug Sarazenenspitzel, die für ein wenig Silber ihre Landsleute verraten. Nur eine Frage der Zeit, bis wir ihn fangen werden.»

Das Lächeln gefror auf Leonores Gesicht. Sie spürte, wie ihr wieder ganz schwindlig wurde. Schnell griff sie nach dem Arm des Ritters und stützte sich ab.

«Frau Leonore. Verzeiht, ich hätte Euch nicht mit diesen Schrecken behelligen sollen.»

«Danke.» Leonore brachte nicht mehr die Kraft auf, weiter freundlich zu lächeln und die Unbeteiligte zu spielen. «Könntet Ihr mich …» Nach Hause begleiten, hatte sie sagen wollen, als ihr noch rechtzeitig einfiel, wo sie wohnte. Für Ruth und Salomon und auch für Leonore selbst wäre es mit Sicherheit besser, wenn niemand wüsste, dass sie bei einem Juden untergeschlüpft war. Daher nickte sie ihm nur zu.

«Bitte entschuldigt. Meine Schwäche scheint größer zu sein, als ich ahnte.»

«Soll ich Euch begleiten?» Er beugte sich zu ihr. Sein Atem, der nach Wein und Zwiebeln roch, schlug Leonore ins Gesicht. Angewidert hielt sie die Luft an. Sie musste sich sehr zusammenreißen, um nicht vor ihm zurückzuweichen, sondern nur den Blick schüchtern zu senken.

«Danke. Doch dort hinten wartet meine Freundin.» Leonore deutete mit der Hand nach links und hoffte, dass Gérard de Ridefort nicht genauer hinsehen würde. «Sorgt Euch nicht. Ich werde sicher nach Hause kommen.»

«Wie schade, dass Ihr uns so bald schon verlasst.» Er verbeugte sich. «Ich hoffe, wir sehen uns wieder.»

Mit einem gequälten Lächeln, das der Ritter hoffentlich für huldvoll hielte, nickte Leonore. «Das würde mich sehr freuen.» So schnell sie ihre zitternden Beine trugen, lief sie davon. Sie fand Ruth immer noch in eine Feilscherei mit dem Gemüsehändler vertieft.

«Leonore, was ist geschehen? Du bist ja kreidebleich.» Ruth stützte sie, als ihre Beine wieder den Dienst versagen wollten.

In wenigen Worten erzählte sie der Freundin, was sie von Gérard de Ridefort erfahren hatte.

«Ich muss zu Nadim. Ich muss ihn warnen, auch wenn er mich belogen hat. Ich kenne ihn. Er wird sich niemals lebend fangen lassen.»

«Vielleicht hat er Jerusalem ja schon wieder verlassen.»

«Nein! Darauf kann ich nicht vertrauen.» Leonore wehrte Ruth ab. «Nadim hat mir das Leben gerettet. Er hat Blanche gefunden. Ihn zu warnen, bin ich ihm schuldig.» Leonore presste die Lippen zusammen und hoffte, dass Ruth ihr glauben würde. Wenn sie sich selbst doch nur glauben könnte, dass ihre Beweggründe so reiner Natur waren.

«Gut. Doch ich begleite dich und werde dort auf dich warten.»

Leonore nickte und eilte mit großen Schritten voran. Der Zorn über Nadims Verrat, vor allem aber die Sorge um sein Leben ließ sie ihre Schwäche überwinden und verlieh ihr neue Kraft. Sie war zu aufgewühlt, um auf Ruth zu warten, und konnte nur darauf vertrauen, dass ihre Freundin sie nicht aus den Augen verlor.

Nach einer Suche, die ihr ewig zu währen schien, fand sie Nadim im Zelt bei seinen Pferden. Es gab ihr einen Stich ins Herz, als sie sah, wie sanft er mit den schönen Tieren umging. Sie wollte die Ruhe des Bildes nicht stören, blieb stehen und sah ihn an. Nach kurzer Zeit spürte er ihren Blick und kam mit großen Schritten auf sie zu, wollte sie in seine Arme ziehen. Seine Augen leuchteten.

«Leonore! Welches Geschenk, dich zu sehen. Ich habe zu Allah gebetet, doch kaum zu hoffen gewagt …»

Sie entzog sich ihm.

«Ihr müsst gehen. Schnell. Die Ritter wissen, wer Ihr seid. Sie suchen Euch.» Leonores Worte überschlugen sich.

Zu ihrer Verblüffung wehrte er ihre Sorgen und Ängste leichtherzig ab. «Ich bin den Franken schon oft entkommen.» Nadim lächelte. «Sorgt Ihr Euch etwa um mich?»

Obwohl Sorgen sie quälten, gab es Leonore einen kleinen Stich, dass er wieder zur förmlichen Anrede zurückgekehrt war.

«Ihr habt mir das Leben gerettet. Und mir meine Tochter zurückgebracht. Da betrachtete ich es als meine Pflicht, Euch zu warnen.» Leonore hob das Kinn und starrte ihn zornig an. So viele Worte wollte sie ihm entgegenschleudern, doch letztlich, welchen Sinn hatte dies? Morgen würde sie Jerusalem verlassen, und bis sie Braunschweig erreicht hatten, würde es ihr hoffentlich gelingen, den lügnerischen Sarazenen zu vergessen.

«Was ist mit Euch? Habe ich etwas Falsches gesagt?» Nadim wirkte verletzt durch ihre kühlen Worte. Er trat einen Schritt näher. Leonore atmete seinen Geruch nach Pferd und Leder ein und erinnerte sich an den Tag des Sandsturms. Seine Nähe ließ ihre Hände flattern wie einen kleinen Vogel. Sie schüttelte den Kopf und dachte an den Zorn, den sein Verrat in ihr hervorgerufen hatte.

«Ihr habt mich belogen.» Tränen der Enttäuschung stiegen in ihr auf, und Leonore verfluchte ihre Dummheit. Warum nur hatte sie den Sarazenen ein letztes Mal sehen wollen? Ruth hatte recht gehabt. Nadim lachte der drohenden Gefahr ins Gesicht und brauchte ihre Warnung nicht. «Ihr habt mich belogen», wiederholte sie.

Erstaunen und Verletztheit zeichneten sich auf seinem Gesicht ab. «Wie könnt Ihr so etwas nur von mir denken? Ich habe Euch stets die Wahrheit gesagt.»

«Ach ja?» Zorn ließ Leonores Stimme kalt klingen und verdrängte die Tränen. «Ihr seid also Nadim, ein ganz gewöhnlicher Händler und Karawanenführer.»

Ertappt senkte er den Kopf und wich ihrem anklagenden Blick aus. «Bitte, lasst mich erklären.»

«Was gibt es da zu erklären?», fragte Leonore trotzig. «Ihr habt einer Ungläubigen nur die halbe Wahrheit erzählt. Nichts, wofür Euer Gott Euch strafen wird.»

«Leonore. Bitte. Ist es von Bedeutung, wer unsere Familien sind? Ist es nicht nur wichtig, wer wir beide sind?»

«Ihr seid verwandt mit Saladin, dem Feind aller Christen! Das schien Euch nicht bedeutend genug, um es mir zu sagen?»

«Mein geschätzter Großonkel heißt Salah ad-Din. Saladin nennen ihn nur die *ifrangi*.» Nadim hob die Augenbrauen.

«Wann und wie hätte ich es Euch sagen sollen? Ich bin Euer Retter und Neffe von Salah ad-Din. Was hättet Ihr an jenem Tag in der Wüste von ihm gewusst?»

«Macht es Euch jetzt nicht zu einfach.» Leonore stemmte die Fäuste in die Hüften. So leicht würde sich der Sarazene nicht aus der Affäre ziehen. «Ihr hattet genug Gelegenheiten, mir von Eurem Onkel zu erzählen.»

«Es erschien mir nicht von Bedeutung.» Nadim trat noch einen Schritt näher. Nicht einmal eine Armlänge trennte ihn nun von ihr. «Ich wollte Euch lieber sagen, dass Eure Augen mich an den See einer Oase erinnern.»

Seine Worte ließen Leonore sprachlos stehen. Sie starrte ihn mit offenem Mund an und meinte sich verhört zu haben.

«Ich wollte dir sagen, dass dein Haar weicher ist als die edelste Seide.» Nadim strich sanft über ihre Locken.

«Nicht.» Abwehrend hob sie die Hände. «Bitte. Ihr verwirrt mich.»

Er lächelte und streichelte ihr mit zwei Fingern über die Wange. «Ich wollte dir sagen, dass dein Lächeln für mich schöner ist als ein Sonnenaufgang über der Wüste.»

Leonore schwieg. Ihr Zorn legte sich so plötzlich wie ein *chasim*. Verwunderung trat an seine Stelle. Verwunderung und Freude über Nadims Liebeserklärung. Sie ließ die Arme sinken und stand still wie eine Statue, unfähig, dem Sarazenen zu antworten. Nadim kam noch näher, blickte sie unverwandt an und zog sie schließlich sanft in seine Arme.

Er bedeckte ihr Haar mit Küssen. «Ich wollte nicht über Salah ad-Din und seine Pläne sprechen, weil …» Nadim seufzte. «Die Zeit mit dir schien mir wie ein Traum, den ich nicht mit einer Wirklichkeit, in der Krieg zwischen unseren Völkern droht, zerstören wollte. Habe ich dich nun verloren?»

«Nein.» Leonore blickte zu ihm auf, Tränen in ihren Wimpern. «Du hast mich enttäuscht, aber ich kann dich nicht vergessen. Ich werde dich nie vergessen.»

Ein Kuss besiegelte ihr Versprechen. Ein langer Kuss, in dem Leonore sich zu verlieren drohte. Noch nie zuvor hatte sie so starke Gefühle empfunden, und für einen Augenblick versank sie in ihnen. Ihr Herz wünschte, dass dieser Kuss nie enden möge. Doch ihr Verstand erinnerte sie an ihre Verpflichtungen als Mutter, daran, dass sie morgen mit Fulk und Blanche nach Braunschweig reisen würde. Sie ergab sich dem Kuss mit geschlossenen Augen und klopfendem Herzen. Aber dann entzog sie sich Nadims Umarmung. Noch nie war ihr etwas so schwergefallen.

«Ich kann nicht bleiben.» Leonore biss sich auf die Unterlippe, doch die Tränen bahnten sich ihren Weg. «Für uns gibt es keine gemeinsame Zukunft. Du bist ein Heide …»

«Für mich bist du die Ungläubige. Soll uns unser Glaube trennen?» Nadim lächelte und strich ihr sanft die Tränen von der Wange. «Glaubst du nicht, dass wir gemeinsam alle Hindernisse überwinden können?»

Leonore schüttelte den Kopf. «Vielleicht wir beide. Doch ich muss an meine Tochter denken. Blanche soll glücklich und ohne Angst aufwachsen.»

«Kannst du Fulk …» Nadim spuckte den Namen aus wie eine bittere Feige. «… noch lieben, nach allem, was du von ihm erfahren hast?»

«Ich habe ihn nie geliebt.» Sie lächelte ihn traurig an und zuckte die Achseln. «Ich habe nie viel von ihm erwartet. Er konnte mich nicht sehr enttäuschen.»

«Bitte, bleib bei mir.» Nadim hielt ihre Hände in seinen.

«Ich kann nicht. Nicht, nicht hier. Nicht in dieser Stadt, in der die Christen wie Sarazenen leben und Gott verhöhnen. In der Stadt, in der gedungene Mörder meinen Vater töteten.»

«Du kennst nur die dunkle Seite meiner Stadt.» Zärtlich legte er ihr einen Finger auf den Mund und zeichnete ihre Lippen nach. «Bleibe bei mir, und ich zeige dir mein Jerusalem. Die schönste Stadt der Welt.»

«Es tut mir leid.» Sanft legte Leonore ihre Hände auf seine Brust und schob ihn von sich weg. Einen letzten Kuss stahl sie sich, bevor sie davonlief, ohne sich noch einmal umzusehen.

Tränen strömten ihr übers Gesicht und ließen sie blindlings laufen, ohne Richtung, nur davon. Weg von Nadim und von der Entscheidung, die sie so viel Kraft gekostet hatte. Ihr Verstand lobte sie für ihre Umsicht, doch ihr geplagtes Herz wollte sich umdrehen und zurücklaufen und sich Nadim in die Arme werfen. Sie stolperte weiter, ließ ihren Kopf über ihr Herz siegen, alles für Blanche.

Endlich, endlich hatte sie Salomons Haus erreicht, hielt an, wischte sich die Tränen ab. Am nahen Brunnen schöpfte sie sich Wasser ins Gesicht, kühlte die brennenden Augen und wünschte, sie würde etwas finden, was ihr Herz abkühlen und den Schmerz lindern könnte. Dann sog sie tief die Luft ein und ging gemessenen Schrittes auf die Tür zu.

Ruth trat kurz nach ihr in die Küche. «Ich konnte dich nicht einholen. Du bist gerannt, als ob Dämonen hinter dir her wären», scherzte die Freundin.

Leonore blickte sie unter Tränen an. Ohne ein weiteres Wort goss Ruth ihr einen schweren Rotwein ein. «Hier, trink. Das wird dir guttun.»

Leonore nickte stumm und starrte in den Becher. Blutrot schimmerte der Wein, blutrot wie ein zerbrochenes Herz. Mit großen Schlucken, wie eine Verdurstende, schüttete sie den dunklen Wein hinunter. Vielleicht käme irgendwann das gnädige Vergessen, wenn sie nur genug davon tränke. Stumm hielt sie Ruth den Becher erneut hin.

Aber ihre Freundin schüttelte den Kopf. «Im Wein Vergessen zu suchen hilft dir nicht. Und Blanche auch nicht.» Sie legte Leonore sanft eine Hand auf den Arm. «Nichts, was ich sage, wird deinen Schmerz lindern können. Doch du musst stark sein, für deine Tochter.»

Unfähig, etwas zu sagen, legte Leonore ihre Hand auf die ihrer Freundin und drückte sie sanft. Gemeinsam schwiegen sie, bis Blanche nach ihrer Mutter rief. Erneut wischte Leonore sich die Augen und kühlte ihr geschwollenes Gesicht mit Wasser.

«Danke», flüsterte sie Ruth zu und ging zu ihrer Tochter.

«Stimmt es, dass wir morgen reisen?» Blanche sprang auf und ab. Die Aufregung rötete ihre Wangen und ließ ihre Augen blitzen.

Leonore strich ihrer Tochter über den Kopf. «Ja, morgen machen wir uns auf den Weg zurück nach Braunschweig. Freust du dich?»

«Ich freue mich auf die Reise. Aber auf unser Haus ...» Blanche zögerte einen Moment und schob die Unterlippe vor. «Oma ist immer so gemein.»

«Glaub mir, es wird sich einiges ändern, wenn wir zurück sind.» Leonore nickte bekräftigend. Ja, sie würde sich von Herburgis nichts mehr bieten lassen. Nicht nach dem, was sie in den letzten Monaten erlebt und überlebt hatte. Sie lächelte ihrer Tochter zu. «Nun pack deine Sachen. Viel Zeit bleibt uns nicht mehr.»

Sie ging zurück zu Ruth in die Küche, da klopfte es an der Tür. Wadjid wartete dort, verneigte sich und zeigte auf ein Pferdchen, das neben ihm stand und auf seinem Zaum kaute. «Ein Geschenk. Ein Versprechen. Von Nadim für Blanche.»

Noch immer hatte er Schwierigkeiten mit fremdländischen Namen. Leonore nickte ihm dankend zu und wollte ihn hereinbitten, doch bevor sie etwas sagen konnte, verneigte er sich wieder und lief durch die Menschenmenge davon.

Ein Pferdchen für Blanche! Leonore war verdutzt und erfreut. Das hatte Nadim ihrer Tochter also versprochen. Leonore und Ruth schauten sich an. Ruth zuckte die Achseln. «Einem geschenkten Gaul …»

Beide Frauen lachten.

32

Schau, Blanche.» Leonore führte ihre Tochter in den Stall. Dort wartete Nadims Geschenk und kaute zufrieden an einem Bündel Heu. Freundliche braune Augen blitzten unter einem dichten, hellen Schopf hervor. Als das dicke Pferdchen Leonore und Blanche sah, schnoberte es, wohl in Erwartung einer Leckerei. Auf kräftigen Beinen stand der kleine Braune im Stroh und wirkte so, als ob er durch nichts und niemanden zu erschüttern wäre.

Leonore freute sich, dass Nadim klug genug gewesen war und bedacht hatte, dass ihre Tochter noch ein kleines Mädchen war und daher eher ein verlässliches Pferd benötigte als ein so edles Tier wie Bint al Hawa. Ihre Stute musterte den neuen Stallgefährten und wieherte Leonore entgegen. Sie gab dem Pferd eine Dattel und strich ihm über die Stirn. Bint al Hawa würde sie immer an Nadim erinnern. Leonore schluckte.

Blanche blieb stehen und blickte das Pferdchen mit leuchtenden Augen an. Sie stand wie verzaubert, und ihr Lächeln erhellte auch Leonores Gemüt. Der Braune schnupperte und gab Blanche dann einen leichten Schubs mit der Nase. Verwirrt blickte sie Leonore an.

«Er erwartet wohl etwas zu fressen von dir. Schließlich bist du seine Besitzerin.» Leonore gab ihrer Tochter eine Dattel und zeigte ihr, wie sie das kleine Pferd füttern sollte. Vorsichtig legte Blanche die Frucht auf ihre Handfläche und hielt den Atem an, als das Pferdchen die Dattel behutsam nahm.

Leonore atmete erleichtert auf, als der Braune seinen Kopf zurückzog und Blanches winzige Hand noch alle Finger hatte.

«Martin», rief Blanche aus. «Er sieht ein bisschen aus wie der dicke Martin, der uns immer Holz geliefert hat. Also soll er Martin heißen.»

Leonore lächelte, kniete nieder und nahm ihre Tochter in die Arme. «Ja, wir nennen ihn Martin. Doch nun lass uns schlafen gehen. Damit wir morgen ausgeruht die Karawane erreichen und du auf Martin nach Braunschweig reiten kannst.»

In der Nacht lag Leonore lange wach und grübelte, ob sie die richtige Entscheidung getroffen hatte. Auf der einen Seite sah sie ihr Leben mit Fulk, in dem düsteren Braunschweiger Haus, überwacht von Herburgis wie von einer missgünstigen Krähe. Auf der anderen Seite wartete Nadim, der sie liebte und der für immer in ihrem Herzen bleiben würde. Doch Nadim bedeutete Leben in der Fremde, in einer Stadt, in der jeden Tag der Krieg zwischen Christen und Heiden wieder ausbrechen konnte. Auf wessen Seite würde sie dann stehen? Wessen Seite würde Nadim wählen? Nein, sie hatte sich vernünftig entschieden, und je früher sie aufbrachen, desto besser für sie.

Leonore und Blanche benötigten am Morgen nicht viel Zeit, ihre Sachen zu packen. Ein Knecht sattelte die Pferde und hielt sie am Zügel. Leonore hatte sich bereits von Salomon verabschiedet. Sie würde die Freundlichkeit des Alten und seine wunderbar ausschweifenden Erzählungen sehr vermissen. In den wenigen Tagen in Jerusalem war Salomon ihr ein Vertrauter und Freund geworden. Er hatte ihr viel über ihren Vater erzählt und ihn dadurch Leonore nahegebracht.

Nun stand sie Ruth gegenüber und hielt die Hände ihrer Freundin in den ihren. Sie hatte damit gerechnet, dass es ihr nicht leichtfallen würde, Lebewohl zu sagen, aber dass der Abschied ihr nun *so* schwerfallen würde, hätte sie nicht gedacht. Fest drückte sie Ruths Hände.

«Bist du wirklich sicher, dass du die richtige Wahl getroffen hast?» Die Freundin blickte Leonore ernst an. «Wenn ihr in Akkon seid, kannst du nicht mehr zurückkehren.»

«Es ist das Vernünftigste.» Leonore hob hilflos die Hände. Wie lange hatte sie über ihre Entscheidung gegrübelt und sie wieder und wieder verworfen, um dann doch immer wieder dabei zu bleiben, dass eine Rückkehr nach Braunschweig am besten wäre. «Nadim gehört einem anderen Glauben an. Könntest du einen Christen lieben?»

«Nein. Wohl nicht.» Ruth blickte Leonore an und kniff die Augen zusammen. «Doch einen Andersgläubigen, wer weiß? Dein Nadim ist ja schließlich ein ganz besonderer Sarazene.»

Leonore zuckte die Schultern und verleugnete, wie oft sie sich vorgestellt hatte, dass Blanche und sie mit Nadim und seiner Karawane in der Wüste lebten. Sie blickte zu Boden. «Ich sage es ein letztes Mal: Ich muss danach entscheiden, was für Blanche am besten ist.»

«Und ich frage dich ein letztes Mal: Ist die Rückkehr in ein unglückliches Leben wirklich das Beste für deine Tochter?» Ruth fing ihren Blick ein und sah sie eindringlich an. «Oder fürchtest du dich vor dem Neuen? Vor den Möglichkeiten, die Jerusalem dir bietet? Vergiss nicht, Gottfried hat dir genug zum Leben hinterlassen.»

«Hast du nicht gerade gesagt, dass du nie einen Christen lieben könntest?» Ärger schlich sich in Leonores Stimme. Was wollte Ruth ihr sagen? «Warum redest du mir dann zu, einen Heiden zu lieben?»

Ruth lächelte sie breit an und hob erneut die Hände. «Wer weiß, vielleicht wird mich eines Tages ein Mann vom Gegenteil überzeugen.» Sie legte sanft eine Hand an Leonores

Wange. «Leonore, Freundin. Ich wünsche dir alles Gute.» Die Jüdin seufzte und schwieg einen Augenblick.

«Und?» Leonores Traurigkeit flammte erneut auf und ließ ihr Herz schwer werden. Ruths Worte hatten alle Fragen wieder aufgeworfen. «Was rätst du mir?»

«Ich bin mir gewiss, dass die Rückkehr nach Braunschweig nicht der richtige Weg für dich ist. Dort wirst du nie glücklich werden.» Ruth legte den Kopf schräg und runzelte die Stirn. «Doch ich weiß nicht, ob ich dir guten Gewissens raten kann, hier mit Nadim zu leben.»

«Was soll das heißen?» Leonore schob die Unterlippe vor. Sie war bereit, den Sarazenen gegen jede Anschuldigung zu verteidigen. In der Nacht hatte sie lange überlegt, ob sie ihm seine Lüge verzeihen konnte. Nach gründlichem Grübeln musste sie zugeben, dass er in vielem, was er gesagt hatte, recht hatte. Selbst wenn er ihr den Namen seines Onkels genannt hätte, hätte der ihr nichts gesagt. Und für sie beide war es nie wirklich wichtig gewesen, aus was für einer Welt der andere kam. Ihre gemeinsame Zeit in der Wüste hatte nur ihnen gehört, ihnen und niemandem sonst. Nun funkelte sie Ruth an. «Zweifelst du etwa an Nadims Ehrlichkeit?»

Ruth lächelte offen. «Ich zweifle nicht an euch, sondern an der Welt. Ich fürchte, dass das Königreich Jerusalem nicht mehr lange Bestand haben wird. Auch mein Onkel und ich überlegen, die Stadt zu verlassen. Für Menschen unseres Glaubens enden die Kriege anderer stets bitter.»

«Siehst du. Alles, was du sagst, rät mir, nach Braunschweig zurückzukehren. Dort sind Blanche und ich sicher.» Leonore seufzte. «Jedenfalls weniger gefährdet als hier.»

Ruth nickte und schwieg. Sie öffnete die Arme und zog Leonore zu sich heran. Schweigend hielten sie sich fest. Schließlich hob Leonore den Kopf, drückte ihre Freundin ein letztes Mal und trat zurück. «Ich wünsche dir, dass du dein Glück in Jerusalem findest und nie wieder um dein Leben fürchten musst.»

«Ich wünsche dir, dass deine Entscheidung sich als die richtige erweisen wird.» Ruths Lachen perlte. «Und ich bin mir sicher, dass wir uns wiedersehen werden. Hier oder vielleicht in Braunschweig.»

Leonore wünschte, sie hätte Ruths Zuversicht. Nie wieder würde sie sich auf eine so lange Reise begeben, wenn sie erst wieder in Braunschweig war. Aber wer konnte es wissen, vielleicht führte der Handel Ruth und Salomon ja wirklich einmal in ihre Heimatstadt.

Sie nickten sich zu. Leonore ging mit schnellen Schritten davon und stieg auf ihre Stute, um den Abschied nicht noch schwerer werden zu lassen. Sie winkte Ruth ein letztes Mal zu. Dann wendete sie Bint al Hawa, griff nach Martins Zügeln und trabte zum Löwentor. Fulk erwartete sie bereits. In seinem Gesicht meinte Leonore zu lesen, dass er nicht sicher gewesen war, ob sie ihn begleiten würde. Immerhin war es ihr gelungen, ihn ein Mal in ihrer Ehe aus dem Gleichgewicht zu bringen. Er lächelte ihr zu, freundlicher als je zuvor. Vielleicht hatte die Reise ja nicht nur sie, sondern auch ihn verändert. Leonore lächelte zurück. Wenn sie beide sich bemühten und einander achteten, vielleicht könnten sie in Braunschweig ja wirklich von vorn anfangen. Um Blanches willen.

Gemeinsam ritten sie auf die wartende Karawane zu. Trotz ihrer Traurigkeit musste Leonore schmunzeln, als sie ein Grüppchen entdeckte, das lauthals stritt. In der Mitte stand, wie erwartet, Ida Moller und zeterte. Leonore ritt heran und grüßte die Witwe freundlich.

«Frau Leonore, Ihr glaubt nicht, wie gierig die Diener in dieser Stadt sind.» Ida Moller schüttelte den Kopf. «Noch schlimmer als in Rom. Aber was will man von Heiden auch erwarten. Wie ich mich freue, wieder in das gute, ehrliche Aachen zu kommen.»

«Ja, durch das Reisen lernt man seine Heimat schätzen.» Leonore nickte ihr zu und suchte sich mit Blanche einen Platz in der Karawane. Ihre Tochter bestaunte das Treiben um sie herum mit großen Augen.

«Mama, schau!» Blanche deutete auf zwei Kamele, die vollbepackt an ihnen vorbeischaukelten, und holte ihr Spielzeug hervor. «Schau, meins sieht genauso aus.»

«Man nennt sie auch Wüstenschiffe, weil sie dich sicher durch das Sandmeer tragen.» Leonore lächelte, als sie sich daran erinnerte, welche Ängste sie ausgestanden hatte, als sie zum ersten Mal ein Kamel gesehen hatte. Bevor sie Blanche mehr von ihren Erlebnissen mit Razouna erzählen konnte, zogen aufgeregte Rufe ihre Aufmerksamkeit auf sich. Um sie herum entstand Unruhe, und mehrere Händler wiesen mit den Fingern in Richtung der Stadt. Von dort kam ein Sarazene in halsbrecherischem Galopp angeritten. Als der Mann sich näherte, erkannte Leonore in ihm Ghazi, Mabrukas Bruder. Sie erbleichte und schluckte trocken. O nein, würde der Sarazene Fulk zu einem letzten Kampf um die Ehre seiner Schwester fordern? Am liebsten hätte Leonore ihren Gemahl angefleht, jeder Auseinandersetzung aus dem Weg zu gehen. Doch Fulk gab ein Zeichen zum Halten und blickte den Reiter erwartungsvoll an.

Ghazi beendete die rasende Jagd in einem wilden Aufbäumen seines Schimmels. Endlich kam das Pferd zum Stehen und stampfte wild mit den Hufen. Sein Reiter wandte sich Fulk zu. «Mabruka starb heute früh mit dem ersten Morgengrauen.» Die dunklen Augen musterten Leonores Gemahl voller Verachtung, schien es ihr. «Kehre um und hole deinen Sohn. Nimm ihn mit in deine Heimat.»

Fulk hielt dem Blick stand und schüttelte den Kopf. «Nein.

Haidar würde sich in Braunschweig nicht wohlfühlen. Er ist ein Kind der Wüste und kann nicht in der Kälte meiner Heimatstadt leben.»

«Eine Stadt, so kalt wie du», antwortete der Sarazene.

«Aber ...», begann Leonore und erinnerte sich an Mabrukas Sorgen, dass ihr Sohn nie einen Platz in Jerusalem finden könnte. Obwohl sie die Sarazenin nur einmal getroffen hatte, spürte sie Trauer über deren Tod. «Braunschweig könnte eine Heimat –»

«Nein! Misch du dich nicht ein!», unterbrach Fulk sie und wendete seinen Braunen. «Meinetwegen kannst du deinen Neffen an Sohnes statt annehmen», rief er Ghazi über die Schulter zu. Dann trabte er zurück zur Karawane.

Leonore schnappte nach Luft, als der Sarazene seinen Hengst erneut steigen ließ. Wie gern hätte sie sich für das rüde Benehmen ihres Gemahls entschuldigt und Ghazi angeboten, dass sie sich um seinen Neffen kümmern würde, doch wie sollte sie gegen Fulks Willen handeln? Sie wollte ihren Ehemann bitten, es sich noch einmal zu überlegen, und fürchtete, dass der Sarazene Fulk töten würde, aber Mabrukas Bruder schüttelte nur den Kopf und riss den Schimmel herum. Mit einem lauten Schrei, der Leonore wie ein bedrohlicher Fluch erschien, galoppierte er zurück in die Stadt.

Sie wendete ihre Stute und brachte sie neben Fulks Hengst. «Was wird aus deinem Sohn?»

«Leonore!» Mit diesem Gesichtsausdruck, einer Mischung aus Zorn und Verzweiflung, hätte er sie früher zum Schweigen gebracht. Doch nach allem, was sie erlebt hatte, war sie nicht mehr das ängstliche Kind, das sich vor seinem eigenen Schatten fürchtete.

Leonore richtete sich im Sattel auf und blickte ihren Mann geradeheraus an, ohne sich durch die steigende Wut in seinen Augen beirren zu lassen. «Sag schon, Fulk. Was wird aus deinem Sohn?», wiederholte sie und reckte trotzig ihr Kinn vor.

Fulk senkte den Kopf und hob die Schultern. «Ich … ich weiß es nicht. Glaube mir, hier wird es ihm bessergehen als mit mir.» Er schaute sie an, und die Verzweiflung in seinem Blick ließ sie die Hand heben, um ihn zu streicheln. Doch dann verließ sie der Mut, aus Angst, dass Fulk sie zurückweisen würde.

«Ghazi wird ihn mit Freuden als Sohn annehmen und Haidar eine Familie geben.» Wieder zuckte Fulk mit den Schultern. «Was hätte ich tun können?»

Leonore öffnete den Mund, doch sie konnte kein Wort herausbringen. Er ist dein Kind. Du hättest etwas tun müssen, wollte sie ihrem Gemahl zurufen, doch etwas sagte ihr, dass Fulk sie nicht verstehen würde. Daher murmelte sie nur: «Der Junge ist ein Christ wie wir.»

Ein bitteres Lachen war Fulks Antwort. «Der Islam freut sich über jeden Mann, der ihm zufällt, glaube mir.» Er stieß schnaubend die Luft aus. «In drei Jahren wird Haidar sich nicht einmal mehr an die Sakramente erinnern können.»

«Du hast dir doch immer einen Sohn gewünscht.» Wie Disteln stachen die Worte, doch ihre Ehrlichkeit zwang Leonore dazu, sie auszusprechen. Sie wollte einen letzten Versuch wagen, ihren Gemahl umzustimmen, so wie sie es Mabruka versprochen hatte.

«Ach, Leonore.» Fulk hob die Hände in einer Geste der Kapitulation. «Sicher wünschte ich mir einen Sohn, doch …» Erneut lachte er dieses bittere Lachen. «Kannst du dir einen dunkelhäutigen Jungen in Braunschweig vorstellen? Ich will einen Sohn, den ich mit Stolz vorzeigen kann.»

Warum konnte er nicht wenigstens sagen: einen Sohn von dir? Selbst wenn es gelogen wäre, hätte es sie gefreut. Leonore schüttelte den Kopf. Sie war ihrem Ehemann nachgereist, hatte ihn aus der Gefangenschaft der Sarazenen gerettet und bekam dennoch kein gutes Wort zu hören. Hatte sie wirklich die richtige Entscheidung getroffen?

Fulk bemerkte gar nicht, wie sehr ihr Inneres in Aufruhr geraten war. «Was würden die Kaufleute denken? Ich würde gute Kunden verlieren.» Er redete sich in Rage. «Und kannst du dir etwa Mutter als Großmutter eines Sarazenenbastards vorstellen?» Fulk trieb seinen Hengst zu einem schnelleren Trab an und ließ eine nachdenkliche Leonore zurück.

Ihr Blick folgte ihrem Gemahl, als er sich an die Spitze der Karawane setzte, ohne auch nur einmal zurückzuschauen. Für Fulk war Jerusalem Vergangenheit, ein abgeschlossenes Kapitel seines Lebens. Durch Mabrukas Tod war das letzte Band zerrissen, das ihn noch an die Stadt gebunden hatte. Der Tod der Geliebten bedeutete für ihn Freiheit. Für Leonore hieß Mabrukas Tod, dass ihre Ehe nun keine Posse mehr war – oder etwa doch? Dachte Fulk je darüber nach, was seine erste Ehe für Leonore und Blanche bedeutete, oder erachtete er nur sein Schicksal als wichtig? Warum nur war es ihr nicht möglich, einen Schlussstrich zu ziehen? Warum musste sie an den kleinen Jungen denken, der so verloren im Garten neben seinem kriegerisch aussehenden Onkel gestanden hatte? Was würde aus Haidar, nun, da seine Mutter gestorben war? So viele Fragen, auf die sich Antworten nur in Jerusalem finden ließen.

Sie drehte sich wieder zurück und ließ ihren Blick über die Karawane wandern. Fulk hatte sich an die Spitze gesetzt, breitschultrig und beständig, ganz der erfolgreiche Kaufmann, als der er gesehen werden wollte. Selbst von weitem konnte Leonore erkennen, dass er mit den anderen Händlern scherzte, als ob nichts geschehen wäre. Als ob ihm nicht gerade ein Sarazene vom Tod seiner Ehefrau und Mutter seines

Sohnes berichtet hätte. Leonore schüttelte erneut den Kopf über Fulks Kälte. Ihm war mehr an den Kamelen gelegen, die mit den Waren voll beladen waren, die ihnen in Braunschweig einen guten Neuanfang sichern sollten. Den Tieren hatte er mehr Aufmerksamkeit geschenkt als dem Sarazenen, der um seine Schwester trauerte.

Kurz vor ihr ritt Blanche auf dem dicken Braunen. Die blonden Haare ihrer Tochter flossen wie ein Goldregen über ihre schmalen Schultern. Leonore wurde ganz warm ums Herz bei diesem Anblick. Was würde Blanche und sie erwarten, wenn sie wieder in Braunschweig angekommen wären? Könnte sie sich einfach wieder in die Rolle als Kaufmannsgattin fügen? Könnte sie Fulk je seine Unehrlichkeit verzeihen? Würde ihr Mann sich ändern können, oder würde er unter Herburgis' Fuchtel bald wieder ganz der Alte sein?

Leonore sah das Gesicht ihrer Schwiegermutter vor sich, wie sie auf sie herabsehen würde. Immer würde Herburgis ihr zu verstehen geben, dass sie durch ihre Reise aus dem Leben einer ehrbaren Frau ausgebrochen war und nicht mehr zu den Vornehmen, den ehrbaren Bürgern, gehörte. Herburgis wäre klug genug, niemals einen Vorwurf offen auszusprechen, doch in ihren Augen würde Leonore die Verachtung lesen können.

33

Ida Moller lenkte ihren kräftigen Fuchswallach neben Leonores Stute. «Gut, dass wir uns treffen. Mit Bekannten reise ich viel lieber, Ihr nicht auch?»

Leonore nickte und schwieg. Sie war zu höflich, um zu antworten, dass es immer auf die Bekannten ankomme.

«Warum macht Ihr so ein trauriges Gesicht?» Ida Moller wandte Leonore ihr spitznasiges Antlitz zu. «Ihr habt doch Euren Gemahl und Euer Kind wiedergefunden.»

«Aber meinen Vater verloren.» Leonore konnte die Tränen nicht zurückhalten. Warum hatten die Mühen der Reise, all die Hindernisse, die sie überwunden hatte, sie nicht stärker gemacht? Warum musste sie noch immer so leicht weinen? Und warum vertraute sie sich nun ausgerechnet der Aachener Witwe an, die sie bisher nur gegängelt hatte? Bin ich so verzweifelt, dass ich dem erstbesten Menschen mein Herz ausschütten muss?, fragte sie sich.

«Euren Vater habt ihr verloren?», erkundigte sich die Aachenerin, und Leonore meinte Mitgefühl in ihrer Stimme zu hören. «Das tut mir leid.» Ida Moller drückte sehr sanft Leonores Arm. Eine Geste, die sie von der eigennützigen Frau nicht erwartet hätte. «Wenn Ihr ein offenes Ohr braucht, ich habe Zeit.»

Zweifelnd schaute Leonore sie an. War es wirklich Mitgefühl, das aus Ida Moller sprach, oder nur Neugierde?

«Auch ich kenne den Schmerz des Verlustes.» Die Aachenerin seufzte. «All meine Pilgerfahrten, alle Unternehmungen können nicht darüber hinwegtrösten, dass ich allein bin und allein bleiben werde.»

«Ihr könnt doch noch einmal heiraten.»

«Weil ich reich bin, meint Ihr?»

Leonore nickte zögernd.

«Ja, Bewerber gäbe es sicher, doch ich werde nie wieder jemanden so lieben können wie meinen Cuno.» Zu ihrem Erstaunen entdeckte Leonore einen weichen Zug im Gesicht der Witwe. Hatte sie sich in der Frau so sehr getäuscht?

«Ihr habt ihn sehr geliebt?»

«O ja. Ich musste hart kämpfen, damit wir heiraten konnten, doch ich habe es an keinem Tag unserer Ehe bereut.» Ida Moller lächelte und schien in ihren Erinnerungen zu versinken.

«Bitte, erzählt mir doch ein wenig von ihm.»

«Mein Vater war ein bedeutender Fernhändler in Aachen. Cuno arbeitete bei ihm als Gehilfe, und bald verliebten wir uns ineinander. Als mein Vater das herausfand, warf er Cuno aus dem Haus und drohte, mich in ein Kloster zu stecken.» Ida Moller schauderte bei der Erinnerung. «Nach einem letzten Kuss verschwand mein Geliebter in der Fremde, um sein Glück zu machen und als reicher Mann wiederzukehren.»

Leonore horchte auf. Ida Mollers Schicksal ähnelte dem ihrer Eltern. Wie oft wohl hatten Menschen nicht zueinanderfinden können, weil sich ihnen die Familien in den Weg stellten? «Ihr habt auf ihn gewartet? Ist Euch das nicht schwergefallen?»

«O ja, und wie!» Ida Moller stieß ein Schnauben aus, das Leonore an Gottfried erinnerte. «Mein Vater wollte mich zwingen, eine gute Partie zu heiraten, doch ich zögerte die Hochzeit Monat um Monat hinaus. Mal war mir das Wetter zu schlecht, dann fühlte ich mich unpässlich, dann saß das Brautkleid nicht mehr.»

Leonore lächelte. «Das kann ich mir gut vorstellen.»

«Schließlich stellte mein Vater mich vor die Wahl: Heirat oder Kloster!» Ida Moller atmete tief aus. «Von meinem

Cuno hatte ich nichts mehr gehört. Ich fürchtete ihn tot oder verletzt in der Fremde.»

Sie schwieg und hing ihren Gedanken nach.

«Was habt Ihr getan?» Leonore wollte unbedingt das Ende der Geschichte hören.

«Was hättet Ihr an meiner Stelle getan?» Die Aachenerin zuckte mit den Schultern und strich ihrem Pferd über den Hals. «Schließlich ging es um meine Liebe.»

Sie machte eine kunstvolle Pause und grinste Leonore dann breit an. «Ich habe meinen gesamten Mut zusammengenommen und bin meinem Cuno nachgelaufen.»

«Allein?» Leonore blieb vor Verwunderung der Mund offen stehen.

«Nein, mit großem Gefolge. Was denkt Ihr denn? Natürlich allein, und …» Wieder machte sie eine Pause. «… ich habe mich als Junge verkleidet. So konnte ich Cuno nachreisen und ihn schließlich auch finden.»

Erneut schüttelte Leonore den Kopf. Wie sehr man sich in einem Menschen doch täuschen konnte. Sie war sich sicher gewesen, dass Ida Moller schon immer ein biederes Kaufmannsleben geführt und außer ihren Pilgerreisen nie ein Abenteuer erlebt hatte.

«Hattet Ihr keine Angst?»

«Oh, natürlich. Todesängste habe ich ausgestanden.» Ida Moller lächelte und hob die Schultern. «Aber ich war jung, so jung wie Ihr, und da zählt nichts mehr als die Liebe. Um eine lange Geschichte kurz zu halten …» Ida Moller zwinkerte Leonore zu. «Mein Cuno hatte sein Glück gemacht und war auf dem Weg zurück zu mir. Mein Vater war mit seinem erfolgreichen Gehilfen einverstanden, und wir durften heiraten. Mehr als zwanzig glückliche Jahre habe ich erlebt. Jeden einzelnen Tag habe ich dem Herrn gedankt, dass ich klug genug war, auf Cuno zu warten.»

Leonore nickte, ganz in ihre Gedanken versunken.

«Und selbst wenn es nur zwei Jahre gewesen wären …», flüsterte Ida Moller, und Leonore entdeckte Tränen in ihren Augen.

Was hatte die Aachenerin über die Liebe gesagt? Nichts zählte mehr. Sollte die Lösung aller Probleme, die Antwort auf alle Fragen wirklich so einfach sein? Ja, antwortete Leonores Herz, und endlich, endlich erkannte sie, wo ihr Weg sie hinführen sollte.

«Eine wunderbare Geschichte. Ich beneide Euch um Eure Liebe und bewundere Euren Mut.» Leonore beugte sich zu Ida Moller hinüber. «Und ich danke Euch. Ihr habt mir sehr geholfen. Ich wünsche Euch Glück und alles Gute für Euer Leben.» Sie drückte der Frau die Hand und wendete Bint al Hawa, um sie neben Martin zu bringen.

In ihrem Kopf rasten die Gedanken. Gottfrieds Liebe, Ida Mollers Liebe – wie traurig, dass die Geschichte ihres Vaters so unglücklich geendet hatte. Und doch, Ida Moller hatte ihr Leben selbst in die Hand genommen, hatte etwas gewagt und viel gewonnen. Zwanzig glückliche Jahre. War die Liebe es wert, das Leben dafür vollkommen auf den Kopf zu stellen? Oder galt am meisten die Pflicht im Leben, so wie es auch die Benediktinerinnen lehrten?

Sie musterte ihren Gemahl. Fulk saß aufrecht im Sattel, wirkte stark und selbstsicher. Sein Jerusalemabenteuer war für ihn mit Mabrukas Tod beendet. Nun konnte er sein Leben in Braunschweig weiterführen wie vor der Entführung durch die Sarazenen. Aber ein wenig hatte die Reise doch auch ihn verändert? Sie versuchte, ihren Gemahl mit anderen Augen zu sehen. Vielleicht würde sie ihn eines Tages lieben können, so wie sie Nadim liebte. Schließlich hatte Mabruka Fulk so sehr geliebt, dass sie für ihn ihren Glauben aufgegeben hatte. Mabruka hatte allerdings einsehen müssen, dass der Fulk, in den sie sich verliebt hatte, verschwunden war hinter einem harten Kaufmann, für den nur noch sein Geschäft zählte. Und selbst wenn es ihr gelänge, ihren Gemahl zu lieben, nie würde er ihr sagen, dass ihre Augen ihn an einen See in der Oase erinnerten. Oder dass ihr Lächeln schöner sei als ein Sonnenaufgang.

Leonore hielt ihre Stute an und drehte sich im Sattel um. Im Licht der Sonne glitzerte das goldene Dach des Felsendoms und schien sie in die Stadt zurückzurufen. Zurück nach Jerusalem, wo ihr Geliebter lebte – und wo ihr Vater ermordet worden war. Niemand würde seine Mörder suchen, wenn sie erst einmal davongeritten war. Gottfrieds Tod bliebe ungesühnt. Denke nicht an den Tod, denke an das Leben, ermahnte sie sich. Das Leben, das sie in Braunschweig erwartete, kannte und fürchtete sie. Ein Leben in Jerusalem dagegen konnte sie sich in ihren kühnsten Träumen nicht ausmalen. Doch wie hatte Ida Moller gesagt? Wenn man jung ist, sollte nur die Liebe zählen.

«Bleibe bei mir, und ich zeige dir mein Jerusalem. Die Stadt, wie sie war, bevor die Franken sie besetzten.» Nadims Stimme klang in Leonores Ohren. Sie sog die Luft ein und spürte den trockenen Wüstenwind in ihrem Mund. Sie zügelte Bint al Hawa.

Langsam zog die Karawane davon, und ihre Stute trippelte von einem Bein aufs andere, wollte der Herde folgen. Beruhigend klopfte Leonore ihr den Hals und ließ die Stute antraben. Wenn sie ihrem Leben eine andere Richtung geben wollte, dann musste sie sich schnell entscheiden. Was könnte Jerusalem ihr bieten? Die Liebe zu einem Muslim, einem Mann, den sie erst seit kurzem kannte. Allein darauf eine Zukunft zu bauen erschien ihr zu gewagt. Doch nicht nur Nadim erwartete sie in Jerusalem. Sie lächelte. Auch Salomon und Ruth würden sie dort mit Freuden begrüßen.

Menschen, die ihr zu guten Freunden geworden waren und ihr stärker das Gefühl von Willkommen vermittelt hatten, als sie es je in ihrem Leben erfahren hatte.

Leonore richtete sich auf und riss an den Zügeln. Bint al Hawa wieherte zornig über die ungewohnt rohe Behandlung. Sanft sprach Leonore auf sie ein und trieb dann ihre Stute neben Blanches Pferdchen.

«Mama, was hast du?» Ihre Tochter blickte zu ihr hoch, aus Augen, so nussbraun wie die von Fulk. Mehr erinnerte nicht an den Vater.

Leonore lächelte ihrer kleinen Tochter zu. «Blanche, ich muss dich etwas Wichtiges fragen: Möchtest du wieder nach Braunschweig, oder möchtest du hier leben? Hier mit mir und Ruth und Salomon?»

Blanche runzelte die Stirn und rieb sich mit einem Finger die Nasenspitze. Leonore lächelte, als sie die Geste wiedererkannte.

«Kann ich dann auch wieder mit Haidar spielen?»

«Alles, was du dir wünschst, mein Schatz.» Leonore beugte sich nach unten und griff nach den Zügeln des Braunen. Sie wendete Bint al Hawa und zog Martin hinter sich her. Kurz überlegte sie, ob sie Fulk ihre Entscheidung erklären sollte, ob sie sich von ihm verabschieden sollte. Nein, das hatte er wahrlich nicht verdient. Auch schien es ihr klüger, so schnell wie möglich zurückzureiten. Sie fürchtete, dass ihr Gemahl sonst eine Möglichkeit fände, sie dazu zu zwingen, ihn nach Braunschweig zu begleiten.

Ein Lächeln glitt über ihr Gesicht, als sie auf die Stadt zuritt. Sollte Fulk versuchen, in der Vergangenheit zu leben. Auf Blanche und sie wartete die Zukunft in Jerusalem. Eine Zukunft mit Nadim.

Epilog

Sechs Monate später

Ich bin schwanger.» Leonore schaute auf die Tischplatte vor sich und spielte mit dem Wasserbecher in ihrer Hand.

«Was sagst du da?» Ruth sprang auf und strahlte übers ganze Gesicht. «Leonore, das ist ja wunderbar», sprudelte sie los, «seit wann weißt du es? Wann ist es denn so weit? Und was sagt Nadim dazu?» Vor Aufregung reihte Ruth eine Frage an die andere, ohne Leonore die Gelegenheit zu geben, auch nur eine davon zu beantworten. Sie griff nach Leonores Händen und zog sie hoch und in einen kleinen Tanz durch Salomons Haus. «Wünschst du dir einen Jungen oder ein Mädchen?» Dann aber, als sie spürte, dass Leonore ihre Freude gar nicht zu teilen schien, hielt sie inne und ließ Leonores Hände fallen.

Leonore blickte an Ruth vorbei zu Boden. Sie freute sich über die Begeisterung ihrer Freundin, und doch … Seitdem sie Gewissheit hatte, dass sie wieder ein Kind erwartete, drängten sich ihr Fragen auf, die vorher keine Rolle gespielt hatten.

«Ich weiß nicht, ob ich unser Kind taufen lassen kann. Nicht einmal, welchen Glauben es haben wird. Nadim und ich sprechen nicht darüber …»

«Im Judentum bestimmt die Mutter, dass das Kind unserem Glauben angehört.» Ruth lächelte schelmisch. «Weil man bei der Mutter stets gewiss sein kann, beim Vater dagegen …»

Auch Leonore lächelte, wenngleich sich etwas Bitterkeit in die Freude mischte. Als Christin einen Muslim zu lieben und von ihm geliebt zu werden war selbst in Jerusalem mit seiner

Vielfalt von Völkern und Glaubensrichtungen nicht einfach. Anfeindungen hatte es in der vergangenen Zeit zur Genüge gegeben, von beiden Seiten. Ohne den Schutz durch Sibylla wäre sie sicher noch mehr Drangsalen ausgesetzt gewesen. Aber nun auch noch ein Kind zu bekommen, hier in der Heiligen Stadt, wo die Angst vor einem erneuten Krieg mit jedem Tag zu wachsen schien, das war noch einmal etwas ganz anderes. Ein Kind mit einer christlichen Mutter und einem sarazenischen Vater. In keiner Welt zu Hause.

«Ich fürchte mich vor dem, was in Jerusalem geschehen wird», flüsterte sie. «Und ich fürchte …»

«Ja?» Ruth schaute sie an. Sorge spiegelte sich auf ihrem Gesicht.

«Manchmal fürchte ich, Nadim zu sehr zu lieben», platzte Leonore heraus. «Er bedeutet mir so viel.»

«Aber er liebt dich doch auch?»

«Ja. Nur manchmal …» Leonore stockte. Hieß es nicht ein Geschehen herbeizuführen, wenn sie ihre Befürchtungen aussprach? «Manchmal fürchte ich, dass ihm Pflicht und Ehre mehr bedeuten könnten als ich.»

«Auf keinen Fall.» Ruth schüttelte den Kopf und drückte Leonores Hände. «Ich habe gesehen, wie er dich anschaut. Ich wünschte, mich würde ein Mann so lieben.»

Leonore seufzte. «Ja, wahrscheinlich bin ich nur etwas zart besaitet wegen der Schwangerschaft. Du hast recht. Ich mache mir zu viele Gedanken.» Sie umarmte Ruth und lächelte ihre Freundin an. «Komm. Ich habe noch eine Überraschung für dich. Eine kleinere.»

Sie zog Ruth aus dem Haus, hinter sich her durch die Gassen, die sie inzwischen so gut kannte. Schon nachdem sie zweimal um die Ecke gebogen waren, hatten sie die Straße erreicht, die Leonore suchte.

Sie deutete auf ein Haus, an dem Bauleute die letzten Arbeiten vornahmen. Gerade setzten sie die Fensterläden ein, die mit *maschrabiya*, den kunstvollen Schnitzereien, verziert waren. «Schau. Wir werden fast Nachbarn.»

Ruth legte in der für sie so eigenen Art den Kopf schief und hob eine Augenbraue.

«Das wird unser Haus.» Leonore grinste breit über die gelungene Überraschung. «Nadim meint, dass wir nun nicht mehr in dem kleinen Häuschen leben können. Wir brauchen einfach mehr Platz.»

Ruth runzelte die Stirn. «Und Haidar? Soll er auch mitkommen? Wie geht es ihm überhaupt?»

«Er trauert um seine Mutter …» Leonore hob die Hände. «… und spricht nie von seinem Vater. Aber er liebt Blanche wie eine Schwester.»

«Und dich?»

«Ich glaube, er braucht noch Zeit.»

«Denkst du nicht doch, es wäre besser gewesen, ihn bei seinem Onkel leben zu lassen?»

Leonore hob erneut die Hände. Sie selbst hatte sich diese Frage ja auch schon oft gestellt. Warum fühlte sie sich für Fulks Sohn verantwortlich, hatte ihn in ihrem Haushalt aufgenommen, obwohl der Junge sie ablehnte?

«Mabruka hätte es so gewollt.» Selbst in ihren Ohren klang die Erklärung hohl. «Ich weiß es nicht. Ich hatte einfach das Gefühl, ich müsste ihn bei uns aufnehmen. Und Nadim und er verstehen sich so gut, dass man sie für Vater und Sohn halten könnte.» Dass Haidars Ablehnung sie schmerzte, brauchte sie ihrer Freundin nicht zu erklären. Ruth verstand sie stets ohne viel Worte.

«Wann ist euer Haus fertig?» Die Jüdin, taktvoll wie immer, schien zu bemerken, wie sehr diese Fragen Leonore belasteten, und wechselte zu einem erfreulicheren Gesprächsgegenstand. «Ein großes Haus. Sehr arabisch. Selbst einen *tarar* habt ihr.» Ruth deutete auf den Wohnraum, der zum Garten hin offen war.

Leonore nickte. «Ich wünschte mir so sehr einen Garten und einen kleinen Brunnen und …» Sie musste lachen, als die Worte aus ihrem Mund purzelten wie eine Horde Kinder, die sich jagten. «Es soll einfach wunderbar werden. Unser Haus. Endlich ein Heim für mich.»

Glossar

Kloster

Laudes Morgengebet der katholischen Kirche

Offizium Pflichtgemäßer Gottesdienst und Stundengebet

Kleidung des Hochmittelalters

Cappe Reisemantel, von Frauen und Männern getragen

Cotte Einfaches Frauengewand, ähnlich einer Tunika

Feh Ursprünglich Eichhörnchenpelz, später Bezeichnung für Pelz als Mantelfutter

Surkot Überkleid, das über der Cotte getragen wurde

Trippen «Unterschuhe» aus Holz, die man zum Schutz vor Straßenschmutz unter die Schuhe schnallte

Pilgerausrüstung

Gurde Am Riemen getragene Kürbis- oder Lederflasche

Verehrungen Bestechungsgelder, die Pilger leisteten

Wallesac Hirschlederne Umhängetasche

Wallestap Pilgerstab

Wallerkleit Langer Pilgermantel, braun oder grau

Orient

Hakim Arabischer Arzt

Outremer Französisch: jenseits des Meeres, meint die vier Kreuzfahrerstaaten: das Königreich Jerusalem, das Fürstentum Antiochia, die Grafschaft Edessa und die Grafschaft Tripolis

Suq Arabischer Markt

Braunschweig im 12. Jahrhundert
Neustadttor
Sankt Andreae
NEUSTADT
Petritor
Sankt Petri
ALTSTADT
Sankt Martini
Hohetor
Rathaus der Altstadt
Sankt Jacobus
Sankt Ulrici
MICHAELISVIERTEL
Sankt Michaelis
Bruchtor
Michaelistor

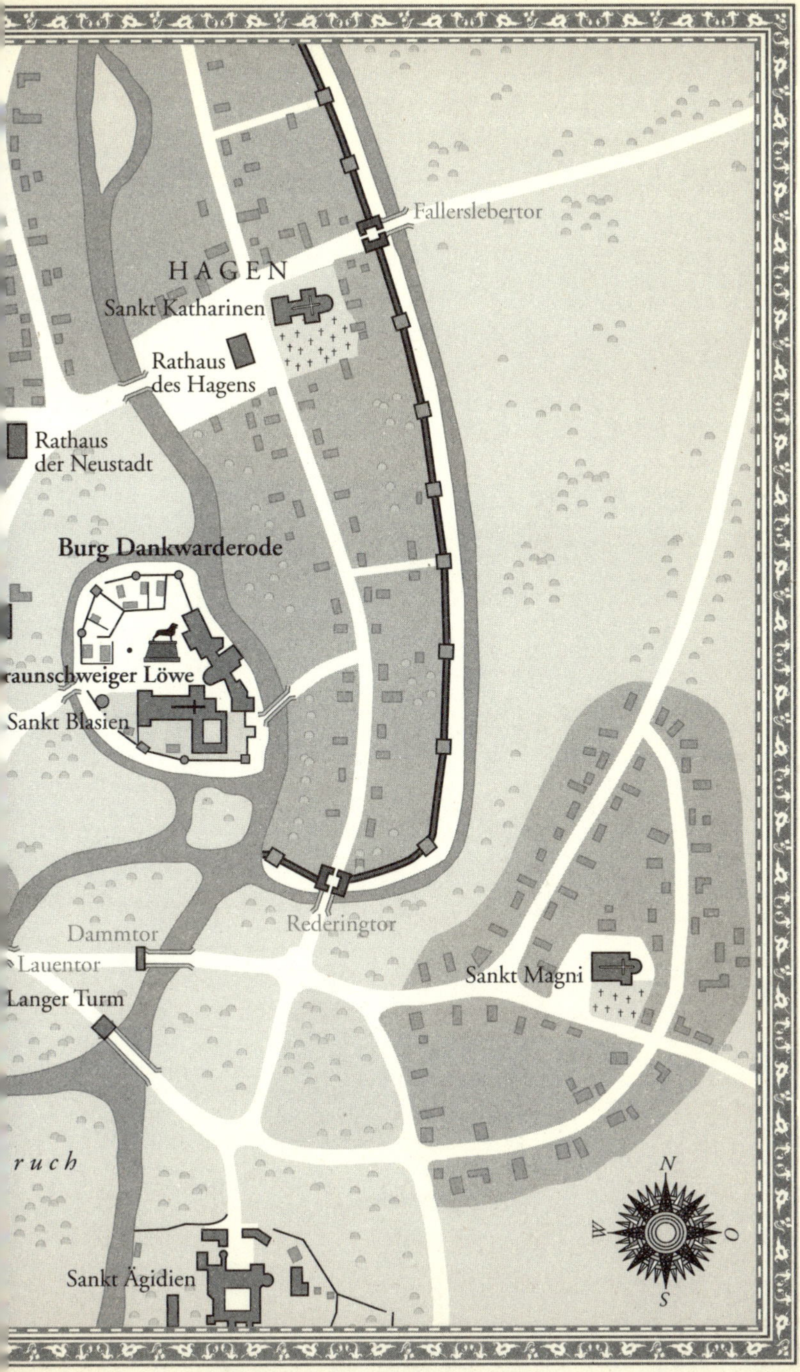
Fallerslebertor
HAGEN
Sankt Katharinen
Rathaus des Hagens
Rathaus der Neustadt
Burg Dankwarderode
raunschweiger Löwe
Sankt Blasien
Rederingtor
Dammtor
Lauentor
Langer Turm
Sankt Magni
ruch
Sankt Ägidien
N
O
S
W

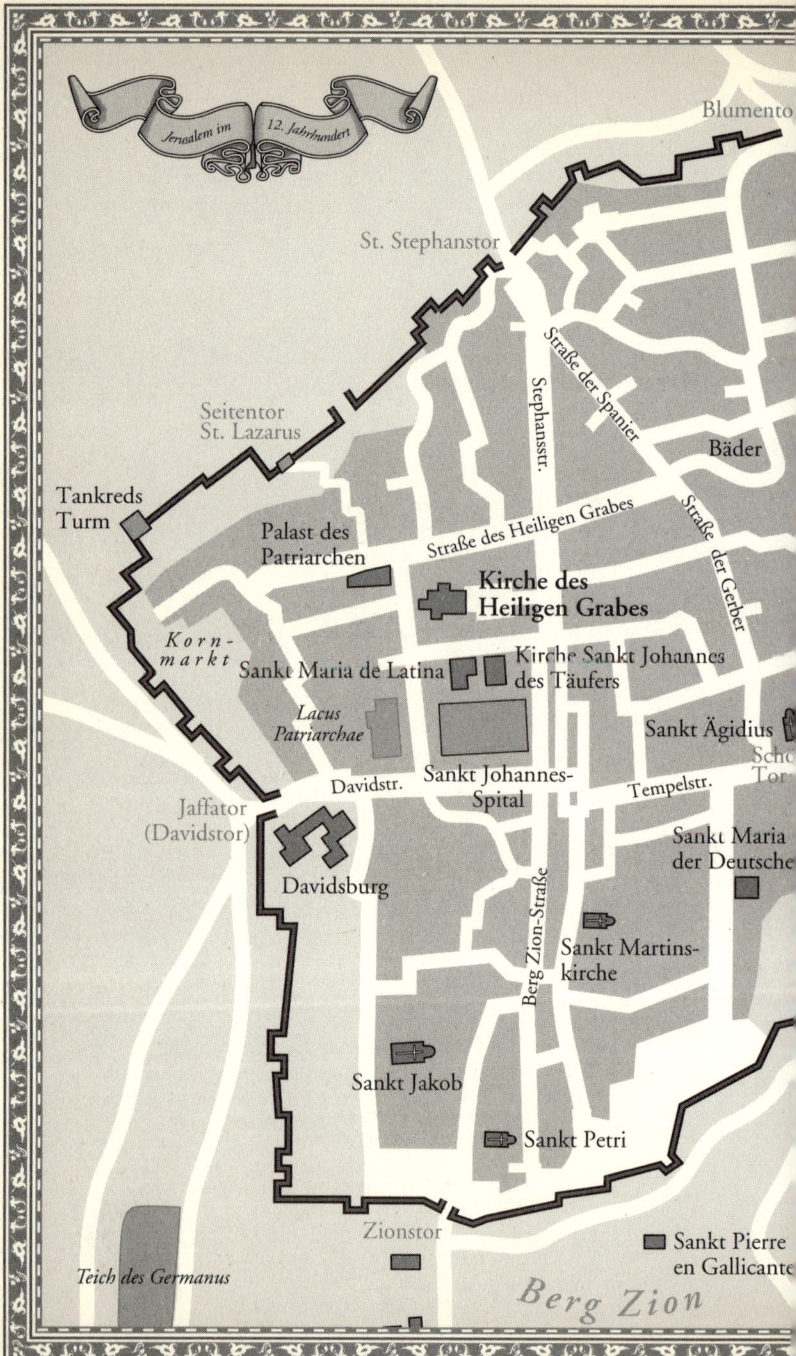

Jerusalem im 12. Jahrhundert
Blumento
St. Stephanstor
Straße der Spanier
Stephansstr.
Seitentor
St. Lazarus
Bäder
Tankreds
Turm
Straße des Heiligen Grabes
Straße der Gerber
Palast des
Patriarchen
Kirche des
Heiligen Grabes
Korn-
markt
Sankt Maria de Latina
Kirche Sankt Johannes
des Täufers
Lacus
Patriarchae
Sankt Ägidius
Davidstr.
Sankt Johannes-
Spital
Tempelstr.
Jaffator
(Davidstor)
Sankt Maria
der Deutsche
Davidsburg
Berg Zion-Straße
Sankt Martins-
kirche
Sankt Jakob
Sankt Petri
Zionstor
Sankt Pierre
en Gallicante
Teich des Germanus
Berg Zion

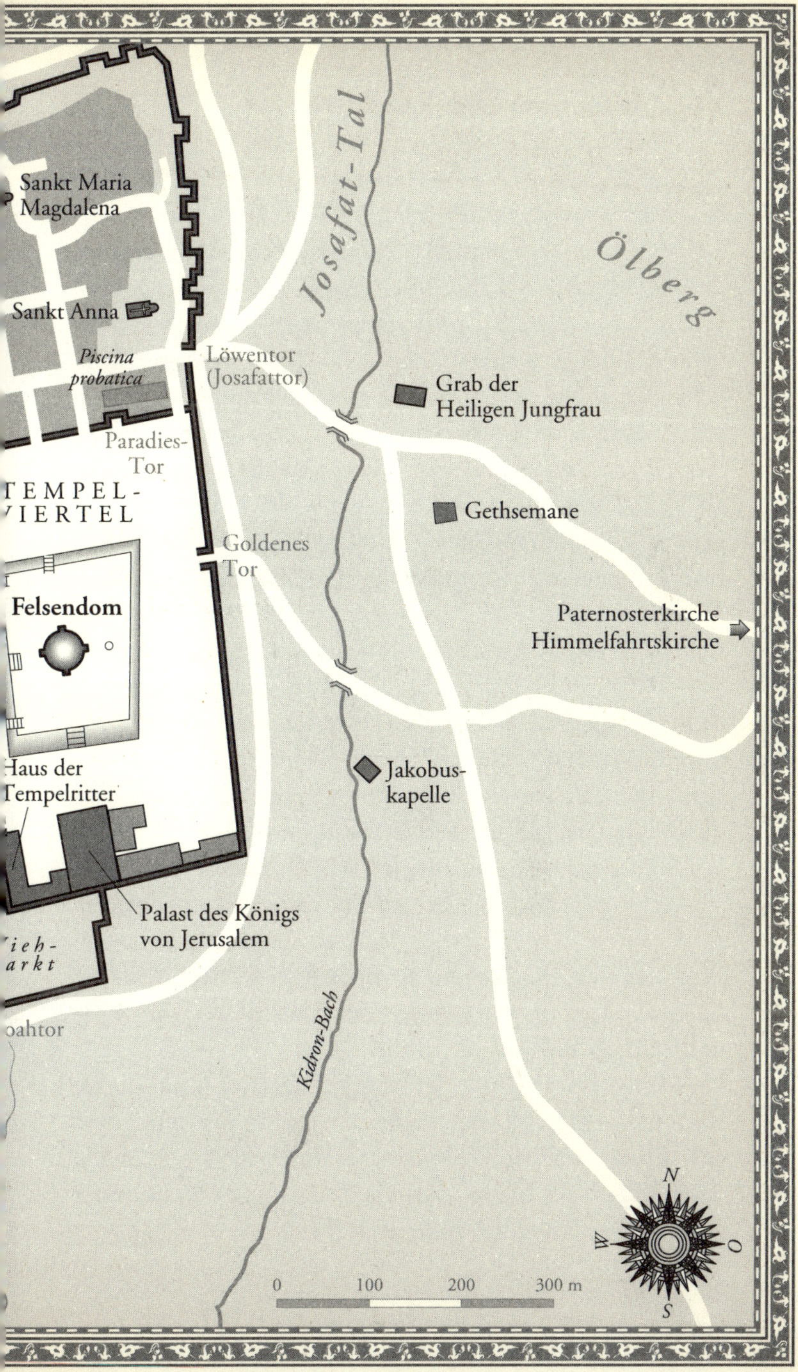

Sankt Maria
Magdalena
Sankt Anna
Piscina
probatica
Löwentor
(Josafattor)
Josafat-Tal
Ölberg
Grab der
Heiligen Jungfrau
Paradies-
Tor
TEMPEL-
VIERTEL
Gethsemane
Goldenes
Tor
Felsendom
Paternosterkirche
Himmelfahrtskirche
Jakobus-
kapelle
Haus der
Tempelritter
Palast des Königs
von Jerusalem
Kidron-Bach
N
W
O
S
0
100
200
300 m

Danksagung

Viele Menschen waren mir behilflich, damit Leonore das Licht der Welt erblicken konnte. Als Erstes möchte ich den Mitarbeiterinnen und Mitarbeitern des Städtischen Museums Braunschweig danken. Besonderer Dank gilt Jolanda Palm für ihre Individualführung durch die Stadtgeschichtliche Sammlung. Großer Dank gebührt auch den Beschäftigten der Stadtbibliotheken Braunschweig und Kassel. Die Auswahl an Büchern, die mir Antworten auf drängende Fragen geben konnten, hat mich stets aufs Neue überrascht und gefreut. Gleiches gilt für die Universitätsbibliothek Kassel, insbesondere die Murrhardsche Landesbibliothek, deren Mitarbeiterinnen und Mitarbeiter meine Recherchefragen freundlich und kompetent beantworteten.

Gedankt sei ebenso Herrn Dr. Horst Zimmerhackl von den Monumenta Germaniae Historica, der meine Frage nach der Jerusalem-Karte schnell und positiv beantwortete, sowie dem Stadtarchiv Braunschweig, das eine Vorlage für die Braunschweig-Karte zur Verfügung stellte.

Ohne die Mitglieder meines Schreibzirkels, von denen ich mehr über das Schreiben gelernt habe als aus vielen Büchern, würde es in diesem Roman von Wortwiederholungen wimmeln. Vielen Dank an Armena Kühne, Elke Schleich, Karen Grol, Marianne Glaßer, Gaby Cadera, Angelika Brox und Michael Zeidler.

Noch mehr verdankt der Roman meiner Lektorin beim Rowohlt Verlag, Sibylle Klöcker, deren Sprachgefühl und gute Ideen sowie kluge Nachfragen an den richtigen Stellen dazu beigetragen haben, dass die Endfassung von Leonores Geschichte ein deutlich besserer Text ist.

Meiner Großmutter, die mir *Peterchens Mondfahrt* vorlas und damit eine wunderbare Welt eröffnete, und meiner Mutter, deren Freude an Büchern mich ansteckte, danke ich dafür und für vieles mehr.

Schließlich bleiben noch meine Kater, die einen mehr oder weniger guten Job als Museriche erledigen und mich immer wieder daran erinnern, dass auch Autorinnen ab und zu aus der fiktiven Welt auftauchen sollten, besonders wenn ihre Fellnasen Hunger verspüren.

Last but not least danke ich Matthias, der mich unterstützte und daran glaubte, dass ich Leonores Geschichte erzählen kann. Dieses Buch ist für dich!

Nachwort

Der Roman erzählt die Geschichte einer fiktiven Heldin. Leonore, ihre Familie und ihr geliebter Sarazene sind meiner Phantasie entsprungen. Dies gilt auch für Gottfried, den Templer, sowie Ruth und Salomon, Leonores jüdische Freunde. Ich habe mich bemüht, meine Figuren so lebensnah wie möglich zu zeichnen, und bin mir dabei durchaus bewusst, dass Freundschaften zwischen Juden und Christen zur Zeit der Kreuzzüge eher selten vorkamen. Liebschaften zwischen Christen und Muslimen hingegen gab es häufiger, allerdings eher zwischen Eroberern und Versklavten, auf beiden Seiten.

Auf ihrer Reise begegnet meine Heldin historischen Persönlichkeiten, die ich versucht habe, so wirklichkeitsnah wie möglich zu zeichnen. Sibylla, Königin von Jerusalem, Renaud von Châtillon, Gérard de Ridefort und natürlich Saladin, Sultan von Ägypten und Syrien, spielten wichtige Rollen im Königreich Jerusalem.

Die Orte Braunschweig, Venedig und Jerusalem sahen, wenn man Forschungsliteratur und historischen Quellen glauben darf, im Hochmittelalter so aus, wie ich sie beschrieben habe. Aus der Vielzahl spannender, interessanter und hilfreicher Bücher, die meine Vorstellungen, manchmal auch Vorurteile, über die Kreuzzüge und das Hochmittelalter in ein fundierteres Bild verwandelten, empfehle ich eine willkürliche Auswahl derer, die mir viele Aha-Erlebnisse bescherten und sich für Leonores Geschichte als sehr hilfreich erwiesen haben. Sollten sich trotzdem noch sachliche Fehler im Roman finden, gehen diese zu meinen Lasten.

Dan Bahat: *Jerusalem. 4000 Jahre Geschichte der heiligen Stadt.* Marburg an der Lahn: Verlag der Francke-Buchhandlung 1985
Marcello Bertinetti: *Jerusalem.* Stuttgart: Parkland-Verlag 1986
Otto Borst: *Alltagsleben im Mittelalter.* Frankfurt am Main: Insel-Verlag 1983
Die Braunschweigische Landesgeschichte. Jahresendrückblick einer Region. Hrsg. von Rüdiger Jarck und Gerhard Schildt. Braunschweig: Appelhans Verlag 2000
Die Chronik der Kreuzzüge. Gütersloh/München: Chronik Verlag 2005
Die Kreuzzüge: Kein Krieg ist heilig. Ausstellungskatalog. Hrsg. von Hans-Jürgen Kotzur. Bearbeitet von Brigitte Klein. Mainz: von Zabern 2004
Die Wirtschafts- und Sozialgeschichte des Braunschweiger Landes vom Mittelalter bis zur Gegenwart. Band 1. Mittelalter. Hrsg. von Claudia Märtl, Karl Heinrich Kaufhold und Jörg Leuschner. Unter Mitarbeit von Barbara Klössel-Luckhardt und Tanja Stramiello. Hildesheim/Zürich/New York: Georg Olms Verlag 2008
Hermann Dürre: *Geschichte der Stadt Braunschweig im Mittelalter.* Braunschweig: Verlag von Grüneberg's Buch, Kunst- und Musikalienhandlung 1861
Edith Ennen: *Frauen im Mittelalter.* München: Beck 1984
Sabine Geldsetzer: *Frauen auf Kreuzzügen 1096–1291.* Darmstadt: Wissenschaftliche Buchgesellschaft 2003
Harry Kühnel (Hrsg.): *Bildwörterbuch der Kleidung und Rüstung vom Alten Orient bis zum ausgehenden Mittelalter.* Stuttgart: Kröner 1992
Jacques Le Goff: *Das Mittelalter in Bildern.* Stuttgart: Klett-Cotta 2002
Philip Longworth: *Aufstieg und Fall der Republik Venedig.* Wiesbaden: F. A. Brockhaus 1976

Amin Maalouf: *Der Heilige Krieg der Barbaren – Die Kreuzzüge aus der Sicht der Araber.* München: Deutscher Taschenbuchverlag, 3. Aufl. 2004

Norbert Ohler: *Pilgerstab und Jakobsmuschel. Wallfahren in Mittelalter und Neuzeit.* Düsseldorf u. a.: Artemis & Winkler 2000

Régine Pernoud (Hrsg.): *Die Kreuzzüge in Augenzeugenberichten.* Düsseldorf: Karl Rauch Verlag, 5. Aufl. 1961

Jonathan Riley-Smith (Hrsg.): *Illustrierte Geschichte der Kreuzzüge.* Frankfurt/New York: Campus Verlag 1999

Andrea Rottloff: *Stärker als Männer und tapferer als Ritter: Pilgerinnen in Spätantike und Mittelalter.* Darmstadt: Wissenschaftliche Buchgesellschaft 2007

Steven Runciman: *Geschichte der Kreuzzüge.* München: Beck 1989

Peter Thorau: *Die Kreuzzüge.* München: Beck 2004

Alvise Zorzi: *Venedig. Eine Stadt, eine Republik, ein Weltreich 697–1797.* München: Amber-Verlag 1981